U0010257

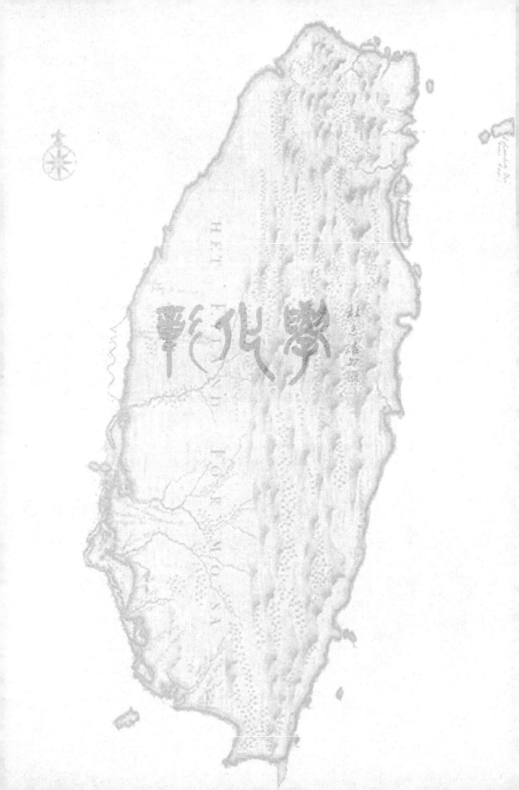

彰化學 008

台灣末代傳統文人
——施文炳詩文集

施文炳◎著 / 洪惠燕◎編
林明德◎審訂

晨星出版

【叢書序】

啓動彰化學
——共同完成大夢想

林明德

二十多年來，台灣主體意識逐漸抬頭，社區營造也蔚爲趨勢。各縣市鄉鎮紛紛編纂史志，大家來寫村史則方興未艾。而有志之士更是積極投入研究，於是金門學、宜蘭學、澎湖學、苗栗學、台中學、屏東學……相繼推出，騰傳一時。

大致說來，這些學術現象的形成，個人曾直接或間接參與，於其原委當有某種程度了解，也引起相當深刻的反思。

一九九六年，我從服務二十五年的輔大退休，獲聘於彰化師大國文系。教學、研究之餘，仍然繼續台灣民俗藝術的田調工作。一九九九年，個人接受彰化縣文化局的委託，進行爲期一年的飲食文化調查研究，帶領四位研究生進出二十六個鄉鎮市，訪問二百三十多個飲食點，最後繳交《彰化縣飲食文化》（三十五萬字）的成果。

當時，我曾說過：往昔，有一府二鹿三艋舺的符碼；今天，飲食文化見證半線風華。這是先民智慧結晶，也是彰化珍貴資源。

彰化一帶舊稱半線，是來自平埔族「半線社」之名。清雍正元年（1723），正式立縣；四年（1726）創建孔廟，先賢以「設學立教，以彰雅化」期許，並命名爲「彰化縣」。在地理上，彰化位於台灣中部，除東部邊緣少許山巒外，大部分屬於平原，濁水溪流過，土地肥沃，農業發達，有「台灣第一穀倉」之美譽。三百年來，彰化族群多元，人文薈萃，並且累積許多有形、無形的文化資產，其風華之多采多姿，與府城相比，恐怕毫不遜色。

二十五座古蹟群，各式各樣民居，既傳釋先民的營造智慧，也呈現了獨特的綜合藝術；戲曲彰化，多音交響，南管、北管、高甲戲、歌仔戲與布袋戲，傳唱斯土斯民的心聲與夢想；繁複的民間工藝，精

緻的傳統家俱，在在流露令人欣羨的生活美學；而人傑地靈，文風鼎盛，舊、新文學引領風騷，成果斐然；至於潛藏民間的文學，既生動又多樣，還有待進一步的挖掘與整理。這些元素是彰化的底蘊，它們共同型塑了「人文彰化」的圖像。

十二年，我親近彰化，探勘寶藏，逐漸發現其人文的豐饒多元。在因緣俱足下，透過產官學合作模式，正式推出「啓動彰化學」構想。

基本上，啓動彰化學，是項多元的整合工程，大概包括五個面相：課程設計結合理論與實際，彰化師大國文系、台文所開設的鄉土教學專題、台灣文化專題、田野調查、民間文學、彰化縣作家講座與文化列車等，是扎根也是開拓文化人口的基礎課程，此其一；爲彰化學國際化作出宣示，二○○七彰化文學國際學術研討會聚集國內外學者五十多人，進行八場次二十六篇的論述，爲彰化文學研究聚焦，也增加彰化學的國際能見度，此其二；彰化師大文學院立足彰化，於人文扎根、師資培育、在職進修與社會服務扮演相當重要角色，二○○七重點發展計畫以「彰化學」爲主，包括：地理系〈中部地區地理環境空間分析〉、美術系〈彰化地區藝術與人文展演空間〉與國文系〈建置彰化詩學電子資料庫〉三個子題，橫向聯繫、思索交集，以整合彰化人文資源，並獲得校方的大力支持，此其三；文學院接受彰化縣文化局的委託，承辦二○○七彰化學研討會，我們將進行人力規劃，結合國內學者專家的經驗與智慧，全方位多領域的探索彰化內涵，再現人文彰化的風貌，爲文化創意產業提供一個思考的空間，此其四；爲了開拓彰化學，我們成立編委會，擬訂宗教、歷史、地理、生物、政治、社會、民俗、民間文學、古典文學、現代文學、傳統建築、傳統表演藝術、傳統手工藝與飲食文化……等系列，敦請學者專家撰寫，其終極目標乃在挖掘彰化人文底蘊，累積人文資源，此其五。

彰化師大扎根半線三十六年，近年來，配合政策積極轉型爲綜

合大學，努力參與社區總體營造，實踐校園家園化，締造優質的人文空間，經營境教，以發揮潛移默化的效果，並且開出產官學合作的契機，推出專案，互相奧援，善盡知識分子的責任，回饋社會。在白沙山莊，師生以「立卦山福慧雙修大師彰師大，依湖畔學思並重明德化德明。」互相勉勵。

從私立輔大退休，轉進國立彰師大，我的教授生涯被視為逆向操作，於台灣教育界屬於特例；五年後，又將再次退休。個人提出一個大夢想，期望結合眾多因緣，啟動彰化學，以深耕人文彰化。為了有系統累積多元資源，精心設計多種系列，力邀學者專家分門別類、循序漸進推出彰化學叢書，預計每年十二冊，五年六十冊。並將這套叢書獻給彰化、台灣與國際社會。

基本上，叢書的出版是產官學合作的最佳典範，也毋寧是台灣學的嶄新里程碑。感謝彰化縣文化局、全興、頂新、帝寶等文教基金會與彰化師大張惠博校長的支持。專業出版社晨星的合作，在編輯、美編上，為叢書塑造風格，能新人耳目；彰化人杜忠誥教授，親自題寫「彰化學」三字，名家出手為叢書增色不少，在此一併感謝。

回想這套叢書的出版，從起心動念，因緣俱足，到逐步推出，其過程真是不可思議。「讓我們共同完成一個大夢想吧。」我除了心存感激外，只能如是說。

· 林明德（1946～），台灣高雄縣人。國立政治大學中文博士。現任國立彰化師範大學國文學系教授兼副校長。投入民俗藝術研究三十年，致力挖掘族群人文，整合民俗藝術，強調民俗是一切藝術的土壤。著有《台澎金馬地區區聯調查研究》（1994）、《文學典範的反思》（1996）、《彰化縣飲食文化》（2002）、《阮註定是搬戲的命》（2003）、《台中飲食風華》（2006）。

【推薦序】
俠士通儒文炳先

曾永義

> 俠士通儒文炳先，登山涉水賦詩篇。
> 藝文倡導作推手，鹿港悠遊已忘年。

　　這首詩是我將《台灣末代傳統文人──施文炳詩文集》翻閱一遍，油然有感，用來奉呈我的「老友」「文炳先」的。

　　文炳先生大我十歲，但我們一見如故，相談甚歡。我每次到鹿港，如果不找他「帶路」，將鹿港風華如數家珍，就覺得「空虛」；如果沒能和他「把酒」，就覺得「白來」。也因此我每次要到鹿港，一定先「知會」他。我們自然很親近，形同弟兄，沒有長幼的距離。所以他是我的老友，我的老哥。

　　鹿港人都稱呼我的老哥為「文炳先」，那是閩南語對所尊敬人的暱稱，應當就是「文炳先生」的省語。他年逾古稀，行將八秩，大半輩子在鹿港這塊鄉土，經商讀書、訪耆宿、拜名師、勤讀古籍、賦詩作文；對於鹿港的風景勝蹟、軼聞掌故非常關愛和留心；而其為人，見公義即著先鞭，與人莫不竭誠相交。進一步的說，他長年養成了博通古今的學養、揮灑自如的詩文造詣、維護發揚藝文的熱誠、捍衛鄉土不容工業污染的堅持。這些都可以從他遍及各方面的著述、擊缽限韻的詩社聯吟、如火如荼的文化活動，和數十年鍥而不捨的民俗文化村的奉獻和執著，以及聯合各界反杜邦設廠運動的宣言立說，看出具體的事功。總結的說，他被尊為「通儒」、被稱為「俠士」，不是平白而來的。

　　而我對文炳老哥的欽佩和讚賞，卻是從他的詩開始的。我根本不知道他的詩在詩社裡聯吟，每每「掄元」；我更不知道他在全國詩

人大會乃至世界詩人大會，每每獨占鰲頭、摘戴桂冠。只因為我讀了他的七言律絕詩，聲韻鏗鏘而古雅深厚。其內容雖不涉杜甫的家國之思與民生之憂，也沒有李白意氣的飛揚與失志的跋扈；但卻多的是鄉土的丰韻、自然的樸質，給人的是優美的親切和共鳴的觀感。譬如其〈鹿港懷古〉四首之三：

> 江渺帆檣夢已賒，炊煙夕照萬人家。
> 楊公橋上頻回首，蘆管秋風冷岸花。

其間今昔交織、情景在目，而悠然緬懷，自然洋溢其間。詩人對於家鄉的風物，於其胸中，最為真切，也最為愛惜。他把「鹿港八景」一再的著之於文、筆之於詩。所謂「鹿港八景」，借用詩人的語句是：「池中蓮影井中泉，色相空時智慧圓」的〈龍山聽唄〉、「潮漲潮平眼界開，潮聲淘盡幾人才」的〈蠔圃迴潮〉，還有那〈楊橋踏月〉、〈寶殿篆煙〉、〈西院書聲〉、〈曲巷多晴〉、〈古渡尋碑〉、〈海澨春嬉〉。

詩人也用古文描寫「鹿港八景」，他敘事寫景，如詩如畫，很引人入勝。譬如他寫改建「楊橋」之後的「福鹿橋」云：

> 福鹿橋比昔長而壯麗，橋下溪水澄澈，其深數丈。北以紅磚為堤，南則綠草如茵；碧水長天，虹橋倒影。或望軍山朝霞東湧，或挹鯤海爽氣西來。景色優絕，儼然圖畫一幅，每逢秋夜，皓月當頭，橋下波光潋灩，漁燈閃爍，蔚成奇觀。閒來邀朋三五優游其間，或橋上尋詩、堤邊坐月，或垂釣苔磯、泛舟溪上，無限詩情畫意，不遜揚州二十四橋。

像這樣叫人悠然神往的情境，他用的是晚明小品的筆墨。如果他不是飽讀古文、含茹英華，何能克此。

文炳先就是用這樣的詩筆和文筆，悠遊他的蓬萊歲月、點綴他的鹿港生活。他不知爲多少宮觀寺廟、名勝古蹟撰寫碑記、題作對聯，以此彰顯鄉土文物歷史，也爲鄰里容貌增光。譬如他爲「台灣民俗村」入口牌樓寫下的兩副對聯：

功溯前朝闢地開天懷華路
根留本土宏文正俗展雄圖

賞勝客重來無邊風月詩情麗
騎鯨人已渺依舊江山霸氣雄

　　「台灣民俗村」是民國七十七年文炳先協助施金山先生在花壇開發的事業。從聯語中可以看出他對民俗文化維護弘揚的憧憬和對國姓爺開台功業的追思。而他對文化工作的理想也隨著「台灣民俗村」十餘年間的起落而興滅。

　　然而他對鄉土和文化的熱情是始終不懈的。他在民國七十五、六年間「反杜邦運動」中，被傳播界稱爲「精神支柱」、「意見領袖」；他於民國七十九年四月到福建莆田參加「國際媽祖學術會議」，提出了擲地有聲、令人刮目相看的論文。他用流利的白話文書寫，可見他不止治「舊學」，而且治「新學」，他的思想觀念是隨著歲月而日日新的。

　　只是他的文人習氣頗重，我一再請他將作品整理出來，他才整理出部分詩稿。如果不是他的姪女洪惠燕爲之蒐羅，以他和他的作品作爲碩士論文，這部《台灣末代傳統文人──施文炳詩文集》不知又要拖延到何時。而今吾友林明德教授擔任彰師大副校長、中華民俗藝術基金會董事長，倡導「彰化學」，將文炳先的這部著作納入叢書之中，不止保存了鄉土的重要文獻，而且也使文炳先的性情襟抱爲之光耀當代、爲之傳示後人。

　　而我於老哥的通儒學養之外，尤賞老哥爲人行事與爲文化打拼的俠士氣概。茲引其〈阿里山神木〉一詩，庶幾可以相爲形容，並作爲本文的結束。詩云：

　　鐵幹孤高歲幾千，化龍氣勢獨巍然。
　　頻經雷火滄桑劫，依舊雄姿翠插天。

　　　　　　　　　2008年7月15日曾永義序於台灣大學長興街宿舍

・曾永義（1941～），台灣台南縣人。國家文學博士，現任國立台
　灣大學中文系所教授。長年從事民俗藝術之維護發揚與研究。著
　有學術專著十餘種，散文集與劇本多種。

【推薦序】
台灣末代傳統文人

林明德

　　記得六年前夏天的一個夜晚，飯後，與芳伶喝茶聊天。她突然神情肅穆的提起興大有位碩論擬寫鹿港文化人施文炳（1931～），希望我能表示一些看法。

　　當下我被震懾住了。一時無言，繼之以好奇。「文炳先學問、經驗豐富，雅俗兼備，不容易進入，此其一；有關文獻與研究相當欠缺，不容易處理，此其二；他是位台灣末代傳統文人，面相多元，不容易詮釋，此其三。」我回答說。經過一番討論，芳伶希望我直接與惠燕談談。我在電話與她聊了五十分鐘，逐漸了解她撰述的動機與可能的局限。她透露施文炳是她的叔叔。這次交談帶給我幾分的驚奇。

　　接著一年，芳伶擔任指導教授，我從旁出些點子。惠燕依照計畫循序漸進：蒐集文獻資料、進行交叉訪談、建構論文章節。之後撰寫論文，並按時逐章討論。二〇〇三年六月，終於繳交五章三十萬字的碩論《鹿港文化人施文炳先生研究》。口試過程深獲曾永義教授的肯定，「這篇論文讓我重新看到文炳先，真是謝謝。」他如是說。

　　二〇〇七年，個人覺得因緣俱足，正式提出一個大夢想——啟動彰化學——以深耕人文彰化，其中重要環節是出版「彰化學」叢書，預計每年十二冊，五年六十冊。這項文化工程獲得全興、頂新與帝寶等文教基金會的支持，可說是產學合作的範例。我撥電話到鹿港，向文炳先報喜，並說明計畫內涵與實踐方式。他表示肯定，且答應全力支持。「希望把您的詩文集納入這套叢書，請惠燕幫忙整理。」我的建議，他欣然同意，而且要求親自校對。

　　《台灣末代傳統文人——施文炳詩文集》包括：漢詩員嶠輕塵集五二九首、無瑕小築文存四十八篇，及其他。內容涵蓋歷史、社會、

政治、古蹟、民俗、田園、山水、環保與民間文學等。前有專論〈施文炳的生命歷程〉，後附年表及作品繫年，方便讀者的閱讀與研究。

俗諺云：「一府二鹿三艋舺。」這毋寧指出了鹿港在台灣開發史上的重要地位。三百多年來，鹿港人文薈萃，文化豐饒多元，是一座「殘垣敗壁內多俊秀，販夫走卒亦解詩書」的古城。文炳先為人和氣、宅心仁厚氣度大，顯然得到父母的遺傳，但恐怕也受到傳統文化的影響。他舊居龍山寺旁，於宗教、民俗、節慶，耳濡目染，體會自是深刻。十五歲，拜在「鹿港四傑」許志呈門下，讀漢學、學漢詩。十六歲，初試啼聲〈夜讀自勵〉，曾自白：「書生當有掀天志，蓋世功名在少年。」二十一歲，首次參加鹿港聯吟大會比賽，以〈尋梅〉一詩掄元，原詩是：

> 玉骨冰肌不染塵，隴頭幾樹笑迎人。
> 東風驢背山巔雪，獨占江南第一春。

意象清新，風格秀逸，其詩學造詣於此可見。

六十多年的詩路，佳作無數，這都是他生命的風景，也是他生活的紀錄。在〈登玉山絕頂〉：「浩然天地覓元真，物外渾忘有此身。試向滄溟舒遠眼，不知人海正揚塵。」他展現超然物外的胸襟；在〈意樓〉：「曉對妝台懶畫眉，忍看花馥鳥鳴枝。阿郎一去無消息，辜負春光二月時。」他抒寫浪漫哀感的傳奇；〈二林雅集〉記錄酒家聚會的情趣；〈耕耘機〉以寓言諷刺政治現象；〈台灣竹枝詞〉五十六首，則反映社會、政治、地理與民俗，其動機是關懷台灣，基調卻是慷慨激昂的。

至於無瑕小築文存，古典、現代兼有，類型包括：鹿港懷古、碑記、序文、傳記及其他。文筆簡淨，落落寫來，處處可見其遣辭造句的功力與文學趣味。他早年與同好推動「再現鹿港風華」，曾以「鹿港八景」向全國各界徵詩，且親自撰寫〈鹿港八景介紹〉、〈鹿港簡

介〉期望拋磚引玉；三百年的古城，一時成為全國的焦點，也掀起尋訪的熱潮。

結識文炳先三十年，我逐漸發現他的人格特質，如清風穆然，又如慧日朗然，始終給人和氣、溫暖的感覺。他生、長於古城，鹿港意識相當深厚，以再造鹿港自許；他關心民俗藝術，一手擘劃台灣民俗村，留住許多文化資產，堪稱文化奇蹟；他以傳統詩歌為志業，籌組詩社、舉辦全國詩人大會、促進各地詩人聯吟與國際文化交流，肩負弘揚詩教的責任；他熱愛鄉土，深具環保意識，挺身反杜邦，為古城留下淨土；他疼惜古蹟、重視歲時節慶，為有形、無形文化資產盡心盡力；他筆歌墨舞，擅長繪畫書法、撰聯對、寫俳句……。這些面相與成就都可以從他的作品得到例證。相信這本詩文集的出版，於挖掘彰化人文底蘊與累積半線文化資源上，是件可賀可喜的成績，毋庸置疑，也平添彰化學叢書的光彩。

最後，特別要指出的是，有人說文炳先的生活重心在鹿港，全力投入發揚古城文化、促進國際文化交流，是位入世的「鹿港文化人」。不過，就個人長期的接觸與了解，他經商結社、勤讀古籍、拜名師、訪耆老，學養、識見與時俱進。他多才多藝，寄閒情於繪畫書法、寓批判於詩文；積極關心民俗、維護文化資產；熱愛鄉土、守護鹿港……，這些表現說明了他是傳統文人，又超乎傳統文人，其關鍵是：多了知識分子的擔當。

思索「文炳先」這個符碼，我的解讀是：他是台灣末代傳統文人。

施文炳的生命歷程

洪惠燕

施文炳（1931～），字明德、絢晨、鑑修，號幼樵、怡古齋主、梅花書屋主人、夢蟾樓主、台陽詩卒、鹿溪釣叟、無瑕小築主人。父親洪流在以「文章彪炳」首尾二字爲之命名。

日治昭和六年（1931）生於鹿港龍山寺南（新興八七六番地，今鹿港鎮龍山里金門巷七十九號）故宅。父洪流在，母施碟，他上有姊姊洪順英、長兄洪文寮與二兄洪清。由於父親入贅施家，因此他從小與父母、兄姊與外祖母、舅父施順國同住。昭和十一年（1936），過繼給舅父爲養子，改姓施。

施文炳舊居在鹿港龍山寺旁，小時常在寺廟聽講善書，置身晨鐘暮鼓，梵唄禪妙之境，無形的薰陶，對他的氣度、胸懷都有深遠的影響。啓蒙時父親教他讀《論語》、《三字經》、《幼學瓊林》與《古文觀止》，稍長入國校，讀日文。光復後入私塾，並由父親講解《詩經》、《史記》、《文心雕龍》等書。母親生於書香世家，幼承庭訓，知書達禮，常以「才德須並重，但德勝於才」、「尺璧非寶，惟善是寶」鼓勵他必須心存悲憫，要有犧牲自己、幫助眾人的胸懷、氣度，才能成大事。

鹿港古城向來讀書風氣盛，處處臥虎藏龍，連市井小民亦能詩書。俗諺說：「殘垣敗壁內多俊秀，販夫走卒亦解詩書。」施文炳回憶：小時候，父親交代，若是父親出門不在家，讀書有不了解處可以向隔壁剃頭添丁請益，剃頭添丁租屋在施家舊居，熟讀四書。鹿港這樣的環境，對他的啓蒙教育有很大的幫助；讀書對鹿港子弟來講，幾乎是一件理所當然的事。

一九三七年，施文炳七歲，入鹿港第一公學校（今鹿港國小），

一年級老師吳福基，善楷書，施文炳對書法的造詣，稱是老師教導有方，全班善書者不少。一九四四年，施文炳十四歲，國小畢業，再入青年學校讀書，但只讀了一年就因空襲而輟學。

民國三十四年（1945），施文炳十五歲，母親逝世，未幾，日本投降。他入鹿港文人許志呈門下習讀漢學並學詩，也就是讀「漢學仔」，或稱「暗學仔」。（為什麼叫「暗學仔」？大概兩種意義：一為「晚上讀的書」，昔時讀「漢學仔」都是利用晚上到老師家學習，讀的大概都是台灣以往的書院、私塾所教之書本，包括五經、四書、歷代史書、詩詞、尺牘、千字文、三字經、千金譜等，稱為「漢學」；一是「暗中讀的書」，當時日本在台灣實施皇民化運動，以「暗學仔」代替「漢學仔」。）當時日本人禁讀中國史書，唯不禁詩學，因日本以漢詩為其國粹。

鹿港詩人蔡茂林〈讀書報國〉云：

咿唔每念舊邦畿，半紀台澎痛陷夷。
歷劫書生憐似賊，十年偷讀漢經詩。

這首詩寫出了台灣人民被人殖民統治的悲哀，讀漢文經詩竟然要偷偷的讀。

許志呈（1919～1998），號劍魂，鹿港名士，歷任兩屆縣議員。早年讀於文開書院，是鹿港名儒蔡德萱先生的高足，為「鹿港四傑」之一。著有《劍魂詩集》、《書法楹聯百對》。許氏生性豁達、教學得法，所以課堂上常是滿座春風。施文炳第一次聽見他吟詩時，深為震撼，自此著迷於詩學。

未幾，台灣經濟崩潰，物價飛漲，一日三市，貨幣大貶，到後來，四萬舊台幣只換得一元新台幣，很多人以野苳度日，施家受幣值影響，家道中落。施文炳為幫助家計，到藥布廠當童工，因為宅心仁厚、表現不凡，獲得老闆賞識，就職二十一天後便升任會計。他的求

知慾強烈，於是又入鹿港名儒張禮宗先生門下（鹿港名醫張敏生之父）師事張禮宗、張禮炳兩昆仲，攻讀漢文。

民國三十七年（1948），施文炳十八歲，奉父命到岡山空軍官校福利社任職，他勤學北京話，並擔任翻譯。十九歲那年，他寫下他的第二首詩〈中秋夜感詠〉，一吐年少離家的情懷：

風冷鐙殘漏已深，夢迴孤館獨沉吟。
擁衾忍見簷前月，誰解離人此夜心。

這時施文炳拜識了松喬李澤清先生，李先生喜栽花，對花草有深入研究，自稱花痴，是一位老學者。他很賞識施文炳，主動授以政治、經濟、文學、教育等多種專門書籍，施文炳首次接觸到學院書籍，如獲至寶，夜夜苦讀，前後有三年之久。

民國三十九年（1950），施文炳二十歲，奉父命回鹿港，入木材行學習木材生意。他向鹿港名儒施讓甫先生請教治學之道，施氏勉其學詩開始，並指導其書法與詩作，鼓勵出席全國詩會，從此施文炳與文化界諸前輩多所接觸，施讓甫對他期望頗深，囑他寫鹿港史，希望他負起重振鹿港文風之責。施讓甫（1900～1967），名廉，字頑夫，是大冶詩社主幹，詩以健穩著稱，是鹿港名儒施梅樵茂才之侄，曾任員林農校國文教席，詩書均佳，尤以行書見長。施讓甫不求名利，一生奉獻於文教，認為社會須有「憨人」默默付出，社會才會進步。這樣的思想對施文炳的啟迪很大。

施文炳對恩師的期許始終耿耿於懷，不斷尋找鹿港文獻。但因資料不足，他先著手寫〈鹿仔港夜譚〉，以小說方式呈現鹿港種種，包括「紅毛城」、「清眞寺」、「古北港之謎」等鹿港鮮為人知的歷史，進一步在鹿港發展史上作研究。

施文炳二十二歲時，與堂叔洪進來合營木材、木工廠。初識洪寶昆、王友芬、林荊南等。因洪寶昆引薦而拜會了于右任、梁寒操、張

大千、何志浩、賈景德、張維翰、溥儒、莫德惠諸元老。同年任民眾日報記者，後任特派員。二十三歲與陳傑女士結婚。之後參加由周定山所創的「半閒吟社」（1953），深獲周氏的肯定。周定山（1898～1975），名火樹，字克亞，號一吼。個性耿介，嫉惡如仇，其詩作豪放，好奇句，一生著作包括新、舊文學。施文炳受其教誨最多的是詩的創作觀與用字遣詞方面。兩人關係如父如子。周氏身後蕭條，施文炳幫忙處理後事，遵照周氏遺言，請來王梓聖先生到鹿港覓尋風水，施文炳出資獻地，親自繪製墓圖，雇工建築。

施文炳二十四歲因木材業虧本停業，於是租屋街尾，沉潛讀書，學書畫，先後在鹿港的城隍廟對面、員林車站、街尾等地開館授課四年。並與施福來、許文奎、黃信、蔡茂林、許志呈、王天賜、王成源、王成業、王漢英等十五人組「淇園吟社」，當時因街尾住宅四周皆種竹林，又近鹿港溪，施福來先生見之曰：「境如淇水。」乃以「淇園」名社。這期間，施文炳與各詩社交流頻繁，因此結識黃得時、張達修、周植夫、張作梅、李建興、陳皆興、李漁叔、莊幼岳、曾文新、黃湘屏等，以及全台各地名詩人如：王天賞、蔡元亨、陳輝玉、李可讀、李步雲、白劍瀾、陳香、楊伯西、蘇成章、許成章等，與諸老結為忘年交。後來，鹿港詩社如：大冶、鹿江、淇園、淬勵諸吟社因老成凋謝，大家整合為「鹿江吟會」。這一段時間，施文炳的才華與人品頗受洪寶昆器重，曾委託他評選全國徵詩賽首唱──律詩，是當時最年輕之詞宗。

他第一次參加鹿港聯吟大會比賽時，年紀很輕，詩作〈尋梅〉榮獲第一名，施讓甫見其詩，笑著指其結句說：「口氣這麼大！」笑謔之間對學生讚賞有加。此次參加詩吟大會的都是詩壇大老，年輕人的獨特表現，簡直讓大老們刮目相看。原詩如下：

玉骨冰肌不染塵，隴頭幾樹笑迎人。
東風驢背山巔雪，獨占江南第一春。

第二次亦得第一名，作品是〈冬日漫興〉：

小陽時節暖如烘，攜杖漫遊小院東。
雪映遠山涵鬢白，菊殘荒圃遜楓紅。
乾坤滿眼情何似，歲月驚心思不窮。
樽酒樓頭堪一醉，浮生閒日幾回同。

他第一次參加全國詩人大會比賽時，在三、四百位詩人之中，其首唱、次唱皆獲得十名內，詩作是：

雙柑斗酒趁春晴，出谷金衣得意鳴。
賞勝人貪春綺麗，尋詩我愛韻輕清。
為憐百轉調新曲，何似千絲攬客情。
堤畔傾樽頻側耳，間關猶作故園聲。
　　　　　　　　　——〈柳下聽鶯〉

夾道風聲椰葉翻，沛然一雨暗乾坤。
瀟瀟逸響催詩急，南國歸思斷客魂。
　　　　　　　　　——〈椰雨〉

三十歲時，施文炳再度從事木材業，經常出入高山林區，並與全台各地詩壇以及文化界交流。這也是他累積經濟能力的時候。鹿港木器加工因有優秀木工師傅傳授，產品精美而耐用，鹿港家具客戶遍布各地，如入厝、嫁娶，必來鹿港購買。因木器加工本少利多，家庭工業如雨後春筍出現，當時小型木器工藝廠約有六、七百戶。施文炳鑑於木材價格高，影響成本，乃決心投入木材業，以大批發價供應工廠，降低成本，促進經濟基本面的改善，經過一段努力，確實收到了預期的效果。當時他供應木材，若遇客戶經濟困難者，他都會以低價

供應，甚至有資金相助情事。

　　他進出山林，做生意也作文化，因為他的氣質、修養不同於一般木材商人，也因此廣受欣賞與敬重，有許多機緣讓他的生意進行順暢。他在山林間除了讀書、寫詩、作畫，也不忘宣揚鹿港。在山林間的氣勢、氳氳薰陶下，他的作品自有一份獨特意境。

　　民國五十八年，施文炳三十九歲，有感於故鄉的沒落，他思索用鹿港聯吟會名義以「鹿港八景」向全國徵詩，兩年的時間寫了〈鹿港八景介紹文〉及〈鹿港簡介〉，以提高鹿港知名度。民國五十九年，與施千等人籌組彰化縣施姓宗親會，施文炳負起一切會務籌備工作，十年間歷經四屆會長，他實際執行會務，卻拒絕出任會長或任何有名義的職務。他是宗親會的決策要角之一，很多計畫大都由他提出，後來籌建臨濮堂台灣總堂，他率先認捐；臨濮施姓世界總會的創立，也是他首倡的。他默默做事、從不居功，因此頗受各地施氏族人稱讚。

　　民國六十年，施文炳赴菲律賓，應邀參加旅菲臨濮堂六十周年堂慶，他第一次出國，周定山特以〈文炳同社考察東南亞詩壯行色〉相贈：

　　天南風鶴漸無虞，埋首窮檐恥壯夫。
　　故國雲山衣帶隔，異鄉人物性情殊。
　　半肩琴劍晨雞舞，萬里音書夜雁呼。
　　閱盡炎荒新歲月，袖歸舉一證三隅。

　　民國六十二年，施文炳獨挑大任，任中華民國癸丑全國詩人大會總幹事，負責籌備舉辦鹿港有史以來第一次全國詩會。四月二十九日全國詩人聯吟大會於天后宮盛大舉行，他親撰〈鹿港簡介〉與〈鹿港八景〉於大會手冊。五百多位詩人齊聚一堂，詩酒聯歡，下午兩點，施文炳特別安排古鎮采風之旅，自己帶領全國詩人參觀鹿港古蹟，讓各地詩人初識鹿港歷史真貌，與會者都說不虛此行。同年冬，參加第

二屆世界詩人大會，榮獲中華詩人聯吟第一名，從此聲名大噪，被冠以「世界狀元」之美名。時監察院代院長張維翰以「文炳」二字為嵌字聯：「文章千古事，炳耀一時英。」為其祝賀。

施文炳的詩名遠播後，更有機會時常與元老聚會，因此結識成惕軒、劉孝堆、羅尚、李猷、許君武、易大德等人。正值壯年的他，公私兩忙，自己經營的永東建築公司順利開工，又得主持詩會、盆栽展、書畫展等重要相關活動。六十三年被選為鹿港盆栽學會首任會長，舉辦中區盆栽邀請展，與學甲盆栽學會締結姊妹會，因緣際會與學甲會長李漢卿成為莫逆，並在龍山寺展出施文炳收藏展。六十七年參與策劃全國民俗才藝活動並聯絡舉辦三次書畫展，義賣所得悉數捐作鹿港民俗才藝活動經費，第二次展覽作品全部捐給天后宮圖書館。

這段時間，他與李建興、黃得時、陳皆興等人組織中華民國詩社聯合社，被聘為聯合社委員，後與陳皆興、陳輝玉、杜萬吉、李可讀、蔡秋金、吳松柏、林荊南、楊伯西、易大德、何志浩、林錫牙等人籌組中華民國傳統詩學會，被選為常務理事，受聘為中華學術院詩學研究所研究委員；其詩作應邀被選入《桂冠詩人會世界大同詩選》外，也曾應邀赴日參加日本詩吟神風流五十週年慶，得以結識作家羅蘭及日本文化界耆老，並由其他文化交流而與多位學界名士成為莫逆之交，如名教授森田明、綜合病院院長松浦八郎（池田首相內弟，後來松浦八郎與施文炳、蔡秋金三人金蘭結義為異國兄弟。），鈴木吟燈、平井孝典、天野秀岳等；後又擔任中華民國文化資產維護學會監事、常務監事兼召集人等。

民國七十年，施文炳五十一歲，致力於鹿港傳統文化之延續，與許志呈、王景瑞三人在鹿港民俗館義務教授詩學，並共創「文開詩社」，被推選為社長，同年出版《文開詩社集》。這期間，施文炳和友人共同經營餐飲事業，談好經營三年即結束，七十一年強調鹿港文化精神內涵的「洛溪春」開業，七十四年如期結束。同年，施文炳為籌辦國際詩人聯吟大會，特別配合鹿港的第五屆中華民國民俗才藝活

動時間舉辦，他擔任執行長，這是鹿港有史以來第一次國際性文化盛會，經費由自己及好友捐助。六月二十日夜在洛溪春廣場舉辦了盛大的「鹿港之夜」——國際詩人晚會。七十二年三月二十七日文開詩社主辦中華民國第二屆癸亥年全國詩人聯吟大會，再任執行長；七十四年九月二十二日文開詩社又主辦中華民國乙丑年全國詩人聯吟大會。施文炳積極投入文化工作，成果卓著。《鹿港鎮志》云：

> 施文炳，字鑑修，號幼樵，除雅好詩學外，亦善書道。早年曾參加周定山所創之「半閒吟社」，頗得周氏之欣賞。民國七十年創「文開詩社」，對彰化地區及鹿港傳統詩投入甚多心力。其《文開詩社集》序：「……為運會推移，盛衰靡常，曾幾何時而老成凋謝，人才寥落如星辰，江津寂寞，不聞缽聲者有年矣；其所以憂者，成員銳減，後起乏人，而鹿港聲名賴以存者，文風其重乎？是則詩道不可廢也。」文炳詩路清晰，構思雄偉，曾獲國際性詩作比賽之頭獎，國內首獎則不可計數，頗受詩壇肯定。

其實他對文化所作的努力並非僅於鹿港地區而已，包括台灣、國外都有他努力的成果，如松浦次郎所組之中日文化親善會便是與蔡秋金、施文炳成為至交後才設立的。施文炳自二十歲開始投入文化工作，在幕後推動很多活動，因此有「文化推手」之稱。

他常說：「詩人須培養泱泱氣度，方有名世之作。」在台灣的詩壇，他代表鹿港，外地人一談到鹿港，便會提到他。其實，他不但為鹿港，也為台灣傳統文化的發揚扮演關鍵的角色。

民國七十五、六年間，鹿港展開「反杜邦運動」，他被延聘為彰化縣公害防治協會秘書長，「反杜邦運動」中大部分的方案都是由粘錫麟、施文炳提出，李棟樑、陳景祥兩常委合作推出。「反杜邦運動」成功了，施文炳當時扮演著「精神支柱」的角色，被傳播界稱為「意見領袖」，而他實現的正是對鄉土的大愛。

　　規劃一座民俗村是他心中長久以來的夢想，其意念始於鹿港民俗文物館成立時。七十七年施金山先生有意開發事業，他提出構想，台灣民俗村正式規劃，而進入另一個生涯階段。台灣民俗村在花壇誕生了，被台灣社會認為奇蹟，開發期六年之久，不領其車馬費，並投入一筆不算少的資金，可惜因為種種因素而趨於沒落，十餘年台灣民俗村的經驗對施文炳來講，是一個理想的創發，也是一個理想的破滅。

　　民國七十九年，施文炳六十歲，四月應邀至赴大陸參加媽祖研究國際學術會議，發表論文〈媽祖信仰在台灣〉；民國八十三年，和許志呈積極推動成立鹿港詩書學會；八十三年四月參加民間信仰與中國文化國際會議；八十五年，「朝陽鹿港協會」成立，施文炳擔任藝文組召集人，提出民俗文化建設方案；八十六年任「鹿港書畫學會」第三屆會長。八十七年，「鹿港書畫學會」改名為「鹿江詩書畫學會」，正式立案，成為第一屆會長，時至今日，他仍然以提攜後進為職志，擔任幕後推手。

　　民國九十二年六月，其姪女洪惠燕完成《鹿港文化人施文炳先生研究》，探討施文炳文化活動及其作品，正式成為學術界研究的對象。

　　民國九十三年，他應黃志農先生之邀，在鹿港社區大學開了「漢學管窺」課程，學生反應熱烈。民國九十四年六月，他以〈鹿港懷古〉奪得第十六屆金曲獎傳統暨藝術音樂最佳作詞人獎，以七十五歲高齡再創人生高峰，這項殊榮在鹿港小鎮一時傳為佳話。〈鹿港懷古〉是他為文祠重修而寫的四首七絕（1961），由其弟子施瑞樓演唱，收錄在《施瑞樓的詩吟世界——百家春》專輯中，由上揚唱片公司提報角逐金曲獎，同時入圍者有李子恆、李泰祥等人。

　　同年十一月，施文炳重組「文開詩社」，特向主管單位提借文開書院，為地方開了許多學習課程，一則善用古蹟，二則文教界聚會課讀有所。他說：「一般人都以為詩社只是學詩，其實詩社所學項目很廣。孔子主張文武合一，包括六藝在內，特假詩社開辦漢學、詩學、

聯對、詩吟、樂曲、劍舞、花藝、書道以及其他與詩教、藝術文化有關的各項課程，並舉辦各種相關活動，與國內外作文化交流等，讓有心學問人士於業餘有一處學習、研究、切磋的園地。」

施文炳是位學者，也是漢學家，不僅對漢文詩詞有深入研究，其他方面亦均有涉獵，在鹿港地區，人稱「文炳先」。他個性耿介正直，不喜虛名，廣受文化界的肯定與稱道，有人說他是「通儒」，也有人稱他為「俠士」。他多才多藝，天賦極高，但他本人極力否認，常說才華、天賦皆無，只不過是依循著環境學習而來。俗云：「三分努力、七分天賦。」他認為自己是「三分天賦、七分努力。」他讀書的方式是苦讀、精讀、博讀，書讀得多、讀得精、讀得有用，主張「善用所讀」，認為如此讀書才不浪費。他閱歷之多、眼界之廣、思想之深入，可從其作品與各界風評中窺見端倪。他的作品有漢詩、散文、小說、論述、日文俳句、白話詩以及各類序文、碑記、疏文等，善書法、喜繪畫、擅民俗掌故。由於書讀得多，也讀得廣，天文地理、風土文物、民間禮俗、教育、文學、藝術、政治、財經、休閒文化、土木建築、園藝景觀、宗教倫理、企業管理等，包羅萬象，人稱「活字典」。

基本上，他的人生有三個目標：一是人文素養的修為，他博覽群籍，一方面奠定雄厚的國學基礎，另一方面則以《王東崖語錄》：「天地以大其量，山嶽以聳其志，冰霜以嚴其操，陽春以和其氣。」為自己的座右銘；二是民俗文化資產的維護，阻止鹿港龍山寺增建鐘鼓樓，保護了這一座國家一級古蹟的完整性，他秉持愛鄉的情懷來推動文化活動；三是文化傳承的自許，他希望能夠薪火相傳，以教育下一代來延續台灣文化。

他回憶父親對子弟教育非常注重身教與機會教育，年少時幫父親推人力車，工作非常辛苦。有一次，他們載貨至草屯，路途遙遠，將進入草屯的路旁，有人備茶水供路人止渴，當時常有人以這種方式行善，名為「奉茶」。奇怪的是，茶水上面居然浮著一層粗糠，父親告

訴他爲什麼要鋪上這一層粗糠的原因，原來這些善心人士唯恐喝水的人因爲趕路又熱又渴，一下子猛灌水會岔氣，因此放些米糠，喝水的人利用吹掉或撥掉米糠的時間，讓情緒緩和，等氣順了再喝，就不會傷害身體。父親更告訴他：「渴時一滴如甘露，醉後添杯不如無。」要助人不一定要用錢，供茶水只要花一些時間，就可讓很多路人受益。父親交代：「記得，要雪中送炭，不必錦上添花。」善心人士這樣的細心、體貼，讓他學到了：「凡事多替別人著想，行善還要加上一些細心與體貼。」送貨畢，空車回程，父子倆腳步輕快，父親往往會述說中國歷史故事，從三皇五帝、文武周公、孔子遊列國、楚漢紛爭……至明、清，包括台灣史事並分析歷代英雄豪傑成敗之因，從中教導爲人處世的道理。

　　「空屋哲學」是施文炳常常勉勵後進的觀念。他認爲把人的初有視爲一間空屋，想放進什麼東西全在於自己的選擇，放多放少、放有用物或無用物都由自己作主。「空屋哲學」帶給我們一些省思，有人滿腹經綸，卻忘了放進道德倫理；有人不放文章華采，卻裝進一堆垃圾知識。怎樣的資源進來，就有怎樣的風采表現。他對自己的空屋裝進一切學習，他接收舊教育也注意新知識，以舊文學爲基礎，以新的思維來做事，他注意「林與樹兼顧」的道理，認爲做事不該見樹不見林。處世和諧，有賴於各方知識觀念之飽滿，所以他廣博閱覽，吸納古今、聖賢經典，以知識爲基礎，以修養爲準則，做起事來就比較不會偏頗。

　　「交友和氣，到處圓滿。」是他的冀望。「樹大招風」、「人怕出名豬怕肥」，他勉勵自己處事盡量低調的「柳枝哲學」，要柔而韌，頂著光環更需要謙虛，讀書要謙虛，做人也是如此。對於一般社團，不管是詩社、詩會或其他相關學會，他主張以和爲貴，創一個社團目的是在集結力量、互相觀摩，若是爲爭名而弄得烏煙瘴氣，組會又有什麼意義？

　　所謂「生不帶來，死不帶去」，他以「無的哲學」來過日子，人

本生來無一物，取諸社會，用諸社會。他盡量讓自己所學所能用之於社會，什麼事、什麼人需要他，他都慨然答應。相對的，也讓人覺得他很活躍，但這未嘗不是一件好事呢？生無死無，但唯一讓他痛心的是，十餘年「台灣民俗村」心血的幻滅，這無關自己的名或利，而是文化大夢之破滅。「無的哲學」讓他看開了，也得以自我紓解。

施文炳沒有完整的學歷，他說：「認識每一個字，獲得每一項常識，都是在人家休息或享樂時，偷空苦讀、學習而來，都是自己的汗水與努力換來的。」在逆境中自知奮發、拒絕遊樂、拚命苦讀而有成，可以說是貧困自學成功的傳奇人物。他常以「大自然為師」，因為大自然有無窮盡的寶藏，等待我們去發掘、運用，因此養成他開闊的胸懷與氣度。

人稱「文炳先」的施文炳，亦儒亦俠，是位理想的積極實踐者，也是現代台灣的「末代傳統文人」（林明德教授語），他的學識詩文書畫民俗兼備，已超越其文人領域，而與當地甚或台灣文化、環境結合在一起。他交遊廣闊，三教九流皆是朋友，無論文人雅士、市井凡夫，無論老、中、青，每個層面都進出自如。他的生活重心在鹿港，是位入世的「鹿港文化人」，他孜孜矻矻、不斷學習的精神，與無我無私的寬闊胸懷，讓我們看到了他的人格風範與大氣概。

【目錄】 contents

員嶠輕塵集

自序

　　嘗言：「中國文學精華，韻文也。」是則漢詩即韻文之菁華歟。漢詩用字精闢，詞短而意長，故有「漢詩者，最經濟文學組織」之語。唯漢詩體裁多元，中有嚴格韻律限制者，「今體詩」也。「今體詩」重韻律之美，藉漢字音韻特性，創造中國韻文藝術之極致，故稱「今體詩」為「漢詩之菁華」當不為過。

　　詩者，靈性之美文，人莫不愛之。余忱於詩，別有因也。朱任生《詩論分類纂要》云：「詩道須由妙悟，亦賴師承，妙悟得師承而益精，師承因妙悟而加進，故二者不可偏廢也。」惜余二者皆不足。憶少時讀於日校，戰爭時局丕變，未再升學，漢學啟蒙始於稚時庭訓，所讀唯童蒙書籍，未曾深入。年十六，初入恩師許志呈先生門，未及一月，課停而罷。年十八任職於岡山，幸遇李澤清教授松喬先生，課以學院書籍，始於國文而及於政治、經濟、教育、藝術等科系。涉獵雖廣，唯因偷閒夜讀，所獲只屬重點，未能深研，廿之年奉親命回鄉，師事名儒張禮宗、張禮炳二先生，攻漢學，惟職務所縛，數月又斷。先嚴督課，因忙於業，惟擇重點，餘賴自修而已。學不足，文法未得其旨，求教於宿儒施讓甫先生，承示曰：「宜學詩，凡作詩，半字亦需推敲，熟之，文法自知。」並以「多讀、多記，多作」為勵。自是致力於詩，惟冀勤能補拙，有所助於作文。不意竟迷於漢詩韻律、意境之美，而廢寢忘食。先嚴洪公示曰：「學詩首重天賦，而學識，閱歷、品德尤不可缺，嘗言：『讀萬卷書，行萬里路』，所謂萬卷書，豈局限於詩學哉，務須博覽群書、充實內涵；觀察自然、師自然；勤遊歷、廣交遊，以增見聞；洞徹人世憂患，心存悲憫、體恤苦弱；躬修品德、培養氣度，務期胸懷浩蕩、眼界高遠，所作始能臻於妙境。欲成大事，更須立志躬修。持之以恆，必有所獲也。」聞其言如醍醐灌頂，豁然開朗，自是遵訓力行，

冀能持正，不偏離於世道焉。

　　憶二次大戰終戰，國府領台後，政局動盪，經濟崩潰，影響所及，家道中落。弱冠之年，為生計從商，風霜馳逐，歷盡萬艱，惟學不敢廢，半商半讀，數十年如一日。所慶幸者因業之便，足跡遍於台陽，自通都大邑，至於窮鄉僻壤，涉水、攀山，遍攬環台濱海之勝、歷探中央群嶽之奇。農工公賈、漁樵僧隱多所相識。文字因緣，與海內外名士輒有過從，諺云：「師造物以養浩然」、「鑒人情而知世故」，名山大川無非良師，三教九流皆當益友。既入世則難脫俗累，塵事紛紜，甘苦自知。嘗言：「心緒萬般託筆端。」有所感則吐之以詩，半紀風塵，一事無成，惟有詩篇長存胸臆。雖曰嘔心瀝血，自知無用於世，故少存稿，文壇知己屢勸付梓，而殘篇斷簡，聊誌雪鴻，實懶回顧。癸未歲，舍侄洪惠燕為撰論文，四處搜尋舊作，費時年餘，得詩五百餘首，累整成篇。至友台大曾永義教授屢推撰序，高情難卻，爰以「員嶠輕塵」銘集。蓋台灣古稱台員，譽為仙鄉，故有「員嶠」之名。余有幸生於斯，長於斯，安身立命於斯，其情難割，用其名，以示不忘本也。

　　復憶早歲，以萬丈豪情，冀建功業，風雲叱咤，與群英並肩奮鬥。披肝膽、輸熱血，揚名立萬於時。惟目睹滄桑之變，感世事之無常，人生百歲，黃梁一夢，成敗得失，本不足為意，惟世網所纏，罣礙偏多，書劍風塵，實忍追憶；而人情恩義，焉敢忘乎！不妨留此詩篇，俾作生涯紀錄，靜齋文餘，聊資遣懷，亦屬雅事耳。

　　挑燈重讀舊稿，往事歷歷，如在目前。儘管世路崎嶇，幾多歡笑幾多愁，盡如足邊輕塵，久已消散於無蹤矣。「平生多少事，盡付足邊塵。」取「輕塵」以名集，誌所感也。

　　依稀塵夢初醒，梅窗月朗夜無聲。驀然回首，似有一縷莫名奇愁，縈繞心頭。噫！浮生、浮生……！

　　煙雲富貴悟浮生，緣底難拋一字情。

　　刻骨銘心多少事，聊存詩卷記征程。

施文炳2005年初春，草於北頭無瑕小築

夜讀自勵　1947

雪案青燈夜不眠　韶光如矢莫容先

書生當有掀天志　蓋世功名在少年

中秋夜感懷[1]　1949中秋夜於岡山空軍官校

風冷鐙殘漏已深　夢迴孤館獨沉吟

擁衾忍對簷前月　誰解離人此夜心

溪頭紀勝[2]　1951.2

杉林插漢鳥聲酣　樓外雲煙鎖翠嵐

臥聽宵來風喚雨　催人春夢落江南

書懷　1951.2

頂天立地作雄才　大業千秋手自開

欲把聲名傳宇內　不因百折志便灰

觀海[3]　1951.6

觀海心爭闊　登高氣釀豪　浩然思造物　一嘯萬山號

詩文之友社夜宴，即席賦呈王友芬洪寶昆諸詞長[4]　1953

一、嘆鳳傷麟吾道哀　頹風待挽仗賢才

太平洋上波濤壯　珍重新篇繼福台

---

1 本作品收錄於洪寶昆編：《現代詩選第一集》（台北：詩文之友社，民國56年1月初
版）頁299。

2 同註1。

3 本作品刊載於洪寶昆編：《現代詩選第一集》（台北：詩文之友社，民國56年1月初
版）頁300。

4 台灣文化初祖沈斯庵創東吟社於台南，有福台新詠。
民國41年10月洪寶昆先生創瀛海吟草，共出三期，42年4月更名為詩文之友，當月出
版第一期、時拜識王友芬、洪寶昆、林荊南，三先生於彰化，蒙不棄許為忘年，亦師
亦友，交誼至深。友芬先生與夫人邱淑英女史，視炳如己子，常蒙關懷照顧，炳亦敬
之如父母，數十年如一日，恩義深重，永銘於心，不敢忘也。

二、狂歌舞劍且徘徊　百尺樓高酒滿杯
　　放眼乾坤春正麗　吟邊莫問劫餘灰

燈花　～1954　鹿江聯吟會擊缽

銀釭結蕊耀房中　更有瓶花相映紅
開到三更猶未落　鴛鴦帳裡兆夢熊

走馬燈

一盞銀釭艷　玉驄騁紙城　光搖雙鐙駛　影映四蹄輕
踐雪隨輪轉　追風繞炬行　蘭膏燃不夜　龍化待雞鳴

撲蝶[1]　～1955　掄元

一、紈扇追隨粉翅蹤　忙揮玉腕興方濃
　　花間忽見雙雙舞　觸動春心暈滿容
二、群娃結伴共追蹤　揮扇護芳眷意濃
　　莫訝甘心摧粉翅　免教竊玉損花容

釣月　1955　鹿港春季聯吟　第一首掄元

一、垂綸鼓世趁江春　正值元宵興更新
　　寄語群魚休避餌　一竿逸趣在冰輪
二、玉輪高照曲江濱　露濕衣裳夜色新
　　為愛嫦娥常作伴　投竿不覺到清晨

池魚　1955

波光瀲豔綠楊垂　尺影穿花澗藻隨
漫笑塘中空戲水　禹門終有躍登時

1　本作品收錄於周定山編輯《台灣擊缽詩選第一集》（台北：詩文之友社，民國53年2月）頁228，及洪寶昆編：《現代詩選第一集》（台北：詩文之友社，民國56年1月初版）頁300。

競渡　1955　掄元

湘江五月水澌澌　　正是輕帆競賽時
破浪乘風爭奪錦　　一舟先到一舟追

仲夏宵遊　1955

一、攜杖軍山下　尋詩遣客懷　荷池浮綠葉　玉露濕青鞋
　　月上花香動　風搖竹韻佳　心幽煩暑去　忘卻在天涯
二、整天日似火　消暑夜偏佳　獨步思情侶　高吟悵客懷
　　怕聞人弄笛　忍見月窺槐　無賴雙螢火　偏飛繞翠崖

過鹿江　1955

西風萬里報新秋　　對景無端起俗愁
借問鹿江江上水　　因何日夜不停留

烈士魂　1955

頭顱一擲定乾坤　　血濺黃花浩氣存
俠骨灰飛神萬縷　　千秋磅礡壯中原

睡鶴　1956

一、高潔悠閒自出奇　白衣丹頂羨仙姿
　　儼然一幅超塵畫　夜靜山中月滿時
二、清唳和風舞妙姿　蟠桃壽宴憶瑤池
　　酣眠任笑忘年月　沖宇鳴皋必有時

哭李勝彥[1]　1957

1 李勝彥頗具才華，工小楷，善命相之學，為詩有捷才，素自恃甚高，余常任詞宗，惟二十年來，從未選李為第一，李不信，常戲誓曰：「此生不獲文炳選為第一，死不瞑目。」然屢選不中，乃改口曰：「此生如獲文炳先選為第一，死亦甘心。」1989年，於高雄召開全國詩人大會，余選課題首唱律詩，初次取李為第一，當日大會另二題，李皆獲第一，一日連中三元，騷壇少見。一、二月後，李夜歸時，死於車禍，年

一、不愧青蓮後　文章似有神　掄元方報捷　戲誓竟成眞
　　佳句堪千古　知音少一人　騷壇悲折將　鷗鷺盡沾巾
二、英雄悲失路　何必問前因　玩世江湖闊　論交道義臻
　　才奇天竟妒　魂杳酒空陳　寂寞寧南過　林花自作春

冬日漫興[1]　1958.1　鹿港丁酉聯吟首唱　掄元

小陽時節暖如烘　攜杖漫遊小院東
雪映遠山涵鬢白　菊殘荒圃遜楓紅
乾坤滿眼情何似　歲月驚心思不窮
樽酒樓頭堪一醉　浮生閒日幾回同

銘硯[2]　1958

月窟貯秋光　雲根含古色　偉器重研磨　貞心以入德

題羅漢圖[3]　1958

菱花皎潔照靈台　如見澄空絕點埃
萬法莊嚴含妙用　天魔轉念即如來

尋梅[4]　～1959　鹿港聯吟會擊缽　掄元

玉骨冰肌不染塵　隴頭幾樹笑迎人
東風驢背山巔雪　獨占江南第一春

四十六，其才天妒，良可惜也。
1　本作品收錄於周定山編輯《台灣擊缽詩選第一集》（台北：詩文之友社，民國53年
　　2月）頁14，及洪寶昆編《現代詩選第一集》（台北：詩文之友社，民國56年1月初
　　版）頁303。
2　雲根，石也。
　　本作品收錄於施文炳發行：《鹿港詩書畫學會會員作品展專集》（鹿港：鹿江詩書畫
　　學會，民國89年1月）頁25。
3　原作承句爲「色相空時智慧開」因與龍山寺九龍池有句重複，故改之。
4　本作品收錄於洪寶昆高泰山編輯《台灣擊缽詩選第二集》（台北：詩文之友社，民國
　　58年6月）頁311。

遊牡丹園[1] 1959.3

尋芳拾句牡丹園　　景值三春意倍溫

倘得花間長日醉　　何須世外覓桃源

詩脾[2] 1959　鹿港聯吟會擊缽　掄元

靈台生氣互通神　　三百無邪見性眞

七碗龍團清沁後　　豪情寫出十分春

題仕女圖　～1960

蘭閨春靜日遲遲　　淨几焚香入妙思

展卷無言空淺笑　　芳心何屬有誰知

樵徑　～1960

沿崖疊石徑如梯　　攜斧歸來意轉迷

當日殺樵心術險　　至今人責漢三齊

寒夜吳醉蓮邀飲南投　～1960

高隱南崗愜素心　　興來把酒作豪吟

一壺香溢明月夜　　坐對梅花細細斟

書聲　～1960

一卷燈前樂可知　　分明句讀聽來奇

咿唔慢笑喧終夜　　蓋世功名蘊此時

蟬琴　～1960

疑是無絃韻絕佳　　棲煙吸露響高槐

1　牡丹園在日月潭，係鄒族觀光花園之一。

2　本作品刊載於洪寶昆編：《現代詩選第一集》（台北：詩文之友社，民國56年1月初版）頁300。

秋風動處聲猶切　一縷清愁縮客懷

竹葉青[1]　1960

醇醪香透飲方酣　竹葉搖青落酒罈
一醉陶然林下臥　杏花細雨夢江南

鹿江泛月[2]　～1960　鹿江聯吟會擊缽

一、雙槳輕搖逸興馳　江山如畫夜何其
　　波沉鹿水粼粼月　曲唱西風瑟瑟詞
　　把盞吟秋酬舊約　臨流垂釣共新知
　　有人舟上調清管　欸乃聲傳水一涯
二、輕舟搖曳水漣漪　皓魄當空景色宜
　　萬里婆娑浮桂影　一輪瀲灩映江湄
　　扣絃奏樂歌聲起　擊缽催詩逸興馳
　　難得良宵賡雅會　放懷天地醉瓊巵
三、蘭舟一葉泛漣漪　共對西風把酒巵
　　淺醉低吟蘇子賦　狂歌高唱庾公詞
　　光分上下雙輪映　身任浮沉四海之
　　興盡江鄉歸去也　滿船明月滿囊詩

十宜樓懷古　1960

春風曲巷蹟空留　世事滄桑感不休
無限登臨懷古意　攜樽重上十宜樓

九曲巷聞琵琶有作[3]　1960

1　竹葉青，台灣公賣局出品，其色青如竹葉，味甘醇，美酒也。
2　本作品第二首收錄於周定山編輯《台灣擊缽詩選第一集》（台北：詩文之友社，民國
　53年2月）頁29及洪寶昆編：《現代詩選第一集》（台北：詩文之友社，民國56年1月
　初版）頁303。
3　某日於金盛巷聞琵琶聲，於腳踏車上所寫，即到王宅示漢英。

分明一曲訴辛酸　隔巷琵琶古調彈
莫更繁華談二鹿　危樓斜對夕陽殘

仲夏宵遊　1960

漫步軍山下　尋詩遣客懷　荷池浮綠葉　玉露濕青鞋
月上花香動　風搖竹韻諧　心幽煩暑去　忘卻在天涯

鄭成功開台三百周年紀念

焚儒高豎漢家旌　移孝全忠誓復明
金廈威揚寒滿膽　台澎功建逐荷兵
蹟留海嶠衣冠在　星隕磚城社稷傾
壯志未酬公莫恨　萬邦終古仰英名

漁娃　1960.7　半閒吟社課題

裝束裙釵少　生涯在海灘　朝朝忙結網　春思託洄瀾

眉原曉起[1]　1960

清流橋下水潺湲　谷口雲封曉趣閒
夢醒眉原春訊早　梅花如雪點前山

優勝盃　1960.9　半閒吟社課題

一、技奪天工巧琢鑴　晶瑩絕類夜光鮮
　　一樽藝苑標優勝　百戰騷壇奏凱旋
　　姓氏重看登虎榜　詩闈報捷記蟬聯
　　卞和璧與江花筆　爭及千秋擁霸權
二、鑄銀巧飾一樽圓　坐擁騷壇貴極天

---

1 本作品收錄於洪寶昆、施少峰編著：《現代詩選第二集》（彰化：詩文之友社，民國
60年11月初版）頁297。

不向沙場裝美酒　端宜壇坫獎佳篇
連城價重原堪擬　九鼎聲華藉此傳
三次奪魁千古少　論功端合勒群賢

椰雨[1]　1960　全國詩人大會

夾道風聲椰葉翻　沛然一雨暗乾坤
瀟瀟逸響催詩急　南國歸思斷客魂

柳下聽鶯[2]　1960　仝上

雙柑斗酒趁春晴　出谷金衣得意鳴
賞勝人貪春綺麗　尋詩我愛韻輕清
為憐百轉調新曲　何似千絲攜客情
堤畔傾樽頻側耳　間關猶作故園聲

電燈泡　～1961　鹿江聯吟會擊缽

銅套琉璃巧吹成　真空電導製微精
漫嗤腹大腸偏細　能放光輝致太平

電視[3]　1961.1　半閒吟社課題　掄元

風物傳真電可調　萬千世態映昭昭
此中遮莫論真幻　聲色人間一幕描

傷時[4]　1961

午後片時閑　鄴架展書讀　今朝節立秋　酷熱猶三伏

---

1 椰雨、柳下聽鶯二首係余首次參加全國詩人大會之作。特紀之。
2 柳下聽鶯、椰雨二首係余首次參加全國詩人大會之作。特紀之。
3 本作品收錄於周定山編輯《台灣擊缽詩選第一集》（台北：詩文之友社，民國53年2月）頁294及洪寶昆編《現代詩選第一集》（台北：詩文之友社，民國56年1月初版）頁300。
4 本作品作於白色恐怖年代，忌對政府有所批評，恐惹殺身之禍，奉父命以及洪寶昆先生警告，而不敢發表，稿存書籃，近整理舊檔時發現，特與補入，藉誌當年事也。

揮扇汗如珠　解衣思坦腹　雪藕頻調冰　聊以滌煩燠
典奧久留神　意倦閉雙目　偶來一窗風　盆蘭散幽馥
滿室新涼生　清爽逾薰沐　情適更忘形　曲肱枕案牘
魂漸入華胥　頃刻幻蕉鹿　彩筆夢江淹　妙句拈來速
耳邊忽有聲　疑似鶯啼谷　醒來舉頭看　茅齋唯我獨
架上電話機　鈴聲斷又續　曾約上西巒　臨行推速速
自笑風塵身　那來清靜福　束裝急喚車　遙指山之腹
生計本累人　江湖長馳逐　枉讀萬卷書　烏私爲養蓄
空懷入世心　時艱長雌伏　嗷嗷憂眾生　絕境如舟覆
官貪政不清　傷民毒如蝮　物價日升揚　工賤酬偏縮
貧者無宿糧　兒飢半夜哭　濟困常傾囊　自慚力窘魇
邦國不可依　保眾安有孰　何以解倒懸　苦思繼昏夙
老天若垂憐　雨順歲三熟　但願民飢時　皆有一瓢粥
更盼世昇平　百業皆興復　閭里起笙歌　蒼黎同鼓腹

定塞望洋[1]　1961　第一首全國掄元

一、浩蕩乾坤一展眉　　登臨攬轡發遐思
　　驅荷瀛海樓船渺　　抗日軍山炮壘遺
　　目極汪洋橫弱水　　人來絕頂弔荒碑
　　大鯨魂與靈胥浪　　終古鯤溟伴虎旗
二、秋風絕頂馬蹄遲　　極目沖西發浩思
　　撼岸濤奔鼉鼓遠　　滔天浪捲蜃樓危
　　七鯤水闊沉紅日　　八卦山高渺黑旗
　　今古滄桑歸一瞬　　佛陀無語只低眉

1　本作品第一首收錄於《彰化文獻叢書第二輯彰縣八景》（彰化縣文獻委員會發行，民國51年5月）頁8，第二首收錄於同上頁九，第三首收錄於同上頁十。周定山編輯《台灣擊缽詩選第一集》（台北：詩文之友社，民國53年2月）頁22及洪寶昆編：《現代詩選第一集》（台北：詩文之友社，民國56年1月初版）頁301。本作品第二首收錄於洪寶昆編：《現代詩選第一集》（台北：詩文之友社，民國56年1月初版）頁301-302。

三、西望汪洋動浩思　　遙波物逐世推移
　　鯨回鯤海愁朱鳥　　虎踞軍山壯黑旗[1]
　　境擁巍峨人顧盼　　跡留偉大佛慈悲
　　白雲蒼狗尋常事　　無限風光獨展眉

卦山春曉[2]　　1961.6　彰化八景徵詩

一、軍山曙色尚朦朧　　淡蕩輕搖柳浪風
　　古徑雲埋碉堡廢　　豐亭月落戍樓空
　　岡巒疊翠晨煙外　　花木爭榮曉霧中
　　香氣襲人春在握　　登臨遙挹影瞳瞳
二、形勝天開一縣雄　　山涵八極鎮瀛東
　　新鶯宛轉穿春柳　　荒塞盤旋盪曉風
　　浴試靈泉紅日近　　禮參大佛黑旗空
　　至今碧血餘陳跡　　弔古人融曙色中

唱片[3]　　1961　半閒吟社課題　掄元

一、針引機旋奏韻清　　深宵伴我遣閒情
　　悽涼一曲荒城月　　觸動春愁憶遠征
二、纖紋環繞月晶瑩　　巧渡金針轉有聲
　　何必臨流頻洗耳　　世間萬籟聽分明

鹽田

1　朱鳥，明朝皇帝姓朱。黑旗，劉永福黑旗軍。鯨回，鄭成功生時（日本平戶），天海
　變紅，有巨鯨出現，死時，民見鄭成功騎鯨魚飛向西方而去，故有「大鯨魂」一語，
　以稱鄭成功。
2　本作品第一首收錄於《彰化文獻叢書第二輯彰化八景》（彰化：彰化縣文獻委員會，
　民國51年5月）頁5及洪寶昆編：《現代詩選第一集》（台北：詩文之友社，民國56年
　1月初版）頁303。本作品第二首收錄於《彰化文獻叢書第二輯彰化八景》（彰化：
　彰化縣文獻委員會，民國51年5月）頁7。
3　荒城之月乃日本電影主題曲，因劇情香艷動人、歌曲哀怨淒涼，而成為家喻戶曉之流
　行歌曲。
　本作品第一首收錄於洪寶昆、高泰山編輯《台灣擊缽詩選第二集》（台北：詩文之友
　社，民國58年6月）頁370。

引潮恰似灌田疇　日晒堆成潔可收

一片翻來如白雪　欲調鼎鼐此中求

唱片

溶膠鑄月灌便成　機轉針傳便有聲

太息風行皆俗調　何當雅韻奏昇平

霧社春晚[1]　1961.3

寂寂平湖印晚天　數聲啼鳥一林煙

畫船載取春歸去　片片櫻花落澗邊

鹿港懷古　～1961　步郭茂松原韻（文祠武廟重修時）

一、潮漲潮平眼界開　潮聲淘盡幾人才

　　沙灘日落鷗眠穩　不見飛帆海上來

二、無復芹香出泮池[2]　當年遺蹟弔憑詩

　　野花零落青雲路　似聽絃歌憶稚時[3]

三、江渺帆檣夢已賒　炊煙夕照萬人家

　　楊公橋上頻回首　蘆管秋風冷岸花[4]

四、十宜樓[5]畔話從前　人去空留屋數椽

---

1 霧社有碧湖，又名青潭，即霧大水庫也。本作品收錄於洪寶昆編：《現代詩選第一集》（台北：詩文之友社，民國56年1月初版）頁299。

2 昔日士子及第，必回鄉祭孔謝師恩，遊泮水為一大盛事，泮池原種有白蓮花，旁則種芹菜，採芹即採其勤之意也。

3 本作品第一首為鹿港文昌祠題壁，親撰並書。

4 本作品第三首所言為昔日三板、航船停泊到楊公橋一帶，裝卸貨物。少時孩童取蘆草作笛吹之，其韻清切，今不復見。

5 十宜樓有騎樓橫跨金盛巷如十字故名。某年中秋施梅樵等十位名士，夜宴櫟社林幼春於樓，時日人據台，台民抵死以抗，惜未濟，梅老嘆曰：吾輩枉讀詩書，愧不能為國披肝瀝膽，皆如廢人。林幼春曰：書生報國當以筆當戈，留得青山在，不患恢復無日，惟寄情風月以待時耳。而此樓宜詩、宜酒、宜書、宜畫、宜琴、宜棋、宜煙、宜茶、宜古、宜今。乃以十宜名樓。定期集會，明則文宴，暗圖恢復，於是梅樵、子敏諸先生乃相繼赴台灣北中南各地設社，傳播漢學，一時各地詩社如雨後春筍，有志青年爭相參與，日人領台半世紀，吾台文化得以存者，諸公功不可沒也。

相傳十老即施梅樵、莊太岳、林幼春、陳子敏、蔡子昭、王席聘、施少雨、許劍漁、洪棄生、陳懷庭諸先生也。

曲巷徘徊尋勝蹟　紅磚斜照色猶鮮

◎本作品榮獲2005年第十六屆金曲獎傳統暨藝術音樂最佳作詞人獎

埔里初會王梓聖詞長[1]　1961

燈前把酒話塵蹤　十載神交此夕逢

明日天涯留綺夢　愛蘭皓月醒靈鐘

鳳凰山偶感

江湖落魄志難伸　竹杖芒鞋感慨頻

惆悵尋春春寂寂　名山躑躅一詩人

夜宿溪頭　1961

朦朧樹影與樓齊　諒是山高覺月低

領略蒼巒春夜趣　消燈臥聽鳥清啼

玉山紀遊　1961.6

獨立山遠眺[2]

乘興來探海外奇　有佳風景可無詩

諸羅極目炎陽下　獨立山頭獨立時

車過平遮那

穿雲駕霧壯詩懷　觸眼高山景絕佳

一路車行風爽颯　載將清夢過幽崖

阿里山神木

鐵幹孤高歲幾千　化龍氣勢獨巍然

---

1 愛蘭橋邊有醒靈寺，埔里名勝也。本作品收錄於王梓聖著：《王梓聖詩集》（民國86年2月18日）。

2 立於獨立山頭，嘉義平原盡收眼底，令人豁然。本作品收錄於洪寶昆、施少峰編著：《現代詩選第二集》（彰化：詩文之友社，民國60年11月初版）頁295。

頻經雷火滄桑劫　依舊雄姿翠插天

姊妹潭[1]

一、錦鱗逐藻柳垂絲　綠水方亭入眼奇

　　花徑雲埋春隱約　山容如笑誘人思

二、禪中妙境畫中詩　翠嶂煙迷景幻奇

　　萬籟無聲人跡絕　空潭花落水漣漪

夜宿阿里山[2]

花落空庭客思閑　子規聲裡夢鄉關

明朝鐵杖雄心在　直上蓬萊第一山

阿里山雲海[3]

叢林隱約影沉浮　澗壑寒生夏似秋

四顧雲濤驚萬疊　幾疑身擁大洋舟

過新高口[4]

古木森森插漢霄　釘鞋鐵杖路迢迢

多情時有畫眉鳥　啼向空山慰寂寥

石山路上[5]

鳥語深林人跡稀　石山繞徑草離離

重巒環鎖荊榛地　別有桃源竟不知

1　本作品第一首收錄於洪寶昆、施少峰編著：《現代詩選第二集》（彰化：詩文之友社，民國60年11月初版）頁295。

2　同註1。

3　同註1。

4　同註1。

5　本作品收錄於洪寶昆、施少峰編著：《現代詩選第二集》（彰化：詩文之友社，民國60年11月初版）頁295。

石山[1]

天外誰知別有天　花開花落自年年

靜聽萬籟超塵外　山是蓬萊客是仙

鹿林測候所[2]

六月驕陽竟失威　無窮造化見神奇

氣層到此嚴分界　冷暖人間一線知

鹿林凌晨即句

寂然臨秘境　神思入清虛　星淡天將曙　朦朧憶太初

曉發鹿林[3]

扶筇陟嶺徑如梯　眼底群峰與足齊

峽谷風嘶山鬼嘯　疏林月落怪禽啼

天邊雲彩光生曉　岩上霜花白似圭

回首鹿林看隱約　悠然詩思透靈犀

五公里[4]

一、瑟縮扶筇向曉行　岡巒睡醒笑相迎

　　雲封絕谷深難測　路斷峰腰險輒生

二、險徑艱難又一程　排空群嶽勢崚嶒

　　天風浩浩雲縹緲　信步凌虛快意生

1　本作品收錄於洪寶昆、施少峰編著：《現代詩選第二集》（彰化：詩文之友社，民國60年11月初版）頁296。

2　本作品收錄於洪寶昆、施少峰編著：《現代詩選第二集》（彰化：詩文之友社，民國60年11月初版）頁296。

3　本作品收錄於施文炳發行：《鹿港詩書畫學會會員作品展專集》（鹿港：鹿江詩書畫學會，民國89年1月）頁25及洪寶昆、施少峰編著：《現代詩選第二集》（彰化：詩文之友社，民國60年11月初版）頁296。

4　本作品第一首收錄於洪寶昆、施少峰編著：《現代詩選第二集》（彰化：詩文之友社，民國60年11月初版）296。

遠眺南玉山[1]　3381公尺

萬籟驚奇寂　南山氣象雄　天邊開霽色　一抹曉雲紅

過白木林[2]

曳杖登臨石徑蟠　巍然風景上豪端
空山劫火千年後　白幹成林壯大觀

排雲山莊路上[3]

一聲長嘯效龍吟　峽谷音回氣凜森
百獸聞風皆匿跡　空餘雲霧鎖寒林

南峰　3709公尺

巨嶂如屏聳碧空　南峰指顧勢偏雄
疑真鬼斧崖如削　險極方驚造物工

西峰[4]　3528公尺

一、攀籐倒木且成橋　狹徑斜升接碧霄
　　萬劫生平無此險　任教鐵石也神搖
二、杉林擁翠接峰巔　天闊山高景豁然
　　妙筆難描塵外意　裁奇撮勝入詩篇

歡迎門[5]

1 本作品收錄於洪寶昆、施少峰編著：《現代詩選第二集》（彰化：詩文之友社，民國60年11月初版）頁296。
2 同前頁註3。
3 玉山一帶有黑熊出沒，登山者每在高處引吭高號，熊聞聲必逃。爲策安全也。本作品收錄於洪寶昆、施少峰編著：《現代詩選第二集》（彰化：詩文之友社，民國60年11月初版）頁296。
4 本作品第一首收錄於洪寶昆、施少峰編著：《現代詩選第二集》（彰化：詩文之友社，民國60年11月初版）頁296。
5 本作品收錄於李冰人執行編輯：《傳統詩集第一輯》（台北：中華民國傳統詩學會，民國68年7月）頁39及洪寶昆、施少峰編著：《現代詩選第二集》（彰化：詩文之友社，民國60年11月初版）頁296。

蒼松盤鬱拱成門[1] 風口氣稀眼幾昏[2]
舉手欲掀天地秘 萬山臣伏一山尊

過風口往北峰[3] 3528公尺

摩崖躡足側身行 險嶂難攀力強撐
浹背汗流風刺骨 一身冷熱兩相爭

遙眺東峰[4] 3940公尺

一峰挺拔勢奇危 雄鎮東方見偉姿
造物有心成峻極 擎天五嶽象威儀

攀登玉山主峰[5]

一、斷崖峭壁阻人行 此是蓬萊最上層
　　天設重關嚴鎖鑰 我來捷足試攀登
二、萬仞山高更一層 此心直覺與天澂
　　乾坤俱寂時空止 瞬息悟來即永恆
三、日出寒威減 山高大氣稀 仰觀天咫尺 雲壓萬峰飛

登玉山絕頂[6] 3952公尺

一、天教太璞鎮瀛東 絕巘憑臨眼界雄
　　曠我豪懷呼萬歲 心靈造化兩相融
二、浩然天地覓元真 物外渾忘有此身

1 近峰口有兩株老松，曲拱如門，似有迎客之狀，登山者皆呼為歡迎門，成為玉山地標之一。
2 山高空氣稀薄，呼吸困難、頭昏，高山病也。
3 本作品收錄於洪寶昆、施少峰編著：《現代詩選第二集》（彰化：詩文之友社，民國60年11月初版）頁296。
4 玉山共有東、西、南、北四峰及主峰，而有五嶽朝天之稱。
5 本作品收錄於洪寶昆、施少峰編著：《現代詩選第二集》（彰化：詩文之友社，民國60年11月初版）頁297。
6 本作品收錄於洪寶昆、施少峰編著：《現代詩選第二集》（彰化：詩文之友社，民國60年11月初版）頁297。及施文炳發行：《鹿港詩書畫學會會員作品展專集》（鹿港：鹿江詩書畫學會，民國89年1月）。

試向滄溟舒遠眼　不知人海正揚塵

三、穹窿溥博豁吟眸　浩蕩胸懷隘九州

　　手撥劫塵看世界　振衣大笑玉山頭

雙龍道中[1] 1961

林風駘蕩汽車輕　踐約登高趁曉晴

空谷樵歌流古韻　荒村番語雜嬌聲

清泉洗耳閑中趣　異鳥談春世外情

何日雙肩拋俗累　買山長此樂餘生

辛丑詩人節鹿江雅集 1961

一、令節中天弔汨羅　缽聲敲盪鹿江波

　　漫空梅雨蒼生淚　亙古騷魂愛國歌

　　勵志椎秦吟轉極　虞詩弔屈感偏多

　　菖蒲劍興騷人筆　合待中興作魯戈

二、忠魂喚起合高歌　辛丑詩盟感若何

　　除癘驅邪蒲作劍　誅奸建國筆爲戈

　　會開洛渚情偏切　客弔湘江恨轉多

　　濟濟衣冠虞令節　中興待整舊山河

姑姑山即景[2] 1961.9

清溪流水白雲間　九月林深鳥語閑

誰報蓬壺秋信息　幾株楓樹點青山

秋夜客懷 1961.9 於水里

---

1 本作品收錄於洪寶崑編：《現代詩選第一集》（台北：詩文之友社，民國56年1月初
　版）頁301。
2 相傳日本戰敗，撤退前埋寶於此，有許平卿者雇大批工人在此掘寶，經數年，無所
　獲，許氏亦在上山途中，因車禍喪生。本作品刊載於洪寶崑編：《現代詩選第一集》
　（台北：詩文之友社，民國56年1月初版）頁299。

一肩書劍賦長征　浪跡江湖志未成
孤館青燈遊子恨　山城寒杵故鄉情
窗含霜月悲秋冷　星落關河惹夢驚
多事西風侵客枕　最難消受夜三更

便餐　1961.10　半閒吟社課題

稀粥青蔬淡　安貧勝美肴　簞瓢顏子樂　羞煞肉盈庖

賞菊[1]　1962.6　鹿港聯吟會例會

一、扶筇老圃興頻添　爲愛孤芳冷豈嫌
　　把酒狂吟花亦笑　東籬醉倚撚霜髯
二、風雨重陽後　尋盟處土家　秋容欣淡泊　午夢笑繁華
　　子美情偏重　淵明與倍賒　東籬堪小隱　詩酒足生涯

稻孕[2]　1962.9　掄元　半閒吟社課題

一、成實嘉禾壓隴斜　瑞徵大有驗交花
　　隔洋餓莩塡溝壑[3]　無復秧歌[4]樂可誇
二、佳種天遺后稷家　惠風和露把精華
　　芳莖胎息蒼生繫　一穗真堪母德誇

儒林修褉[5]　1962　全國大會　掄元

1　本作品第一首收錄於文炳輯：〈三台擊缽錄〉《福建月刊雜誌第十八期》（台北：福建月刊社，民國61年11月）頁87（壬子重陽彰化縣詩人聯誼會成立大會作）。
　　本作品第二首收錄於周定山編輯《台灣擊缽詩選第一集》（台北：詩文之友社，民國53年2月）頁197及高明誠編著《律聯韻粹》（民國88年）。
2　本作品第一首被收錄於周定山編輯《台灣擊缽詩選第一集》（台北：詩文之友社，民國53年2月）頁307。
3　時國外頻傳，大陸文化革命，餓死者眾，情形至慘，唯大陸稱鐵幕與外界隔絕，實情不得而知。
4　〈秧歌〉爲當時流行於中國大陸之歌曲也。
5　本作品收錄於周定山編輯《台灣擊缽詩選第一集》（台北：詩文之友社，民國53年2月）頁2及洪寶昆編：《現代詩選第一集》（台北：詩文之友社，民國56年1月初版）頁303。

勝會儒林壯鼓旗　不祥除被喜虞詩
江山多故傷沉溺　觸詠無端感別離
敢把文章追韻事　合披肝膽濟危時
椎秦待舉詩人筆　共策中興起義師

戀春[1]　1962　全國大會　掄元

柳懶花慵雨霽初　韶光如矢獨稀噓
夕陽芳草儒林路　策杖留連莫笑予

太空艙[2]　1962.10　半閒吟社課題

一、火箭沖扶入九蒼　載將人類闢洪荒
　　天文盡說神奇甚　科學終超造化強
　　玉宇無涯飛藉電　銀河有路駛由航
　　一艙世紀開新頁　待向星球遠拓疆
二、奇器功爭造物強　一艙精妙豈尋常
　　升憑火箭操憑電　上測星球下測疆
　　已覺人間趨進化　宜從世外策伸張
　　征空應作和平計　星際待開睦樂鄉
三、窺測星球奧秘方　機船巧製電操航
　　超空火箭凌空射　急閃音波繞地翔
　　塵世已無乾淨土　靈霄尚有自由鄉
　　艱難苦闢新天界　切莫形成冷戰場

詩文之友十周年慶[3]　1962

---

1 本作品收錄於周定山編輯《台灣擊缽詩選第一集》（台北：詩文之友社，民國53年2月）頁304。
2 本作品收錄於周定山編輯《台灣擊缽詩選第一集》（台北：詩文之友社，民國53年2月）頁111及洪寶昆編：《現代詩選第一集》（台北：詩文之友社，民國56年1月初版）頁302。
3 本作品刊載於洪寶昆編：《現代詩選第一集》（台北：詩文之友社，民國56年1月初版）頁302。

艱難勳績著台陽　　名教扶持動八荒
末世心聲輸血汗　　危時筆力挾風霜
起衰文運知誰任　　喚醒詩魂合自強
海國十年舟共濟　　中興旗鼓仰堂皇

跨越中央山脈赴花蓮　1962隆冬

越嶺翻山力幾微　　奇萊風雪滿征衣
艱難歷盡重關顯　　始信冥冥有化機

三樂酒家席上次蔡崇山茂林詞長惠贈原玉[1]　1963

翰墨緣深繫客舟　　興來縱酒共登樓
東風柳色春如醉　　夜雨詩聲韻細流
踏月楊橋追綺夢　　飛觴菱社憶珍饈
羈情同寄沖西水　　忘卻他鄉歲幾周

菊笑[2]　1963.1　半閒吟社課題

黃花媚眼爲誰青　　秋老東籬喜露形
獨與陶公爭晚節　　群花難望仰芳型

西巒大山即句

鐵杖重攜秘景探　　群山如畫暮雲酣
滌凡爭說溪聲好　　流盡韶光總不堪

1　崇山蔡茂林鹿港四傑之一，才捷思敏，落筆成章，常道人之不能道者，詩壇稱爲鬼才，寄居溪湖開館授徒終老於斯。
　夜訪溪湖，蔡茂林詞長與多位至友邀飲酒家，時正流行武俠小說，席上蔡以武俠小說用詞革懷詩七律一首，係吾台有史？一首以武俠小說用詞所撰漢詩也，（見唱酬集）故特以其詩意和之，以作永念也。
　溪湖有菱香詩社。
　本作品刊載於洪寶昆編：《現代詩選第一集》（台北：詩文之友社，民國56年1月初版）頁301。
2　本作品收錄於周定山編輯《台灣擊缽詩選第一集》（台北：詩文之友社，民國53年2月）頁331。

月光浴[1]　　1963.2　半閒吟社課題

潔身何必水澄泓　消受蟾輝別有情

人海逆流驚激濁　光波坐沐養冰清

鬧洞房[2]　　1963.5　鹿港聯吟會例會擊缽　掄元（王天賜詞長銘勳君吉席）

輝煌花燭燦華堂　樂奏關雎喜氣揚

合巹綺筵開玳瑁　生花彩筆寫鴛鴦

佳篇妙句催粧急　忸態諧辭引興長

滿座歡聲喧徹夜　良宵惱煞是新郎

題台灣擊缽詩選[3]　　19631.2

太息神州劫火紅　中興文運十年功

海東萬斛珠璣麗　盡入珊瑚一綱中

腹劍[4]　　1963.12　半閒吟社課題

一、鋒鋩藏舌柄藏心　利慾薰時殺氣森

　　莫向臨岐輕一試　昭昭天道不容侵

二、鋒鑄胸中蓄意深　便便誤作貯詞林

　　蘊藏口蜜如鵜血　不淬良心淬妒心

海鳴　　1964　半閒課題

---

1 本作品收錄於洪寶昆編：《現代詩選第一集》（台北：詩文之友社，民國56年1月初版）頁300。

2 本作品收錄於洪寶昆、高泰山編輯《台灣擊缽詩選第二集》（台北：詩文之友社，民國58年6月）頁146及洪寶昆編：《現代詩選第一集》（台北：詩文之友社，民國56年1月初版）頁303。

3 本作品收錄於周定山編輯《台灣擊缽詩選第一集》（台北：詩文之友社，民國53年2月）頁12及洪寶昆編：《現代詩選第一集》（台北：詩文之友社，民國56年1月初版）頁300。

4 本作品第一首收錄於洪寶昆編：《現代詩選第一集》（台北：詩文之友社，民國56年1月初版）頁300。
　本作品第二首收錄於周定山編輯《台灣擊缽詩選第一集》（台北：詩文之友社，民國53年2月）頁340。

一、遙天浪鼓七洋波　捲雨號雲氣勢多
　　把劍臨流聲振耳　雄心直欲斬蛟鼉

二、萬疊雷奔萬馬多　搖天聲勢撼山河
　　風雲際會波濤吼　疑是驪龍出水歌

三、潮落雷轟入夜多　驚人巨吼動山河
　　波臣似解王師意　先遣靈鼉唱凱歌

甲辰小春客巒大山旬日，望夜獨對明月遙念高堂病重不能歸侍，終宵輾轉，愴然賦此[1] 1964

一、秋林風緊日西斜　絕壑雲深噪亂鴉
　　萬里高堂悲病榻　無邊愁思落天涯

二、孤燈如豆夜淒清　客路風霜百感縈
　　一事傷心難入夢　倚門白髮數殘更

三、枕邊淚濕四更時　明月荒山叫子規
　　客邸思親歸未得　夢魂空繞鹿江湄

四、白雲親舍認依稀　消瘦慈顏入夢時
　　窗外雞聲強喚醒　傷心斜月掛殘枝

耕耘機[2] 掄元

一、馬達轟轟響隴頭　懇耕人喜一機優
　　五千年史誇農政　太息民生未解憂

二、機器為犁性特優　革新農史替耕牛

---

1 當日下午二點多，結完帳目，欲往巒大山寫生，因山勢高峙，故過午（即未時），便有日將西斜之象。偕朋到崖邊，見山風強緊，一群黑色烏鼓譟林間，而不知其名，同事曰：「烏鴉也。」俗傳：見烏鴉不祥之兆，聞其言，忽得第一首起承二句，驚曰：「父親必有事。」蓋傳言之詩讖也。隨即回土場辦公室，憂心父親病況，終宵輾轉不寐，接首二句成四首詩。翌日即1964年農曆10月16日先嚴棄養。別世前頻問炳歸來否，炳剛到鹿港之時父親曰：阿炳回來了。言罷閉目，安然而逝。父親病危不能侍奉左右不孝罪深，終生抱憾。謹以此詩永誌哀思。
　本作品收錄於洪寶昆編：《現代詩選第一集》（台北：詩文之友社，民國56年1月初版）頁301。
2 光復十餘年來台灣經濟狀況日下，失業者充諸鄰里民不聊生，良可嘆也。
　耕耘機馬達須汽油方能發動。

怪他頑鐵偏流俗　　竟類貪官動必油[1]

保溫杯[2]

一、琉璃爲質製精堅　　斯器中藏不冷泉

　　何必藍橋求玉液　　香生一盞熱如煎

二、魔法爲名妙久傳　　藏溫箇裡水如煎

　　一杯在手三多暖　　不減茶爐正沸泉

儒將[3]　　1964.2前　全國詩人大會

不愧堂堂七尺軀　　允文允武作良模

五車讀後聲名重　　百戰歸來膽智俱

武穆精神能許國　　天祥氣節不降胡

干城莫道書生弱　　大義貞忠盡宿儒

學海　　～1964.2　同上

深無止境奧無窮　　鄒魯淵源一脈通

只恐歐風掀巨浪　　中流砥柱仗群公

醒世鼓　　1965左右　全國詩會

---

1 國民黨政府領台，貪污之風日熾，不肖官員利用職權收取賄賂，俗曰揩油，美其名曰
紅包，百姓苦不堪言，蔣經國執政力圖改革，稱爲臭包，惡風稍歛，惜至今不能杜
絕，依舊是台灣政治之毒瘤。寄望來日有強有力正義之士執政，以清吏治，則國家之
福也。
台灣原無揩油一詞，光復初陳儀公開演說時首聞此詞。（據二二八事件文獻）。蓋台
灣在日踞時期。吏治清明，人民幾乎不知貪污爲何物，公務人員皆清廉守法故也。
國民黨政府治台倒行逆施，令人有由文明社會轉入野蠻世界之忿恨與無奈。（2001年
3月註）。
本作品第一首收錄於周定山編輯《台灣擊缽詩選第一集》（台北：詩文之友社，民國
53年2月）頁335及洪寶昆編：《現代詩選第一集》（台北：詩文之友社，民國56年1
月初版）頁299。

2 本作品收錄於周定山編輯《台灣擊缽詩選第一集》（台北：詩文之友社，民國53年2
月）頁293。

3 本作品收錄於周定山編輯《台灣擊缽詩選第一集》（台北：詩文之友社，民國53年
2月）頁45及洪寶昆編：《現代詩選第一集》（台北：詩文之友社，民國56年1月初
版）頁302。

韻同唐苑催花響　情異堯天擊壤歌
作氣三撾聲起處　不教人海有橫流

春郊得句

覓句芳郊信步遲　山青草綠柳絲絲
黃鶯似解騷人意　爭向花陰學唱詩

石髮　～1965　半閑吟社課題

替物遭殃劍有稜　頑容恨積蘚痕增
嬴秦未滅愁埋首　風雨空山感不勝

鹿港迴潮[1]　～1965

朝宗猛湧古城西　巨港滄茫望欲迷
萬馬突圍驅雨電　九龍捲穴鬥鯨鯢
秦皇欲渡鞭無石　衛鳥難填塞有泥
重關海門期異日　樓船遙指魯戈齊

醉菊　1965

西風颯爽月明時　坐對黃花酒滿巵
絕好東籬秋正麗　玉山頹倒復奚辭

丹大曉趣[2]　1965

山靜境空靈　窗閒清夢適　曉來舉目看　松古雲煙白

春遊鹿港　1965　步蔡元亨詞長惠贈元玉

1　相傳沖西港有九龍朝港之穴，即九條水路湧向鹿港，風水佳，故鹿港萬商雲集、經濟發展，人文薈萃。
2　本作品刊載於施文炳發行：《鹿港詩書畫學會會員作品展專集》（鹿港：鹿江詩書畫學會，民國89年1月）頁25。

文明二鹿憶當年　載酒來探旖旎天
樓訪十宜人弔古　街通五福吉占先
楊橋柳色東風裡　海漁歌夕照邊
車馬交馳今勝昔　繁華重寫入詩篇

丹大林場答台大黃得時教授並示周植夫

泉石多幽趣　松風一徑清　既通塵外意　休問世間名

題五月風景圖　1965

簫鼓值天中　榴花照眼紅　蒲觴延舊俗　千古紀孤忠

夜讀聞雞有作[1]　1965

雪案窮經首正低　司晨聲徹小樓西
書生自有安邦策　何用臨窗曉便啼

新蟬　1965

柳下初聞興轉酣　清音應候響枝南
是眞高潔傳天籟　物外玄機此細參

雨後晴　1965

塵氛淨盡正春濃　微雨初收翠曉峰
萬里澄空開霽色　江山如畫豁心胸

巒大山書懷　～1965　寄懷大津歐子亮

一窗明月共秋閒　醉聽長空鴈叫關

---

1 國民黨政府腐敗無能，經濟消條，社會風氣日下，不少智識分子有揭竿而起，除暴救
國之心。解民倒懸，書生有責，唯苦讀以待時耳。
本作品刊載於施文炳發行：《鹿港詩書畫學會會員作品展專集》（鹿港：鹿江詩書畫
學會，民國89年1月）頁25。

詩酒林泉清與在　管他梧葉落前山

次歐子亮津山惠寄原玉　～1965

煙樹蒼茫石徑斑　花香泉韻接津山
倘教避世尋高隱　未必桃源勝此間

次子亮蕉園感詠原韻　1965

蓋世功名一笑餘　晝耕香圃夜觀書
賞心別有林泉趣　坐對閒雲筆捲舒

登霧社介壽亭[1]　1965.9

長天翹首白雲悠　楓葉關山又一秋
自是故鄉歸夢遠　西風蕭瑟強登樓

望鄉山遠眺[2]　1965九秋

故國蒼茫一水迢　望鄉山上感蕭條
欲將滿眼思親淚　迸入汪洋作怒潮

尊孔誅秦　～1966

治平有則重綱常　社稷寧容虎獗猖
講義修文民向正　窮兵黷武國遭殃
共期善政勤無餒　未許強權暴更張
三戶亡秦先有兆　一仁行世道昭彰

1　本作品刊載於洪寶昆、施少峰編著：《現代詩選第二集》（彰化：詩文之友社，民國60年11月初版）頁297。
2　1965年九秋赴群大，登望鄉山，卡車中途加水，有鬚髯榮民請飲熱茶，余詢之「故鄉何處」，答曰「浙江，滯台廿年矣，日日西望海峽，遙念雙親與家人，欲歸而未得，奈何。」而地曰望鄉雲水盡 處是家鄉，遊子天涯，情何以堪，草七絕以記之。
　　本作品刊載於洪寶昆編：《現代詩選第一集》（台北：詩文之友社，民國56年1月初版）頁299。

台中吳園雅集[1]　1966　全國詩會

輕車來訪白雲鄉　林荔搖青俗慮忘
眼放冬瓜山聳翠　手攀仙桂袖沾香
當年觴詠情何逸　此日流連景半荒
梅綻枝頭天近臘　名園寂寞感滄桑

題歐子亮詞長德配黃玉燕女史塋域碑亭[2]　～1966

絳紗音渺魄何之　懿範長教世仰思
淒絕津山明月夜　寒泉嗚咽鳥啼悲

夜登鞍馬山　1966

夜來短杖步艱難　冒雪攀登鞍馬山
一水雲迷天更遠　冰封萬壑月倍寒

睡鶴　1966

一、松壑風清夢亦奇　守神誰與定華詞
　　鳴皋未展沖霄志　虛擲光陰總可悲
二、丹頂霜翎品格奇　雞群獨立想雄姿
　　守神那管今何歲　潤月松風夢熟時

鶴心[3]　1966.3　掄元　鹿江聯吟會課題

悠悠天地闊　高潔絕塵侵　欲把鳴皋意　發為治世音

感懷六首次王寶書詞長七十述懷元玉[4]　1966

---

1 吳園在冬瓜山，係吳魯之別墅，吳係櫟社社員，該社常雅集於此。
2 夫人墓在大津，墓前有碑亭，刻有全台詩人弔唁之詩。
3 本作品收錄於洪寶昆、高泰山編輯《台灣擊缽詩選第二集》（台北：詩文之友社，民國58年6月）頁397。
4 第一首：越南戰火正熾，傳言台灣將派兵助戰，不知詳情如何。
　本作品其中一、三、四、五首刊載於洪寶昆、施少峰編著：《現代詩選第二集》（彰化：詩文之友社，民國60年11月初版）頁298。

一、滄海鯨回幾百年　江山無語霸圖遷
　　奇愁舒鬱思鳴劍　孤憤從知莫問天
　　北邑笙歌春浩蕩　南天烽火夜悽然
　　風雲世局驚心甚　我欲橫戈猛逐鞭
二、野鶴閒雲意適如　忽思化蝶夢蓬蓬
　　高樓明月三杯酒　陋室清風萬卷書
　　何用熱腸呼逐鹿　只應冷眼看烹魚
　　文章道義堪珍重　莫向秦灰話劫餘
三、琴劍天涯放浪遊　風塵回首滿瀛洲
　　雄心乍醒三刀夢　雲鬢空餘一鏡秋
　　板蕩乾坤同沸鼎　艱虞歲月等浮舟
　　劇憐遍野哀鴻泣　投筆深漸志未酬
四、鯤鵬大化願終違　萬里長天倦羽歸
　　搔首西風羞短髮　傷心春草隔慈暉
　　文章肝膽千秋在　戎馬功勳一枕非
　　倘許名山修絕業　還思鐵筆放奇輝
五、浩月澄空託此心　憂時仗劍作豪吟
　　樓頭對酒傷塵劫　燈下談兵痛陸沉
　　寥落江山秋思冷　飄零風雨客情深
　　埋名欲效淵明隱　海外桃源底處尋
六、頭顱無用負青韶　勒馬空勞劍束腰
　　入夢有歌懷易水　授書何處覓圯橋
　　從戎懺虜先籌策　隱稼待時且播苗
　　獨上高樓頻縱目　江流浩蕩思迢迢

春宵夜話　1966.6　鹿江聯吟會擊缽

一、遣閑春興勃　邀友共盤餐　戒謗宜緘口　添杯且禦寒
　　頻聞諧語鬧　頓覺酒杯寬　促膝談風月　夜闌興未闌

二、花睡春無事　梅窗覺夜寒　談心邀雅侶　煮酒薦辛盤
　　不負三春約　共追一夜歡　連床風雨契　燈市話長安

醉春　1966.7　鹿江聯吟會課題

柳綠桃紅正曉晴　興來攜酒聽春鶯
百年歲月如流水　花下何況醉幾觥

劫外[1]　1966.8

劫外琴樽聊遣閒　烏鴉聲切白雲關
殘燈落月思親淚　舊恨長懷巒大山

重九登高次黃湘屏詞長原玉　1966

當年戲馬訝台高　此日登臨氣釀豪
作賦攤箋追令節　狂歌對客薦香醪
望中秋色人同瘦　身外浮名醉可逃
廿載天涯消息渺　那堪風雨又題糕

問雨[2]

料峭東風玉漏寒　簷前淅瀝夢難安
因何不解離人恨　滴碎鄉心到夜闌

示侄[3]

胸欲乾坤闊　眼求日月明　課書傳道德　借枕悟功名

1　甲辰小春宿巒大十日，回鄉始知父親棄養，不孝罪深，重遊巒大見景情傷，不能自
　己，成七絕以誌哀思。
　本作品刊載於洪寶昆、施少峰編著：《現代詩選第二集》（彰化：詩文之友社，民國
　60年11月初版）頁297。
2　本作品刊載於洪寶昆編：《現代詩選第一集》（台北：詩文之友社，民國56年1月初
　版）頁299。
3　本作品刊載於洪寶昆編：《現代詩選第一集》（台北：詩文之友社，民國56年1月初
　版）頁301。

利祿心休醉　硯田力可耕　榮枯同一夢　知足此身輕

贈別[1]　用蕭獻三詞長元韻

山城往事倍傷神　了卻前生一段因
此去天涯知己少　長從夢裡憶佳人

魚信[2]

一、如期踐約逐寒濤　萬里凌波豈憚勞
　　贏得千年留信譽　化龍不羨禹門高
二、兩字平安望眼勞　朝朝盼斷去來濤
　　天涯萬里沉何處　大海茫茫悵浪高

讀報[3]

筆秉春秋氣吐芒　三台消息報堂皇
權衡準確玄機判　褒貶森嚴正義張
大道文明憑啟發　中興讜論藉宣揚
等閑莫作繁文看　治世經倫一鑑彰

冬夜聞柝[4]

夜深風雪擁邊城　警柝頻傳入耳清
幾嚮人驚侵遠夢　三撾誰覺戀殘更
戍樓遙擊隨笳動　碉堡輕敲混角聲
壘畔防軍岡上卒　戒心月黑鐵戈橫

1　本作品收錄於洪寶昆編：《現代詩選第一集》（台北：詩文之友社，民國56年1月初版）頁299。
2　本作品收錄於洪寶昆編：《現代詩選第一集》（台北：詩文之友社，民國56年1月初版）頁300
3　本作品收錄於洪寶昆編：《現代詩選第一集》（台北：詩文之友社，民國56年1月初版）頁302。
4　本作品收錄於洪寶昆編：《現代詩選第一集》（台北：詩文之友社，民國56年1月初版）頁302。

春遊百果山　1967

員嶠尋詩趁豔陽　馬蹄十里草芬芳
遠峰雨霽千林秀　翠徑風飄百果香
禮佛陀岩心獻赤　傳經鹿洞蹟懷黃
名山此日鴻留爪　且繪春光入錦囊

柳橋晚眺　1967

香塵十里馬蹄驕　載酒尋春過柳橋
唄葉聲傳山寺曉　疏鐘輕度百花梢

彰城邂逅玲雪　1967

邂逅軍山下　相逢似夢中　風偏今夕冷　花比去年紅
避世身無術　禦寒酒有功　前程卿莫問　書劍一飄蓬

探驪手[1]　1967.4　鹿港聯吟會

八叉技健抗群儒　輕取驪龍頷下珠
大雅扶輪憑巨臂　文風重振展雄圖

詩報　1967　詩文之友社創立十五周紀念

七鯤風雅藉傳聞　卦嶺堂堂擁一軍
十五年來珠萬斛　光芒詩史永留勳

國士[2]　～1968（登八卦山，弔乙未抗日吳彭年、吳湯興二烈士）

邦家有難肯安居　一擲頭顱壯孰如
血鑄河山靈護國　千秋浩氣貫清虛

1　本作品收錄於洪寶昆、高泰山編輯《台灣擊缽詩選第二集》（台北：詩文之友社，民國58年6月）頁294。
2　本作品收錄於施文炳主編：《文開詩社集》（彰化：中國詩文之友雜誌社，民70年5月）頁108。

折桂 ～1968　埔里櫻社社慶擊缽聯吟擬作

一、秋半蟾宮桂正芬　攀花捷足上青雲

　　功成指顧憑雙腕　恥向吳剛斧下分

二、榜臚三唱捷頻傳　陣陣香飄月正圓

　　雨露恩深懷令節　一枝攀折獻師前

壽桃 ～1968

灼灼花紅品格清　三千歲月果初成

登盤為晉華封祝　瑞應南山壽比彭

蛙鳴 1968

眼界漫嗤井底天　官私兩部氣超然

微言亂世非無益　作鼓人間戒醉眠

凱旋筆[1] 1968.7　鹿港聯吟會擊缽祝吳東源社兄全國書法比賽第一名

臨池草檄見鋒鋩　露穎居然勢莫當

力掃千軍誠不易　名成一舉豈尋常

兔毫勁挾風雷壯　虎榜榮標姓字香

筆自千霄人自勵　中興待寫太平章

文廟謁聖[2] 1968.9　鹿港聯吟會課題　掄元

登堂肅穆道心生　禮聖誰無劫後情

憂世寧忘歌鳳德　匡時端合勵鷗盟

從知隆替關文運　欲醒頑囂賴正聲

仰止尼山師表在　待看振鐸啟昇平

---

1 本作品收錄於洪寶昆、施少峰編著：《現代詩選第二集》（彰化：詩文之友社，民國60年11月初版）頁299。

2 本作品收錄於洪寶昆輯《台灣擊缽詩選第三集》（彰化：詩文之友社，民國62年5月）頁190及洪寶昆、施少峰編著：《現代詩選第二集》（彰化：詩文之友社，民國60年11月初版）頁299。

閏七夕 1968.12 鹿港聯吟會徵詩 掄元[1]

一、盈盈河水界情天　此夕橋勞鵲再填
　　玉津閨秋秋皎皎　金針補恨恨綿綿
　　停梭爲踐三旬約　整線重牽一夜緣
　　難得歲餘添巧節　且拋離緒樂團圓

二、雙星重會鵲橋邊　佳節閨添証宿緣
　　銀漢合歡情益蜜　鍼樓乞巧意尤虔
　　長偕永世雖堪羨　一別經秋總可憐
　　製曆人知牛女恨　故頒餘月補情天

秋日定軍山雅集呈黃湘屏周植夫李可讀諸吟長 〜1969

百尺高台氣象奇　中興旗鼓壯雄師
江山搖落休興嘆　倒挽狂瀾正此時

中秋月蝕[2] 1969.1 鹿江聯吟會徵詩 掄元

一、兔魄光埋桂影消　庾樓對酒怕聞簫
　　人間正值團圓節　天上翻成黯淡宵
　　一鏡初懸原皎潔　十分盡食轉蕭條
　　回蘇佇看輪重滿　萬里清輝淨九霄

二、冰輪影掩見昭昭　科學精微證此宵
　　月本無光言可據　地原圓體說非謠
　　人文進化難窮界　天道循環有定條
　　玉宇澄秋秋正半　奇觀待繪入鮫綃

---

1 本作品收錄於洪寶昆編輯《台灣擊缽詩選第三集》（彰化：詩文之友社，民國62年5月）頁122及洪寶昆、施少峰編著：《現代詩選第二集》（彰化：詩文之友社，民國60年11月初版）頁299。
2 本作品收錄於洪寶昆、施少峰編著：《現代詩選第二集》（彰化：詩文之友社，民國60年11月初版）頁298及洪寶昆編輯《台灣擊缽詩選第三集》（彰化：詩文之友社，民國62年5月）頁138。

觸詠南山　1969.3　鹿港聯吟會擊缽

　　蟠桃初熟酒方釀　毓秀祥徵不老峰

　　玉露深滋千歲草　彩雲常護九如松

　　人來祝嘏情遍逸　詩為添籌興更濃

　　天與長春山獻瑞　三多醉譜頌華封

春遊泮池[1]　1969.6　鹿港聯吟會擊缽次唱

　　攬勝文開願不違　鴨頭春水漾晴暉

　　人來涉翠東風裡　一例謝公逸興飛

小春文化城展望[2]　1969.6

　　遠山雪霽擁晴暉　極目東墩氣象巍

　　陽月柳舒青眼媚　百層樓接白雲飛

　　舉賢新政功將就　築港雄圖計未非

　　抗扭三台誇首邑　中興有待作樞機

祝台東高心正詞長令郎崇欽君中醫特考及格　～1970

　　心存仁術起民疲　和緩西來共濟時

　　保婦養生原保種　居然國手屬儒醫

花月念日埔里三樂亭賦呈梓聖詞長[3]　～1970

　　叱咤風雲願久違　評花賭酒且忘機

　　樓頭扶醉滄江望　未己雄心逐浪飛

1　文祠前有泮水，型如半月，內種白蓮花，昔日士子考試及第必回鹿謁聖，遊泮水，謝
　　師恩，爲一大盛事。
2　本作品收錄於洪寶昆編輯《台灣擊缽詩選第三集》（彰化：詩文之友社，民國62年5
　　月）頁49及洪寶昆、施少峰編著：《現代詩選第二集》（彰化：詩文之友社，民國60
　　年11月初版頁299。
3　本作品收錄於王梓聖著：《王梓聖詩集》（民國86年2月18日）。

催詩雨 ～1970

捲簾獨聽總難堪　　窗外瀟瀟韻正酣
潤我枯腸詩未就　　依稀春夢落江南

敬悼王桂木詞長

寥落騷壇失故知　　翛然聞訃動哀思
東風細雨詩人淚　　淒絕軍山日落時

春江夜泊 ～1970

一舸隨鷗押浪趨　　津頭繫纜慰征途
短篷孤枕三更夢　　落月殘燈兩岸烏
煙渚潮痕淘歲月　　沙洲漁火幻江湖
片帆明日雄心在　　萬里乘風展壯圖

客埔里久雨阻歸，似元亨春遊鹿港元韻 ～1970

連宵聽雨皺雙眉　　客邸孤燈筆一枝
萬斛塵愁澆借酒　　幾番心事吐憑詩
時非肯信文章貴　　世亂偏教道路岐
歲月匆匆春易老　　那堪飄泊滯天涯

次馬亦飛折足吟 ～1970

半生戎馬慣艱難　　人海何愁起逆瀾
自有冰心堅晚節　　甯容傲骨號衰殘
風波迅地偏成禍　　松柏經霜可耐寒
德者從知天亦佑　　片言寄慰託毫端

賀李建興詞長榮獲國際桂冠詩人 ～1970

金冠喜獲孰能同　　名世殊榮屬李公

姓字居然題桂籍　經論卓爾見儒風
扶持文教勳猷著　領袖騷壇譽望隆
此日堂堂膺國士　清芬永溢海之東

孔誕慈惠堂雅集[1]　～1970

山風吻面動清吟　福地來探喜不禁
墩瞰葫蘆仙久渺　坪傳公老客初臨
尊師偏喜逢佳節　禮佛但知秉至忱
何日靜修長住此　甲溪明月寫禪心

許榮聯令高堂黃太夫人千古　～1970

一、不分貧富與疏親　和藹端莊禮待人
　　律己謙恭勤治內　長留懿德範鄉鄰
二、芬如彤管足千秋　婺宿光沉淑範留
　　從此鹿江江上望　搗衣人渺水空流

感詠　～1970

風木千秋總可悲　未全子道悔當時
一坏荒土斜陽外　欲報親恩惜己遲

市儈　～1970

一、商場險惡戰方酣　抬價居奇罪共戡
　　薄利蠅頭存古道　青蔬淡飯亦心甘
二、搜購屯積罪由貪　壟斷商場不內慚
　　自有人間公理在　筆刀同伐口同戡

蟬琴　～1970

1　豐原舊名葫蘆墩，其鄰有公老坪。

清音斷續到茅齋　譜入秋風意境佳
自是高林天籟逸　空庭坐聽動幽懷

海山盟　祝王乃民仁隸花燭

海枯石爛不移清　合巹歡交酒一觥
指水盟心偕百歲　呼嵩爲誓約三生
赤繩繫足因緣定　紅葉題詩夙願成
好藉齊眉梁孟句　太原堂上頌鴛盟

喜雨　～1970

俄見滂沱下勢洶　盡除旱魃起疲農
苦吟坐困寒窗久　亦爲蒼生一展容

偶成　～1970　答黃得時教授並呈周植夫羅戎庵二詞長

得失榮枯夢一般　浮雲富貴悟循環
平生詩酒存豪興　蓋世功名付等閒

題菊　～1970　繪菊竹圖贈旅美鄉友

尊貴標黃種　看花客思生　重陽佳節近　遊子最關情

題竹　～1970　繪菊竹圖贈旅美鄉友

獨愛干霄節　臨風作雨聲　影搖杯泛絲　萬里動鄉情

次倪登玉先生令堂八秩晉五華誕　～1970

堂前戲綵善娛親　孝行眞堪化里鄰
媭宿騰輝光母德　鶴齡洽頌擁詩人
蘭飄瓊閫香聞遠　桃熟瑤階壽獻頻
宴啓期頤堅後約　霞觴恭晉伴嘉賓

中華藝苑七週年社慶賦呈張作梅莊幼岳二詞長　～1970

一、藝苑光芒筆陣雄　堂皇旗鼓起瀛東
　　七年艱巨扶文運　一卷精華振國風
　　滄海珠遺羅欲盡　珊瑚才漏網無窮
　　騷壇異日修詩史　壁壘森嚴記首功
二、振弊興詩道不窮　誼聯世界倡騷風
　　書堪名世揚三絕　義在揚仁倡大同
　　劫後斯文歸海嶠　筆餘振鐸啓鴻蒙
　　天教一幟瀛壖鎮　詩史長留不朽功

書聲[1]　～1970

朗朗風傳句讀奇　九經夜誦樂堪知
尹唔入耳懷當日　慈母燈前督課時

謁天后宮玉皇殿　1970

山泉澗藻選難齊　一念眞虔禱福提
仁孝惟憑天可達　輪誠何用借仙梯

《鹿江集》讀後感[2]

任他世俗譏狂痴　學到無名始算奇
青史料知千載後　三台猶誦鹿江詩

消除髒亂　1970

一、欲強國治重權衡　枉法貪贓穢亂生
　　莫顧治標忘治本　官風整肅污隨清
二、忍說衙門八字開　特權玩弄巧生財

---

1 本作品收錄於洪寶昆編輯《台灣擊缽詩選第三集》（彰化：詩文之友社，民國62年5月）頁324。
2 施梅樵著有捲濤閣詩草、鹿江集傳世。

根除病垢維邦譽　鐵腕當期力共推

青年節諸羅山雅集示李可讀詞兄　1970

成仁化俗蹟堪徵　載筆來探共雅朋
春半諸羅天轉暖　山連阿里日初昇
花崗紀節吟懷壯　樣圍聽鶯逸興增
更上高樓參夜宴　不妨美酒醉千升

雲峰　1970

乍見無心湧海涯　排山列筍景奇佳
仰頭不盡思親意　歌憶蓼莪獨愴懷

無題　1970　戲贈某友

楊柳青青又此時　那堪重譜別離詩
天涯多少相思淚　唯有窗前明月知

無題

往事猶如夢一場　多情自古惹悲傷
他年異國長相憶　春雨春風總斷腸

鹿江憶龍舟　1970　鹿江聯吟會擊缽

令節臨江讀楚詞　繁華疇昔繫人思
空聞鼉鼓喧天壯　不見龍舟破浪馳
古港重開功必竟　新機共創責毋辭
待看四海瀾安日　踵事增華定有時

題畫　1970

窗畔攤箋思釀奇　描來紅綠色參差

牡丹開後荔枝熟　絕代風華憶貴妃

臨江[1]　次黃得時教授惠贈元玉

臨江杯酒酹狂流　極目雲天萬里秋
沉鬱雄心消未得　待揮長劍誓從頭

歷劫　寄懷台大黃得時教授

風塵歷劫氣偏豪　縱酒高樓一放歌
欲寫新詞消鬱抑　翻教古淚落滂沱

端陽冒雨弔靈均[2]

臨風一奠一欷歔　隔海蒲觴痛有餘
蘭蕊飄香懷九畹　龍舟競渡憶三閭
蒼天有淚天難問　濁世何方垢可除
讀罷離騷愁極目　蕭蕭梅雨午時初

鹿港八景

曲巷冬晴[3]　1969.6　掄元（鹿港聯吟會全國徵詩）

彷似烏衣動客心　當年二鹿蹟難尋
隘門日暖街衢靜　殘礎痕斑歲月深
人自倚墻閑曝背　我來訪古費沉吟
宜樓依舊風流散　悵觸滄桑感不禁

1 本作品刊載於洪寶昆、施少峰編著：《現代詩選第二集》（彰化：詩文之友社，民國
60年11月初版）頁297。
2 本作品刊載於洪寶昆、施少峰編著：《現代詩選第二集》（彰化：詩文之友社，民國
60年11月初版）頁298。
3 本作品收錄於洪寶昆、高泰山編輯《台灣擊缽詩選第二集》（台北：詩文之友社，民
國58年6月）頁221。

蠔圃洄潮[1] 　1969.12（鹿港聯吟會全國徵詩）

沖西西望接汪洋　　蓂竹成區似插秧

疇昔通津誇鹿渚　　于今海味冠台陽

朝聞採蠔歌聲沸　　暮見朝宗浪影張

自是漁蠔生計足　　臨流莫漫嘆滄桑

楊橋踏月[2] 　1970.2　掄元（鹿港聯吟會全國徵詩）

一、楊橋佳景久知名　　覓句宵深雅興生

　　虹影沉江波瀲灩　　蟾光印足露晶瑩

　　千秋利濟懷賢尹　　二鹿繁華慕古城

　　鰲背扶筇尋勝蹟　　無邊風月動詩情

二、杖藜人趁玉輪明　　佳景楊橋夜倍清

　　二水合流通荻浦　　三虹連鎖枕江城

　　金堤玩月襟懷爽　　鰲背尋詩步履輕

　　利濟當年陳蹟在　　不妨躑躅到殘更

龍山聽唄[3] 　1970.6（鹿港聯吟會全國徵詩）

又傳梵唄鹿江汀　　寶刹龍山佛有靈

證果但期參一指　　拈花定已悟千經

木魚響處禪機妙　　清磬喧時俗夢醒

老我風塵多感慨　　何當鎮日靜中聽

西院書聲[4] 　1971.1（鹿港聯吟會全國徵詩）

---

1 本作品收錄於洪寶昆、高泰山編輯《台灣擊缽詩選第二集》（台北：詩文之友社，民國58年6月）頁167及洪寶昆、施少峰編著：《現代詩選第二集》（彰化：詩文之友社，民國60年11月初版）頁299。

2 本作品收錄於洪寶昆、施少峰編著：《現代詩選第二集》（彰化：詩文之友社，民國60年11月初版）頁299。

3 同前頁註2。

4 本作品收錄於李冰人執行編輯：《傳統詩集第一輯》（台北：中華民國傳統詩學會，民國68年7月）頁38-39。

分明句讀出窗幽　側耳文開雅韻流
觸我思勤懷刺股　伊誰展卷正埋頭
青黎光映三更月　木鐸風傳一院秋
吾道淪亡悲此日　絃歌重聽感悠悠

海濋春嬉　1971.4（鹿港聯吟會全國徵詩）

十里沖西水蔚藍　清遊載酒並攜柑
七鯤日麗風濤靜　古港春深草木酣
拾貝閑情同野叟　弄潮健技羨奇男
臨流自笑童心在　足濯滄浪樂且耽

古渡尋碑　1972.2（鹿港聯吟會全國徵詩）

園欽敬義筆重拈　古徑來探遠豈嫌
王魏芳徽昭史冊　滄桑巨港滿葭蒹
當年旌善文猶在　此日觀風蹟已淹
彷似硯山斜照裡　摩挲細讀感頻添

笨港懷古[1]

蒼茫煙景晚晴新　橐筆來尋舊要津
宗盛名台風尚古　朝天祀后德敷民
先民血汗豐功在　巨港滄桑偉績陳
八卦樓頭憑吊處　顏公碑畔草長春

無題　次基隆周植夫偶感原韻並示曾文新　1971

芸窗把筆坐殘更　小傳經年寫未成
輔世無方空傲骨　悔教琴劍事長征

1　本作品收錄於洪寶昆、施少峰編著：《現代詩選第二集》（彰化：詩文之友社，民國
　　60年11月初版）頁298。

赴菲機上有作　1971.10

　　茉莉名花撲鼻香　雲端把酒作重陽
　　燈連百里天南夜　咫尺菲京入望中

馬尼拉王賓街即事[1]　1971.10

　　華燈初上景迷人　椰葉風舒月色新
　　十里笙歌城不夜　香車寶馬入王賓

馬尼拉王城弔古[2]　1971.10

　　殘垣斷壁景蕭條　落日王城霸氣消
　　數萬英魂歸底處　西風嗚咽岷江潮

馬尼拉舞廳觀舞　1971.10

　　重門春色筆難描　裸露登場體態嬌
　　台上笙歌台下舞　任君鐵石也魂消

宿霧機場惜別　1971.10

　　畢竟他鄉異故鄉　長亭折柳轉徬徨
　　那堪更疊陽關曲　椰雨椰風已斷腸

蟋蟀吟秋[3]　～1971

　　唧唧從知應候鳴　空階月冷韻淒清
　　韶光如夢難追憶　故向西風訴不平

---

1 王賓，華人街也。馬車載客別有風情。
2 二次大戰，日軍四俘虜於此，據聞有數萬人犧牲。
　本作品收錄於李冰人執行編輯：《傳統詩集第一輯》（台北：中華民國傳統詩學會，
　民國68年7月）頁39。
3 本作品刊載於洪寶昆、施少峰編著：《現代詩選第二集》（彰化：詩文之友社，民國
　60年11月初版）297。

福岡大學森田明博士蒞台過訪索句賦此郢政　1972

客自扶桑來	開門頓驚喜	橐筆同春風	古徑苔印屐
二鹿訪名津	八堡尋遺史	灌溉重農耕	搜羅分泰否
論才仰斗山	治學窮精髓	稽古著鴻篇	志在民瘼起
翰墨成奇緣	天涯契知己	一別動經年	光陰傷彈指
離懷表殷殷	深談親淨几	眖我玉露茶	破愁勝甘旨
虎井烹新泉	清香飄蘭芷	武夷雋味殊	龍井韻難比
撲鼻神氣清	不待沾唇齒	昔傳七碗珍	寧及半甌美
臨池五字詩	聊以酬君子	明日復驪歌	鵬程君萬里
伊人天一方	想思情何已	重逢待幾時	寂寞望秋水

螺溪硯　1972

太璞渾然色貯青　千年濁水淬成型
守眞惟墨耕惟筆　伴我書齋寫性靈

中國民國詩社聯合社成立大會紀盛　1972

如雲冠蓋集名都　五字城高奠遠謨
易俗匡時風可尚　倡詩明教計當扶
社聯全國開新史　堂仰中山洽壯圖
共喜斯文天未喪　長承道統有群儒

重九鹿港文武廟弔古[1]　1972掄元

二鹿聲名史久馳　海桑有蹟耐尋思
題糕聖域逢佳節　聞鐸杏壇憶稚時

1　日人領台禁止漢文教讀，蔡德萱先生不畏壓制，繼承文開書院薪火，傳佈吾台文化，
　　維鹿港斯文一線於不墜功也偉矣。
　　壬子重陽彰化縣詩人聯誼會成立大會全國聯吟：首唱1972左元右八，左詞宗楊嘯天，
　　右詞宗陳輝玉。
　　本作品收錄於文炳輯：〈三台擊缽錄〉《福建月刊雜誌第十八期》（台北：福建月刊
　　社，民國61年11月）頁84。

西院傳經功紀蔡　東廡聽雨句懷施
採芹盛事成追憶　落拓青衫感不支

花蓮陳竹峰過訪有句見贈依韻奉答　～1973

閒理琴書靜自娛　文旌喜降古街衢
難忘厚愛途千里　聊罄微忱酒幾壺
翰墨有緣親道範　海桑底處認名都
高樓聳目秋情麗　一醉何妨了故吾

鹿港天后宮題壁　1973　癸丑全國詩人大會

一、宮名天后鎮江干　功德巍巍欲寫難
　　春雨淋漓詩憂玉　潮聲浩蕩筆翻瀾
　　龍蟠石柱雲騰黑　香篆金爐火映丹
　　知是湄洲分聖澤　漫天甘澍潤毫端
二、天后宮高放眼觀　篆香輕幻彩霞漫
　　七鯤浪靜詩初就　四壁書成墨未乾
　　靈仰湄洲欽母德　功敷瀛海息鯨瀾
　　臨池默把心香薦　雨露蒙霑到筆端

癸丑仲冬道教張天師源先與台北蕭獻三暨南北諸吟侶蒞鹿同謁龍山寺[1]　1973

禪關來扣正良辰　百八清鐘迓貴賓
靜室香飄茶有韻　江城日暖氣如春
道原一本同儒釋　緣締今朝證果因
古剎龍山傳唄葉　靈心頓豁悟凡塵

1　中國宗教有儒釋道三教合一之稱。

宏揚詩教[1]　　1973.11　世界詩人大會掄元

磅礡元音震八荒　　天留海嶠紹前唐
興詩待藉如椽筆　　重寫中華史冊光

第二屆世界詩人大會誌盛　　1973.11

堂堂旗鼓壯吟胸　　世界詩盟雅興濃
萬國衣冠參至聖　　千秋教誨仰中庸
和平有象冠標桂　　水乳同交鶴契松
此日八方風雨會　　元音磅礡徹雲峰

甲寅端午前一日夜宴李園，拈得鄰字[2]　　1974　李建興先生作東

梅雨初晴夜色新　　稻江小集共儒紳
引杯留醉園稱李　　分韻拈香字得鄰
雅會詩堪敦道義　　高談計欲起沉淪
節逢五四今猶昔　　強寇徒然待以仁

甲寅端午北投雅集　　1974　掄元

北投煙雨淨塵氛　　勝會欣隨大雅群
為弔楚忠思故國　　忍看秦暴毀斯文
榴花紅綴詩爭艷　　角黍香飄酒倍醺
此日南荒酬令節　　湘江極目鎖愁雲

火車上口占　　1974端午后一日

綠野風徐宿雨收　　淡江極目水平流
車窗今日天又晚　　暮色蒼茫動客愁

---

1 1973年11月13日第二屆世界詩人大會，中華詩人聯吟掄元，詞宗許君武評選。
2 與日本斷交未久，今逢五四紀念，感觸尤深，特記之。

端午節鹿港民俗館雅集　1974　鹿港聯吟會課題

雅會欣逢五月天　蒲觴共續鷺鷗緣
浴蘭猶見傳荊俗　把筆重書弔屈篇
詩愛溫柔敦習尚　館存文物證桑田
一鄉興替關吾輩　珍重儒風繼古賢

甲寅七夕蓮社諸吟侶邀飲於花蓮　1974

一、清談不犯三緘訓　美酒能消萬古愁
　　促膝難能風雨夜　幾多心緒訴從頭
二、席上談心解客愁　不妨盡興更三甌
　　經年離恨知多少　欲向星橋問女牛

盆柏[1]　1974

青蔥佳氣鬱層陰　千載煙霞呵護深
卻憶奇萊人境外　連宵風雨作龍吟

墾丁觀海　1974

黑沙滾滾憶沖西　碧水藍天引客迷
浩渺鯨濤同是海　因何景象別雲泥

重修先嚴洪公塋域[2]　1974

一、片石題詩立墓門　傷心無以報親恩
　　青山永在慈顏渺　碧水長流德澤存
　　廿載冰霜堅志節　畢生心血付兒孫
　　難忘愛日今安仰　寂寞荒坵剩淚痕
二、牛眠地卜鹿江湄　山水清幽對晚曦

---

1 本作品收錄於李冰人執行編輯：《傳統詩集第一輯》（台北：中華民國傳統詩學會，民國68年7月）頁39。
2 先慈別世時，公正值壯年，至殁歷廿年終不言續絃。

三務未能全子道　千秋風木感淒其

綠莊垂釣，賦呈許劍魂夫子[1]　1974.12　鹿江聯吟會例會首唱

一、處士莊依鹿水湄　分明光景畫中詩
　　煙霞浩渺嚴公瀨　歲月悠閑陶令厄
　　半畝園幽花馥郁　一池風暖水漣漪
　　漢家名節傳千古　此意寧教世俗知
二、閒約鷺鷗理釣絲　尋盟契雅到江湄
　　南薰香透花連苑　曉日光涵水滿池
　　三徑深饒元亮趣　一竿初會子陵痴
　　芳郊不讓桃津樂　興則栽花醉賦詩

教師節虎溪即事　～1975

春風化雨仰師恩　濟濟衣冠斗六門
且喜詩盟聯七縣　不妨菊酒醉千樽
神州賊亂綱常毀　海嶠天教俎豆存
此日虎溪酬令節　絃歌聽處客消魂

冬日善修宮謁聖　～1975　全國詩會　掄元

雲林冬霽騁遊觀　宮謁善修冒曉寒
禮聖人來尋墜緒　匡時句欲挽狂瀾
盟鷗卻喜詩風盛　歌鳳偏嗟世道難
文武同尊天合德　心香有客肅衣冠

敬悼世界桂冠詩人會會長余松博士　～1975

驚訃巨星隕海涯　斯文同哭失舟師

1　本作品第一首被收錄於李冰人執行編輯：《傳統詩集第一輯》（台北：中華民國傳統
　　詩學會，民國68年7月）頁38。

豈眞才大天偏妒　畢竟功高世盡知
一代清譽留桂冕　千秋名教創鴻基
傷心未遂和平願　偉業艱難繼有誰

詩城　～1975

五字堆成壯仰瞻　興文長鎮卦山尖
雉連儼若金湯固　力勁堪誇筆陣嚴
崇聖有師尊杜甫　揚風無忝繼陶潛
匡時臨敵詞鋒銳　遠勝雄兵百萬添

悼議萬宗先生　～1975

學有淵源道有根　名歸仙籙譽長存
即今風雅先賢事　誰與燈前共細論

折桂　～1975　祝洪耀堂花燭

登科此日步青雲　玉鏡團圓桂正芬
信手攀來香滿袖　前修豔福羨洪君

筆陣　～1975

剛柔相濟力無涯　衛道匡時眾志諧
草徽臨池看脫穎　千軍掃盡壯豪懷

春日謁漢寶天寶宮　～1975　全國掄元

恭參天寶會鷗群　地近沙山日未曛
芳野春深花綺麗　金爐香篆氣氤氳
九重雨露霑濡遠　無數生黎仰賴殷
薦罷蘋蘩兼問俗　淳風擷採入詩文

贈日本棚橋徹澄[1] ～1975 尊名冠首

棚菊飄香酒滿觥　橋松元鶴壽先生
徹修佛果求天覺　澄澹心禪月共明

王功福海宮龍泉井 ～1975

一脈寒泉湧海潯　斯民攸賴惠霑深
功猶巨濟誰能任　奉盞分甘愧問心

王金生文教基金會成立金榜宴誌盛[2] ～1975

盛會眞堪擬鹿鳴　宴開金榜紀金生
斯文鼓吹傾餘力　義行同稱弟與兄

吟邊[3] 成惕軒、劉孝堆、許君武、曾文新、吳萬谷諸老邀宴台北，席上呈正
1975

舞劍長歌亦快哉　江山終古屬英才
吟邊的的饒豪興　明月高樓酒滿杯

鹿港民俗文物觀感[4] 1975 鹿江詩會聯吟擊缽

輝煌史物此重參　莫把興衰付筆談
論武何人齊靖海　崇文有院紀斯庵
民知詩禮風猶尙　地閱滄桑蹟可探
啓後承先光二鹿　還需鄉黨責同擔

無題 ～1975

風塵落拓少知音　腸斷稻江別後情

---

1 棚橋先生虔信佛教。
2 王金生、王炳奎昆仲素重公益，致力文教建樹良多。
3 本作品收錄於施文炳主編：《文開詩社集》（彰化：中國詩文之友雜誌社，民70年5月）頁108。
4 施琅平台封靖海侯。沈光文斯庵，始開吾台文化，文開書院紀其功也。

欲把傷心問明月　可憐淚落不成聲

夜宴七里香酒家戲贈曾老文新　1975
奇香暗透月明時　笑向春風賞豔姿
君若有情當折取　更無異卉解相思

江樓醉月
舞劍長歌亦快哉　江山終古屬英才
吟邊的的饒豪興　明月高樓酒滿杯

無題　1975
枕邊細語意纏綿　綺夢醒來思渺然
玉笛聲殘人底處　空教清淚落樽前

培櫻[1]　1975
不讓河陽獨擅奇　八重豔色勝桃姿
綠湖花發春如海　雨露恩沾感昔時

贈王梓聖詞長　1975
名園幽靜絕纖埃　人自風流翊俊才
香茗一壺詩一卷　畫眉聲裡接春來

詩盟世界[2]　1975
心聲激發振天聲　醒世時教鉢共鳴
筆自無邪存正氣　詩因有淚哭蒼生

---

1 埔里櫻社，梅樵先生所創。
2 本作品收錄於李冰人執行編輯：《傳統詩集第一輯》（台北：中華民國傳統詩學會，
　民國68年7月）頁38。
　本作品於民國64年應桂冠詩人會邀稿編入世界大同詩選。見ANTHOLOGY ON
　WORLD BROTHERHOOD PEACE。

文章磅礴機緣契　　肝膽論困道德撐
金桂標冠聯國際　　長伸公義倡和平

蕭獻三老，偕稻江諸吟朋邀飲北投　　1975秋夜

一、偷閑走馬上花街　　手擁名花意轉迷
　　今夜高樓知己儕　　莫辭斗酒醉如泥
二、十年歲月嘆蹉跎　　回首風塵感慨多
　　對酒渾忘天欲曉　　花前盡興且高歌

重登望鄉山[1]　　1975

楓葉蕭蕭下　　天涯客未還　　秋鴻消息渺　　魂斷望鄉山

夏日即事　　1975

松濤輕嘯炎陽天　　窗外蟬鳴勝管絃
午夢醒來茶一盞　　拋開俗累快如仙

鹿港即事[2]　　1975

車馬繁華古要衝　　緬懷鹿港舊街容
我來重拾兒時夢　　一聽龍山寺裡鐘

並蒂牡丹　　1975　　祝某君新婚

國色堪誇第一香　　丹山日暖引鳳翔
駢枝醉倚熏風麗　　連理豔凝玉露芳
蕊結同心稱富貴　　花開交頸比鴛鴦

---

1 1965年秋登望鄉山遇羈鬢榮民，時當壯年，十年闊別，今日見之滿頭白髮，垂垂老
　矣。人生有幾次十年，天涯飄泊，欲歸未得，情何以堪。賦此紀之。
　楓葉蕭蕭又是晚秋的季節，滯留天涯的人尚未歸去，而海峽一水之隔便是故鄉，鴻雁
　年年飛來，卻未帶來故鄉半點信息，山口望鄉，望故鄉山上望故鄉，故鄉不可見，有鄉
　歸不得，怎不令人悲嘆、令人斷魂哉？
2 余家住龍山寺南，兒時常嬉戲於此，一磚一石充滿兒時回憶。

相依儷影春無限　瑞洽良緣百世昌

題定山先生墓碣　1975

雲水蒼茫傍洛津　青山有幸葬詩人
劇憐寂寞堤東路　芳草年年自作春

茗談[1]　1975-1976　中三元

擁爐笑語興偏長　異種新烹凍頂香
座滿春風名士集　一簾煙雨話瀟湘

林鐘靈令慈當選模範母親　～1976

貞淑重綱常　千秋懿範彰　蒼松標勁節　彤管述清芳
志共冰壺潔　甘回蔗境長　德門天錫福　百世協其昌

拱辰宮題壁　1976

拱辰宮闕鹿江濱　煙篆香飄絢五雲
民自蒙庥神赫濯　輸誠題壁愧無文

田中觀稼　1976

一、鳥語花香逸興生　卦山指顧景幽清
　　東山日麗嵐光合　北斗雲開瑞色明
　　路接三林宜遠眺　圳通八堡利春耕
　　田中風軟秧針綠　一幅豳風世外情
二、曉約鷺鷗赴雅盟　田中極目野興生
　　千松遠近分青綠　二水縈迴界濁清

---

1 中華民國傳統詩學會，理監事聯席會議前夕，與周樹聲、劉孝雄、成惕軒、易大德、何志浩、彭醇士、陳皆興、陳南士諸老，暨三台吟侶四十餘位，品茗江樓，乘興舉開擊缽聯吟，本作品蒙三位詞宗皆評為第一，同一首詩連獲三元，雖曰巧合亦屬不易，故記之。

地擬歷山多物產　景猶莘野利農耕
民飢未解憐貧弱　立對春畦意不平

浴沂 1976

跳珠注玉共流東　君子妙觀泗水同
澄處如淵還如鏡　身心滌淨鋪天功

樹石藝趣 1976

娑婆萬壑縮庭隅　似聽秋聲起尺盂
我愛露根人附石　時來摘葉興分株
堪誇術奧融三絕　不患心灰廢半途
靜養天機觀造化　何須濁世判榮枯

東京機上口占[1] 1976

碧空如洗日東昇　越海初來氣似虹
我欲滄浪憑濯筆　新詞待寫頌神風

神風流慶典席上憶神風特攻隊 1976

一、霸戰當年抗美英　捐軀爲國史留名
　　抬頭細把日章認　疑是群雄血染成
二、瘋狂侵略禍人寰　生命犧牲逞大奸
　　畢竟誤君兼誤國　千秋軍閥罪難刪

勝田台謁吟魂碑 1976

一、巍然一石著吟魂　千古長標正義尊
　　畢竟文章無國界　漢唐遺韻此重聞
二、摩沙細讀識英才　舞劍高吟亦快哉

---

1 1976年11月12日應邀代表台灣文化界參加日本特吟神風流50周年慶典並遊日本。

此日扶桑鴻印爪　秋風紅葉勝田台

宿日光金谷屋　1976

有緣夜宿古瓊樓　窗外風傳異國秋
自笑天涯漂泊慣　卻因小別動鄉愁

宿雲仙　1976

孤枕強禁午夜寒　心繫故國夢難安
夫妻本是同命鳥　況別天涯見面難

上富士山風雪受阻　1976

欲攀富士訪仙寰　兩度輕車去復還
料是山靈羞見客　連朝風雪鎖重關

下關過春帆樓[1]　1976

割地難消舊創痕　春帆如夢蹟空存
當年霸業今安在　惟見浮雲幻海門

箱根途上　1976

一溪流水繞青山　雨霽虹橋景緻閑
四顧櫻花紅似錦　幾疑深入武陵灣

日本詩吟神風流會長岩淵總元邀宴於東京，席上賦示諸君子[2]

1976

煮酒高樓論霸才　賡詩舞劍盛筵開

---

1 春帆樓馬關條約割台簽約之處也。李鴻章、伊藤博文代表中、日簽約。自此台灣淪為
　日本殖民地，被統治凡半世紀。
2 是夜宴會以金碗裝酒，詩吟、劍舞助興，有日本各地會長百餘位參加。場面熱烈，賓
　主盡歡，文人雅會盛況難忘。余會中被點名上台吟詩故云。

東京今夜群英集　扶醉同登點將台

台北小集次香江李鴻烈教授元玉並呈諸君子　1976

風雲叱咤氣如虹　萬派詩潮匯海東
的是蓬萊文酒會　共揮椽筆鼓騷風

秋晚入霧社　1976

鐵杖風塵客路長　關過人止轉匆匆
秋山何物成蕭瑟　明月蘆花遍地霜

寒夜茗談　1976

雪霽梅窗月倍妍　擁爐煮茗伴高賢
瓶笙響處燈花落　一段閑情轉說仙

柬旅菲深謀族長　1976

萬里投艱展壯猷　巍峨祠宇聳炎州
光揚臨濮維宗譽　骨肉同心補代溝

次花蓮陳香見贈原韻　1976

翰苑神交二十年　相逢鹿渚證深緣
東台踐約豪情在　斗酒共期較以拳

即句　1976

樊香歌罷酒停斝　夜煮春芽展笑吟
客邸薰風詩意好　一鉤新月淡江潯

答花蓮蘇成章　1976

臘鼓響逢逢　行看歲月老　詩心冷若冰　何以告相好

盆柏 1976

生機一線勢彌強　古幹稜層葉鬱蒼

雨露恩濃眞氣足　凜然大節傲繁霜

二林酒家宴別吳淵源並呈諸君子 1976

旗亭賭酒憶當時　座擁名花共賦詩

千里重逢堪一醉　送君明日又天涯

艾人 1976

荊楚遺風事怪奇　弄玄作俑總堪悲

果眞繭草能除癘　世病何愁沒藥醫

贈日本山崎準平 1976 冠首

山斗相齊氣慨高　眞堪海國詡英豪

崎嶔風骨凌秋嶽　磅礡文章絢筆毫

準是亶聰天與達　從來至德世爭襃

平生朗抱原澄澈　洙泗清流歷洗淘

丁巳元旦寫懷 1977

一、三分私務七分公　濟困常教兩袖風

　　不管旁人多毀譽　但期安樂萬家同

二、當施從未別疏親　唯嘆時艱不嘆貧

　　衛道何辭同蠟燭　燃燒一己照他人

次子亮丁巳年中秋客台東關山感賦原韻 1977

一、一夜西風冷四圍　天涯此夕正蟾輝

　　料知寂寞津山路　林鳥悲啼客未歸

二、苦酒澆愁更幾杯　無言問月只低徊

那堪永別情難了　腸斷深閨舊鏡台

謁鹿港龍山寺[1]　1977

　　天開形勝映朝曦　九九門深殿宇巍
　　香篆經台僧說法　參禪有客共忘機

玉山翠柏　1977

　　霜前君子節　月下美人魂　愛此堅貞意　千秋勵後昆

贈學甲松鶴會　1978

　　從來同道可相親　君子論交道義臻
　　鶴自清高松有節　仙儔自合契千春

秋金疊句見贈依韻奉和　1978.11.20

　　清遊喜共駕香車　隨興何妨處處家
　　絕垢心涵秋夜月　浮生理悟鏡中花
　　詩情既可喻醇酒　世味渾同啜冷茶
　　信有斯文能繼往　重揚鹿港舊聲華

北頭秋夜有寄[2]（寄懷菲律賓施振民並示中研院許嘉明）

　　銀燭清樽伴寂寥　倚欄其奈可憐宵
　　雲扶海月迷殘夢　風挾秋濤入短簫
　　片柬猶留天外訊　長篇待續客中謠
　　人生聚散尋常事　緣底心頭鬱不消

1　相傳龍山寺昔日有九十九門。
2　本作品刊載於曾文新主編：《傳統詩壇》（新生報67.11.20）。
　　本作品收錄於李冰人執行編輯：《傳統詩集第一輯》（台北：中華民國傳統詩學會，
　　民國68年7月）頁39。

喜陪曾文新暨台北諸文朋訪南投賢思莊呈蕭再火　1979小春

偕朋應約訪儒紳　雅會南崗紀隔晨
地近貓羅溪泛碧　陽回鯤島氣先春
一簾花影能醫俗　滿室書香足養眞
君子謙光還務實　思齊何日德爲鄰

畫梅　1979

一、愛梅學畫梅　十載無成就　倘許上山耕　梅花開萬樹
二、我癖愛梅花　花時偏苦短　因以入丹青　朝朝相對看

花蓮機上賦別楊伯西蘇成章暨蓮社諸詩盟　1979

一夕琴樽感慰深　雪鴻何日跡重尋
太平洋上瀟瀟雨　不盡天涯羈客心

題瀛社集[1]　1979　掄元

愛國興詩七十秋　功歌瀛社頌鷗儔
風騷喜共金蘭永　珠玉重看鐵網收
名世佳篇輸熱血　回天巨柱障狂流
三台當日遺民淚　孕育心聲萬古留

鹿港攬勝　1979　全國掄雙元

二鹿名津譽海東　沿城瀏攬感無窮
三千里外開新域　四百年來尚古風
劫後繁華前代異　眼中景物故園同
尋根絕嶠唯斯邑　擷俗先歌拓地功

---

1 馬關條約割台，文人結社以謀抗日，一時三台詩社林立如雨後春筍。北有瀛社，中日櫟社，南則南社，皆集時之精英，對香台文化之維揚厥功至偉。　光復後櫟社南社皆因老成凋謝而雨散雲消，唯瀛社後繼有人濟濟多士，至今絃韻不綴，七十周年社慶特出瀛社集以資紀念。現杜萬吉任社長，莊幼岳、黃得時爲副社長。

台北瀛社七十周年慶典翌晨南北諸吟侶邀飲早茶席上吳萬谷姚昌敏賢伉儷有句見贈依韻奉答　1979

雀舌香浮曉趣閑　　座中名士擬仙班

平生交契存肝膽　　海國文章慕斗山

玉乳半甌清換骨　　蘭言一席喜開顏

參禪待踐遊山約　　載月攜琴扣寺關

1979年3月12日陳家添詞長暨南北諸吟侶邀飲早茶席上諸子皆有句，獨余交白，賦以解嘲。　1979

促膝清談盡笑顏　　陶然情趣異凡班

一壺美酒三甌茗　　句在朦朧醒醉間

南北諸吟侶枉顧有句見贈賦此代謝[1]

雲樹相思暮與朝　　最難促膝共良宵

奇愁欲遣詩千首　　古誼重溫酒一瓢

小隱幽齋聊養拙　　奢言金屋更藏嬌

多情端合花前醉　　莫讓韶華夢樣消

畫竹題句[2] （畫竹詠七律以題並示黃得時）

松煙輕染古琅玕　　取此堅貞凜歲寒

棲鳳影疑搖月下　　化龍勢欲出雲端

萬竿風采描還易　　一種虛心寫卻難

墨淡漫嗤空寄趣　　但留勁節後人看

1　是日莊鹿詩友：蔡秋金、施勝雄、翁正雄、傅秋鏞、陳培焜、鄞強、李勝彥等七位，
　　夜宴七里香酒家。（新生報詩壇載。）
　　「雲樹相思」引杜甫給李白詩句「渭北春天樹，江東日暮雲」典故。
　　本作品收錄於李冰人執行編輯：《傳統詩集第一輯》（台北：中華民國傳統詩學會，
　　民國68年7月）頁39。

2　本作品收錄於李冰人執行編輯：《傳統詩集第一輯》（台北：中華民國傳統詩學會，
　　民國68年7月）頁38。
　　本作品刊載於施文炳發行：《鹿港詩書畫學會會員作品展專集》（鹿港：鹿江詩書畫
　　學會，民國89年1月）頁25。

龍山寺九龍池題石[1]

池中蓮影井中泉　色相空時智慧圓

鐘磬夜深聲寂處　龍潛滄海月懸天

旅菲臨濮堂秋祭大典　1979重陽

堂參臨濮秉心丹　薦藻人來筆有瀾

萬里親情懷骨肉　千秋隆典肅衣冠

客中風雨酬佳節　劫後琴樽拾古歡

異域開宗光國族　尚期團結勵忠肝

終戰三十五周年感賦　1979

台澎恢復眾歡欣　令節重逢頌以文

恥雪馬關同敵愾　珠還合浦紀殊勳

列強虎視貪如昔　故土兵連痛久分

卅五年來舟共濟　裕民富國力耕耘

題粘瑞芳墓碣[2]

一、芳草萋萋惹斷魂　青山寂寞日黃昏

　　一坏荒土人琴渺　水咽鵑啼粘厝村

二、肝膽論交二十年　鹿江舊夢冷如煙

1　本作品收錄於李冰人執行編輯：《傳統詩集第一輯》（台北：中華民國傳統詩學會，民國68年7月）頁39。龍山寺昔時前無池，九龍池係後來所作，因違反古蹟法而被毀。

2　粘爲余年輕時至交之友，爲典型書生，性正直，任福興農會總務課長，清廉自恃，不畏惡勢力。當時公務員有權者多貪污，唯公如出水白蓮。言曰：既領取薪資，不該取不當之財，因而招忌，屢遭誣告，指其支持黨外，兩次受調查局訊問，要扣押，粘嚴詞與辯，審者見其人舉止斯文，義正辭嚴，知受誣賴，兩次皆當場開釋。當時支持黨外乃政治大忌，必遭假藉名目判重刑，有時不知所終，故人都畏之。時其主管看粘老實，雖不干預他人之事但不同流，恐日久生事，乃改派當外中主任，粘每日上班，以腳踏車代步，從無怨言，認爲公務員只要是上級指派就必須全力以赴，並且遠離是非之地，未嘗不是好事，途遠又何妨。其耿介如此，惜不久，在上班途中中風不治。文教界奇才粘錫麟即其公子也。

本作品收錄於李冰人執行編輯：《傳統詩集第一輯》（台北：中華民國傳統詩學會，民國68年7月）頁39。

68年喜遊學甲，李漢卿、李賜端邀飲酒家　1979

偶訪斯文到水隈　煙霞深處有樓台
一園花馥春風裡　笑喚白衣送酒來

三仙台　1979

浪花如雪海天碧　三仙台畔無人跡
千年仙去只剩台　杳杳仙蹤何處覓

題李漢卿對奕圖　1979

及時行樂莫他求　事大如天死亦休
笑問人間名利客　棋中奧理悟來不

青年節登受降城　～1980

寧南一角認模糊　曙色蒼茫故壘孤
杖劍頻揮憂國淚　登樓重閱受降圖
人來赤崁春三月　崗吊黃花酒幾壺
海渺鯨魂潮正急　澄清有責待吾徒

祝某君吉席　～1980

雲中仙管奏關雎　花燭聯輝愜所期
郎自有心儂有意　鴛幃燕夢定情時

興達港觀海　～1980

長堤風軟雨初晴　目極鯤洋月正明
煙景一亭增勝概　滄浪萬頃入詩情

東京吳淵源過訪喜作　1980[1]

最難越海故人來　把盞狂吟笑眼開
南嶺梅林花未發　春風先到古城隈

哭歐子亮　1980

一、招魂剪紙對津山　生死寧知一夢間
　　痛向靈前吟舊作　風塵回首淚潸潸
二、蕉園有感惠新詩　自愧無才答寄遲
　　夜半挑燈尋案牘　殘篇斷簡惹哀思
三、最難風雨話連宵　一席琴樽暮繼朝
　　記得楓紅秋已老　依依惜別大津橋
四、伉儷焉能忘舊恩　塵封鸞鏡愛猶存
　　來詩每見雲箋濕　知是淚痕與酒痕
五、明月天南感寂寥　風塵羈客思如潮
　　夢寒絃斷情何已　淒絕關山子夜簫
六、慈母園幽傍翠岡　那堪比翼葬鴛鴦
　　悼亡忍讀碑亭句　一劫人天劇可傷
七、大津山下寫心經　一拈香花果已成
　　圓覺萬緣歸淨寂　寒泉冷月共淒清

午日鐵砧山懷古　1980

大鯨西去海潮青　匹馬端陽鐵嶺停
一井泉清鍾間氣　百年碑古仰英靈
擎天志節乾坤壯　闢地功勳簡策馨
攬勝人來兼弔屈　詩魂磅礴起東寧

青年節觴集　1980　全國詩會

1　旅日台僑吳淵源，汐止人，能詩，善金石，余之摯友也。

節紀青年劍欲鳴　衣冠濟濟杜鵑城
高樓把酒懷英烈　遙向花崗奠一觥

二林酒家戲贈秋金　1980

清歌一曲客銷魂　乘興高樓起酒軍
自是名花能解意　教儂心事亂紛紛

與許君武、李猷、曾文新、蔡秋金、周希珍暨台北諸文友飲於二林酒家　1980

一、偶向江干押鷺鷗　興來買醉上高樓
　　雄心不死頻磨劍　肯許花前說白頭
二、花拳酣戰醉如泥　酒國風雲此一時
　　記得鹿江明月夜　三杯爭賭兩行詩

沖西晚眺　1980

沖西日落晚潮奔　目力難窮黑水源
遺世久忘桑海事　天風浩蕩動詩魂

龍吟　天籟吟社六十周年慶　1980

驅遣風雷氣未平　待施霖雨濟蒼生
中興有兆傳天籟　一嘯居然震八肱

天籟吟社六十周年慶　1980

結社當年展北猷　書生抗日善籌謀
揚風扢雅興文教　抱義懷忠赴國仇
天籟騷壇傳逸響　春風絳帳出名流
典逢周甲詩爭頌　濟濟衣冠北市陬

教師節和美天佑宮雅集　1980

悠揚鐘鐸徹雲霄　令節修盟豈憚遙
薪火猶傳鄒魯地　絃歌重憶舜堯朝
靈崇天佑新祠麗　院仰道東古意饒
師自尊嚴神博愛　千秋大化德同昭

秋日八卦山攬勝　1980

門訪樂耕約雅朋　詩情無限共秋生
紅毛有井傳今古　黑虎無旗感廢興
木落豐亭山影瘦　眼窮鹿渚海波徵
欲尋抗日當年蹟　定塞西風策杖登

康乃馨[1]　1980

花開五色傍幽潯　種異忘憂義並深
寸草同教懷母愛　春暉永世暖兒心

感懷（洛溪春述事）　1980

失計輕謀事突然　自尋重擔壓雙肩
卅年清譽原難就　一席虛銜實可憐
笑傲江湖烏有我　沉淪市井奈何天
逢人裝笑頭頻然　苦坐針氈日似年

促進台中市興建孔廟　1981　全國詩會

宏模策劃杖賢能　立廟尊師舉可稱
俎豆佇看明祀典　綱常未許失依憑
相符群望功將竟　既洽輿情興益增
他日屯山憑仰止　宮墻萬仞壯中興

---

1 忘憂草，萱花也，中國人以萱草象徵母親。

五日雨　1981

　　潤蒲綠艾意非凡　五日蕭蕭遍遠巖

　　我亦途窮傷屈子　忍教隨淚濕征衫

延平郡王祠見梅花[1]　1981

　　冰肌素魄見英姿　頓憶開台手植時

　　歷劫滄桑三百載　清香猶溢鄭王祠

題李漢卿賞花圖　1981

　　春風猶見百花時　芳徑尋花動綺思

　　瞇眼看花花竊笑　愛花心事只花知

鶴颿老先生仗朝　1981

　　風致飄然渭水同　拳傳白鶴見深功

　　憑誰妙運丹青筆　爲著人間不老翁

馬尼拉華僑義山謁性攀族長靈寢　1981

　　心香肅穆禮義山　槖筆重來已十年

　　骨肉同心方是福　靈前洗淚憶金言

新加坡中國藝術陶瓷館落成誌慶（冠首）　1981

　　中華文化五千年　國粹弘揚責兩肩

　　藝紹唐虞臻古博　術超歐澳合流傳

　　陶齋久著成名錄　瓷史待修拓外篇

　　館立星州興駿業　聲譽早已重南天

聯禎紀念館落成誌慶　1981

1　相傳祠中梅花爲鄭成功手植。

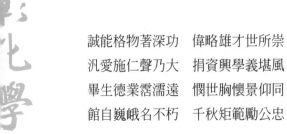

　　誠能格物著深功　　偉略雄才世所崇
　　汎愛施仁聲乃大　　捐資興學義堪風
　　畢生德業霑濡遠　　憫世胸懷景仰同
　　館自巍峨名不朽　　千秋矩範勵公忠

崙背天衡宮安座誌盛　1981

　　莊嚴結構杜雕龍　　此日盟鷗正道宗
　　香火一龕明日月　　風雷八節警頑兇
　　開光施法天師主　　題壁賡詩墨客從
　　崙背當興神顯赫　　欣看應運地靈鍾

題菊　1981

　　無邊秋趣勝陶家　　絕好東籬一片霞
　　欲為人間存正色　　焚香淨几寫黃花

龔維朗將軍邀宴新店官邸席上賦呈　1981

　　龍韜豹略世尊稱　　儒將風懷異俗朋
　　把酒豪吟詩共勵　　書生有責繫中興

題李漢卿牡丹圖[1]　1981

　　香霞疑見漢宮春　　敷雪調紅總出塵
　　的是夢中傳彩筆　　艷描國色贈佳人

重訪吳園　1981

　　散策多山野趣長　　當年景物未全荒

---

1 李漢卿善畫，某女校書屢求其牡丹而不得，余訪學甲，女同宴席又求之，漢卿知余惜墨絕不輕許，故曰：「文炳肯為題句則日內便交卷。」余酒已半醺隨口諾之，未幾畫成。其媳婦素以賢慧稱於鄰里，知漢卿好戲謔，欲娛翁姑，指余題句問曰：「贈佳人，佳人是誰？」漢卿善戲謔，又謹於禮教乃答曰：「佳人者，好人也。」姑媳聞其言，相與會心一笑。一家和樂如此。亦佳話也。

梅花綻玉呈晴靄　荔樹搖青傲曉霜
遣興來尋新靜境　浪吟忍憶舊詞場
名園寂寞吳公去　入眼風光惹斷腸

題畫　1981

野鶴閒雲意適如　片舟輕弄遠塵居
瑤琴一奏清江曲　陣陣松濤入耳徐

埔里邂逅故友蔡友煌　三首　1982

一、書劍飄零歷苦辛　不堪回首話前塵
　　相逢無語驚如夢　得意欣君滿面春
二、道義論交證宿因　山城一別十餘春
　　子賢孫孝家殷富　清福如君有幾人
三、澗月溪風景可人　梅花香訊虎山春
　　何年卜宅芳郊住　野叟雲樵作比鄰

贈日本大三島松浦範夫[1]　1982

扶桑擷俗訪相知　詩酒聯歡憶昔時
愛媛薰風宮浦月　天涯有客夢中思

詩風　1982　全國詩會

弘揚大雅力無邊　一氣噓和出性天
磅礡乾坤憑鼓吹　文瀾萬疊起靈淵

哭王漢英[2]　1982

---

1 大三島在日本瀨戶內海，愛媛縣宮浦地名。松浦範夫為余摯友松浦八郎公子也。遊鹿港訪余於館前街工作室索字，特撰文并書贈之。
2 王漢英名業，又稱漢業，名畫家王席聘先生哲嗣，鹿港四傑之一，稟賦異常，詩書畫樂俱工，有四絕之譽，生平也高潔自恃，不流世俗，為典型讀書人。蒙公許為文章知己，交契至深。其弟重五亦工書畫，其水墨四君子，意境清麗絕俗。世人稱之。

藝壇四絕壓清班　公去何人作斗山
今日碎琴同一哭　文章知己古來難

日本富士釣具會社大村隆一社長蒞台過訪索詩，謹以尊名綴句
奉贈　1983

大和歌舞興方濃　村上櫻花酒萬鍾
隆想波澄明月夜　一竿滄海釣蛟龍

過眉溪　1983

眉溪溪畔偶停車　翠嶺晴雲幻彩霞
幽徑春風花似錦　不知花裡是誰家

敬題岳母陳媽黃太夫人墓碣

一、譽追柳丸　芬並歐荻　萬古千秋　同歌母德
二、北堂春去　風木增悲　慈恩深重　報己無時

桂花香　1983

傳臚佳訊喜無邊　縷縷香飄月正圓
雨露恩深懷教澤　一枝攀折獻師前

待月　1983

東籬菊笑又西風　興緻悠然歲歲同
明夜團圓秋正半　開窗引領望樓東

題李漢卿松陰高臥圖　1983

高隱深山不計年　煙霞世外即神仙
枕琴偶旁松林臥　松亦無聲伴畫眠

海門天險[1]　1984

一、殘壘蒼蒼蹟尚明　人來弔古感偏生
　　夕陽天海紅於血　似聽當年激戰聲

二、海門雄踞險天成　陣勢詭奇入眼驚
　　無數英雄忠護土　捐軀抗法此犧牲

基隆弔孤拔墓[2]　1984

率艦連番襲海疆　憐他頑敵亦忠良
三沙灣畔清明近　誰為天涯弔國殤

泉州前港謁始祖典公墓　1984

寥落秋風斷客魂　晉江極目日黃昏
無窮遊子歸來感　肅穆心香謁祖墳

甲子仲秋即事　1984

溪邊人語雜笙簫　想見秋清月滿橋
塵事如麻愁百結　燈前枯坐負良宵

甲子冬葭月念五日重遊花蓮蘇成章楊伯西邀宴後與成章小酌有句　1984

又值梅香雪滿時　奇萊山下訪相知
溪邊小酌詩添興　留與天涯作遠思

1　海門天險位於基隆山上戰略要衝，居高臨下，抗扼基港海門，中法之戰中，雙方死傷
　慘重，夕陽憑弔，頻生感慨。

2　孤拔法國海軍司令也，光緒10年（1884）法軍犯台，6月15日孤拔率艦隊攻基隆海門
　天險不克，16日又攻之，8月13日復攻之，不克，雙方死傷頗眾，後來我方撤兵乃被
　占。1885年1月攻占澎湖，13日登澎，15日澎湖全陷，未幾中法議和，21日宣佈停戰
　撤兵，3月2日解除台灣封鎖，27日天津條約成，4月澎湖大疫，法軍亦多羅疾患，4月
　28日孤拔病卒於澎湖，葬於馬公城北門外。（6月5日法軍離澎。）後移葬基隆三沙灣
　法國公墓。

　本作品刊載於自立晚報瀛海同聲5月27日。

二林雅集[1] 1984

六月炎陽盛會開　儒林擷俗客初來
一鄉民富誇農業　百里風淳慕水隈
酒愛萄葡杯共舉　情殷香草句頻摧
沿街策杖尋名蹟　仙子如花喜作陪

金香葡萄 1984

葡萄棚下逢仙子　手摘金香笑薦儂
舐舌同嘗初戀味　如酸如蜜惹情鍾

王宮觀海 1985

王功港外句重尋　撼岸鯨濤動遠心
萬里長征豪氣在　樓船何懼海雲深

會張淵量於綠莊 1985

莫管青春喚不回　花前有酒笑顏開
知君才捷同曹植　信手拈來玉滿堆

秋日謁義天宮 1985

一、義天宮闕聳雲衢　俎豆莊嚴別有區
　　碧水三重環吉穴　秋光十里接名都
　　氤氳龍篆心香肅　浩蕩坤儀德化敷
　　求得靈籤歸也晚　疏桐明月露如珠
二、青衫有約伴朱顏　禮謁慈儀傍水灣
　　五指靈峰呈瑞靄　三重神闕擬仙寰
　　澄空來雁涼初透　靜域聞鐘俗盡刪
　　薦罷馨香叉手詠　忘機人共白雲閑

---

1 二林有香草吟社。是日選拔葡萄仙子。

三、三重風月正秋晴　　來拜璇宮表至誠
　　　易代褒封崇母德　　連朝觴詠續鷗盟
　　　梵鐘初度雁聲遠　　香篆輕浮瑞氣生
　　　和協萬邦詩禱祝　　蒼黎翹首望昇平

喜新居　1985

　　　卜宅江津喜告成　　欣看喬木乍遷鶯
　　　群賢雅集朝連夕　　頓覺春風座上生

遷居偶作　1985

　　　新居喜卜古城邊　　花滿芳郊月滿川
　　　鯤海潮聲喧港外　　軍山樹色落窗前
　　　朋來共品壺中茗　　興至高吟几上篇
　　　最愛樓晴塵不染　　苔岑待契竹林賢

淵源詞長回台小聚綠莊席上賦呈並示諸君子　1985

　　　茶熟花香酒興濃　　綠莊小聚慰離衷
　　　鹿溪佳景當相憶　　新柳春融細雨中

題君子多壽圖　1985

　　　竹宜君子心　　石作南山祝　　仙菊配靈芝　　以介無窮福

旗亭戲贈秋金　1985

　　　旗亭賭醉笑輕狂　　座擁春風酒倍香
　　　花自有情詩有淚　　真堪俠骨配柔腸

夜讀　1985

　　　一柱沉香夜氣清　　偶來驟雨動詩情

攤箋裁句渾忘曙　乍聽鄰雞報五更

冬日即事　1985

溯風乍起晚霜微　秋老荒郊綠已稀
囊裡無錢偏有興　典裘沽酒醉方歸

李松林老先生八秩壽慶兼獲第一屆薪傳獎暨國家藝師　1985

一、精緻雕琢見天工　獎獲薪傳喜氣融
　　八秩懸弧樽泛碧　先春報捷紙書紅
　　師賢希聖勳猶著　塑秀培英位望崇
　　贏得藝林稱泰斗　聲名卓爾佈瀛東
二、綵衣錦帨慶堂中　部選欣看壓眾雄
　　胸蘊機微通絕藝　家敦詩禮溯儒風
　　青襟才著江之左　皓首聲馳海以東
　　國與殊榮天與壽　題詩恭頌福齊嵩

題王昌淳牡丹圖[1]　～1986

胭脂和露寫雲羅　似聽霓裳月下歌
莫向沉香尋舊夢　春風解釋恨偏多

初會廖俊穆於鹿港　～1986

喜會高賢海一隅　梅花香裡酒頻呼
擅君妙有丹青筆　待繪鹿江雅集圖

廖俊穆台中畫展喜贈　～1986　新生報

是真功力不須猜　此日瀛東識俊才
畫自有神書有骨　如椽大筆蘊風雷

1 李白清平調有「解釋春風無限恨」之句。

神風 ～1986

妙玄靈異莫疑猜　　威力無邊挾迅雷

但願如春來淡蕩　　噓和應候淨塵埃

哭旅菲振民宗彥　1986

文星忽墮海之涯　　剪紙招魂痛不支

廿載論交堅古誼　　一朝永訣動哀思

儒林清範人同仰　　絕業名山志可師

翹首岷江雲路遠　　臨風憑弔不勝悲

畫蘭　1986

九畹長標國士風　　細評凡卉孰能同

千秋重讀懷沙句　　為寫丹青紀楚忠

中秋賞月[1]　1986

賞月江樓月正圓　　蘆花秋水客愁牽

傷心海峽同溝壑　　隔斷親情四十年

丙寅中秋愛心月光晚會　1986

一、歌舞酬佳節　秋光格外鮮　多情天上月　此夕共團圓

二、一夜秋風冷素襟　痾瘵在抱感偏深

　　願同明月無私照　廣向人間送愛心

畫牡丹　1986

五彩輕描色鮮明　　洛陽綺夢畫中清

情鍾國色無雙艷　　一片香霞筆下生

1　翌年政府開放大陸探親。

中興頌　1986

大命天膺復漢基　千秋運會出英奇
功安九有承光武　德化群黎則仲尼
物阜人和祥有象　政清刑簡法無私
興邦一旅成非遠　待譜絃歌頌以詩

孫中山先生誕辰雅集[1]　1987　全國詩會

鴻雪重尋舊爪痕　淡江雅會共傾樽
巷歌仁政功崇蔣　嶽降佳辰節紀孫
共竭忠忱興國運　力扶名教振騷魂
哀哀海上流民淚　大筆憑誰為訴冤

恭悼蔣故總統經國先生[2]　1988.1.30

一、滄海龍歸永不還　臨風酹奠句重刪
　　高山月冷梅花落　似有寒香塞兩間
二、大勇從知屬大忠　未因逆阻感途窮
　　運籌幃幄開新運　半壁江山氣尚雄
三、高豎青天白日旗　勵精蓄銳固邦基
　　重尋法治終人治　正待開花結果時
四、財經奇蹟世稱希　力倡三民計未非
　　隔岸蒼黎翹首望　海東燈塔放光輝
五、彈丸一旅抗強秦　世局推移霸業新
　　暴政必亡仁必舉　千秋王道說親民

1　蔣經國參政，力尋改革民多肯定。此時越南難民潮舉世震驚。
2　國民黨治台，採取極權統治，漠視人權，有嚴重省籍歧視、待台民如奴隸，特權貪污
　充斥。尤以白色恐怖濫殺無辜，戒嚴達四十年之久。
　蔣經國執從政以後，力求改革，試尋民主、起用台民，實行經建，皆有明顯成果，應
　予肯定。
　為世詬病之萬年國會，自命法統，抗拒改選，民主之恥也。世人呼為「老賊」以辱
　之。
　本作品刊載於中華學術院詩學研究所同仁輓辭《恭悼蔣故總統經國先生崩逝輓辭》及
　民國77年2月10日大華晚報第10版瀛海同聲。

六、海峽風雲劇可悲　疆分漢楚決危棋
　　大鯨去後同留恨　未見神州一統時
七、鞠躬盡瘁死方休　許國精神孰與儔
　　抱病猶煩天下計　一肩擔起古今愁
八、一心一德濟群生　二十年來見大成
　　勤政愛民功在國　昭昭青史有公評
九、以和謀國息爭非　民主爲基訓莫違
　　東渡衣冠今已老　毋標法統誤先機
十、山接慈湖望欲迷　頭寮風雨正淒淒
　　蒼黎巷哭情哀切　無限懷思首共低

東京夜訪吳淵源　1988

　　白雪櫻花富士雲　每因對月遠思君
　　相逢珍重燈前酒　畢竟天涯聚易分

畫梅花雪月圖綴句題之　1988

　　鐵幹冰姿絕俗塵　衝寒香訊故山春
　　七分白雪三分月　素魄艱難爲寫眞

鹿谷過陳芳徽故宅　1989

　　梅園清冷旁幽林　遍地落花愴客心
　　寂寞溪山春欲晚　草堂靜鎖白雲深

福建前港尊道學校八十年慶　1989

　　一、作育英才德業彰　弘施化雨振綱常
　　　　石渠家學淵源遠　一脈斯文賴發揚
　　二、師道尊嚴義可崇　宣仁振鐸啓愚蒙
　　　　滿園桃李花如錦　儘是春風化雨功

春宵試茗 ～1990

縷縷清香逸興生　含英咀美富詩情

西窗月滿梅開候　一盞春芽味細評

至誠慈善會 ～1990

至仁至德感人深　誠敬悲天獻愛心

濟弱扶危施惠澤　善功義舉世同欽

彰化觀王漢英遺作展 ～1990

樓懷萬卷紾人琴　肝膽交深痛更深

今日彰城觀遺作　前塵如夢動悲吟

戎庵賢伉儷邀宴文山，席上秋金有句，謹次其韻　1990

澎湃汪洋淼澗泉　雄才無敵豈虛傳

十年秋水縈清夢　此夕文山訪大賢

筆健頻看新藻思　杯深重續舊因緣

何當携酒酬前約　醉賞秋山紅葉天

答秋金春日卻寄原韻　1990

蝸居歲月問如何　閒愛弄花醉嘯歌

詩怕隨流吟久綴　書難脫俗硯空磨

從知高曲知音少　翻好幽齋雅趣多

卻笑紛紜逐利輩　自投世網任囚羅

敬悼洪柏勳先生令高堂靈幃　1990

仙槎西駕赴瑤池　母德千秋足可師

月冷萱庭鵑泣血　恭聆教誨痛無時

悼人豪宗彦[1]　1990

一、臨江剪紙痛招魂　　忍淚奠君酒一尊
　　淒絕東風人去後　　鵑啼荒塚月黃昏
二、錢江家世本清高　　奕代書香眾所褒
　　渠閣經傳才八斗　　聲名不愧著人豪
三、德行平生孰與儔　　儒仁釋愛力躬修
　　嘔殘心血興文教　　不朽名山姓字留
四、二鹿重光志未成　　那堪鄉黨失菁英
　　十年有約同修史　　君去何人作主盟
五、大化春風道益彰　　教因無類澤霑長
　　心中有佛存悲憫　　身後留恩惠桑梓
六、修到無吾德自馨　　何須鑄像與鐫銘
　　畢生身教兼言教　　留與人間作典型
七、大願還諸地與天　　一杯淨土了塵緣
　　悟來色相無生死　　果證菩提慧日圓

哭李玉水詞隸　1990

一杯濁酒薦靈前　　裁句懷君淚濕箋
名世有詩揚國粹　　論交以義締鷗緣
琴樽樂共情猶昨　　風雨夢回事似煙
人去壽峰春寂莫　　那堪月夜聽啼鵑

春興　1990

烏龍異種煮山泉　　石鼎輕浮縷縷煙
題罷新詞春雨霽　　茶香書味兩怡然

蝶夢園得句　1990

1　本作品收錄於《施人豪教授追思錄》80年3月8日（往生週年）。

莊生一枕悟繁華　香夢重溫興倍賒
不向花間觀蝶舞　焉知世界本花花

夏日謁王功福海宮[1]　～1991

恭參福海結文緣　重續鷗盟值暑天
番挖薰風潮正漲　王功新霽景偏妍
望洋作賦胸懷曠　低首焚香禱祝虔
立廟崇功人報德　賡詩合頌桂森賢

詠鳳凰花　1991

丹穴來儀夢已醒　胭脂一片染空庭
瑞花偏作離情記　斷續驪歌不忍聽

詩吟　1991

七字傳來格調高　悠揚幾欲遏雲濤
何人擊節臨風和　引發秋山萬樹號

慶豐城樓遠眺　1991

城樓遙對海門寬　無限滄桑獨倚欄
昔日騎鯨人已渺　江山依舊霸圖殘

長江奉節縣懷古　1991

霸戰未能滅魏吳　城臨白帝一嗟吁
長江滾滾深難測　底處當年八陣圖

重慶喜會恩師施彩鸞教授　1991

萬里投荒淚已乾　重逢此夕證深緣

---

1 楊桂森，嘉慶年間任彰化縣知縣，頗有政績，捐俸倡建王功福海宮。

鹿江月與長江月　一樣離情兩地牽

還曆書懷　1991

　　日出祥光現　鶴居歲迓新　三羊開景運　還曆值佳辰
　　樓靜傍滄海　院幽遠俗塵　淡妝梅綻早　綺語燕來頻
　　饒有林泉趣　堪邀猿鳥親　浮雲看富貴　且作葛天民

醉畫梅花　1991

　　疏影清香記尚眞　紗窗明月巧傳神
　　興來縱酒揮妙筆　醉寫蓬萊一段春

海濱即事　1991

　　蹴岸濤翻賤雪花　蒼茫海色港之涯
　　片舟獨羨煙波客　閑理絲綸釣月華

題歐子亮伉儷墓碣　約1991

　　一、伉儷本情深　身後應同穴　津山伴永恆　無復傷離別
　　二、十載客重來　爲公題墓碣　空山不見人　唯有寒泉咽

過人豪教授故宅

　　一肩琴劍憶前遊　煮史烹經此聚鷗
　　今日瑤林街上過　秋風落寞讀書樓

關仔嶺竹居訪畏友李漢卿[1]　1991

　　日暖曉情閒　塵氛何所避　斗酒與雙柑　重尋行樂地
　　乘興出芳郊　放懷車代騎　水綠竹涵青　溪迴林擁翠

1　本作品收錄於施文炳發行：《鹿港詩書畫學會會員作品展專集》（鹿港：鹿江詩書畫
　　學會，民國89年1月）頁25及新生報。

鳥鳴山更幽　　花紅春嫵媚　　猿鶴舊相知　　琴樽敦古誼
書劍憶前遊　　風雲非素志　　功名一笑輕　　林泉多雅緻
濯筆寫煙霞　　飄然物外意　　縱酒發豪吟　　吟成人亦醉

卦山懷古　1992

抗日當年事忍論　七星旗渺蹟長存
凰鳳花染英雄血　千古軍山認劫痕

敬題劍魂詩集　1992　《劍魂詩集序》

磅礡吟魂一卷中　含霜劍氣貫長虹
經綸宿著儒林望　桃李盡沾化雨功
繼代詩名光鹿渚　百篇詞藻譽瀛東
綠莊美酒楊橋月　付與千秋話雪鴻

觀陳石年親子雕塑展[1]　辛未荔夏　1992

慈母心連赤子心　一刀一鑿見眞情
從知有愛存胸臆　雕塑天倫啓後生

昆明道中　1992

雲南擷俗逐遊鞭　紅土高原景豁然
野色延綿山蜿蜒　曉風淡蕩氣新鮮
舖金麥熟炎陽下　鋤草人忙古道邊
喜見南荒同大化　民勤耕稼待豐年

雲南邊疆即事　1992

鄉窮地僻遠文明　科技未來尙苦耕
云有集權賢領導　緣何疏忽到民生

1 陳石年爲埔里雕塑家，作品氣勢磅礡，見眞性情。

彩繪牡丹並綴七絕以題　1992

　　疑是晴空湧彩霞　　天香國色品堪誇

　　興來藉取雕龍筆　　醉寫人間第一花

出洋　1993

　　港望沖西景色明　　風帆飽孕曉天晴

　　越洋勇破千層浪　　擊楫雄開萬里程

　　弘拓海疆關國計　　勤收漁利裕民生

　　臨流別抱澄清願　　待挽狂瀾掣巨鯨

愛女懿芳出閣歸寧詩以勉之　1993

　　出閣吟成戒旦篇　　叮嚀珍惜好姻緣

　　溫純端淑遵閨訓　　忍讓謙恭效昔賢

　　立業從知勤有獲　　居恆但記孝為先

　　躬修婦德興家道　　鴻案相莊到百年

題尋梅圖　1993

　　羅浮香夢幻猶真　　一夜東風景可人

　　踏雪重來詩未就　　嶺頭已作十分春

台灣民俗村　1993

　　玉嶺崔巍鎮海東　　泱泱文化世尊崇

　　一村史物收羅富　　易代民風展望豐

　　溯古重尋匡世策　　追源先頌拓台功

　　鴻圖肇創開新運　　錦繡河山日正中

埔里虎山曉趣　1993

　　煙迷霧鎖虎山晨　　霧裡探春不見春

頃刻雲開朝日出　豁然花海勝桃津

悼蔡元亨詞長[1] 1993

萬壽峰頭細雨時　一樽薄酒奠相知
風塵劫重空琴劍　肝膽交深越友師
雙管臨池書愛草　千篇詠竹句稱奇
文章道德追芳範　不盡津山去後思

宗聖宮題壁[2] 1993

一、宗聖宮高映曙曦　輸誠頂禮獻新詞
　　配天長肅千秋典　至德同瞻萬世師
　　山擁巍峨雲靉靆　地鐘靈秀景清奇
　　但期惠化風端遠　重振綱常固國基
二、經制千秋備　綱常萬古存　作神兼作聖　文武德同尊
三、一杵鐘初啓　蓬萊曙色明　群黎歌化日　海宇慶澄清
四、香篆繞丹墀　天和日正熙　衣冠來聖域　薦藻並題詩

楊橋即景 1994

一、虹跨一溪清　楊橋舊有名　尋詩堤畔立　月白水無聲

---

1 先生南台名士也，人品高潔不慕名利，空負滿腹經綸，終其生風塵歷劫，令人不平。其生平也道德文章三島推崇。亨壽九十有二歲，嘗言德者壽，信不虛也。
先生早年經營製藥廠，有數位藥販視先生忠厚老實，欲殺其價，偽稱曰「中部有新藥廠，亦生產胃藥，藥效奇佳，其批發價格比貴廠低三成，本欲往新廠採購，因貴我雙方交易已久，特來商議，價格如不能降，則向新廠交易」先生答曰：「製藥之旨在於救人，既然新廠藥效佳，則請推銷新廠產品，價格不重要，救人第一也。」眾販聞語嘆曰「：真君子也，此人忠厚如此實不宜相騙。」乃據實以告之，並向先生陪罪。此事不久便流傳於全台，成爲藥界美談。
先生擅草書，而以雙管齊下馳譽於世。先生晚年著有一千首詠竹詩，史上首見也。
津山歐子亮嘗道平生交遊遍於三島，知心者唯有元亨與文炳耳。余少壯之年有幸拜識二公，蒙不棄，許爲忘年，交契至深。昔日余偕元亨常訪津山，與亮作酒會，燈前把盞暢談天下事，每每夜以達旦。子亮逝後韻事不再，而情誼焉能忘懷，故元亨屢約余，欲往津山謁子亮墓，惜因俗累，皆未果。而今元亨又去矣，撫今追昔，令人愴然。
2 宗聖宮在台灣民俗村內，祭祀關公。
本作品刊載於施文炳發行：《鹿港詩書畫學會會員作品展專集》（鹿港：鹿江詩書畫學會，民國89年1月）頁25。

二、楊橋尋勝蹟　景物異當時　欲證滄桑劫　宮前讀舊碑

甲戌年端陽前一日鹿港雅集　1994

鹿渚尋盟載酒肴　虞詩擷俗共知交
明朝待續中天約　祭罷靈均句再敲

甲戌荔夏偕秋金訪文山，戎庵老有詩見贈，依韻奉答　1994

江湖歸隱計難施　欲解塵愁每籍詩
夢樣韶光留不住　蕭然客路欲何之
豪情但愛千鍾酒　亂局漫評兩岸棋
幸有文章知己在　莫因暫別感淒其

東郊觀稼　1994

布穀聲摧正曉晴　偶來時雨利春耕
綠連千陌秧針細　一幅豳風世外情

鹿港護安宮重建落成綴句題壁　1994

護安宮闕聳江濱　題壁人來值吉辰
祠近文昌神赫濯　橋涵利濟景清新
一龕香火傳靈蹟　易代滄桑証劫塵
此日重修詩祝禱　甘霖溥澤萬家春

護安宮題壁　1994

宮闕祥雲繞　鯤溟曉日晴　丹階喧鼓樂　四海慶昇平

南京藝院劉菊清教授有畫見贈賦以奉答　1994

有緣翰墨快平生　畫寶遙頒感盛情
妙絕金陵才女筆　傳神花鳥態如生

跪勒先慈墓碣（先慈洪媽施太夫人棄養五十周年紀念）[1] 1994

一、歲月去悠悠　風霜五十秋　思親多少淚　每向枕邊流

二、夜月冷萱幃　思親親不知　望斷白雲陲　思親無盡時

北頭口占 1995

海澨起高樓　滄波萬里收　興來一樽酒　邀月共清謳

賀新婚 1995

喜詠關雎第一篇　赤繩繫足締良緣

花開此夕春當麗　鳳舞鸞飛月正圓

月夜過漢英故居[2] 1995

烏龍茶佐落花生　萬卷樓中展笑吟

對坐論詩情如昨　磚街人渺月空明

賀新婚 1995.10.25　於廣州

筵開合巹正春熙　佳偶成雙慶吉期

花燭搖紅詩以祝　相歡魚水定情時

新婚賀詞 1995.10.25　於廣州

新婚喜祝寫新辭　月滿星輝景出奇

緣證三生圓夙願　情偕鸞鳳永相隨

寧波旅次 1995.10.28

一、今夜月明形影單　樓頭無語獨憑欄

---

1 余十五歲時先慈棄養，五十年來身如浮萍江湖落拓，歷盡風霜之苦，每於夜深人靜之時，思念慈母養育深恩，無以為報，悲痛、懷念豈有盡時哉。

一九九四年農曆九月十一日重修母墓，先祖母沈氏銀娘合葬於第一公墓。

2 王漢英居署萬卷樓。

相思人在天涯遠　一縷離愁兩地牽
二、異鄉新月彎彎　鉤起離愁萬端
何日相依作伴　悠遊山水之間

讀月圓集　1995.12.20

既已許相知　終生愛不移　有緣方聚首　何苦強分離

讀月圓集其二

為酬天上三杯酒　遲落人間念一年
記取前身明月約　盟山誓海續前緣

題太魯原石山水　1996

奇石分來太魯巔　江山如畫景天然
但期浩蕩原頭水　霑澤蒼生惠大千

有幸　1996

有幸相逢是宿緣　毋忘對月誓盟堅
人間缺陷皆能補　莫讓情天變恨天

題李漢卿畫竹　1996

石畔琅玕影疊青　幽窗託筆寫空靈
偶來細雨玲瓏韻　疑是淇濱月下聽

題李漢卿山水圖　1996

豪端佳景有無間　一半煙雲一半山
更向峰頭高處立　雲間疑聽水潺湲

題墨荷　1996

香遠濂溪愛　臨池墨韻濃　悟來空色相　何必染嫣紅

敬題王梓聖先生詩集　1996

一卷珠璣著海東　太原譽望熟能同
江山藻繪生花筆　桃李榮開化雨功
術擅青囊才卓越　吟成白雪句玲瓏
抱貞策遠興文教　留得心聲正國風

端陽鹿港采風　～1997

尋根橐筆值天中　古港繁華與昔同
江賽龍舟存楚俗　街喧南管見泉風
三台稱冠人材濟　二鹿流徽史蹟豐
自是海濱鄒魯地　民淳俗樸擷難窮

約月　1997農曆閏8月

瓊樓月滿正秋清　約月談心酒共傾
與月有緣終不悔　宵宵伴月契歡情

寄友　1997

鳳凰花發鳥聲奇　卦嶺風光美如詩
消暑山樓邀玉駕　相偕煮酒話襟期

東郊即事　1997

聲聲叫犢小村東　食力耕耘望歲豐
攜筆來尋農事樂　一犁甘雨正春風

過麻豆古厝[1]　1997

1 本作品二爲〈麻豆古厝題壁〉，刊載於施文炳發行：《鹿港詩書畫學會會員作品展專

一、秋光如繪動幽懷　候鳥橫空菊正開
　　古厝風華如舊識　尋詩擷俗約朋來
二、院落深深樹影低　林家韻事客重提
　　依然麻豆風情舊　文旦花開異鳥啼

題李漢卿墨蓮　1997

翠蓋亭亭自出奇　憑君妙筆寫芳姿
超塵一幅詩情溢　碧沼風清月滿時

敬悼王梓聖詞長[1]　1997

一、靈前無語以詩陳　噩耗傳來竟是眞
　　濁酒一樽花一束　天荒地老弔斯人
二、一別痛分古與今　文章知己再難尋
　　卅年誼重師兼友　細讀遺篇淚濕襟
三、宣儒弘教立師模　正俗匡時道不孤
　　洙泗源清承一脈　春風桃李普霑濡
四、珠潭水碧虎山蒼　魂繞夢牽總不忘
　　今日重來尋故舊　榕齊月冷夜淒涼
五、詩詠人琴別恨深　風塵舊夢忍追尋
　　愛蘭橋上強回首　落寞鐘聲愴客心

畫蘭　1998

一枝素豔出深巒　獨抱幽貞靜裡看
明月多情長作伴　奚須秉燭夜憑欄

慈母線　1998

集》（鹿港：鹿江詩書畫學會，民國89年1月）頁25。
1 本作品四、五兩首爲〈埔里過王梓聖詞長故宅二首〉刊載於施文炳發行：《鹿港詩書
　畫學會會員作品展專集》（鹿港：鹿江詩書畫學會，民國89年1月）頁25。

月影含霜冷繡幃　殷勤燈下補兒衣
千針密繫無窮愛　縷縷長懷母德巍

賀新居　1998

瓊樓新構傍江津　百尺凌雲遠俗塵
西望鯤洋東卦嶺　濤聲嶽色總宜人

哭許夫子劍魂　1998

香花旨酒薦靈前　浩蕩師恩比父天
十載螢窗霑教澤　一鄉薪火賴心傳
興詩績著文開社　論政芬留自治篇
今後儒宗安仰止　臨風憑弔淚潸然

題許夫子劍魂墓謁　1998.5

人生如大夢　天地本無知　樑壞山崩日　同懷一代師

戊寅端午　1998

五月榴花照眼紅　民村攟俗值天中
蒲觴角黍三芬路　遙向湘江弔楚忠

戊寅除夕　1998

燈前展卷守殘更　餞歲偏生物外情
卻喜幽齋存至樂　一窗細雨讀書聲

鹿港鎮公所廣場題壁　1999

二鹿繁華蹟可尋　滄桑閱後劫痕深
風存鄒魯人文盛　依舊聲名冠海潯

意樓　2000

一、香夢醒來淚濕巾　情牽隔海未歸人
　　倚欄忍向樓窗望　疊疊楊桃又一春

二、繁華如夢逝無痕　一角磚牆對夕曛
　　當日風流人已渺　常留韻事世思論

金門館題壁　2000

一、江城攬勝逐遊鞭　館謁金門集眾賢
　　井取靈泉閑煮茗　雞由樹下話當年

二、莊嚴靈蹟港之潯　橐筆來參客整襟
　　館署浯江源溯遠　一龕香火繫鄉心

靜園題壁[1]　2000

氣爽風清菊正開　靜園待月獨徘迴
愧無妙筆題雲壁　聊剪秋光入句來

貞滿雅築得句　2001

晴樓清雅勝雕欄　四顧煙霞得大觀
最愛門前君子竹　臨風日日報平安

李漢卿療病彰化詩以慰之　2001

坐擁瓊樓遠市聲　臨窗靜賞卦山晴
何妨暫作高賢隱　療病安閑學養生

鎮洋宗彥新居綴句為賀　2001　排律

吾家有鳳麟　齋舍水之濱　豹隱尋邱壑　鶯遷遠市塵
幽開陶令宅　喜作葛天民　初訪新堂構　重來舊港津

---

1 靜園係學甲李賜端別墅。

樓晴花綴錦　徑曲草成茵　甲第人爭羨　鴻才孰比倫

工夫通造化　刀鑿見精神　藝絕功臻妙　薪傳獎可珍

迎年開盛宴　裁句慶良辰　雅契詩連疊　豪情酒數巡

待君揮巨斧　醉刻海東春

師門憶舊[1]　（許夫子劍魂）2001.3.31

一、正值青襟年少時　儒門有幸拜名師

　　追隨杖履同父子　雨露春風賴化滋

二、偷閒問字每偕朋　絕好東郊景色清

　　卻憶秋涼歸較晚　橋頭村外月華明

三、驚傳刁斗夜三更　剪燭談兵劍欲鳴

　　當道狼豺民水火　匡時無計愧書生

四、朔風凜烈凍江城　記得燈前夜四更

　　濁酒一杯相對飲　詩經課罷醉談兵

五、非因玩世假惺惺　惜玉憐花出至情

　　贏得佳人青眼待　甘心作妾託終生

六、掀天揭地志難酬　賭酒評花且解憂

　　每向樽前歌當哭　不堪回首聚英樓

七、大鵬當有沖天志　猶記燈前教誨時

　　一事無成傷老大　撫心有愧對恩師

八、風流才擬袁公子　豪邁情同李謫仙

　　美酒千鍾朋滿座　旗亭歌舞憶華年

九、朗朗書聲出絳幃　春風浩蕩啓頑癡

1　余年十六入許夫子志呈恩師門下，攻讀漢學，回首五十餘年矣，夜深人靜獨坐燈前往
　事歷歷如在目前，而今公已作古，師恩浩蕩，欲報已無時，茲值公逝世三周年紀念，
　把筆書懷，藉誌師恩也。
　許夫子忌辰爲87年3月31日（農曆三月初四日）。
　第三首言國民黨政府接收台灣，視台灣人爲三等國民，軍隊入台橫行霸道，魚肉百
　姓，人民苦不堪言。民國36年2月28日228事件全台響應，向外省人報復，國民政府
　用軍隊鎮壓，藉題濫殺智識分子，台灣精英死者數萬。
　第八首言公任兩屆縣議員，交遊頗廣。

　　　　傳承薪火揚文化　　重整鹿江舊丕基
十、醫貧猶記傾囊助　　沽酒常邀對月謳
　　　　待展雄圖時未濟　　忘機鷗鷺且相酬
十一、滿腹經綸孰與儔　　議壇論政展鴻猷
　　　　革新除弊提新政　　始信雄才異俗流

谷關紀遊　2002.11

　　塵紛遠避喜偷閒　　攬美尋幽入谷關
　　一例華清留韻事　　溫泉試浴夢初圓

賀涂醒哲先生真除衛生署署長　2003元旦

　　中西學貫術超群　　濟世經綸久著芬
　　待起沉疴弘德政　　壽民壽國立殊勳

李漢卿彩色世界特展　2003.4.19

　　繽紛華綵繪來眞　　造化妙參筆有神
　　成趣江山驚絕豔　　非凡雲物自超塵
　　薪傳久重連城價　　藝作爭稱片紙珍
　　題句不禁雙眼濕　　祇緣讀畫更思人

釜淵乃滝口占　（日本岩手縣花卷）　2004.7.6

　　一、偶向扶桑行　　欣然此駐足　　境秘水源清　　臨淵如瀉玉
　　二、潺潺流水清　　久滌塵氛絕　　一觸泠如冰　　此心同凛冽

鹿谷訪劉春雄醫師　2004

　　莊院遠塵居　　山中樂有餘　　興來邀野老　　煮酒話樵漁

鹿谷石城訪古　2004.3

依山踞險石爲城　當日拒蕃此駐兵
古道無人天正午　野薑花馥雨初晴

張敏生先生輓詞 2004.7.17

一、家學淵源重典墳　斯文奕世久傳芬
　　品同琬琰神清穆　一代賢才果不群
二、仁者之心即佛心　痌瘝在抱感人深
　　兼修術德宏施惠　壽國醫民世共欽
三、玩古耽奇數十年　潛心集郵學精研
　　公開希世珍藏品　博得聲名宇內傳
四、百歲人生一夢間　花開花落悟循環
　　凡緣已了西方去　德譽長留範海寰

哭蔡秋金詞隸[1] 2004.8.7

一代雄才譽七鯤　漫將行誼等閒論
江湖俠氣收詩卷　琴劍豪情付酒樽
跨國揚文聲播遠　聯台契雅會猶存
追懷徽範臨風奠　淚點青衫客斷魂

弔周希珍詞隸[2] 2004.8.18

一、驚聞訃報淚沾箋　夜讀遺詩百感纏
　　一別稻江成永訣　追尋舊夢總淒然
二、契雅盟鷗記昔時　高樓縱酒共鏖詩
　　難忘明月儒林夜　一曲情歌醉美眉
三、斯文一脈繼前賢　逆阻頻經志益堅
　　君守儒林余鹿渚　匡時衛道責同肩

---

1 君爲中華民國傳統詩學會創會發起人之一。組織台北市詩人聯吟會與全台詩社交流。
2 蔡裏指秋金也。

四、源溯鹿江義誓天　能成三友總詩緣
　　蔡襄方去周郎繼　顧影形單獨愴然
五、巍峨靈塔妥君魂　鹿水秋風夕照昏
　　至死方酬遊子願　蕭然落葉總歸根

意樓　2004

曉對妝台懶畫眉　忍看花馥鳥鳴枝
阿郎一去無消息　辜負春光二月時

苗栗採風　2004

客家淳俗久傳聞　偶訪雙峰日未曛
翠徑薰風來陣陣　桐花如雪落紛紛

鹿港地藏王廟題壁　2004

地藏古廟港之湄　拔苦渡冥見大悲
欲爲人間消浩劫　無邊佛法共修持

敬悼曾母呂太夫人　2004

清樽素菓奠靈幃　坤範長教世仰思
繡閣春殘花已落　鵑啼月冷夜淒其

文開書院題壁　2005

西院流風感芳時　滄桑歷劫總堪悲
江山今喜歸民主　重振斯文信可期

故族長錦川老先生弔詞　2005.1.28

維公元二零零五年一月廿八日
陽　世界臨濮施姓宗親總會創會

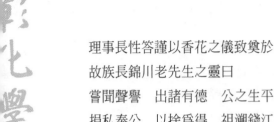

理事長性答謹以香花之儀致奠於

故族長錦川老先生之靈曰

嘗聞聲譽	出諸有德	公之生平	可師可式
捐私奉公	以捨為得	祖溯錢江	鹿津設籍
庭訓幼承	詩禮早熟	克守家規	謙恭是則
處世惟誠	溫和不激	事必親躬	忠勤負責
以敬待人	如親如戚	睦族聯宗	參與興革
臨濮建堂	勸募致力	南北奔馳	無分晨夕
不避艱辛	終獲佳績	祠廟竣工	輝煌金碧
四海同欽	奠此勝蹟	功成不居	偉哉品格
族史留勳	千秋不易	正期康寧	壽長超百
輔族興鄉	廣施惠澤	訃告驚傳	如聞霹靂
佛召西方	陰陽永隔	追憶前塵	難禁哀戚
典範長存	凡緣已寂	旨酒香花	靈前告別
魂有知兮	來嘗來格	魂無知兮	風淒雨泣

嗚呼

哀哉尚饗

麥寮訪許嘉明　2006

道路康莊旁海潯　稻田水足綠痕深

訪賢偷得春三月　十里輕車入雲林

偶感　2007.9

惜無妙筆寫平生　世事如煙亦有情

卅載風塵回首處　難忘恩義報難清

丁亥歲暮書懷　2008.12.6

梅開窗畔歲將更　回首前遊百感盈

學惜三餘曾苦讀　路徑萬里慣長征
浪談門下多才俊　卻負胸中有甲兵
老我風塵頻感慨　灯前裁句不勝情

台灣寺廟藝術館題壁

一、海嶠春來早　花開淑氣呈　焚香掀史讀　曉日一庭明
二、雪霽山村曉　芳郊氣正鮮　梅花香滿樹　佳景入詩篇

鹿谷鄉廣興村福德廟

一旅開山史可稽　石城何處曉煙迷
連山芳樹無人跡　古道春深異鳥啼

弔某夫人

松柏爲眞　冰霜比潔
懿德千秋　長標節烈

書齋題句

天和可致　且種善因　納忠崇義　積德施仁
持誠立信　務實抱眞　躬省厚修　百福自臻
靈芝獻瑞　富貴花紅　是書香第　有君子風
虛心勁節　高潔圓融　格物致知　居正履中

戊子元旦即事　2008　元旦

梅花香訊歲又新　淨几焚香慶吉辰
爆竹聲中詩意好　攤箋濯筆寫宜春

文開雅集　2008農曆正月初三

文開有社記師恩　幾輩人才出此門　爲挽頹風維世道

宏開筆陣振騷魂　育英待創新機運　溯本難忘舊院垣
今日鹿江冠蓋集　弦歌聽處客消魂

戊子七十八歲生日　2008.3.15（農曆正月廿七日）　排律

祥雲籠甲第　仁里歲迎新　雅築饒佳趣　靜窗絕俗塵
小詩吟雨夜　長劍舞晴晨　琴酒存三樂　芝蘭種四鄰
評花邀雅友　試茗約儒紳　興來磨古硯　提筆詠芳春

台灣竹枝詞　2008.3.21

一、生女恭稱掌上珠　生男便說大丈夫
　　強欲出頭當立委　花錢買票免驚無
二、金融升貶豈能猜　經濟議題重主裁
　　時尚風行威力彩　愛錢自可靠天財
三、一年三熟穀稻豐　疏果多元採不窮
　　四季如春誇寶島　民安國泰世推崇
四、豐饒日子說難過　各種名牌不畏多
　　鑽石項圈金手飾　猶嫌衣著欠時髦
五、繫掌相呼俠氣生　滿腔熱血正奔騰
　　險中堅毅求逆轉　氣壓沙場百萬兵
六、苦行千里克辛艱　含淚相迎尚笑顏
　　國運衰微逢此日　高呼民主護台灣
七、揖讓而爭搏好評　因何政客格偏輕
　　卻憐民眾多純直　憑任謊言誘騙行
八、有心爲國作犧牲　政客言談豈可聽
　　化費巨資爭買票　無非權益與聲名
九、亂黨橫行太不該　公然買票遍全台
　　戮傷民主人天怒　戰馬蕭蕭迫陣來
十、極權民主兩相爭　唯怕西瓜向大傾

百姓眼睛原雪亮　偏容亂黨再橫行
十一、國運興衰責委誰　輝煌政績視無知
賢能埋沒庸才出　天道如斯實可悲
十二、沐猴而冠事堪哀　國會殿堂作舞台
一黨頑橫同怪獸　連棚歹戲費安排
十三、統獨紛爭似火燒　瘋狂媒體猛加油
凶殘政客橫施壓　法案錢坑鬧不休
十四、國會商行本自開　貪心立委巧安排
偷藏黨產超千億　屈膝媚中欲賣台
十五、千里朝山舊祖宮　馬龍車水鬧洪洪
尋根訪古觀民俗　二鹿風華世久崇
十六、不見天街蹟已陳　當年市貌已翻新
洋樓鄰比南連北　二鹿繁華俗尚純
十七、採風問俗到埔頭　舖路紅磚色調優
巷似烏衣傳九曲　泉州街接十宜樓
十八、土城蹟變火車頭　榕樹蔭濃夏似秋
香茗一壺棋一局　如天大事亦言不
十九、青雲路畔謁文開　朗朗書聲入耳來
二百年間興廢感　滄桑忍認刼餘灰
二十、八卦山頭曉日紅　遊人如鯽禮梵宮
尋詩更立雲梯望　大佛巍巍縱碧空
廿一、一上軍山境界雄　絕佳風景譽瀛東
江城鹿渚煙霞麗　一角沖西入望中
廿二、福安宮闕聳溪湖　聖母慈悲護佑多
道義交深懷亡友　台糖廠畔感偏多
廿三、員林久說地靈鍾　百果香飄產物豐
一線斯文欣有繼　興賢社創倡騷風
廿四、輸誠來拜奠安宮　北斗街頭客駐驄

　　　　　　　聞說肉圓風味好　　路攤試食慰吟衷

廿五、豆油上等出西螺　　濁水潺潺起黑波
　　　　為賞溪州花博美　　長橋數里挽郎過

廿六、台塑雲林有六輕　　地當濱海遠鄉城
　　　　塡沙造陸防空污　　科技精微博好評

廿七、輕車十里訪高賢　　途近麥寮景色妍
　　　　村舍清幽花馥郁　　一池春水接鄰田

廿八、柏油大路向民雄　　成串番檨熟泛紅
　　　　夏日炎炎風淡蕩　　北回歸線聳晴空

廿九、尖山埤圳澤沾農　　百載長懷闢建功
　　　　路接諸羅如九曲　　山連阿里霧朦朧

三十、台灣首學教澤深　　一府規模蹟可尋
　　　　更向赤崁樓上望　　七鯤煙水憶鄭森

三一、能全忠節正剛常　　寧靖王前禮一場
　　　　留得數莖華髮在　　九原無愧對先皇

三二、青史昭昭標節烈　　五妃殉國朱明絕
　　　　人來憑弔日黃昏　　桂子山頭鵑泣血

三三、大岡山對小岡山　　打狗山前西子灣
　　　　萬里滄波通七海　　艨艟巨艦去又還

三四、屏東昔日叫阿猴　　度假休閒此地優
　　　　別有桃源人不識　　大津瀑布景深幽

三五、大鵬灣外弄輕舟　　海闊天高客思悠
　　　　南國風情圖一幅　　隔洋遙接小琉球

三六、鵝屏公路海風清　　數里輕車自在行
　　　　椰子樹邊天正午　　路標細認記征程

三七、觀風採俗溯根源　　海角人來日未昏
　　　　名曲流行思想起　　難忘陳達唱恆春

三八、路經楓港向東台　　臨海驅車亦快哉

峻嶺高山看咫尺　　波濤澎湃響如雷

三九、大武市街旁海濱　　長途車輛往來頻
　　　路邊小憩加油水　　地僻堪憐百姓貧

四十、知本溫泉遠俗塵　　山胞歌舞夜娛賓
　　　幾疑猶作華胥夢　　峻嶺之間見桃津

四一、台東純樸俗堪稱　　把酒談心約雅朋
　　　回首寶桑路上望　　懸門幾點讀書燈

四二、奇景爭看水上流　　潺潺奔向碎石溝
　　　直從低處沖高處　　強越崎嶇路頂頭

四三、美食堪誇豬血湯　　卑南風味久傳揚
　　　蒸騰一碗烹調妙　　巧把薑絲配大腸

四四、東河本屬小鄉村　　緣底聲名遠近傳
　　　精緻肉包滋味好　　香留口齒不須言

四五、台號三仙不見仙　　悠然仙境有無間
　　　突來陣陣傾盆雨　　盡使群山展笑顏

四六、八仙洞外客留連　　考古探幽話史前
　　　我亦興來提紙筆　　路肩撰寫記遊篇

四七、雲白天藍景豁然　　石梯坪畔草如氈
　　　停車偶向汪洋望　　遠有漁舟滿載旋

四八、徑險溪深水鬱藍　　長虹橫跨景堪探
　　　分明一幅詩中畫　　疊嶂層層雍翠嵐

四九、路轉山迴步屢艱　　縈迴溪接秀姑巒
　　　弄波青少沖狂浪　　片片輕舟競捨灘

五十、一別迴瀾已十秋　　重來攬勝作清遊
　　　吟朋老去街衢改　　入眼風光動客愁

五一、靜思精舍一低頭　　忘己忘私為世憂
　　　誠敬悲天施大愛　　無窮慈澤遍全球

五二、閣探太魯客驅車　　奇景天開畫不如

峻嶺崇山溪九曲　神工鬼斧證非虛

五三、彎迴曲徑繞羊腸　如前高山聳碧空
　　　清水為名偏險絕　危崖直迫太平洋

五四、蘇澳聞名有冷泉　隔洋相對是龜山
　　　往來遊客爭誇讚　水質優柔可駐顏

五五、此地原稱葛馬蘭　欣看陳家出清官
　　　悠悠不盡多山水　儘作定南惠澤看

五六、金山昔叫金包里　金礦連綿產量豐
　　　只惜財團長壟斷　難教苦力脫貧窮

戊子端午前一日謁鹿港文開書院　2008.6

一、濟濟衣冠踐約來　歲逢戊子聚文開
　　登堂我自虔參聖　鬥句伊誰幸占魁
　　鷹爪開花香遠透　虎墻濡墨興頻催
　　明朝共慶詩人節　待晉蒲觴鹿水隈
二、功紀斯庵院號西　輸誠頂禮鹿江隄
　　沁秋有井傳今古　勸學無人別鶴雞
　　穴斷龍潛謎費解　牆名虎跳史堪稽
　　盟鷗戊子酬前約　端午明朝句再題

時事感懷　2008.6.18

　　物價飛昇缺主裁　無能治國釀凶災
　　誰知政黨重輪替　馬上便看百姓哀
　　註：馬英九任台灣總統未及一月，未能遵守競選時拚經濟諾言，物價
　　　　飛昇，怨聲載道。

日本俳句

1" 大三島，夢になづかし，友の顔。

2" 眞夏旅，奥の細路，畫の如き。

3" 港町，別れを惜しむ，春ぐれし。

4" 宮浦の，眠むる夜空に，朦朧月。

5" 白百合に，香おり含くまる，朝の露。

6" 天の涯，夢に戀しき，その笑顔

7" 雨あがり，椰子の葉影に，南風（2008.3.8）

8" 鹿の谷，山にそよ風，茶の香り。（仝上）

9" 忘られず，涙で書いだ，旅の歌。（仝上）

唱酬專集

文炳君代表台灣詩學會赴日文化交流賦此以壯行色[1]　許劍魂志呈

就門早料出藍青　鶴立雞群見性靈
破浪乘風宗愨志　何如霄漢展銀翎

文炳同社考察東南亞詩壯行色[2]　周定山

天南風鶴漸無虞　埋首窮檐恥壯夫
故國雲山衣帶隔　異鄉人物性情殊
半肩琴劍晨雞舞　萬里音書夜雁呼
閱盡炎荒新歲月　袖歸舉一證三隅

歡送施文炳詞兄之東南亞[3]　彰化吳慶堂

一、攬勝南洋眼界新　椰風芭雨滌征塵
　　詩吟菲島參祠廟　槎泛星洲懇族親
　　千里月華憐客雁　九秋菊釀醉遊人
　　明年有約僑胞會　鹿渚同歌祖國春
二、菊綻秋深賦遠行　晴空萬里一機輕
　　懇親有約重陽日　祭祖無忘故國情
　　菲島波澄觴夜月　星洲椰綠卓吟旌
　　驛亭頻接華僑宴　詩酒聯歡締鷺盟

同上[4]　彰化林荊南

1　本作品收錄於《劍魂詩集》頁76。
2　本作品收錄於施文炳主輯〈閩台詩壇・鯤海珠璣〉《福建月刊雜誌第十六期革新號》
　（台北：福建月刊社，民國61年8月）頁104。
3　同註2。
4　同註2。

試向鵬程壯志伸　越洋探訪異鄉親
躬參施廟聯宗脈　心契僑胞洽德鄰
椰月耐吟千古色　血緣宜作一家春
憑君藻繪東南亞　滿載珠璣燦鹿津

同上[1]　彰化高泰山

鵬遊載筆繪炎荒　域外山川幾秘藏
觸目會心衡得失　采風問俗驗滄桑
人民自是財恒足　禮義寧知教有方
萬卷詩書行萬里　定多珠玉壓歸裝

文炳君將由東南亞賦此壯行[2]　鹿港許逐園

海外吟遊思不群　清新才器重榆枌
龍門乍躍千層浪　鵬路初呈五色雲
不負澄心求實學　驚看落筆出奇文
東南亞最風光好　盡化詞華紙上芬

文炳同社旅菲歸梓同人設宴洗塵席上口占[3]　周定山

危懼機聲賦出疆　遼天鵬翮指炎方
懸知濁世詩無益　何用珠璣壓旅囊

同上[4]　吳東源

扶搖酬壯志　奮翮訪菲京　攬勝收詩篋　揚風託管城
遠敦君族誼　還慰我僑情　促使邦交篤　無虧賦此行

---

1 本作品收錄於施文炳主輯〈閩台詩壇・鯤海珠璣〉《福建月刊雜誌第十六期革新號》
　（台北：福建月刊社，民國61年8月）頁104。
2 本作品收錄於施文炳主輯〈閩台詩壇・鯤海珠璣〉《福建月刊雜誌第十六期革新號》
　（台北：福建月刊社，民國61年8月）頁105。
3 同註2。
4 同註2。

喜晤文炳詞兄遊東南亞歸鄉[1] 吳醉蓮

旅行贏得豁吟眸　　遠歷東南快壯遊
爲訪宗親欣遂願　　更聯友誼締良儔
珠璣滿載歸瀛島　　風月抒懷傲菲洲
擊缽鹿江重把臂　　新興樓上聽清謳

與張淵量、張晉監、蔣達於許志呈處唱和

張晉監：　來往名門數百回　　論詩窗下笑顏開
　　　　　若非地遠分南北　　願與朝朝聚一堆
張淵量：　名門幾度喜來回　　作客移樽一筆開
　　　　　有幸識荊桃李秀　　詩書三絕總成堆
施文炳：　莫道青春喚不回　　花前有酒笑顏開
　　　　　知君才捷同曹植　　信手拈來玉滿堆
蔣　達：　萬喚東風竟不回　　幽蘭依舊旁窗開
　　　　　閑來倚枕尋香夢　　睡起匡床書一堆

敬和蔣達即興原玉[2] 張淵量

春訊年年去復回　　薔薇院落又花開
和風吹入南柯夢　　莫管塵凡俗事堆

軍山雅會前夕與台北文新老暨諸吟侶歡宴於七里香席上聯吟[3]

曾文新：　故友重逢七里香　　楊圖南：名花伴醉恣輕狂
陳紉香：　猜拳偏喜添清興　　林天賜：鬥句懸知儘錦章
蔡秋金：　筆挾風雲杯似海　　劉斌峰：情敦鷗鷺話聯床
施文炳：　明朝同赴軍山約　　曾文新：拔幟看誰獨擅場

1　同註2。
2　手稿。
3　曾文新主編《新生詩苑》。

會炳大未果即吟[1]　蔡秋金

傳來電話急驅車　一入茶樓不飲茶

望眼欲穿愚鵠候　數瓶啤酒付殘霞

夢蟾樓賞月[2]　蔡秋金

團圓珠闕等金甌　信是吳剛斧下修

天上無塵開玉鏡　人間有節入中秋

雲梯在望宜平步　海月當空共舉頭

萬里嬋娟今夜好　攜樽同上夢蟾樓

春日寄鹿港炳大[3]　蔡秋金

世態蜩螗感若何　襟期遙託合高歌

芳花自逐時空轉　寶劍還須日再磨

詞客從來南面少　美人依舊北頭多

飯前街畔春風裡　居處無塵詡大羅

遊花蓮楊伯西張家輝蘇成章諸吟長邀宴別府

一、一別東台已數秋（施文炳）　重攜琴劍賦清遊（施文炳）

　　小山飛瀑依依柳（楊伯西）　剪燭風光此地幽（楊伯西）

二、聲名壇坫早相知（楊伯西）　小聚寒宵慰所思（楊伯西）

　　不讓巴山風雨夜（施文炳）　灯前刻燭共催詩（施文炳）

三、晚近君詩覺最新（蘇成章）　洄瀾此夕景宜人（施文炳）

　　當筵喜有愚山在（張家輝）　許我藤花作小春（張家輝）

四、聯歡此夕慰襟期（施文炳）　多少離愁付酒巵（施文炳）

　　文字因緣逾骨肉（張家輝）　他年倘繼此篇詩（張家輝）

---

1 手稿。
2 夢蟾樓係文炳北頭住宅。
3 手稿。

鹿港訪施文炳兄[1] 蔡秋金

鷺鷗有約共趨車　來訪錢江逸士家
言世機鋒能法佛　驚人才筆自生花
飯餘回味蘇髯笋　酒後談心陸羽茶
名博瀛洲三絕外　最難色相悟南華

與文老文炳秋金錠明諸公盤桓半日作[2] 羅尚

眼前有酒休停斟　苔既不異原同笭
醉翁醉佛各大醉　我與阿炳談古今
開關以來至於此　萬靈起滅供高吟
欲散復來黃叔度　席到將闌出佳句
倦羽無心再遠遊　早是右軍曾誓墓
海鮮名釀上珍茶　先聞後飲水先芽
浮生半日樂如此　固因羈客忘歸家

※了齋曰：旨酒當前，焉可停斟？盤桓半日，不減平原十日遊興。

過蕭議員再火別墅[3] 施文炳

偕朋應約訪儒紳　雅會南崗值隔晨
地入貓羅溪泛碧　陽回鯤島物皆春
一簾花影能醫俗　滿室書香足養眞
君子謙恭還務實　思齊何日德爲鄰

※恕人曰：起結都寓欣慕，中敘其品格，括盡生平，可做傳贊讀。

夢會施文炳忽成一詩卻寄[4] 蔡秋金

1 本作品收錄於施文炳主編：《文開詩社集》（彰化：中國詩文之友雜誌社，民70年5月）頁129及曾文新主編：新生報《傳統詩壇》67.11.20。
2 本作品收錄於曾文新主編：新生報《傳統詩壇》69.01.11。
3 本作品收錄於曾文新主編：新生報《傳統詩壇》69.02.21。
4 本作品收錄於施文炳主編：《文開詩社集》（彰化：中國詩文之友雜誌社，民70年5月）頁132。

華胥有客渡江關　休管身無彩鳳翰
徒覺屋中生霽月　料應天半瀉銀盤
通靈早具犀心健　託跡未曾鷗夢寒
流水高山情繫遠　文章知己古來難

秋金夢文炳得詩便同作得二百三十八字[1]　　羅尚

子美三月夢太白　故人明我常相思
蔡侯昨夜夢炳大　侵晨呵凍忙題詩
春天雲樹望鹿港　枌榆鄉里通靈犀
詩成與我便同作　火速急就猶嫌遲
憶與二子結交時　觀我氣骨先相師
是人可與作直交　拍肩捉袂尋安期
取友鄭重必為此　誰謂荼苦甘若飴
中唐元白有故事　神會千里心在茲
微之梁州念居易　曲江居易思微之
開函得書各大笑　跡其心跡皆同時
詞流誠摯良有以　末俗浮薄焉能知
我欲寄語問炳大　何日北上傾酒卮
猛省炳大不善飲　茅台大麯俱廢辭
不如泛舟碧潭裡　對飲須得邀曾幾
所望纏霖大開齋　不然此願仍相違
祈晴有驗不我靳　吾儕或者天所私
天之所喜在曠達　飲者必然天所私

※了齋曰：秋金夢文炳得詩，作者亦得詩，非知遇之隆莫辦，妙在以杜甫李白微
　之居易為陪襯，而寫出真情，更覺全詩生動，絲毫不寂寞。
※金庸曰：曾幾即指文老，耽酒。

1　本作品收錄於曾文新主編：新生報《傳統詩壇》69.03.03。

聞文炳祖父彰化抗日故事[1]　香港李鴻烈

昔年躍馬橫戈地　今日來聽慷慨吟
我自知君有懷抱　聲聲鐵笛激余心

答秋金春日見寄兼文翁福圳文炳四首[2]　李鴻烈

一、邇日明潭知若何　一春詩夢到渠多
　　煩君爲覓風光句　寄與幽人仔細哦
二、別來何事最堪憶　醉裡長吟得與君
　　大筆略書蟲篆可　留將明旦掃風雲
三、一角酒爐相對時　細敲盤盞共歌詩
　　風騷自是歸吾輩　此意除君說與誰
四、鹿港薰風吹日長　高樓縱飲記清狂
　　何如燈火闌珊夜　再訪員林七里香

賦別施文炳兄[3]　蔡秋金

交遊何只萬千家　卻怪知音唯伯牙
杯酒難忘今夕醉　可堪明日又天涯

一、文炳唱酬專欄（曾文新主編：新生報《傳統詩壇》1978.11.20）

寄懷菲律賓施振民並示中研院許嘉明　施文炳

銀燭清樽伴寂寥　倚欄其奈可憐宵
雲扶海月迷殘夢　風挾秋濤入短簫
片柬猶留天外訊　長篇待續客中謠
人生聚散尋常事　緣底心頭鬱不消

1　李鴻烈：《風遠樓詩稿》（台北：台灣新生報出版部，民73年6月）頁23。
2　李鴻烈：《風遠樓詩稿》（台北：台灣新生報出版部，民73年6月）頁88。
3　本作品收錄於施文炳主編：《文開詩社集》（彰化：中國詩文之友雜誌社，民70年5月）頁139。

※了齋曰：倚欄懷人，固宜有感於中，而不能自己。

※銘仙曰：頸聯格調，無不入妙。

訪怡古齋主人　蔡秋金

鷺鷗有約共驅車　來訪錢江學士家

言世機鋒能法佛　驚人才筆自生花

飯餘回味蘇髯笋　酒後談心陸羽茶

名博瀛洲三絕外　最難色相悟南華

※了齋曰：壯年詩人中，秋金最崇拜文炳。

再疊前韻　同上

獵獵西風拂客車　竹林疏徑幾人家

平生幽憤消書帙　一片冰心凜劍花

草檄馬頭天外筆　清狂麈尾雨前茶

廿年去國歸來日　老我江山閱鬢華

※了齋曰：廿年去國，感慨係之。

次韻奉酬[1]　施文炳

清遊喜共駛香車　隨興何妨處處家

絕垢心涵秋夜月　浮生理悟鏡中花

詩情既可喻醇酒　世味渾同啜冷茶

信有文章堪奕世　重陽鹿港舊聲華

※了齋曰：花韻一聯，知作者亦一倫理學家。

歡迎諸吟侶枉顧　施文炳

雲樹相思暮與朝　最難促膝共良宵

---

1 某名士嗜酒，每飲必醉，既詩，嘗曰：詩味醇於酒，遂戒酒。秋金為鹿港望族，世代
書香。
　前夜旗亭賭酒，口占偶成：花前爭睹英雄慨，酒海杯光拇戰酣，紀實也。

奇愁欲遣詩千首　古誼重溫酒一瓢
小隱幽齋堪養拙　侈言金屋更藏嬌
多情端合花前醉　莫讓韶華夢樣消

※了齋曰：小隱養性，金屋藏嬌，一弛一張，作者真有通天大本領。

訪怡古齋主人　施勝雄

節後歸來訪故知　滿懷逸興話襟期
齋中重讀詩書畫　愧我庸才亦姓施

※了齋曰：怡古齋主人為鹿港名詩人施文炳，能詩能書能畫。

同上　李勝彥

握手相期訂再三　明朝鹿港忐歡談
主人醉客非關酒　墨瀋蘭香興更酣

※了齋曰：文炳慷慨，不讓古人。

同上　陳焙焜

身懷三絕孰同倫　怡古齋中翰墨勻
魁奪世詩跨國手　名揚海上慕詞人
彫龍繡虎才無敵　起鳳騰蛟筆有神
情落鹿江風月好　忘機鷗鷺更相親

※了齋曰：世詩聯吟，文炳奪魁。

同上　傅秋鏞

蒼苔粘屐齒　緩步小方壺　雲樹情同契　江山道不孤
主人懷杜癖　酒客渥郇廚　二鹿風猶古　詩心淡欲無

※了齋曰：文炳好客大有座上客常滿，樽中酒不空之概。

同上　靳強

人來怡古一齋香　滿架詩書翰墨揚
認得鴻儒眞本色　最難便腹盡文章

※了齋曰：文炳能詩善文，足以當之無愧。

同上[1]　翁正雄

一、相偕言志訪才雄　映眼丹青點染工
　　滿腹經綸癡樹石　詩人此位最欽崇
二、相偕訪友樂無窮　一路尋來曲徑通
　　聞道中洲多美女　何如鹿港有才雄
　　主人怡古詩書好　詩客推新詞賦工
　　難得良辰歡聚首　知音共飲醉顏紅

※了齋曰：文炳之古道熱腸，令人欽佩。
※銘仙曰：是詩會也是酒會，主人豪氣千丈，不讓孔北海專美於前。
※無我：施文炳不但詩書畫好，而且慷慨好客，故皆譽之爲鹿港小孟嘗。

二、瀛海同聲　（自立晚報 5.27）

春日寄懷施文炳鹿港　香港李鴻烈

千里懷君日再深　臨風東望輒開襟
眞書合比黃金價　舊史窮搜志士心
鹿港水清共沐浴　洛溪春滿好沉吟
斜陽古寺龍山酒　且待歸來共一斟

懷鹿港　前人

不見津頭客送迎　空餘草樹繞牆生

---

1 彰化中秋全國詩人聯吟大會以後，蔡秋金、施勝雄、翁正雄、傅秋鏞、陳焙焜、李勝彥、靳強等，曾聯袂前往鹿港訪問詩友施文炳，受其熱烈大招待。中午由鹿港飲至溪湖，再由溪湖飲至員林七里香大酒家，折回彰化時天已亮了，秋金回台北，勝彥回台南，他倆還是酩酊大醉。躺在家裡，成爲酒場一段佳話。

人家隔院交簷住　天日到晬一線明
古寺茶棋春鳥語　夕陽簫管舊邦聲
穿街過市尋詩去　與寫幽懷無限情

三、新生詩苑 （曾又新主編 1985）

重遊鹿港喜作並呈劍魂文炳　許君武筠廬

清時有味許抽閒　載逐車塵百里間
馴鹿港尋詩作史　洛溪春借酒開顏
詞章爾汝誰千古　縞紵雍容自一攀
猶有當筵小蠻在　試歌未擬便言還

※田舍曰：名士風流，具見於此。

即席和許教授君武韻　蔡秋金

能拋塵雜始稱閒　拜識龍頭寸字間
滿座青衫多白髮　一樽綠蟻照紅顏
眉低濁世心惟軟　才領騷壇桂可攀
幾得文章會知己　豈甘一醉便言還

※田舍曰：三四兩句，工整尤妙。

淵源回國過訪喜作　施文炳

最難越海故人來　把盞狂吟笑眼開
南嶺梅林花未發　春風先到古城隈

※田舍曰：淵源由日回國，故有越海一語，結佳。

即席次明德詞兄原玉　許筠廬

不速賓還自遠來　多君旨酒綺筵開
明朝傳向人間去　浪說詩仙醉海隈

和文炳喜淵源過訪原玉　　曾了翁

飛過三千弱水來　　洛溪歡讌對花開

等閒更向儒林醉　　夜半笙歌醉海隈

※田舍曰：由鹿港醉到二林，並載歌載舞，故云。

二林酒家宴別吳淵源並呈諸君子　　施文炳

旗亭賭酒憶當時　　座擁名花合有詩

千里重逢堪一醉　　送君明日又天涯

※田舍曰：一見又別，情何以堪。

次韻奉酬　　吳淵源

買醉難堪憶北時　　名花滿座豈無詩

多君此夕溫勤意　　明日雲天各一涯

※田舍曰：有花有酒，焉可無詩，夠風雅亦風流。

懷淵源東京　　許劍魂

扶桑一見契知音　　座上傾談酒淺斟

別後高情縈夢寐　　登樓東望海雲深

※田舍曰：一見如故，情見乎詞。

喜贈醉佛[1]　　許笏廬

醉又如何且問太白　　佛不可說試告阿難

---

1 詩老許君武、曾了翁和詩盟吳淵源、蔡秋金等連袂，乘八日參觀名畫家廖俊穆在台中
　圖書館開畫展之便，於七日先到彰化拜訪詩文之友社王友芬、王炳奎二老，下午轉往
　鹿港訪問許志呈和施文炳，並假洛溪春餐敍，入夜，乘著詩興，到了二林南都大酒
　家，又暢飲一番，詩盟周希珍帶了數位酒友至，載歌載舞，直至深夜始盡歡而散，亦
　一韻人韻事，今把他們所寫的詩刊出，以公同好。
　詩盟吳淵源字醉白，現居日本東京，擅長書畫，又是一位名金石家，經營印舖，生意
　頗佳。（第八九八期秋鑛）

※田舍曰：信手拈來，皆成佳句，妙在幽極趣極。

鹿港國際詩人大會有作[1]　張達修

歲在壬戌近重五	楊公橋畔宣簫鼓
東南有客來遠方	文化交歡溢眉宇
繁華二鹿懷當年	滄海裁桑劫幾遷
難得軺軒過海澨	小泉州唱大羅天
岳誠有流著東海	松堂多姿更多采
本能寺戰歌蒼涼	茭稷在手敵何在
翩然舞劍大和娘	瀏漓渾脫凝清光
笑我草書異張旭	也因領悟神飛揚
江南春暖老鶯燕	舞衫飄處揮歌扇
尺八洞簫吹遠天	一闋渾如柳三變
就中才媛來三韓	青裙紅袖登吟壇
遶樑高唱民謠曲	大珠小珠落玉盤
鳳凰花豔艾蒲翠	菲馬香江冠蓋萃
無邪詩教師宣尼	畛域無分各言志
珠璣同吐俗全刪	社對文開咸展顏
昌詩重見許丁卯	能文賴有施愚山
千里嚶鳴為求友	飽啖魚蝦傾大斗
更闌醉罷洛溪春	星斗交輝笑分手

---

1 許丁卯指許志呈。施愚山指施文炳。洛溪春為餐廳名。

無瑕小築聯對

鹿港文德宮重建廟聯

一、文光長照耀明道尊儒宏施教化
　　德澤溥霑濡庇民護國廣顯威靈

二、溫擬春泉澤遍鹿江恩浩蕩　　府開海澨靈敷鯤島廟巍峨

三、千古神靈拯溺扶傾施惠澤　　歲時俎豆崇功報德肅明禋

四、文修義至深萬姓同霑沛澤　　德化功敷遠三台永賴靈庥

鹿港台灣臨濮施氏大宗祠

一、祖溯周姬道德文章千秋繼美
　　堂開臨濮衣冠禮樂萬派朝宗

二、經文緯武千秋家學承東魯　　徵祚徵祥萬世宗基立海疆

三、錢創後承廟立台疆崇祖德　　江深源遠宗開晉水紀先芬

四、潯江著姓武則安邦文定國　　海嶠揚芬功因拓土澤霑農

鹿港台灣臨濮施氏大宗祠美全廳

美俗敦風弘治化　　全忠盡孝正倫常

低厝仔李王爺廟聯[1]

引史稽源香傳晉水　　東溟拓土祥發錢江

北頭郭聖王廟對聯[2]

教溯伊斯蘭朝代幾經猶存聖跡

---

1 本宮李王爺係施姓錢江族人，從福建晉江恭請來鹿建廟者。
2 郭聖王原係回教即伊斯蘭教寺廟，因族群問題，恐遭外侮，乃改祀郭聖王。相傳鹿港
　古昔為巴布薩族居住之地。

地開巴布薩殿堂三徙始奠宏基

鹿港護安宮重建廟聯

一、護我先民蓽路開疆神永著　安茲海甸崇基立廟蹟長新

二、護國佽明神封王開府威揚遠　安民維正道匡俗端風德化敷

三、鹿鳴鯤化地現奎星神赫濯　虎伏龍騰天開聖蹟廟巍峨

基隆后天宮楹聯

西秦王爺：

名世猶傳新樂府　歌功當紀古梨園

文昌帝君：

文司天闕靈庥廣　祿掌人間愷澤敷

福德正神：

一、福可求天惟秉正　德能載物合稱神

二、福錫方隅惟秉正　德尊中土合稱神

註生娘娘：

註果註因當問己　生男生女總由天

關聖帝君：

維亙古綱常而尊人極　秉千秋忠義以立聖謨

天上聖母：

聖蹟著湄洲功昭極濟　神靈敷海嶠澤普群生

玉皇大帝：

一、瞻帝德宰乾坤施造化　肅天威發雷電警頑囂

二、主宰乾坤位高臨有赫　潛施造化德大覆無私

中國泉州天后宮正門

晉水溯源流泉鹿人文同一脈　湄州傳靈蹟閩台香火並千秋

中國泉州天后宮牌樓

毓秀鍾靈山擁清源江擁晉　封妃稱后宮崇順濟德崇天

埔里恆吉宮聖母聯

景勝譽仙鄉鯉躍珠浮碧水涵虛開聖域

宮高崇后德牛眠虎伏蒼山聚秀繞祥雲

鹿谷石城寶興宮慚愧祖師聯

一、煙霞世外情林篁影疊雲階綠　風月詩中意仙茗香飄午夢清

二、寶善正民風崇功報德存淳俗　興鄉開聖域禮佛參禪結靜緣

鹿谷廣興宮

一、祖溯靈山循眞度眾弘佛法　師承陰那洗缽談經結淨緣

二、放牛畫地千古神靈傳史冊　折葦渡江無邊法力濟蒼黎

三、鳳凰山擁翠宮闕巍峨開淨域　龍馬案朝青風光明媚即仙鄉

四、寶刹現神光陰那分靈霑澤遠　興鄉修法相石城立廟俎豆新

五、風月擬仙寰採茶歌歇連山霧　林泉多逸趣種竹人來滿袖雲

六、群山青香篆與祥雲糾彩　萬籟寂佛燈共古月交輝

七、禪堂觀皓月　山澗聽流泉

三重市義天宮

分靈立廟一脈淵源懷港口　崇功報德千秋香火溯湄洲

三重市義天宮玉皇殿

一、至中位仰天樞正　大化功昭帝德巍

二、正邪明察惟恩威並濟　香火莊嚴與日月爭輝

三重市義天宮福德正神

一、福蔭群黎有赫神靈通上界　德尊中土無邊惠澤及方隅

二、執掌人間福　權通五路財

三重市義天宮聖母

聖德巍峨靈光普照　母儀肅穆俎豆長新

台中南天宮關聖帝

立千古威名全忠全義　參兩間正氣至大至剛

漢寶村天寶宮

一、天憫蒼生頻施德澤　保茲疆土仰仗慈雲

二、天高地厚萬類霑恩歌母德　保國庇民千秋立廟肅坤儀

體育場

強身強國創千秋事業　允文允武立蓋世功勳

民俗村入口牌樓

一、功溯前朝闢地開天懷蓽路　根留本土宏文正俗展雄圖

二、賞勝客重來無邊風月詩情麗　騎鯨人已渺依舊江山霸氣雄

宗聖宮廟聯

大魁夫子：

朱筆生輝題虎榜　青雲捷步占鰲頭

巧聖先師：

巧奪天工憑斗尺　聖傳匠法作規繩

倉頡聖人：

字創千秋尊始祖　書涵六義啓吾文

文昌帝君：

文司天闕靈庥廣　祿掌人間德澤敷

文衡聖帝：

持玉衡握金鏡　敷文德讚武功

印從泥風隨草　皇以德大哉言

嘯月山莊題壁

一、春風同此夕花月多情縈夢思　美酒醉千鍾江山無限入詩吟

二、景色富詩情佳釀盈樽邀月飲　山莊饒雅興珍餚滿席對花嚐

題開台紀念碑[1]

一、立石紀先民篳路開疆功萬古　觀風尋舊蹟名山題字筆千秋

二、拓土開疆功留萬古　弘文化俗譽著三台

台灣民俗村龍湖題聯

一、煙景如詩江山聚秀　平湖若鏡水月涵清

二、龍騰滄海雲興雨澤　湖漾波光月白風清

三、日靜雲閒山如世外　春濃花馥人在畫中

台灣民俗村各類商家二十二對

雪香珍餅舖

一、雪花名點傳三美　香餡奇珍薦五仁

橫批：雪裡梅香品共珍

二、酥薦龍睛名久著　餅稱牛舌味偏佳

登高盛會糕宜薦　賞月良宵餅可陳

橫批：品香嚼月獨情鍾

金飾店

金葉扶疏鶯欲語　銀花活潑蝶雙飛

---

1 原預定建於台灣民俗村，惜未完成。

晶瑩世重連城價　溫潤經傳五德名

書畫室

書成卻寄鵝群換　畫就能分紙價高

橫批：天機到處皆成趣

照相館

一、常留桃李春風面　聊解蒹葭秋水思

橫批：此中遮莫論眞幻

二、是假是眞眞是假　如他如我我如他

橫批：還我廬山眞面目

餐館——四義居

一、奢者三餐嫌玉粒　飢時一口勝瓊漿

橫批：四方慕義訪香居

二、莫與郇廚誇美饌　聊於途次慰飢腸

畫室

一、螺黛淡描西子面　柳風輕拂小蠻腰

橫批：無數煙雲筆下生

二、丹青右茂留眞跡　翰墨因緣契雅朋

玉飾店

一、漢璧秦璆相伯仲　呂璜雍玉自光輝

橫批：靈閣留釵傳玉燕

二、魚飾獸環形並巧　夏胡周瓚品同珍

茶館

一、清同仙苑三霄露　美勝深宮滿席珍

橫批：煮桃啖蔗味同甜

二、烹來陸羽甌中露　嗜好盧同腋下風

橫批：可壓紅囊白雪牙

三、鹿苑談詩春佐茗　津香欲試夜邀朋

橫批：米錦槽雲味識餐

四、熬梅入口三分澀　煮蔗沾唇一種甜

旅館

倚樓設有高人榻　開館迎來長者居

糕餅店

雪花潔白傳鳳眼　香餅清淳譽鹿津

橫批：雪煮春茶薦餅香

景山窯

翡翠晶瑩堪注目　琉璃清麗勝傾銀

橫批：青署名窯譽老松

泉郊會館

泉通七海財源廣　郊譽三台貨殖豐

金飾店

紋龍飾鳳霞光閃　鏤玉雕金寶氣騰

畫室

錦采描來堪悅目　奇花香醞亦舒懷

橫批：淡濃均可如卿意

格言

持勤成德　崇儉養廉　韜光養誨　守拙全真
君子德行　其道中庸　本真即佛　何待觀心

龍舟競渡

龍王座鎮雄旗鼓　舟子奔馳競冠亞

鹿谷郭寬福主任府第門聯

靜觀天宇胸懷闊　擁翠山巒境界雄

門聯

一、行守中庸敦孝道　心存大愛立賢模

二、心中有佛存悲憫　思日無邪學聖賢

廳堂聯

一、臨濮傳芳長綿世澤　錢江繼美丕振家聲

二、家重清規不慕虛名惟慕德　心存大愛但求公義莫求私

三、律序回春萬象熙和新開泰運　平安是福一家雍穆共樂天倫

書齋聯

一、烹經煮史卅載青灯空懷大志　賭酒評花一樓明月莫負良宵(1996)

二、高樓明月三杯酒　陋室清風萬卷書

三、耕雲鋤月稼穡有心尚堪果腹　煮史烹經文章無價何以醫貪

四、債未完錢債應先還筆債可暫緩　情難斷人情莫輕慢世情且看寬

五、天宇靜觀生道念　心源觸處起詩潮

六、歲序更新一角樓涵江渚曉　民風依舊萬家燈綴古城春

　　橫批：繁華懷二鹿春風曲巷客尋根

七、耽樂且序天倫孝友一堂春能永駐

　　安居毋嫌陋巷詩畫萬卷富亦堪稱

　　橫批：懷仁寶善厚修福基

春聯

一、萬戶樓台涵曉日　滿園花木正春風

二、柏酒能教長日醉　梅花先報一園春

三、日靜雲閑居如世外　春濃花豔人在畫中

四、天開勝景江山綺麗　地即桃源花木芬芳

五、頌歲延禧花正豔開春正麗　珍緣惜福人長美好月長圓

六、景物舊江城萬戶樓台涵曉日　乾坤新歲月一堂孝友樂天倫

七、晉爵延禧玉醴正香花正豔　賡詩獻壽青春長駐月長圓

施鎮洋新居　贈鎮洋宗彥

　　鎮家有寶傳三畏　　洋量無涯納眾流

鹿谷郭府門聯　贈郭寬福主任

　　十里茶香春有韻　　一簾花影夜無聲

醒哲冠首　贈衛生署涂醒哲署長　2003

　　一、醒悟機鋒堪說佛　　哲賢道範足爲師
　　二、醒世當依道　　哲言自可師

漢卿冠首　贈學甲李漢卿　2003.4

　　漢本奇男英華豪邁　　卿眞名士倜儻風流

春雄冠首　贈鹿谷劉春雄醫師

　　春雨既能蘇萬物　　雄才自合濟群生

性鍾冠首　贈施性鐘議員

　　性循中道開新政　　鍾愛吾卿創契機

坤華冠首　贈詹坤華先生

　　坤元成德圓滋博厚　　華采騰文高雅溫柔

素貞冠首　贈粘素貞

　　素影明秋月　　貞心寄雪梅

秋棠冠首　贈台北蔡秋棠先生

　　秋月中天麗　　棠花一院香

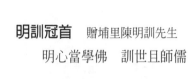

明訓冠首　<small>贈埔里陳明訓先生</small>

明心當學佛　訓世且師儒

閑詠　登山得句

關探人止雲初合　山越奇萊雪正飛

悼李季芳

一、橫禍孰能知何堪一劫頓成永訣　奇才天竟妒縱有千言難訴餘哀

二、悲人生有限手澤空留鄉史稿　嘆世事無常文壇痛失女英才

其他

創三台觀光首邑　建二鹿文化名區

風雨詩中淚　琴樽劫外身

風塵三尺劍　花月一篇詩

樓上飛觴歌助興　窗前剪燭雨催詩

三徑黃花秋正半　一樓明月夜偏圓

濁酒能消三日累　輕衫不耐五更寒

禪心淨印秋宵月　春茗新煎古井泉

卻愛蒼松堅晚節　不妨白髮對清飲

天高方覺群山小　海大無嫌眾水多

清韻風傳鐘報曉　波光簾剪月窺窗

回潮本有朝宗意　驟雨寧無濟物心

佛本多情成大愛　花因有色悟眞禪

世事頻經增遠略　心源開處見清流

友鶴閑耽雲外賞　賡詩清愛雪中吟

天涯書劍三杯酒　故國雲山萬里秋

心源凜冽冰同潔　天宇澄清月倍明

無瑕小築文存

無瑕小築記

　　乙未歲余率妻女自龍山里故居遷廈街尾，邑之南端也，臨鹿港溪，地勢低窪，戊戌八七水災洪水沖潰護堤，湧入市區，時正未刻，大雨傾盆一晝夜矣，余在家撰文，忽聞人呼：「堤防已破速逃。」聲未歇，洪水已直灌入宅，頃刻間淹水深達五尺，余匆惶攜家人，扶鄰居老幼，急逃護安宮高處，暫避民家空屋，坐待天亮。翌日水退，台灣中部滿目瘡痍，死傷枕藉，整理居處則淤泥盈尺，萬餘冊圖書十之八九毀於水，故有擇地別建新居之計。

　　時先府君洪公已逾花甲，數十年忙於家計，風霜勞碌，早該息肩，是以擬選近郊環境清幽處，建靜樓、置書房、闢小園、種花木，奉親安養以樂天年。事以稟之，先府君示曰：「居處惟求安全，可避風雨足矣，余平生所願者，兒孫知書達禮，依德親仁，無求富貴顯達，惟冀人品無瑕，嘗言『陋室德馨』，雖竹籬茅舍猶勝華廈千間，望汝輩持恆躬修，毋違我言。」

　　事隔半紀，至今言猶在耳，而先府君棄養逾四十載矣，其間也商務繁擾，風塵馳逐，建新居事一再遲延，後置產館前街，為便於商務特遷家於斯，改營房地產，購地北頭，建數十棟樓房，特留兩棟三層半別墅，地坪三二八、三平方，建坪四八二、八四平方，前有小園九三、八平方，論規模稍嫌不足，若與時尚民宅比之，大有二倍，而其優者樓靜窗明，花木扶疏，環境清幽，視野開闊，東望卦山峰巒聳翠，西臨鯤海煙波浩渺，位鄰市區，鬧中取靜，實不可多得，蓋因遷徙事繁，獲家眷諾，停館前街新建案，定居於此，時一九八九年己巳也。

　　憶自乙未至今凡五遷住處，所慶幸者：從茲可免風雨之憂；而悲

者：先嚴未能親睹新居，享受清福，每憶昔日燈前訓誨不禁惻然！而屢示「人品當如玉無瑕」之言焉敢忘乎，而余天資愚昧，無才無德常愧於心，即先府君所言「人品有瑕」歟。「無德，瑕也」，謹以無瑕小築署樓，一則以示不忘庭訓，二則願我子弟聞是名而知所警惕也。是爲記。

2003年癸未小春施文炳

一、鹿港懷古

「楊橋踏月」簡介

鹿港文祠青雲路南向約二百公尺處有溪曰「鹿溪」，係濁水分流，直通沖西港，溪上有橋橫跨其上，通往西勢（即同安寮），係鹿港對南台灣交通要道。橋原名「利濟」）係前清彰化縣知縣楊桂森捐俸所建，人念其德，皆呼爲「楊公橋」，疇昔鹿港船舶出入，日以萬計，沖西港至楊公橋邊，成千舳艒停泊其間，裝卸貨物，擁擠熱鬧非凡。

民國二十八年開闢「員大大排水」，將鹿溪南移約二十公尺，拆楊橋，建「福鹿橋」（因習慣使然，人亦稱爲「楊橋」），並於橋西五百公尺處建大水壩，寬近百公尺，壩上有橋通往福興，名「福興橋」。水壩蓄水灌溉海埔地數百甲。楊橋東百五公尺處則有鐵路橋通往漢寶、王功等地，三橋並排，福鹿橋居中，有「三橋連鎖」之稱。

福鹿橋比昔長而壯麗，橋下溪水澄澈，其深數丈，北以紅磚爲堤，南則綠草如茵，碧水長天，虹橋倒影，或望軍山朝霞東湧，或挹鯤海爽氣西來，景色優絕，儼然圖畫一幅，每逢秋夜，皓月當頭，橋下波光瀲灔，漁燈閃爍，蔚成奇觀，閒來邀朋三五優游其間，或橋上尋詩、堤邊坐月、或垂釣苔磯、泛舟溪上，無限詩情畫意，不遜楊州二十四橋。

楊橋有十勝之稱，錄後以供參考：

三橋連鎖。二水合流。金堤坐月。鰲背尋詩。東屯烟雨。
西勢炊煙。澄江試浴。蘆浦觀漁。荷塘垂釣。曲岸維舟。

（鹿港八景全國徵詩、鹿江聯吟會第八期課題）

「寶殿篆煙」簡介（鹿港天后宮）

　　鹿港天后宮相傳建自明末永明王年代，約公元一六四七-
一六六一年間，原址在現天后宮北側（栗倉內），（查台灣西海岸遠
自宋元即有漢人來往與土著貿易形跡），時鹿港係一天然河港，因近
大陸，泉廈一帶漁民常因避風或貿易到鹿港，為求航海平安而集資建
媽祖廟於港口起水處，規模雖小，卻是本省最早之媽祖廟之一，成功
復台，派劉國軒駐半線（現彰化）從事墾殖時，鹿港已有街市形成。

　　康熙二十二年六月，福建水師提督靖海侯施琅將軍奉旨取台澎，
由湄洲恭請聖母寶像為護軍之神，屯兵天妃澳（澎湖）入廟拜謁，見
媽祖神衣半身沾濕，自忖對敵時，恍見神兵導引，始悟戰勝實邀神
助，又澳中水泉僅供居民數百人飲，是日駐軍數萬，方以無水而憂，
而甘泉沸湧、汲之不竭，表上其異，奉召加封天后，台灣定，施琅將
軍凱旋，其族姪世榜懇留聖母寶像奉祀於鹿港媽祖廟，從此全省各地
善信相爭來鹿參拜分香，恭迎媽祖神像歸鄉奉祀，因此媽祖廟香火益
臻鼎盛。

　　雍正三年，地方有志鑑及廟宇窄隘，不敷眾用，經議，由施公世
榜獻地（本宮現址）先以木造，復以磚瓦擴建本宮，廟面大海，與湄
洲祖廟遙遙相對，因神像請自湄洲，故襲湄洲祖廟名稱天后宮，旨在
念其本也。

　　乾隆五十一年，公元一七六八年，林爽文起義反清，事聞清廷，
協辦大學士福安康率巴圖魯侍衛數百名、勁旅十五萬、軍艦數百艘於
五十二年十月杪，由崇武放洋，途遇大風，福安康設香案虔祈聖母，
頃刻風平浪靜，一日由鹿港上陸，進剿爽文，五十三年二月事平班

師，表上清廷，奉旨就鹿港擇地，賜御帑金新建天后宮，列入祀典，專供文武官員朝拜，俗稱新祖宮，本宮則稱舊祖宮，以明先後也。

嘉慶十九年，公元一八一四年，本宮建廟歷近百年，榱題磚塋不無剝落，於是八郊相議，發動重修，九月興工，廿年春告竣，廟貌煥然一新。廿二年為紀念廟宇重修竣工，乃由經理日茂行林文濬、大學士施士簡率八郊人士往聖地湄洲天后宮謁祖進香，同治九年，公元一八七〇年，朔自嘉慶年間重修，甲子將翻，由進士蔡德芳等提倡重修，孟春興工，將廟地移北八尺增闊三尺，厥位依舊，面對夕照佳景，十三年夏，牡丹事件發，台澎戒嚴，欽差大臣台灣巡撫沈葆禎渡台視師，適逢本宮重修告竣，表奏清廷，奉旨特祭本宮聖母。

清光緒七年，廈門啟建大醮，慘遭瘟疫，適本宮聖母往湄洲謁祖回鑾，途經泉州天妃宮，廈門善信率眾阻駕，恭請本宮聖母赴廈消災，聖母大顯神通，指示藥方給眾飲服，瘟疫即告平息（藥方相傳為現之金門散）。

民國五年（西元一九一六年）由泉郊會長王君年率眾再往湄洲謁祖進香，民國六年日本皇族北白川宮成九親王行啟蒞台，經台中，適台中由台中區長林耀亭主持恭請全省聖母寶像盛宴之典，成九親王聞悉聖母係台灣人民最崇拜之神，特恭請本宮聖母聖駕到其行宮，成九親王親自率眾脫帽朝拜，行最恭敬之禮，以示崇仰。民國九年，日本首任文官總督田建治郎蒞任，親臨本宮參拜，祈求全台平安。

民國十一年由現任本宮主委施性瑟先生率眾再往湄洲謁祖，當本宮之聖母寶像奉置朝天閣，經元房住持釋淨空師參閱出祖沿革，證實本宮寶像為康熙廿三年（公元一六八三年）由施琅將軍恭請護軍渡台寶像後，即恭請入天后宮（祖廟正殿）神龕、梳妝樓、昇天樓參詣，並蒙贈湄洲天上聖母寶璽一顆，招邀拍攝湄洲祖廟各聖跡，以作留念，現存天后宮。

民國十一年，（西元一九二二年）本宮聖母屢顯神靈，救災救民，遠近善信參拜者日塞於途，為感聖母恩德，經本宮總理辜顯榮倡

議重修，耗資百餘萬元，歷時十載，於民國二十五年竣工。廟貌莊嚴，冠于全台。民國二十六年（西元一七三七年）七七事變繼而三十年十二月十八日珍珠港事變發生，全台各地皆被盟機轟炸，本宮附近民屋多數炸燬，本宮未受絲毫損壞，如非聖母之靈威，安能如此？台灣光復後，五穀豐登、國泰民安、雨順風調，每年由全省各地來鹿謁祖進香者，日以萬計。四十八年經本宮委員會倡議重建凌霄寶殿，於五月十三日由彰化縣長陳錫卿主持動土典禮，五十一年十一月上樑，十一月二日凌霄寶殿第一期工程完成玉皇大帝安座，繼第二、第三期工程迄今已完成八九。凌霄寶殿係二層樓建築，與正殿同厥位面西，前有龍池，左有梳妝樓，又有昇天洞，下為貴賓廳，廟貌堂皇莊麗、金碧輝煌、光華奪目，配合正殿五門，規模浩大、雕刻精巧、古色古香。自朝至夕，進香觀光之客絡繹不絕。廟中終日香煙飄渺，時聞鐘鼓悠揚，益增肅穆莊嚴氣氛。入其境，令人心曠神怡，一登樓頭便見青山環其後，大海繞其前，舻棱夕照，相映成趣，頓憶疇昔港集舳艫，市繞金壁，繁華景象如在目前，而今全廟重修工程將近完成，蓋觀前日之規模尤宏麗焉，則夫神明呵護力不亦將有較於前日，而有以集未艾之麻降無窮之福哉。

（鹿港八景全國徵詩、鹿江聯吟會第十期課題）

「西院書聲」——文開書院暨所屬風景區簡介[1]

　　文開書院位踞鹿港咽喉，與文武廟毗連，佔地二甲有餘，合稱文武廟，與天后宮、龍山寺鼎足而立，為本鎮三大古蹟。書院不特規模宏敞，因其對台灣文化影響之大而成本省最著名之文化古蹟之一。

　　書院周圍七十丈，前列三門，門豎石坊，進為前堂，階崇三尺，正中祀徽國朱文公，兩旁以海外寓賢八位配祀（註：書院奉祀朱子乃八閩所同），再進為講堂，即歲考之處，再進聯以甬道，覆以捲柵，左右夾以兩室是為後堂，以居山長，左右兩邊學舍十四間，為諸生

1　寫於西元1969年。

童肄業之所，前有客廳，後有齋廚，規模宏敞樸實渾堅，配合文武二廟，殿宇堂皇，氣象巍峨，一入其境，便覺心曠神怡，幽靜中深帶肅穆莊嚴氣氛，令人發思古幽情，重修文武廟碑記云：「殿堂居鹿水之東，坐坤向艮，彰山擁其左，瀛海環其右，土城峙其旁，道嶺拱其前，廟外群峰簇立於指顧間，徇乎海甸之大觀也。」

書院左有路曰「青雲」，昔日有牌樓，匾書「青雲捷步」四大字，蓋書院係士子讀書聖地，寓意「欲上青雲必經此路」也。

路左係土城遺址，原水師遊擊署，築於乾隆五十一年，城垣以土爲之，因而得名。疇昔城內遍植榕樹，濃蔭覆地，每當炎夏，遊人三五，躑躅其間，或一枰對弈，或席地酣睡，或清茶一壺談天說地，係昔鹿港八景之一「榕蔭觀奕」，市區改正時被毀，蕩然無存，良可惜也。

書院前有泮池，亦鹿港八景之一「泮水荷香」。池如半月，其水澄澈，游魚可數，內種蓮花，每逢初夏，紅白爭放，清風徐來，香氣四溢，別有情趣。昔日士子府試及第，必謁文廟、游泮池、謝師恩，爲一大盛事。

池邊有牆，環拱廟前，俗稱「虎跳牆」，係前清補用知府鹿港同治孫壽銘所築，時壽銘分守鹿港，戴潮春之亂初平，人心未靖，因思「武侯治蜀尚刑法，何如文翁崇文教」，擇吉謁文廟，見面山氣散，遂築牆以供於前，艮位文峰環而照焉。相傳文武廟係「虎穴」，故建文廟以成龍蟠虎踞之勢。（註：昔鹿港街因不見天而馳名全國，兩邊樓房，屋頂相連，蓋住道路，因鹿港地處海邊，季風甚強，不特爲防風，尚可阻盜賊入侵也。）昔「日茂行」係龍頭出海處，乾隆嘉慶年代，日茂行富甲全台，一門顯貴。相傳嘉慶太子遊台，經鹿港駐駕是處，見面海氣象雄渾，特御書「大觀」二字以賜，匾現存本鎮公所。日茂行在天后宮前泉州街，行趾尚存，因年久失修，破壞不堪，周圍新建民屋，多侵其地，規模已非昔比。

文武兩廟交界處，有井曰「虎井」，泉水清甘，有彰縣第一泉

之稱，其密度甚高，取以煮茗，其味甚雋，日人治台時，曾派專家在全縣各地試驗，惟此井水質最佳，特取爲製汽水之用。相傳虎井千年不竭，年前爲清井，曾用十批馬力抽水機，連抽三晝夜，不能乾而作罷，此亦一奇也。

青雲路南盡頭處便是鹿港八景之一「楊橋踏月」。前期已述，簡略。

武廟右廂房有前清名秀才鄭鴻猷先生書畫處，先生號「白鶴山樵」，與名詩人洪月樵、施梅樵兩公齊名，時人稱爲鹿港三樵。公等皆不滿異族統治，隱居不問世事，日以吟詠書畫遣懷，淡泊明志以終其身。洪、施兩公皆有專集行世，獨公之遺作未見流傳，殊深可惜。其隱居武廟時，所作書畫頗多，成爲現代收藏家欲求難得之珍品。其書畫蒼勁雄渾，正草隸篆無所不能，偶有作畫亦蒼勁入古，求其書畫頗難，得者如獲至寶。相傳某權貴屢登其門求書，三年未果，其文章與氣節，令人崇仰，堪爲後世楷模也。

時尙有廩保許劍漁晦公字涵青者，與另一位姓字不詳者與洪施兩公，同爲府試第一名（皆係文開書院出身），人稱鹿港四傑，因反抗日人統治而名著於時。公等借托吟詠與全台文人志士互通聲氣，暗中策劃復台工作，因日人監視嚴密，無從舉事，皆鬱鬱以終。其作品慷慨悲壯，充分流露亡國之痛，割台時公等皆有詩記其事，因而轟動全台，傳誦一時，日人爲滅其稿，屢搜其家而不獲，蓋事前已知而焚毀也。而今所存者，多係眾口流傳。至台灣光復後，始搜羅成集。詩各錄一首，以念其人。許劍漁先生割台感事云：「不堪回首舊山河，瀛海滔滔付逝波；萬戶有煙皆劫火，三台無地不干戈。故交飲恨埋芳草，新鬼含冤哭女蘿；莫道英雄心便死，英雄淚落此時多。」洪月樵先生感懷詩（十二首錄一）云：「一水無端浸九州，茫茫四海竟橫流；東西南北皆強弩，吳越燕齊共覆舟；兵燹幾方遭破獍，危亡千室失爲鳩；傷心禮樂成塵土，豈獨中原王氣收。」施梅樵先生寓齋雜感詩云：「漫論牛耳主詩盟，誰許從軍一請纓；不遇才人羞獻賦，非時

老將恥談兵；河山萬里悲烽火，著作千秋寄死生；我似江南哀庾信，半因謗訕暮知名。」其蒼痛鬱抑，令人不堪卒讀。

本鎮數百年來，賢俊薈萃，人文蔚起，相傳乾隆至道光末葉人口十餘萬，有一府二鹿之譽，握台灣經濟文化命脈，歷久不衰，今因港口淤塞，繁華雖非昔比，而文風之盛，依舊冠於台，諺云「人傑本自地靈」信其有茲。

文武兩廟建自何時，因邑乘所不載而不詳，相傳係在「康熙年間」。至嘉慶十一年，由海防同治薛志亮等提倡重建文廟，復於十六年（公元一八一一年）重建武廟。文開書院於道光二年（公元一八二五年）由鹿港同治鄧傳安率八郊紳士提倡設立，詳報捐建文開書院牒云：「竊鹿港居民繁盛，人心向學……，台陽初沐皇化，百有餘年，文運日開，……鹿港地當南北之中，距縣城二十里而近梯航交集，人思俗易風移，士勉家絃戶誦，自案下菠任，月集生童試課，飲食誨訓，優者加獎，士子更勉日新，惜無肄業之所，應課時甚費周章，須設書院乃可經久……」。遂於道光四年（公元一八二七年）開工興建，七年十二月竣工，名曰「文開」，為紀念台灣文化開基祖沈思庵也。按傳安給疏引勸諭以海外文教肇自寓賢勤縣太樸光文字文開者，爰借其字以定書院名，以志有開必先焉。書院成，遂向海外羅購經書，共得二萬餘部，三十餘萬冊，藏於院以供士子研讀，聘名儒執教（如名進士蔡德芳等），有月課、歲考，設獎學金，制度完善甚於現代，繼台南首學，共稱為台灣最優學府，百餘年來人材輩出，對台灣文化影響至鉅，故有「鹿港文化徵象」之譽。

迨日人踞台，設公學校，書院被迫廢止，改為「北白川宮紀念堂」，（註：馬關條約割台，日本北白川宮能久親王率兵攻台，由彰化進兵鹿港，即休息於此。）事後本鎮名儒蔡德宣先生等，重興文開私塾，聘舉人莊士勳、蔡德宣、呂喬南等分任教讀，設塾文廟左廊，由莊舉人主之，另設塾城隍廟，由呂喬南主之，在日人皇民化政策百般阻撓壓迫之下，慘澹經營，前後依持近卅載，蔡德宣與書院先賢，

共冒生命之危，力倡漢學，傳佈吾台文化，灌輸大漢民族精神，其功莫大焉。日人據台五十年，本省一切習俗都被同化，惟鹿港依然保存吾台文化習俗於不墜，非文開書院遺澤，安能至此。

滄桑變幻，歲月推移，終戰廿六載，書院由駐軍借住，乏人管理，風雨侵蝕，而今破壞不堪，三十餘萬冊的圖書已於日人治台時散失外，所存者惟有殘牆敗壁與難泯回憶而已，「滄桑極目劫痕殘」，追念先人創業惟艱，而未保惜善用，殊深可惜。

欣聞政府「文化復興運動」號召，地方有志，顧而奮然，發動重修，工程既鉅，經費無著，苦處萬般艱難中，單憑滿腔熱血，四處奔走疾呼，所幸官軍民等，莫不向義喜捐，廟前廣場，闢為公園，已由鎮公所逐步整建外，初期武廟工程，將近完成，而文廟與書院之修建，尚待努力。按孔子廟修建委員會擬定，將書院闢為圖書館與文化活動中心，文武廟兩邊廂房，作為歷史文物陳列館與鹿港物產品陳列館，藉以恢復書院舊觀，永保文化聖跡，知重光鹿港文化，指日可待也。

（鹿港八景全國徵詩，鹿江聯吟會第十一期課題寫於民國58年）

「曲巷冬晴」簡介

鹿港原名鹿仔港，於前明永曆年間（公元一六○○～一六五○年）由福建泉州一帶居民來台貿易墾殖者。於現天后宮東南二公里處（現客仔厝港後一帶）建屋定居，初似村落，逐漸形成市街。康熙初年已頗具規模。因地勢卑濕而有遷街之議。一六六一年航運日趨發達，來台者日眾，舊鹿港無法容納眾多移民，遷街之意再起。

新來台者主張遷依鹿溪流域（即鹿溪東岸）以便船舶裝卸貨物，堪輿家指出是處係龍蝦出海吉穴，異日必成大郡；舊鹿港居民因恐財物損失，堅持反對意見。後經中調者提議，秤水重以斷地理之吉凶，主張遷街者利用鹹水比淡水重之原裡，將大量食鹽傾入近溪水井，因而水重大增。遷街之議決，隨向大陸各地區聘名匠設計興建市街。

相傳泉州街係龍頭出海處（前期已略述）故工程由北而南，歷數年街成，街狹而長成彎月之形，自泉州街經天后宮前轉萊市頭（城王廟）崎仔腳、順興、福興、和興、泰興、長興、板店街等街至土城口（火車站前）。全長一・五公里，路寬一丈二尺至一丈五尺，兩邊屋頂相連蓋住道路，便是名聞遐邇之「不見天」街市（現中山路）。其間自順興街至長興街合稱五福街，行郊林立，熱鬧非常。名詩人施性湍先生鹿江竹枝詞云：「方徧鋪甎滿街紅，天蓋相連曲巷通，郎住新興儂大有，往來恰似一家中。」（新興大有皆街名）（註：民國十八年市區改整，拓寬道路，「不見天」被毀，由六路頭開闢排水溝向四方流出；時堪瑜家云「四水歸山，鹿港將敗矣」）後果如其言。

至民國廿二年，鹿港人口由十萬減至二萬人，因港口淤塞，來往船舶甚少，無以爲生，遂向外某發展。不久七七事變起，與大陸來往斷絕，鹿港遂一跌不振，鹿港人成爲台灣之猶太，流離失所，僅能以「鹿港苦力」與「台北酒女」媲美之悲慘境界。名詩人莊太岳詩云：「轉眼繁華等水泡，漫將前事語讀讀；大街今日堪馳馬，盛慨猶然話八郊。」另由泉州街分一路經打棕庭新宮口、王宮、埔頭、九間厝、瑤林街、暗街仔、六路頭（市場前）、美市街、杉行街至龍山寺，此路與五福街長相等，路寬約八尺，唯一不同處是隔十數間房屋便一曲，故有九曲巷之稱，與五福街彎月之形，同爲鹿港古代建築一大特色。

蓋鹿港近海，風沙特強，街道彎曲則可防止風沙侵襲，鹿港有名之「九降風」（即農曆九月起之季風）最低風速亦有五、六級，一入五福街因不見天，風沙不入，但在九曲巷一樣只聞風聲而不知有風。蓋風沙被建築物所阻而分散也。二百五十年前有如此科學頭腦，甚爲近代建築家所驚奇。

五福街與九曲巷之間另有小巷一條，（近年來甚多電影都在此處拍攝，故有電影街之稱）作爲五福街與九曲巷之後路。此路由城隍廟前經王宮後南側、通後車路、越六路頭入金盛巷、長培庭、興化

宮（開台灣媽祖廟，係興化人鳩資所建者）向東跨越五福街入石下街、安平鎮出鹿門莊（別墅名）。昔日鹿港往彰化必經此處，鹿港古諺有「好材不流過安平鎮」之句。（昔日薪材皆由彰化用人力擔運道鹿港出售，乾而耐燃者入安平鎮，一售便空，擔入市內者多係下等材故云。）此巷雖歷盡二百五十餘年滄桑，現尚保存其本來面目，其間也古蹟頗多，籌昔台人重宗族觀念，同一姓住同一條街，甚少與他姓雜居，如后宅、寺口、宮後多施姓，頂、廈蔡園多黃姓，牛墟頭多許姓，因而每街交界處，皆設有隘門，夜闌時關閉，非急事不開，爲防盜賊與他姓尋仇滋事也。

昔日鹿港常有糾紛械鬥事件，先由一人起事，最後出動全宗族演成全武打。假如有甲姓到乙姓之街滋事打架，寡不敵眾便拔足奔跑，一過隘門，任對方如何眾多，亦不敢追越隘門一步。故鹿港有諺云「惡不過隘門」之句。名詩人莊太岳鹿港竹枝詞有「宮後牛墟又茶園，況兼前港更難言，誰知三姓施黃許，怙惡原無過隘門。」之句。按施黃許係鹿港三大姓，人多勢強，凡爭紛必勝，故小姓者多畏之，諺云「娶了施黃許，尊敬如公祖。」是指婚嫁而言，小姓者多不願與三大姓子女婚配，蓋有事必吃虧也。昔日鹿仔港隘們有數十處，至今只留一處，在現消防隊後面小巷中，門係磚造，高十尺寬八尺，上書「門迎後車」等字，碩果僅存，任人憑弔。

隘門南一百公尺即後車路，昔日多妓院、酒樓、茶館，係清代馳名之風化區，後車路之藝妲比蘇州出色。大陸沿海宦官巨富慕名而來者頗多。莊太岳先生竹之詞云「幾處柴門半掩開，遊人陣陣此徘徊，煙花三月後車路，新貨搬將草厝來。」（草厝，村名）後車路過六路頭便是鹿港八景之一「曲巷冬情」之處，名曰金盛巷，巷寬三尺至八尺不等，路鋪紅磚，兩邊磚造樓壁對峙，天成一線。壁磚久經風雨侵蝕凹凸不平，上有馳名海內外之十宜樓橫跨其間，東西樓相通與巷成一十字，因而得名，係昔文人墨客夜宴吟集之所。想見明月當空，一壺美酒，觸咏樓頭，其樂可知。太岳先生有十宜樓夜宴詩（見太岳詩

草）。每當朝日初上或夕陽西斜，陽光斜照，彎曲巷道，橫直磚紋，陰影分明，幽靜而蒼古，紅牆藍天，相映成趣，構成一幅美麗圖案。

　　一入冬天，季風怒吼，寒意迫人，入此巷則靜暖如春，嘗見老者倚牆曝背，或三五行人來往其間，時聞賣飴之聲，響徹深巷，其韻淒切；舉頭仰望十宜樓，已是今非昔比，人去樓空矣。頓憶「莫更繁華談二鹿，危樓斜對夕陽殘」之句，令人無限感慨。

（鹿港八景全國徵詩，鹿江聯吟會第十二期課題）

「海滋春嬉」簡介

　　鹿港港口因濁水、大甲兩溪流沙淤塞，海灘連綿百里，東接梧棲，西連大城、西港，面積數千公頃。

　　自港口關閉，數十年來，水產事業代之而興。鹿港海灘原有鹽田約三十公頃，於前數年廢，改爲稻田，自沿海堤防西邊區域則成爲水產所。水產分爲天然與人工兩種。人工則因用科學方法處理，規模大而收獲量多，其中以蠔、蛤蜊、鰻爲最，次爲龍鬚菜、水蛙等物，簡述如下：

　　　（一）蠔圃：（以鹿港區管轄爲準）面積七〇〇公頃，地點在堤防西向一千公尺至二千公尺處。蠔圃內加種龍鬚菜三百公頃（前「蠔圃洄潮」已述，此略）。

　　　（二）蛤蜊養殖場：面積三百公頃，其中二百公頃屬行政院退除役官兵輔導會彰化養殖場所有，外一百公頃係民營公司所屬。場內除蛤蜊以外兼養殖水蛙、鰻等。

　　　（三）鰻：養鰻業係近年新興事業，本鎮共有一百公頃左右之養鰻場。

　　以上係較具規模者，魚鰲尚未計在內。

　　天然方面種類之多難以數計，其中數量較多而馳名者有西施舌、竹蚶、海龍、花鮡、錦貝、沙蝦、鰻苗、蝦猴、紅蟳等數十種蟹類。皆係馳名遠近之鹿港料理主料。其中海龍由台北海龍公司駐鹿人員集

體採收（全部外銷香港，係馳名之廣東料理），多由本鎮漁民在沙灘採拾。

另外有台灣省水產試驗所鹿港分所，利用最新科學方法，試驗各種海產之培養與繁殖，如魚類人工授精等，對水產事業貢獻特多。按：鹿港漁會估價鹿港鎮在海產方面收入年近十億之普。對本省經濟繁榮影響至鉅。

鹿港海產除上述各類之外，在日據時代已闢有海水浴場一所，光復後廢，另闢新浴於原沖西港地帶場，因未加整理，已近荒廢。但沙灘連綿數百里，水產物特多，俯拾皆是，成為假日消遣勝地，每當東風解凍、草木萌苗之時，遊人如鯽，男紅女綠或散步長堤或拾貝於沙灘；時見兒童三五，捉蟹馳逐於淺水間。如逢潮洄，勢如萬馬奔騰，排山倒海而來。轉眼百里沙灘已成汪洋，採苗漁民，乘勢入海，隨潮起伏，其身手令人驚歎。

每當閒日，散策三塩哨口（係昔沖西港入口，今出海皆由此分路，日據時設有瞭望台，派兵駐守，因而得名）。遠望沖西，煙波浩渺，夕照蒼茫。偶或可見蜃樓幻景，或聞鯨浪奔雷，嘆自然之偉大，悟此身之渺小，令人胸懷浩蕩，塊壘盡消。

錄太岳先生遺作「海澨春嬉」兩首，以供參考：

一、繁華爭說古湖州　笠影衣香滿渡頭
　　目眩遊龍騰雪渚　心迷浮鴨戲沙洲
　　漂沉合是魚蝦侶　汩沒真成鷗鷺儔
　　為問弄潮好身手　等閒誰與障東流
二、樂事渾同契事修　如雲仕女此優游
　　日斜人影南灘亂　潮退波光北汕浮
　　漫衍魚龍呈百戲　逍遙童冠發清謳
　　天風海氣蒼茫裡　滌盡胸襟萬斛愁

（鹿港八景全國徵詩，鹿江聯吟會第十三期課題）

「古渡尋碑」簡介

　　鹿港八景之一「古渡尋碑」勝蹟，位於洛津國校前，係本鎮之小公園，內有敬義園紀念碑。敬義園係前清乾隆四十二年（公元一七七七年）由浙江紹興魏子鳴與鹿仔港巡檢王擔捐倡，得士紳林振嵩合泉、廈郊戶鳩資設立；定條規，公選地方有志專責其事，稟官存冊，名曰「敬義園」，遂建置旱園充當義塚，施棺木、掩骸骼、祭孤魂、拾字紙、修橋樑、平道路、濟貧病、救水火。係清代台灣由民間創設而最具規模、功德最大之慈善團體。二百年來不獨鹿港一地長受其惠，即近鹿各鄉亦同沾其澤。日據時當局與關係人計議將其遺產合於博濟社（另一救濟團體）及「方面委員事業助成會」改名「義濟會」取其敬義、博濟之意也。因恐年代久遠，難存其名，且先賢雖逝，功德未湮，遂於昭和十五年立碑紀念，俾使其功德長昭千百世也。

　　敬義園地址昔為鹿仔港港內一浮嶼，為船隻停泊之所，原有木城一座，城有兵駐所，兼辦稅收並負海防之責，嶼與鹿港街市只一溪之隔，有橋橫跨，溪兩岸可泊大船，橋拱如虹，下可通小船，橋名因年代久遠而不可稽，船舶裝卸貨物皆依兩岸排列，故千檣林立，西臨重洋，風帆爭飛，萬幅入目，真巨觀也。入夜則皓月當空，海風習習，嘗見情侶雙雙，來往橋上，成為談情說愛之地，故有「黑貓橋」之稱。後因流砂影響，嶼之西邊漸與鹿仔港連接，溪漸壅塞，大船不能入，港亦西移，嶼遂成烏魚船停泊之處，故有「烏魚寮」之稱。

　　迨至舊港淤塞，港口移至沖西，此地遂成荒蕪，不久林投成林，烏啾成群築巢其間，有人欲墾其地為田，縱火燒燬林投，火初起，烏啾群飛悲啼，敬義園負責人遂糾眾滅火，只焚毀嶼南一角。相傳火熄後，烏啾成群飛繞敬義園鳴叫，其聲似「感其救、感其救」，一連三日始去，鎮人異之，認其處必有佳穴，便有人群遷遺骸安葬於此，遂成公塚。日人治台，將塚遷移，建鹿港女子公學校於此（現洛津國校），並設郵局於溪邊（現已與內陸完全連結，只存小溝一條，橋因

無利用價值，光復後亦廢，並將校前空地闢爲綠園）。

滄海桑田，人事無常，朝代數易，名港至今已成陳蹟，每當閒暇，躑躅園中，緬懷舟車輻輳，煙火萬家繁華景象，彷如南柯一夢，渺無痕跡可尋矣。唯有敬義園遺碑，寂然聳立於夕照蒼茫中，四圍花木扶疏，隨風飄來陣陣幽香，時聞群鳥高歌飛躍枝頭，想敬義園功德巍巍，昭垂異代，可謂「鳥亦知恩歌大德，花能解意播清芬」，憑弔碑前，令人肅然起敬。

（鹿港八景全國徵詩，鹿江聯吟會第十四期課題）

鹿港簡介[1]

鹿港原名鹿仔港，昔爲平埔番盤據之所，漢人之來鹿溯自隋煬帝大業三年，遣武賁郎將陳稜由鹿港登陸，與平埔番戰，殺其首擄其眾者歸，自此漸有漢人來往與土著貿易，至明永曆年間，由福建泉、潮、惠一帶居民來此開發，昔有天然良港可泊巨艦，成爲台灣對內對外交通要津，乾嘉道年間爲全盛時期，人口號稱十萬，人文薈萃，握台灣經濟文化命脈，歷久不衰，爲台灣第二大都市，有「一府二鹿三艋舺」之美譽，盛極一時，台灣文化史稱台灣文化第四期爲鹿港期（自康熙廿三年至南京條約五口通商爲止共歷一五八年）。

咸豐年間濁水氾濫，港口淤塞，市況漸趨日下，迨至民國廿六年中日戰爭後，與大陸通商斷絕，乃成廢港，於是商業不振，街市頹廢，喪失往昔繁華面目。光復初（民國三十四、三十五年間），因勝利接收之過渡時期，港禁鬆弛，大陸帆船恢復來鹿通商，惟曇花一現，未幾又遭關閉，而致本鎮海港之收益斷絕，經濟一落千丈，失業者逐年增加，部分地主依賴佃租生活外，皆紛紛向外謀求發展。民國二十年不見天市街拓寬改建，鹿港人口由十餘萬之眾減至二萬人，鎮民流離失所，但勤勞自立，故鹿僑散佈於四方。四十二年土改政策實

1 本作品刊載於鹿港聯吟會編印：《中華民國癸丑全國詩人大會手冊》西元1973年4月29日頁10-11。

施後，一般地主皆轉向小工業，謀求發展，因此鹿港遂由港都脫穎而以工業城市姿態復興中。

本鎮位於台灣中部西海岸，東接秀水鄉，西臨台灣海峽，南以鹿港溪與福興鄉為界，北隔番仔溝與線西鄉和美鎮比鄰，全鎮面積三九、四六二五平方公里，里數四九九，戶數一〇、八〇二，人口約七萬，國民小學八，國中二，省中一。市區狹長，西北到東南長二公里餘，鎮民百分之五十強從事工商業。近年，在政府工業政策推行下，本鎮工業突飛猛進。目前全鎮工廠六百餘家，多半經營外銷，產量為全省之首，港口淤塞代之而起者係牡蠣與養鰻業，原沖西港址變為數千甲之豪圍，與其他海產遍銷全省南北部，養鰻業面積與數量，佔全省產量百分之三十強，居全省第二位，為國家帶來巨額外匯收益。

一般人心目中鹿港曾經一時是睥睨三台之大港埠，經濟文化稱台灣第一，歷代人才輩出，對台灣文化影響至鉅。自港口淤塞，此被稱為全省第二大都市即每況愈下，衰頹中落。時執商界牛耳之八大行郊，關者關，散者散，日據時期，人皆以「鹿港苦力」與「台北酒女」媲喻，台灣每一角落，有村落或市街，便可見到鹿港人。

史稱鹿港「烟火萬家，舟車輻輳，為北路一大重鎮，西望汪洋，風帆爭飛，萬輻在目，波瀾壯闊，接天無際，真巨觀也。」而今一切繁華，有如一場美夢，消逝於無情歲月之中，目前被流沙壅塞，淺而窄之港道，時而可見三五漁舟來往點綴於暮色蒼茫間。面對高雄、基隆等處新開發之繁華港埠真有無限之感慨。因鹿港有三百年輝煌燦爛之歷史，的確鹿港尚保持許多傳統特色，如敦樸民情、鼎盛文風、濃厚鄉土觀念、不畏艱難力圖奮發精神，無一不是鹿港的特色。洪炎秋先生曾說：「除了台南，別的新興都市只不過是剛爬上一世長者知居處的地位而已，而鹿港早已超過了三世長者知服食的階段了。」鹿港的茶點，如鳳眼糕、豬油佬、酥餅、雪片糕、綠豆凸等，早自八十年前已馳名於國際。鹿港海鮮、鹿港料理之精巧與其獨特風味，更是邇

邇馳名，更值一提者，乃是古蹟名勝，開台百餘年，除卻台南要算鹿港最多，台南因時代的進化一直在改變中，而致甚多古蹟皆已面目全非。而鹿港卻不被新時代潮流所影響。在現代逆流動盪中屹立不動，靜靜看著其他一切，正被歐風美雨吹襲，而漸消滅。

現鹿港除中山路（原不見天街）在民國二十年改建外，其餘舊街古巷，依然是三百年前舊面目，舖上紅磚之彎曲小徑，蓋有胡同之古代建築，蘚痕斑斑，古老而頹廢，卻深具重大歷史價值，代表前清一代重要文化資產，開台不過三百年，而在鹿港隨處可見到三百年前，集中國五千年輝煌文化歷史之結晶，偉大的建築藝術，如日茂行、龍山寺、天后宮、九曲巷、十宜樓、文開書院、文武廟……皆是台灣文化，無價之寶，歷經滄桑，經過無數次浩劫之摧殘。而今依然無恙，屹立於古城鹿港，而且光芒萬射。

鹿港雖然由繁華趨於沒落，而卻是台灣文化的先驅，台灣輝煌燦爛之文化，皆在它的懷抱中孕育成長。

悠揚晨鐘，敲醒繁華美夢，遙望沖西，波濤澎湃，正在發出勇者之呼喚：「奮起吧！鹿港人，在你身上流著拓荒者之熱血，奮發吧！鹿港人，提起你祖先偉大拓荒者之精神，將那思古幽情化為不屈毅力，重振鹿港聲名，將鹿仔港閃耀之文化光芒，再一次照耀於四方。」

鹿港八景[1]

一、楊橋踏月

地在文武廟青雲路南盡頭，有「鹿港溪」係濁水分流，直通沖西港，溪上有橋橫跨，通往西勢，為鹿港與台灣南部交通要道，橋原名「利濟」（碑在新興街）係前清彰化縣知縣楊桂森捐俸所建，人念其德呼為「楊公橋」，昔日沖西至楊公橋，成千舳舨停泊其間，裝卸貨

---

1 本作品刊載於鹿港聯吟會編印：《中華民國癸丑全國詩人大會冊》西元1973年4月29日頁12-16。

物，熱鬧而擁擠，民國二十八年闢「員大大排水」，將鹿港南移三十尺，拆楊橋新建福鹿橋，並於西四百公尺處建大水壩，壩上有橋通往福興，名「福興橋」。福鹿橋東一百公尺處另有一鐵橋通往漢寶，故有「三橋連鎖」之稱，風景秀麗不遜昔日，溪水澄澈，其深數丈，北以紅磚爲堤，南則綠草如茵；碧水長天，虹橋倒影。或望軍山朝霞東湧，或挹鯤海爽氣西來。景色優絕，儼然圖畫一幅，每逢秋夜皓月當頭，橋下波光瀲灩，漁燈閃爍，蔚成奇觀，比美楊州廿四橋。邀朋三五優游其間，或橋上尋詩、堤邊坐月，或臨流垂釣，或波間鼓棹，無限詩情畫意，充溢其間。

二、古渡尋碑

洛津國校前，昔日係港中一浮嶼，中隔鹿港溪與鹿港街市相對，爲清代碼頭。船舶停泊裝卸貨物，四周千檣林立，蔚然大觀。後漸被流沙擁積，逐漸與內陸連接。內有敬義園碑，敬義園係乾隆四十二年（公元一七七七）由浙江紹興魏子鳴與鹿仔港巡檢王擔倡捐得紳士林振嵩合八郊鳩資創立，置義冢、施棺木、修道路、濟貧病、救水火，二百餘年來德澤群民。爲本省清代規模最大的民間慈善機構。日人治台，敬義園資產與義濟會合併，恐先人功德年久湮滅，遂於昭和十年由碩儒許逸漁撰文立碑於此，以彰其功德，每當閒暇，躑躅園中，追憶往昔之繁華，而今千檣已渺，高樓櫛比，滄海桑田，令人感喟，而剔蘚讀碑，緬懷先賢功德，敬意油然而生，發人深省。

三、龍山聽唄

龍山寺原有舊寺，永曆年間溫陵有苦行僧肇善者（台灣佛教開山祖）自雕石觀音欲獻於普陀山，舟至海中遇暴風雨，漂流至鹿港，時荊臻未闢，漢番雜處，肇善結茅廬於此苦修，此爲佛教傳入鹿港之始，後由純眞和尚創建龍山寺（寺址在九曲巷暗街仔），爲台灣最早之佛寺。乾隆年間因鑒於寺隘窄不敷眾用，遂由陳邦光等發起另覓地

重建，石材、木材運自大陸，聘各省名匠設計興建，仿帝王宮殿式規模宏敞，構造雄偉，相傳昔有九十九門，古色古香，全寺佔地一、三八六坪，爲清代台灣第一大名刹。

前後有日月池，內祀觀音，日據中期後殿失火，肇善手雕石觀音像與十八羅漢，除伏虎尊者以外皆被焚毀（石觀音石座尚存），寺內有銅鐘一口，重千斤，其音宏亮，十里可聞。龍山曉鐘遐邇聞名，每當旦暮，鐘鼓齊鳴，梵唄互答，面對古佛青燈，禪味細參，塵念俱消。

四、海漘春嬉[1]

鹿港港口因濁水、大甲兩溪流沙淤塞，海灘連綿百里，東接梧棲，西連大城西港，面積數千公頃，原有海水浴場一所，因管理乏善已近荒廢，而沙灘遼闊，水產物種類繁多，俯拾皆是，成爲暇日消遣勝地，紅男綠女，遊人如鯽，或散步長堤或拾貝沙灘，時見兒童三五捉蟹馳走於淺水間，如逢潮洄則勢如萬馬奔騰，狂浪排山倒海而來。萬頃沙灘頓成汪洋，漁民竹筏乘勢入海，隨潮起伏，其身手令人驚歎。

每當午後，獨立三塩哨口（沖西入口，今出海皆由此分路，日據時有瞭望台，派兵駐守）。遠望鯤洋，煙波浩淼，夕照蒼茫。偶而可見蜃樓幻景，或聞鯨浪奔雷，嘆自然之偉大，悟此身之渺小，令人胸懷浩蕩，萬慮盡消。

五、寶殿篆烟

鹿港天后宮前身小廟，相傳建自明末永明王年代（公元一六四七至一六六一年間），原廟在現址北側，後由施世榜獻地重建，坐東向西，與湄州祖廟遙遙相對，先後於嘉慶十九年、民國十一年、四十八年間重修。規模宏敞，金碧輝煌，抗戰前常往湄洲謁組進香，係全

---

1 本景因彰濱工業區之開發而消失矣。新形成的吉安水道，已成爲一新景點。

省唯一奉祀湄洲祖廟出祖之媽祖寶像，全台由此分香寺廟共五百餘座，每年由各地來此進香參拜人數超過百萬之眾，廟中香煙飄渺，鐘鼓悠揚，益增莊嚴氣氛。五十一年重建玉皇殿，一登樓頭便見青山環其後，大海繞其前，舾棱夕照，相映成趣，頓憶昔年群集舳艫，市繞金碧，繁華景象如在目前，蓋觀其規模尤為宏麗，神靈赫耀香火鼎盛三百年而不替，有台灣媽祖大本山之譽。

六、曲巷冬晴

　　原鹿港街在天后宮東南二公里處（現客仔厝港後一帶）因地勢卑濕，港口西移，而公議遷街於現址，相傳鹿港街係龍蝦出海吉穴。街狹長而成彎月之形，自泉州街經天后宮菜市頭崎仔腳五福街至土城。全長約二公里，路寬一丈五尺，兩邊屋頂相連蓋住道路，便是馳名之「不見天」（現中山路）。另自泉州街至埔頭、九間厝后宅、暗街仔、六路頭（市場前）、一分美市街、杉行街、一分金盛巷、橫跨五福街入安平鎮，為本省馳名之九曲巷，蓋鹿港近海，風沙特強，街道彎曲則可防止風沙侵入。二百五十年前有如此建築科學，甚為現代建築家所驚奇。金盛巷寬三尺至八尺不等，紅磚鋪路，兩邊磚造樓壁對峙，天成一線，中有馳名中外之十宜樓，橫跨其內，東西樓相通與巷成十字型，係昔日文人墨客夜宴吟集之所。一入冬天季風怒吼，寒意迫人，入此巷則靜暖如春，嘗見老者倚牆曝背，三五行人來往其間，時聞賣飴之聲響徹深巷，其韻淒清，舉頭仰望十宜樓已是今非昔比，人去樓空矣。頓憶「莫更繁華談二鹿，危樓斜對夕陽殘」之句，令人發無限思古幽情。

七、蠔圍洄潮[1]

　　沖西港受沙壅塞成為平坦塢地，面積二千公頃，年產蚵肉一二〇萬公斤，遍銷本省中北部，為本鎮漁民經濟命脈。牡蠣之養殖最理想

1 本景因彰濱工業區之開發，已不見痕跡矣。

地勢爲平坦而有沙堤爲其屏障，不受風浪之侵襲，並有淡水流入，海底淤泥不揚，潮流疏通良好者爲佳。海水鹽分之多寡，氣候之變化、地震、風浪皆對牡蠣之生長有嚴重影響。本省氣候屬亞熱帶，全年適合其繁殖，就中以十月至翌年七月爲盛期，中秋至九月底爲最低期。牡蠣屬卵產，卵放水中受精後一小時即開始分裂，逐漸發育，用其左殼附著於固形物成長。牡蠣最大天敵爲蠔螺及由黑潮或赤潮帶來之蝕蟲。牡蠣之養殖法有垂下式、濱竹式數種，本地多用濱竹式，即用麻竹剪二三尺，剖開成枝插於沙灘，蠔苗隨潮水之起伏附著其上成長，鹿港地區蠔肉其味絕佳，質細而嫩，南部蠔質硬韌而味腥，且有汽油味，故鹿港蠔最受市面歡迎。

鹿港名菜「蚵仔煎」風味佳，蚵之料理繁多，有蚵餅、蚵煎、蚵炸、蚵湯、生醋蚵，此外尚可作蠔干、蠔醬，是有名補品。

由鹿港天后宮前步行十五分，便是海邊，滄波萬頃盪漾於炎陽之下，此便是鹿港蠔圍，數不盡的蠔枝，整齊而有秩序的插列於沙灘上，一區一區界線分明，宛如稻田，男男女女三五成群，採蠔其間，黃笠褐衣，相映成趣，天上白雲朵朵，時聽漁歌一曲，此唱彼應，其韻清切，隨風飄沒於碧波間，潮漲前便可見到牡蠣一簍一簍被裝上車，車上高掛風帆，成群結隊，步向歸途，是一幅海邊獨特風情畫。回望沖西數不盡的蠔園，皆是漁民生活所依。置身海岸，面對浩渺汪洋，緬懷巨港，無限滄桑伊誰寧不倍增興嘆。

八、西院書聲[1]

文開書院位居鹿港咽喉，與文武廟毗鄰，佔地二甲有餘，與天后宮、龍山寺鼎足而立，爲本鎮三大古蹟。書院不特規模宏敞，因其對台灣文化影響之大，成爲本省最著名之文化聖蹟之一，書院周圍七十丈，前列三門，門豎石坊，進爲前堂，階崇三尺，中祀朱子（熹），兩旁以海外寓賢八位配祀，再進爲講堂，即歲考之處，再進聯以甬

---

1 文開書院今已重修完竣，被指定爲國家三級古蹟。

道、覆以捲柵，左右夾以兩室是爲後堂，以居山長，左右兩邊學舍十四間，爲諸學童肄業之所，前有客廳，後有齋廚，規模宏敞樸實渾堅，配合文武廟，殿宇堂皇，氣象巍峨，一入其境便覺心曠神怡，幽靜而有肅穆莊嚴氣氛，令人發思古幽情，重修文武廟碑記云：「殿堂居鹿水之東，坐坤向艮，卦山擁其左，瀛海環其右，土城峙其旁，道嶺拱其前，廟外群峰簇立於指顧間，徇乃海甸之大觀也。」書院左有路曰「青雲」，昔日有牌樓匾書「青雲捷步」四字，書院名曰「文開」，爲紀念台灣文化初祖沈思庵也。書院昔藏書二萬餘部，三十餘萬冊，以供士子研讀，聘名儒執教（如名進士蔡德芳等），有月課歲考，設獎學金，制度完善，甚於現代，繼台南首學，共稱爲台灣最馳名學府，二百年來人才輩出，故有「鹿港文化之搖籃」美譽。日人踞台改爲北白川宮紀念堂，事後名儒蔡德宣、舉人莊士勳、呂喬南等分任教讀，設塾文廟左廊，另分塾城隍廟，在日人皇民政策百般阻撓之下，慘澹經營，前後維持近三十載，蔡德宣與書院出身先賢，共冒生命之危，力倡漢學傳佈吾台文化，灌輸大漢民族精神，其功莫大焉。日人踞台五十年，鹿港能保存吾台傳統文化習俗於不墜，非文開書院遺澤，安能至此。滄桑變幻，歲月推移，終戰近卅載，書院乏人管理，風雨侵蝕，而今破壞不堪，三十餘萬冊的圖書已於日人治台時散失外，所存者惟有殘牆敗壁與難泯回憶而已，追念先人創業艱難，而未保惜善用，言之可痛，有待來日主鎭政者設法重建，藉以恢復書院舊觀，永保文化聖蹟，則重光鹿港文化指日可待也。

龍山聽唄（鹿港八景之一）[1]

池中蓮影井中泉　　色相空時智慧圓

鐘磬夜深聲寂處　　龍潛滄海月懸天

傍晚的西北雨淨盡了塵埃，在別具風格的山門外躑躅，靜看有

---

1 本作品刊載於施文炳：《施氏世界・第二期》（鹿港：世界臨濮施氏宗親總會，西元1997年11月）頁96-97及《國寶鹿港龍山古刹簡介》（鹿港龍山寺管理委員會印製，西元1978年5月）封面裡。

「台灣的紫禁城」美譽的鹿港龍山寺,色調顯得格外瑰麗。

一對忠於職守的石獅,依舊雄踞午門前,守護著這座台灣最大、最古老的佛寺,其威武不可一世的英姿,仍與當年無異。自嘉慶年間,許克京氏從泉州城將它們運到這裡,已近二百年了,在這一段漫長的歲月裡,它們一直瞪著眼睛,靜觀滄桑的變化,世代的遷移。儘管明朝永曆年間,肇善禪師初到台灣,在鹿仔港邊結蘆苦修時,它們也許還是高山上的一塊大石,當然也未見過乾隆年間,在此大興土木的情景,但卻看到了鹿港的黃金時代:泉州派來的高僧們在這裡弘教的盛況;看過了吃葷的日本僧人竊據五十年暗淡的歲月,以及將本寺後殿所有鎮山文物焚毀的一場大火;也見過終戰,萬民恭迎佛像回殿安座的歡騰場面。它們當會感到安慰,一段寂寞空虛的歲月已成過去,而今有一群潛心向佛的齋姑們,在此住持、清修。

夜幕低垂,晚風傳來數聲清磬,站在長石板平舖的曠闊前庭,可看到連接於深遠處的堂皇寺宇,廊腰縵迴,舳艫高啄,殿堂宏整,禪室幽深,聞名的九十九門顯然難以細數,只感到古樸莊嚴的氣氛充塞其間。正殿法炬通明,香烟飄渺,齋姑們正虔誠的跪在佛前,做著例行的晚課,梵唄悠揚,時高時低,若斷若續,扣人心弦,將人們帶入一種玄妙、清虛、絕俗的境界中。

想到紛紜塵世,多少人正為名利鉤心鬥角,為情慾捨生忘死,陷於無邊苦海,而不能自拔,佛門廣大,回頭是岸,何如寄身於祇園淨域,面壁潛修,消除罪障,過著逍遙自在的日子。

唄葉停了,夜也深了,萬籟俱寂,唯有龕中古佛,依然低著雙眉,面對一盞青燈,天際浮雲散盡,一輪皓月照著大地,多麼地寂靜肅穆,漫步寺中,低吟「夢熟五更天,幾杵鐘聲敲不破;神遊三寶地,半空雲影去無蹤。」之句,禪味細參,頓覺心頭豁然開朗,俗慮齊消。

蠔圃洄潮（鹿港八景之一）[1]

> 潮漲潮平眼界開　潮聲淘盡幾人才
>
> 沖西日落鷗眠穩　不見飛帆海上來

　　海的韻律，也許就是歷史的韻律。在沖西的沙灘上引吭高呼，聽不到一絲迴響，只有海潮怒嘯的聲音，雄壯沉鬱而帶點淒涼的聲音；在這一片遼闊的沙灘上漫步，更難以踩出一點足以回味的歷史陳蹟，感覺到的只有海的氣息：磅礡、浩蕩、遙遠而孤寂的氣息。

　　儘管這裡曾經是中台灣的門戶——千檣林立、繁華的大港口，而歷史就像由臉上拂過的海風，一去不返；就像天際偶而可見的蜃樓幻景，轉眼便消逝於無形，夢一樣地只留給我們一種難以言達的感受與懷念，唯有大海、潮汐、循著千古定律，朝朝暮暮去而復回，來之復去。

　　一群靠海維生的漁民們，三五成群在整齊而界線分明的蠔圃裡，忙著探蠔、整蠔枝，黃笠褐衣，藍天、白雲、碧海，相映成趣，時而漁歌互答，此唱彼應，其韻清切，隨風飄沒於碧波間。

　　浪花飛濺，伴著晚霞，海天披上了繽紛的彩衣，一簍一簍的牡蠣裝上了手拉車，他（她）們因為今天又有了豐富的收穫，而忘了一天的辛勞。車上，高掛的五彩風帆，飽孕晚風，成群結隊步向歸途。

　　回顧沖西，萬頃蠔田，頃刻盡被洄潮淹沒，桑田滄海，不就在眼前變化嗎？歲月，還有一切、一切，都在潮汐去來中成為歷史，留下來的只是回憶，永恒、永恒的回憶。

古城鹿港[2]

1　本作品刊載於施文炳：《施氏世界・第二期》（鹿港：世界臨濮氏宗親總會，西元1997年11月）頁95及林荊南總編輯：《中國詩文之友》（彰化：中國詩文之友雜誌社，西元1978年7月）頁4。
2　本作品刊載於林荊南：《中國詩文》第四十六卷第三期（彰化：中國詩文之友雜誌社，西元1977年8月）頁4-5。

　　漢人之開拓台灣，肇自明季顏鄭，迄今，將近四百年歷史，我先民——一群偉大的拓荒英雄們，為了追求他們的理想，甘冒波濤之險，遠渡重洋，與殺人獵頭的土著為伍，與惡劣的風土瘴癘搏鬥，前仆後繼，將海外蠻荒開闢，成為人間樂土，寫下漢族移民史上最成功的一頁。他們來台灣，同時帶來祖地的文化，不論精神，物質的需求，家庭、社會的建立，都是以世代相傳的習性與風格為基礎，融匯了適應新環境所必須的知識，不斷加以革新改進，而形成台灣獨特的文化風格。

　　先民們在開台過程中，為我們留下了一筆龐大的遺產，就是近代所謂的「文化財」，包括歷史、古蹟、文物、民情、風俗、以及其他有關傳統的一切。很不幸！我們任憑這一筆財富在無情歲月中腐蝕將盡而不自知；在西來文明的衝擊下，逐漸支離破碎而視若無睹。外來的新事物將整個社會環境改變，傳統的生活方式循著時代潮流影響而趨新，歷史文物非散失即落入外人手中，歷史性建築遭到嚴重破壞，例如昔日的政治中心——「台南」，因為跟著時代急速進化而改變，櫛毗而連的洋式大樓，縱橫八達的通衢大道，已將整個傳統文化背景掩蓋殆盡。唯獨鹿港——這個久被世人遺忘的小鎮，猶如中流砥柱，獨立擔當著「維護台灣傳統文化」的重責，在現代逆流動盪中屹立不動，靜靜地看著別的地方正被歐風美雨侵蝕而漸改變。

　　這個當年睥睨八方的台灣第二大都市，在乾隆、嘉慶、道光年間的全盛時期，人口號稱十萬，民力殷富、人文薈萃，為台灣經濟文化中心，有一府二鹿三艋舺美譽，自海港職能的喪失而漸趨式微，而且一直因人才外流而顯得頹廢不堪，但鹿港畢竟有四百年悠久而光輝的歷史，所謂：「王謝堂前燕子雖不復見，而烏衣巷口夕陽依舊。」鹿港雖然沒落，卻擁有別人沒有的一切，那就是鹿港的歷史。鹿港的本身，正如漢寶德教授所說：「這些東西現在看來也許不值錢，但是若干年後將是全台最寶貴的。」他建議將整個鹿港當作露天的博物館來保護，將那些狹窄的小巷重修起來，加上今天的電燈、玻璃等舒適生

活所必須的材料，是種「可能是未來的理想標準」，不久很可能會成為全省各地朝拜的聖地了。

　　在鹿港，現在仍然可以看得見很多傳統的特色；例如鼎盛的文風、敦樸的民情、濃厚的鄉土氣息，還有先代遺留的很多重要古蹟文物，如台灣最大最早的佛教寺院「國寶龍山寺」、台灣湄洲媽祖的代表性廟宇，三座古老的媽祖廟，有鹿港文化搖籃之稱，也是本省唯一紀念台灣文化初祖沈斯庵的「文開書院」與文武兩祠，文人墨客筵集之所「十宜樓」，馳名海內外的「不見天街古樓房」、「辜氏瓊樓」與其中保存的民俗文物，四十餘座古代廟宇以及其他難以枚舉的歷史遺跡，這些台灣文化的無價瑰寶，歷盡了滄桑，經過了無數次浩劫的摧殘，而今依然屹立無恙，而且光芒四射，它不但代表著台灣明清兩代的文化風格，在留存於此的一磚一石中，可以看出先民們流著血汗，拼著生命開拓蠻荒的情景；可以想到鹿港的黃金時代──港集軸艫，市繞金碧的繁華景象，更可以透視中原文化移殖台灣後的發展與演變而形成的一種文化類型──我們權稱為「鹿港文化類型」，憑此可以剖析台灣與福建，血緣與地緣的密切不可分關係。

　　年來，台灣經濟發展迅速，鹿港雖然漸由頹廢中抬起頭來，趨向新時代，可是傳統的文化氣息卻漸被工業化的新都市形態所改變，而政府正忙著把台灣帶入已開發國家之列，難以分心照顧這些老古董，已成為破落戶的鹿港小鎮，更難以籌出一筆龐大資金來維護；九曲巷古老的紅磚老屋，漸被鋼骨水泥建築取替，很多古老寺廟已由熱心而不經意人士改建，而成新廟，多少人家售罄家傳文物，六十四年十二月九日晚上七時，無人管理而卻是本鎮最重要文化古蹟之一的文開書院，被一場怪火焚燬。如此下去，這些碩果僅存的文化瑰寶，有朝一日必消失於無形。先民創建艱難，而我們竟未能加以保護善用，任其湮泯，不但是鹿港一地之恥，也是整個國家民族之恥，豈容我們坐視，雖然有人四處奔走疾呼，可惜得不到有力的支持。

　　直至近期，隨著觀光事業的發展，各方已對風土文物漸加重視，

鹿港在一群有心人努力之下，獲得有關當局與亞洲協會的支持，成立了鹿港文化維護發展委員會，由許多專家學者組成的研究隊伍，已分別在鹿港各角落，開始作全面的調查與研究，希望將這一座文化古城加以維護、開發、運用。成為一處國際觀光區，無可置疑的，鹿港在歷史上的價值與維護傳統文化中所居的重要地位，已普遍受到世人的關切。國內外觀光客蜂湧而至，據統計，年達百萬之眾，給這個沒落了的小鎮，帶來一片生機與無限希望，本刊為了使讀者加深對鹿港的認識與了解，自下期起將鹿港的古蹟文物分別介紹，聊供愛好傳統文化之士參考。並當作觀光指引，俾使外來遊客有所適從。為加強讀者閱讀興趣，部分內容盡量以故事方式撰寫，因範圍廣泛，且年代久遠，史乘或缺，錯漏在所難免，旨在拋磚引玉，尚希大雅有以賜教。

鹿港形勝[1]

鹿港居中台灣西岸，東擁軍山（八卦山，一名定軍山，又名望寮山），峰巒排撻，西臨鯤海，雲水蒼茫，（台灣西海岸有七鯤鯓，故台灣海峽又名鯤海）鹿港溪界其南，番雅溝阻其北，衝要天成。昔為通津，譽稱二鹿（鹿港為清代台灣對內對外交通要津，有一府、二鹿、三艋舺之譽），舟車輻輳，人文薈萃，盛極一時。今也港門淤塞，陸地新生（鹿港自清末因濁水溪氾濫，港口淤塞而成廢港，海埔新生地數千公頃），千帆已渺，而百業肇興（鹿港疇昔千檣林立，蔚為奇觀，鹿港飛帆為昔日彰化八景之一），繁華不遜疇昔。古蹟林立，盛概非常。街連五福，為貨殖之中樞（鹿港中山路為昔日不見天街，由長興、泰興、和興、福興、順興五街連接而成，係昔日貿易中心）；名馳三勝（鹿港有三大聖蹟，即舊祖宮、文祠、龍山寺），皆香火之淨域；門稱九十九、龍山寺有台灣紫禁城之譽（一級古蹟，鹿港龍山寺，規模宏偉，俗稱皇帝殿起，相傳昔日有九十九門），梵鐘

1 本作品刊載於施文炳編：《施氏世界》（鹿港：世界施氏宗親總會，西元1984年10月）。

嘹喨，可聞十里（內有千斤大鐘一口，其聲可聞十里，龍山曉鐘爲鹿港十二勝之一）。廟數五十七（鹿港共有五十七座寺廟），天后宮因蒲田湄洲媽而尊（天后宮即舊祖宮，奉祀湄洲出祖聖母寶像，其地位尊貴無可倫比），俎豆莊嚴，久著三台（台灣各地有三百餘座媽祖廟由舊祖宮分靈出祖）；井傳沁秋，甘泉清冽，直數蓬萊第一（文祠有沁秋井，又名虎井，泉水清甘，有蓬萊第一泉之稱）；溪勘泛月，鹿水澄瑩，久推海嶠無雙（鹿港溪、溪水澄清，風光綺麗，爲台灣中部唯一龍舟競賽場地，上有楊公橋，現稱福鹿橋，楊橋踏月爲鹿港八景之一）。若夫猛虎跳牆，文開應人才之輩出（相傳文祠爲猛虎出林吉穴，前有墻曰虎跳牆，文開書院在文廟北側，百餘年來人才輩出，故有鹿港文化搖籃之稱）；龍蝦出海，日茂誇宅第之廣袤（相傳鹿港市街爲龍蝦出海穴，日茂行爲清代鹿港首富，其宅第位於龍蝦頭部頗具規模，相傳嘉慶君遊台曾宿其宅）；園存敬義，以彰王巡檢之功德（前清鹿仔港巡檢王坦，傾家資倡設敬義園，爲清代規模最大之慈善機構。碑在洛津國小前）；橋名利濟，爲紀念楊知縣之芳徽（利濟橋爲清彰化縣知縣楊桂森捐俸所建，人感其德呼爲楊公橋）；池品蓮花，懷士子之聖域（文祠前有泮水，內種白蓮花，池旁種芹菜，士子及第則謁文廟遊泮水，謝師恩。俗稱採芹爲讀書人之一大盛事）；夢尋鷹爪，詠秀才之詩篇（蔡德芳府試前，夜讀文開書院，睏而睡之，夢虎井旁之鷹爪開花，人謂吉兆，是科果中秀才，書院士子以夢尋鷹爪爲題，賡詩以祝，德芳後來連舉進士）；巷通九曲，指街衢之古老（金盛巷又名九曲巷）；樓訪十宜，慕雅士之風流（九曲巷中有十宜樓，爲昔日文人宴集之所）。至於杉行街、米市街、板店街、魚脯街，皆因業別爲號；泉州街、埔頭街、石廈街、瑤林街均以祖籍而名；脫褲庄、摸乳巷，無獨有偶（脫褲庄爲舊鹿港位置，有溪阻之，入庄必脫衣褲涉水而過，故有是名。摸乳巷在菜園，因巷道太窄，兩人相遇必側身方能行）；地王口、飫鬼庭、怪誕難稽（地王廟在街尾；飫鬼庭在城隍廟前）；白鶴屋、黑貓橋，雅俗共賞（白鶴屋在中

山路十字路口；黑貓橋在郵局前，蹟已無存）；船仔頭、街仔尾，區域分明（船仔頭在北頭土地宮後，昔爲碼頭；街仔尾在鹿港市街最南端）。憶昔商有八郊，操控七洋之利澤（清嘉慶年間鹿港有泉、廈、糖、簸、布、染、油、南等八郊，後來又有北郊、芙蓉郊，爲前清商業公會組織），論其富眞勘敵國（八郊操縱台灣對內對外貿易，擁有大量資財）；神合三教，繼承九州之道統（鹿港之宗教信仰承襲大陸，儒釋道俱有）；折其義豈止安民（台灣原爲化外，來台須冒波濤之險，且與殺人獵頭之土著爲伍，與風土瘴癘鬥。唯有宗教可作心靈之憑藉。故宗教信仰自昔成爲台灣社會之安定力量）；才藝雙絕，後車路之藝妲，艷名久著（後車路爲清代有名之聲色場所，時之藝妲才藝雙絕。富商巨賈，文人墨客，趨之若鶩，風流韻事，流傳迄今）；香味俱佳，沖西港之海味，食譜同珍（沖西港位於鹿港街西三里處，盛產海鮮）；顧若白馬盜泉，東石掌故，神奇如聞幽怪錄（東石漁民某，每夜挑水貯於缸，天明則涸，疑有人作惡，守之。過三更，見一白馬入飲缸中水。某叫曰：「畜生害我整夜不眠。」馬驚走，乃取菜刀擲之，中馬背，見血流數點，追不及，視之，血即白銀也。某悔之言曰：「早知是銀馬，何必追。」）；漁夫撒網，北頭巷道，迷惘如入八陣圖（北頭巷道縱橫交錯如漁網，入其區，非人指引，難尋出路，故自昔盜賊不敢入）。諺云：地靈而人傑。君不見老屋殘垣，內多俊秀，販夫走卒，亦解詩書（鹿港自古人才輩出，現有博士學位者多達三百餘人，爲全台之冠。販夫走卒，善解詩書者到處可見）。訪古尋幽，儘多韻事，或半壺香茗，品嘗洛溪春之茶點（洛溪春之龍睛酥，爲鹿港最古老之高級茗點，因韻味奇佳而馳名）；或一曲清歌，閒聽聚英社之管絃（南樂聚英社、雅正齋皆有數百年歷史）；或步月賞花燈，或冒雨射文虎（鹿港每逢元宵，皆有花燈即燈謎，爲春節一大盛事。有時春雨連綿，好文者冒雨射燈猜，別有一番滋味）；或千里此朝山，輸誠同謁祖（鹿港舊祖宮有台灣媽祖大本山之稱，每年春季，各地來鹿朝山者如潮洶湧，途爲之塞）；或臨江賽龍舟，或沿街

観民俗（端午鹿港溪有龍舟競賽，街則有民俗才藝活動），文物獨誇一樓之富（鹿港民俗文物館陳列昔日民間文物），風光久擅八景之奇（鹿港有八景十二勝），洵乎海甸大觀，尋根聖地也（鹿港因有豐富之古蹟文物與鼎盛文風、淳厚民風而有台灣傳統文化聖地之稱）。

二、碑記

重修拱辰宮碑記

　　許厝埔拱辰宮也，位於橋頭鹿門莊之東，原為土地祠，初創年代，史乘難稽，傳係嘉慶初，庄民由泉州虎岫恭奉玄天上帝神像渡台入祀於此，靈異屢顯，救難解厄，民感其德，乃擴建廟宇，始以此稱，蓋取譬如北辰，眾星拱之之義也。二百年來，歷有修葺，民國元年，蟻害，庄民許浮沙、許住等提倡鳩資七百餘元修之。光復後，管理乏善，殿宇頹廢，庄之有志輒議重修，皆未果。乙卯暮春三月初三千秋之日，鎮民黃輝煌、李阿忠者入謁，見屋漏牆傾，嘆曰：「神力呵護，民皆樂業，而廟貌如斯，何以為崇奉？」乃倡重建，遐邇響應，組重建會，選蘇溪冰董其事，埔內善信捐者踴躍，閱月而得金壹百柒拾餘萬元，於同年四月初四破土興工，冬十一月告竣，廿五日辰初安座，廟地仍舊居北，南面蓮塘佳景，而規模略增，後添六尺四，前進四寸寬，左右闢以靜室廂房，殿宇堂皇，觚棱壯麗，美彰於前矣。惟玄天上帝，聲靈昭著，功德在民，千秋廟祀，崇公報本也。顧自倡修及於告竣，未及一載，何其速也。所謂賢者達於義理，其匹夫亦動愚誠，眾志成城，言豈虛哉，神明昭鑑，知必垂佑於無疆。謹為記。

施文炳敬撰　中華民國丙辰年十月廿八日（1976）

重修福海宮碑記[1]

1　本作品刊載於林荊南總編輯：《中國詩文》第二八二期（彰化：中國詩文之友雜誌社，西元1978年5月）頁9-10。
　　王功福海宮重修碑記參考史料：《台灣府誌》、《彰化縣誌》、《祀典志》、《藝文

　　神之爲德也大矣，用之以善，則足以助群德之進，輔國家正民心，其力量安有極哉，是以宗教祠廟，崇奉有異而義盡同，介福釀禍，崇功報德意至善焉。

　　王功福海宮也由來久矣，向有小廟，傳係乾隆初，鄉民建以祀天上聖母，未幾海寇猖獗，水陸遭劫，民不聊生，蔡牽入寇，港門忽湧浮沙，賊船擱淺不得入，倏忽狂風驟起，賊慌遁他去，而沿海盡遭蹂躪，死傷遍野，迨後鹿仔港淤塞，正口移於此，行郊商船集焉成市，惟海氛初靖，奸頑四伏，人心未定，嘉慶十六年辛未七月，署彰化縣知縣楊桂森察是地，謂民風悍惡，政教不及，非神力難以化，遂捐俸千圓倡建聖母廟，商民鼓舞樂輸，擇吉興工，十七年壬申四月後殿成，桂森以終養去，工中輟，眾度踵事無期，乃入火以安四境，而以福海名宮，蓋取聖母福錫海疆之義也，自是靈明丕著，七海無波，民皆樂業。道光四年甲申潤七月，鹿仔港海防同治鄧傳安給疏引勸曰：「楊大令桂森倡建天后宮於港門，工未半而受代，只成後殿，尚缺前堂及兩廊越十三年而無訖工者，並舊宮亦傾圮……」，引以爲愧，諭鹿仔港眾郊商民踴躍慕義踵修以肅祀典，率先捐俸百金爲倡。適鹿仔港富商陳同后者之番坨經此入謁，見廟頹廢，歸告郊友相與謀修，聞傳安引勸，乃募金七百餘元，同襄厥事，整舊殿、建前堂、配兩廊、聘名匠雕塑鎮殿聖母像，五年乙酉春告竣，規模於焉齊矣，而神力呵護，民賴益誠，及後輒有修而貫乃舊也。民國四十七年戊戌，顧自創建，百有五十年矣，宮殿頹廢既甚，眾憂傾圮，呈請陳錫卿以彰化縣長銜籌組修建委員會，選縣議員黃振芳，芳苑鄉長洪萬澤分任主副委，樂輸遍鄰鄉焉。壬子春，黃主委辭，議決以筊選林概繼任，鑑於舊廟隘窄，乃沿舊址擴建前堂兩廂，配以鐘鼓二樓，闢池台，築靜室，修靈井而立碑亭，整小山而樹花木，殿闕莊嚴，宮門宏整，丹堊金漆、大壯觀瞻矣。六十四年乙卯初冬告竣，是役也閱十八星霜而

　　志》、《官秩志》、《兵燹志》、《鹿港天后宮檔案：嘉乾道之部》、《鹿港天后宮沿革》、《寺廟台賬：彰化郡之部》、《台灣寺廟大全》、《天妃顯聖錄》、《台灣文獻第十九卷第一期鹿港開發史》、《東溟紀異》。

有成，則先後勸倡捐謀士庶，咸有功焉，惟天上聖母，聲靈昭著，功德巍巍，薄海內外罔不瞻衣，明煙永亨，信千秋而弗替，而民之念源報本，風謂厚矣，唯神靈默鑑，知必垂庥於無疆。厥工請記於余，念先祖度台鄉於斯，一脈淵源，焉敢忘懷，不揣譾陋，訪諸口碑，證以史乘，爰將顛末勒石以垂不朽云。

官林宮創建緣起

地藏王廟口庶人共祀朱府王爺由來已久，相傳於前清乾隆甲申年公元一七六四，有福建泉州府晉江縣南門外十九都，陳蒼西山，下田仔，上鄉人氏，李添者，由惠安官林恭請　朱府王爺神像渡台，卜宅奉祀，而靈異屢顯，庇民佑眾，里人奉為保境之神，二百餘年來，香火不綴，歲由境中善信筊選正副爐主及首事，共主祭祀事，奉祀神像與爐主宅，每年輪流更替，有感於　神靈赫濯，民盡霑恩，惟缺廟宇，每有公事，局於民宅，諸多不便，始由施耀恩（外號阿蕉仔）首倡建廟，眾善信無不熱烈響應，輸誠樂捐，供推施肇家、蘇金性、陳天授，共董其事，僱匠擇期興建，歲次庚申蒲夏甲申日動土開工，辛酉冬十月二十六日告竣，奉神像入火安座，奉朱府王爺為主祀神，以太子爺配祀，取官林名宮，以示不忘淵源也。落成之日喜見雕樑畫棟、觚稜壯麗，為古城添一聖蹟，而諸神妥侑有方，知必垂庥於千載也，里人虔誠輸財出力，功也不泯，厥功緩述始末勒石存之。

施文炳謹識　西元一九八一年歲次辛酉初冬

重建湄洲朝天閣碑記

洪維　天上聖母靈蹟著於湄洲，恩波被於海甸。溯自康熙之朝，奉祖廟開基聖母寶像分靈海東，奉祀於鹿港，歷三百載矣。賴慈雲之疊蔭，捍患禦災、降祥錫福，靈異累昭，無遠弗屆，是以詣鹿分香廟祀者遍台陽焉。夫襄昔歲回湄洲謁祖從未間歇，蓋因世局烽煙，香路久阻凡一甲子，而水源木本焉敢忘乎，故臨海而遙祭旨在追遠

也，今慶海峽舟帆重通，而祖廟竟毀於浩劫，此亦數歟。惟　聖母坤德長昭，湄洲聖蹟所彰，薄海內外罔不瞻依，際此重建尤需群力，事傅鹿港，天后宮管理委員會咸謂，報德崇功當盡綿薄，議撥專款重建朝天閣，特派員赴湄洲洽，事乃決焉。圖聘北京中國建築研究所規劃設計，匠材悉遵古法，祖廟董事會主鳩材督工事，一九八九年歲次己巳荔夏經始，翌歲仲春告竣，位擇湄嶼之峰，以作正殿屏藩，居高臨下，勝概非常，舳艫壯麗，規模勝於前矣，惟感神靈顯應，喜聖蹟重光，殿閣雖巍，難報慈恩於萬一，輸誠持敬，以效獻曝，仰冀聖母垂佑，河清海晏，國泰民安，則湄洲、鹿港香火一脈相承之義，必與朝天閣同垂不朽也。爰恭述顛末誌之于碑。

台灣施文炳薰沐恭撰並書　西元一九九〇年歲次庚午桐春穀旦

宗聖宮碑記

關聖帝，漢之名將也，扶劉而抗魏吳，忠義昭於史冊，作神作聖，歷代屢受褒封，明教化，正綱常，聖德巍巍與尼山並仰，世傳，帝重信義，精簿算，自古商賈奉為主祀神，而台灣民俗村之設，旨在維揚吾台文化，存吾台之風俗，建關聖廟於村，而以巧聖先師、文昌帝君、倉頡聖人、大魁夫子合祀，名曰宗聖宮，蓋取宗文尊聖、傳承文化之義焉，自民國八十年辛未仲春經始，八十五年丙子告竣，歷五載始成，擇吉謁鹿港文武廟乞火分靈，於是歲季冬壬寅日入火安座，位也坐辰向戌，擁軍山而眺鯤海，氣象巍峨、名山生色。一入其境但見殿堂肅穆，聖像莊嚴，敬意油然而生。惟聖人至德，昭若日月，垂範於萬古，名煙永祀，惟冀神靈廣化，輔政匡時，知必有所助於世道之維正也。是為記。

施文炳恭撰　丙子季冬穀旦

創建台灣臨濮施姓大宗祠碑記

施氏，鹿港巨族也，人丁蕃衍，數冠全台，緣戶戶設有祖廳，歲

時祭祀，故未建祠堂。光復後，潯江族人見敦睦聚會無所，倡建伽藍公廟於宮後，設祖宗神位於正堂，以宗廟諸神配祀，改稱施姓宗祠。嗣緣都市更新，劃為路地，乃議擇地重建，旅菲臨濮堂諸族人咸以台灣族人既眾，惜未設總會，各地既少往來，遑論團結，屢促創建台灣臨濮總堂，以作海內外聯繫之所，案經彰縣宗會籌備，於丁巳歲買地，己未歲動土興建，辛未冬告竣，擇吉於十一月十七日落成進主，為四層宮殿式建築，設列祖列宗神位於上層，名曰台灣臨濮施姓大宗祠，置施氏宗親總會於此，總工程費五千萬元，歷時十二載始成，時也金山任籌建會主委，率全體委員精心策劃，勞苦功高，東德掌工程，巨細靡遺，躬親督造，祠堂今有藝術殿堂之譽，皆其心血締造之功也。千與錦川暨諸委員，為募基金多方奔馳，備盡辛勞。而旅菲臨濮堂諸族人率先認捐以倡，海內外族人輸財出力，功德莫大焉。竣工之日，見殿宇巍巍，雕樑畫棟，美輪美奐，皆賴全族無私奉獻，眾志以成城。今也喜列祖列宗妥侑有方，慎終追遠有以憑依，海內外族人敦睦有所，願世代子孫念創建艱難，而知所保惜善用，思源報本，承祖德而發揚光大，是所厚望者也。緩述顛末勒石，藉垂不朽。

錢江裔孫　文炳敬撰

創建三重義天宮碑記[1]

　　天上聖母聲靈昭赫，功德巍巍。台陽三百餘年來，長荷慈澤，崇功報德，廟祀遍於全區焉。溯自民國四十七年戊戌，有黃業者，自嘉義東石港口宮，恭請聖母寶像，祀於河邊北街，禱無不應，俎豆日隆。越數載，眾議廣傳香火，以昭靈貺，筊示擇地別建新廟。五十四年乙巳，李福地等十八人謁港口宮，恭迎　聖母寶像分靈三重，暫祀長壽西街，以義天名宮。組會管理之。六十年辛亥，置宮地於永安段現址，選艮坤坐向，先闢行宮，妥侑神靈。六十九年庚申，設義天宮

---

1 本作品刊載於施文炳編纂：《義天宮志》（台北縣義天宮管理委員會，西元2002年3月）頁10-11。

建宮委員會,統理工程要務。冬十一月興工,七十四年乙丑宮殿初貌方成,冬十二月初一諏吉奉聖像入廟。八十九年庚辰小春十月全宮工程告竣,建醮慶成。

宮也踞市之要衝。厥位面辰,前有大高、中嶺、直潭群山遙拱;後則觀音、雲山擁秀;七星、五指諸峰峙其左;龜山、桃園台地護其右;龍騰虎伏之勢明矣;淡水河繞其前,二重疏洪道環其後,兩水合襟出海,殿闕也前窄後寬,狀似寶瓶,福地天設,不亦奇乎。嘗聞天下名蹟,每多精華發越之異,蓋地靈所鍾,方成萬年不替之基。觀義天宮,信其然也。

顧自分靈,歷卅五載宮闕始成。喜見雕樑畫棟,金碧輝煌,觚稜壯麗,殿宇巍峨。 而八方善信,輸財獻力,各盡其誠,歷屆委員好義奉公,共成功德,神靈默鑒,必錫無疆之福也。惟創建艱難,寶之,光大之,則有冀於後之君子。委員會諸君遠見,擬紀其事,不揣固陋,爰敬述端末,以垂於碣。

鹿溪施文炳　薰沐恭撰並書

義天宮管理委員會　敬立

中華民國九十一年歲次壬午上元佳節

重建鹿港文德宮碑記

台民自昔重神祀,有其因也,蓋自明季先民拋祖離鄉,冒大險、渡黑水,而自故里恭請神尊或乞香火護身入台,與紋身獵頭土著為伍,與風土瘴癘搏鬥,蓽路藍縷,以血汗生命,開闢荒蠻,重重險阻,惟賴神庥以克萬艱、渡危劫,奠此樂土。落地安居即思建廟作千秋奉祀,旨在崇功報德,而世代相承,明禋永肅,不忘其本也。

文德宮溫府王爺,傳係先民恭請自泉郡,抵台初祀於民宅,凡所禱必有感應,靈異傳於遐邇,香火日盛。雍正八年庚戌,西元一七三〇年,眾庶鳩資創建廟宇,並以溫夫人、張順白三夫人配祀焉。光緒

年間洪水，南方土地祠被毀，眾移土地神尊於文德宮。後有信者請之，祀於其宅，久未送歸，近歲護安宮重建，始將土地神尊移祀於斯，並擇楊橋舊址，別建新祠永祀，而本宮仍留南方土地神位，藉誌其緣也。顧自創建二百七十餘年矣，滄桑久閱，損壞不免，間也屢有修葺，唯不見載籍，難窺其詳。昭和五年庚午、西元一九三〇年，宮殿頻經風雨，頹廢不堪，有陳方柴者倡議重建，街眾捐資以應者熱烈，鑑於舊基跼促，每逢祭典擁擠不堪，故特擴大規模，從原二十三坪增為四十餘坪，殿堂宏整，渾堅樸實，面目一新。民國六十四年乙卯、西元一九七五年，朔自重建，又歷四十餘載矣，樑蛀、柱蝕嚴重，曾陸續作局部修葺，六十六年丁巳告竣。民國八十八年己卯，西元一九九九年，九二一大地震，屋脊受損，危及安全，眾議重建，乃組文德宮重建委員會，舉李坤燄任主委，陳春雄任常委，兼主工程事，境之善信、旅外鄉人無不爭相捐獻。為擴大廟基，特增購鄰地六十餘坪，合舊有計一百零二坪，實建九十二坪，雇匠設計，擇吉於民國八十九年庚辰，西元二〇〇〇年荔夏動土興工。厥位依舊坐東面西，民國九十一年壬午小春十月初六日，落成入火安座。觀宮闕壯麗，氣象高宏，金碧輝煌，美不勝收，格局大勝於前矣。眾善信各竭其誠，輸財出力，均有功德；惟樂捐者則別立石以垂不朽。今也喜聖蹟重光，香火莊嚴，千秋而弗替，惟神前禱祝，當不忘先民拓土開疆，創建之功，感恩懷遠，共愛斯土，永保斯土，則重建文德宮，義更深矣。落成囑余為記，不揣固陋，謹述梗概勒諸於碑。

施文炳薰沐恭撰　天運癸未西元二〇〇三年重陽

鹿港龍山寺開山純真璞公等墓誌銘[1]

龍　善圓滿公禪師

山　開山純真璞公　墓誌銘

1　新塚，今第一公墓。
　　墓誌銘埋於新整修墓中金斗上。
　　民國第二丙寅年，即民國七十五年。

寺　湛明德公禪師

　　原墓位於過港黃義興園，穴坐酉向卯兼辛分金辛酉，因開闢員大
排水，故於昭和十六年歲次辛巳十月廿六日良時，遷葬於新塚現址，
依原墓分金立向。時之管理人陳揀，地理師陳其清，書墓誌銘於尺二
見方紅磚埋於穴。

　　今也年久，時遷墓荒，穴鮮有知者，任其湮泯，則前代開創弘教
之功無以彰顯，經寺管委會議定重修，以安佛靈，藉存史蹟，並彰功
德。擇吉於民國第二丙寅年農曆十二月初六日辰時啓攢，同年十二月
十六日甲子天赦吉日巳時，立碑進金，穴依原坎坐酉向卯兼庚，分金
丁酉屬火，開禧坐昴五度。感滄桑之靡測，深恐後人不知，緩述緣由
冀傳不朽。

鹿港龍山寺管理委員會

　主任委員　　梁庚辛　敬立

　勘　　輿　　陳進才

　　　　　　　施文炳　恭撰

新修墓，墓堵題句　文炳撰並書

　　內堵　橫一尺六寸，豎七寸。　　題句　**畢生禮佛　百世傳經**

　　外堵　橫二尺六寸，豎七寸。　　題句　**德因渡眾　功紀開山**

　　內柱　橫四寸，豎一尺三寸。　　題句　**雲煙飄渺　水月澄明**

　　　　　　　　　　　　　　　　　對向　**如花如鏡　是色是空**

　　外柱　橫六寸，豎一尺三寸。　　題句　**一山靜寂　萬法莊嚴**

重修鹿港地藏王廟碑記

　　夫建廟之旨，崇功報德介福攘禍也，惟建鹿港地藏王廟別有因
焉。緣自明季吾先民冒大險渡黑水入台，歷盡萬難，開闢荊蓁，前仆
後繼，為萬世子孫奠此樂土，功也偉矣。嘗聞無數先民拋祖離鄉隻身
來台，輸血汗獻生命，埋骨於斯，身後無人聞問，夫魂何所歸，魄何

所依哉！悲夫，設身寧無戚戚乎！邑人同感者聚而議之，唯賴　地藏菩薩大慈大悲大願力，度冥拔苦拯救孤魂，廣及六道迷界眾生，脫離苦海共登極樂，使亡者靈安，生者心安，意至善焉。于是集眾鳩資創建地藏王廟於鹿溪北岸，夫以境主尊神、註生娘娘、十殿閻君配祀，警世導善止惡之意至明。考其創建年代，口碑傳云，建於清初，惟史證不足，難知其詳。緩略列歷來要記於后：民國四十二年「寺廟登記」載，康熙二年建土坏小廟，十一年改建磚造；「寺廟調查」載，康熙廿二年改建；「鹿港寺廟台帳」載，建於乾隆年間；「彰化縣志祀典志」載，嘉慶廿年里人公建；嘉慶廿年「八郊重修鹿港舊聖母宮碑記」載，撥盈餘修理地藏王廟。其後必有修葺，惜未見於載籍，無從引述。明治廿九年（西元一八九六年）日政府設國語傳習所於此，是以有鹿港新教育發源地之稱。民國四十九年重修神房、神座、正殿兩壁；六十年重修兩廂；七十四年十一月廿七日，內政部公告為國家三級古蹟；七十五年彰化縣政府獲省民政廳補助，委李政隆建築事務所研究規劃；八十五年彰化縣政府獲內政部撥專款重修，委興興建築事務所規劃設計監造，震益營造公司承攬工程，八十八年五月十一日開工，九十三年正月廿五日告竣。廟貌仍舊，以存古貌，腹地亦寬，特予美化，移老榕於西隅，建靜齋於右側，採板石鋪庭，取方磚造路，改築金爐，新闢芳圃，栽以異花，配以奇石，綠樹成林，細草如茵，靜雅清麗，令人豁然。仰瞻古廟，滄桑飽歷，今也喜見殿宇如新，莊嚴肅穆。是則政府維護古蹟重視文化，善政堪稱也。維地藏菩薩靈應無遠弗屆，法益宏霑，香火千秋，長綿不替，願世人共體佛旨，心存悲憫，修己持敬，關懷眾生，廣施善德，　菩薩大慈大悲大願力，必垂蔭呵護，消災滅罪，降禎祥錫洪福也。是為記。

施文炳薰沐恭撰

西元二〇〇四年歲次甲申正月穀旦

三、序文

《金湖春秋》序[1]　　1978.7

修鄉志難事也，顧自荷鄭已還，朝代數易，資料或散佚於喪亂，或淹沒於歲月，況區區一鄉，範圍狹窄，易為史家忽略，而致文獻缺乏，稽考無從。日據時，總督府置史官，採集及於鄉土文獻，惜光復後未加整頓付梓，故知者鮮。詩友曾君人口，南台才俊也，世居金湖，有感於斯鄉，歷經海桑之變，浩劫頻仍，民無以生，流離四方，而先人之蓽路襤褸，闢蠻荒，開子孫萬世之基，功也偉矣！恐年代久遠湮沒不彰，奮而著《金湖春秋》，有望後人，不忘開闢艱難，能知秉承先緒，而發揚光大；乃窮探史乘，博採口碑，自形勢之論，人物之談，至於災祥掌故，有聞必記，用詞不避俚俗，意在存真，搜羅廣泛，持論客觀，略異方志，而與方志並無不及。費時僅及一載，何其速也，蓋非其有超人毅力，是其真誠所使然也。讀其稿知金湖昔為雲林要津，道光廿五年海嘯慘禍，及後數遭洪水，地勢屢變，溪流狹湧黑砂，淤塞海門，港口職能漸失。民前五年，廢特別輸入港，海運既絕，日趨式微。察是地也，東則旱田遼闊，地盡散砂，農務難興；西雖臨海，而岸遠水淺，舟楫難通，故多闢塭養魚，惜地質鬆懈，遇雨立見堤崩，時因水質污染，魚類全滅者屢見。若論工商則人跡稀微，台諺云：風頭水尾，維生艱也可知。嘗云，天時、地利、人和，得一可成；若夫金湖，一缺天時，二無地利，而文風鼎盛，民知詩禮，風存純樸，處逆境而能剛毅勇往，刻苦耐勞，勤奮進取，故成名於他鄉者不計其數。余以為興替原定乎數，是則地瘠而人傑出，亦理也，貴在人人熱愛桑梓，每有公義輒挺身以赴，而經綸措施，關鍵在人，人和，此之謂也，金湖得之。今也，擁巨資榮旋故里，開拓新事業者日多；顧若水產養殖，蓬勃正如日之東昇，頹廢小鄉，生機頓見。果能

---

1 本作品刊載於曾人口著：《金湖春秋》（彰化：中國詩文之友社，西元1978年7月）。

廣徠客外鄉人，同心協力，濟以現代科技，農工商駢進，長刀闊斧，締造經營，金湖重興，信指日事也。

戊午蒲夏望夜鹿津　施文炳序於怡古齋北窗燈下

《南投孔子廟藍田書院濟化堂二十周年堂慶全國詩人大會特刊》序[1]　1980.5

藍田書院濟化堂廿週年堂慶，全國聯吟入選詩將付梓，聞者阻之曰：擊缽詩，急就章，詞華難臻善美，況詞宗定評，匆促難有尺度，不宜存。畏友蕭再火主其事，囑余為之序，語及焉。余以為擊缽聯吟，旨在以文會友，近則取琢磨砥礪之功，遠以收易俗移風之效，詩作優劣固重，惟選詩如選色，見仁見智，從古未有定論；故滄海遺珠，網不勝收，詞藻或未能臻於善美，而興觀群怨，詩之大義已具，為弘揚詩教，風世正俗，存勝於無。

斯會，山城未曾有盛事也，三百詩人，心血所注，與一鄉留文獻，俾後來採風者，知今日台灣於世局動盪中，如中流砥柱，高樹漢家詩幟，扶持名教，鼓吹中興，風之勝也，不讓晉唐，詩史一頁，已足千古矣。凡物各有妙用，明其理，則何必斤斤於沙金之不別哉？

南投仙鄉也，山水氣候，甲三台，以和建縣，尤為世稱，蓋人傑本諸地靈，信不虛也。余生而有幸，三十年來，足跡遍於縣，高達玉山絕頂，深入千卓萬古域，遍攬丹大之勝，歷探群大之險；山樵野叟，多所相識，碩彥俊秀，輒有過從，愛其境之幽靜，慕其俗之淳厚。今也，喜見其詩風鼎盛，人文蔚起，聽絃歌之不絕，知斯文之不墜，爰綴所感，聊誌雪鴻，疏才不文，焉敢言序。

歲在庚申暮春望夜草於鹿港怡古齋　施文炳

《文開詩社集》序[2]　1981.5

---

1 本作品刊載於追雲燕：《南投孔子廟藍田書院濟化堂二十週年堂慶全國施人大會特刊》（南投：南投藍田書院管理委員會，西元1980年5月）頁32-132-2。

2 本作品刊載於施文炳主編：《文開詩社集》（彰化：中國詩文之友雜誌社，西元1981

鹿港古之名津也，開闢已還四百載矣，海桑歷劫，朝代數易，繁華已改而文風不替，世咸稱焉。蓋自曩昔，不分貧富，咸以白丁為恥，子女髫齡，便令課讀，風氣既啟，相襲成俗，故能詩善書者，充諸閭里；騷人墨客，花晨月夕雅集觴詠不輟，風流韻事，至今膾炙人口。

　　殆甲午馬關割地，台民誓死不為異族奴，群起而抗。全台志士，披肝瀝膽，前仆後繼，力終不逮；而苛政酷吏，民陷水火，國仇家恨湔雪不能，積忿難伸。時之鹿港也，濟濟多士，愛國抗日無不爭先以赴；洪棄生、莊太岳、施梅樵諸先賢，感於國家興亡匹夫有責，力倡文人結社，以事維護文化聖戰。能文之士，爭相參與，是以繼拔社、蓮社而鹿苑、芸香、過渡、鹿鳴、鹿江、聚鷗、大冶、淬礪、新聲諸社，先後成立。詩風既盛，而所披也遠，各地嚮而應之，一時三台詩社如雨後春筍，南北詩人聲氣互通，明為禊修，暗圖恢復，託吟詠，寓悲憤，抒忠懷，揭民族之大義，謀文化之延續。備受異族蹂躪而不屈，日人強施愚民政策，毀我文獻，禁我經書，無所不用其極，意圖迫使台民數典忘祖。幸天不容橫逆，終不得逞其奸遂其惡，一敗而瀕臨亡國，沉淪半紀，我台文化歷萬劫而倖存者，詩有功矣。

　　光復而後，大冶、鹿江、淬礪諸社碩彥尚多，吟風弄月，韻事猶盛於前；而淇園、半閒兩社相繼成立，與三島文士唱酬頻仍，乃合諸社，總稱鹿港聯吟會，俾便連繫也，而年節佳日，輒有例會，或一鎮、一縣，或四縣、七縣，擊缽聯吟，詩聲不輟。

　　民國六十二年，歲在癸丑，暮春之初，特假天后宮召開全國聯吟大會，來自金馬台澎，與大陸各省寓台之詩人名士，五百餘位，濟集一堂，古城攬勝，詩酒聯歡，盛況空前，而歷數循環竟與蘭亭勝會不謀而合者，不亦奇乎？余生而有幸，承同會諸公，推委主策其會，親觀其盛，誠如羲之所云：「後之視今者，猶今之視昔。」則曲水與鹿水，千秋韻事足堪媲美而同垂不巧矣！唯運會推移，盛衰靡常，曾幾何時而

年5月）。

老成凋謝，人材寥落如晨星，江津寂寞，不聞鉢聲者有年矣；其所以憂者，成員銳減，後起乏人，而鹿港聲名賴以存者，文風其重乎？

是則詩道不可廢也，於焉有設塾弘教之議，承民俗館辜董事長偉甫多方襄助，力促其成，集街之有志青年，借該館作業餘研修，不分寒暑陰晴，挑燈夜讀，歷一年而有成，何其速也，精誠有以致焉。蓋一鄉興替，吾輩有責，同人明於此而知自勉，故其成豈偶然哉！而育材大計，攸關百年，一塾焉能久持，爰於辛酉之春，成立詩社，俾利於社務之推展，公議以文開名社，一則以紀沈公斯庵始開吾台文化之功，二則以示繼承文開書院薪火於不斷，而弘文開宗，大義存焉。社以青年材俊為主，鹿江吟會諸老為輔，相期晨夕切磋砥礪，或燈下傳箋，或花前對詠，鉢韻鏗鏘，詩聲磅礡，社運蒸蒸，綿百年而弗替，是所厚望者也。欣逢創社之慶，爰將同仁近作，不計工拙，累集成冊，俾供同好瀏覽，旨在拋磚引玉，願有濟於詩道之復興，而見鹿港文風之重振，則幸矣。將付剞劂，

爰述崖略，并諸簡端，深冀大雅君子，有以正之。

辛酉清和望後一日，草於鹿江　施文炳

《王梓聖先生詩集》序[1]　1997.2

王梓聖先生埔里耆宿也。世代耕讀，家學淵源，其來有自，當弱冠，鹿港名儒施梅樵前輩創櫻社於埔里，開館授徒，先生師事之，鑽研漢學，苦心孤詣而有成焉。其後遊學於日本；光復後從商，感世態之不變，傳統文化沒落，乃設塾於孔廟，義務傳授漢學，提倡倫理道德，重整櫻社旗鼓，鼓吹詩教，培育後進，數十年如一日，桃李盈庭，嘗語余曰：為吾台延一線斯文，端賴後繼之有人，汲汲於櫻社教學者，欲播種也，深冀來日開花結果，山城文運長興則有幸矣。先生高瞻遠矚，為興一鄉文化，犧牲奉獻，埔里今日文風之盛，若舉為先

1　本作品刊載於王梓聖著：《王梓聖先生詩集》（南投埔里：文慈電腦打字排版社，西元1997年2月）。

生腋勵之功當不爲過。

　　先生學問淵博，精於青囊之學，尋龍點穴，論斷如神，素也喜耽吟詠，花晨月夕以文會友，唱酬不綴，其詩名久聞於騷壇。先生胸襟豁達，不慕名利，處世論交持誠重義，與三台名士多所往還，壇坫交遊既廣，詩作亦繁，唯自謙曰：山野俚句難登大雅，或抑有所感而發，聊記鴻雪耳，何益於世道人心哉，故少有存稿。

　　茲值先生八五高齡，其門弟子暨子女輩，咸感詩者心力所注，若任散佚，殊屬不當，著手搜尋舊作，彙集將付梓，而先生已作古矣，未能親睹斯集之出版，固知先生從不冀名於後世，而門下弟子與子女輩，知恩惜本之心至明。誠哉，斯文有後，先生知之亦當含笑於九泉也。今見厥成，囑敘於余，余年少便聞先生名，神交者久，而立之年遊埔里初會先生於孔廟，一見如故，蒙不棄庸才，許爲忘年，三十餘年來，亦師亦友，慕其才，仰其德，相知之深，非比泛泛。謹述概略並賦七律弁諸卷首以誌永念。

　　　一卷珠璣著海東　太原譽望孰能同
　　　江山藻繪生花筆　桃李榮開化雨功
　　　術擅青囊才卓越　吟成白雪句玲瓏
　　　抱貞策遠興文教　留得心聲正國風

丙子臘冬

施文炳　謹序於鹿港

《鹿港區書畫學會專集》序[1]　1997.7

　　詩書畫三絕，高無止境，同屬難學藝術。諺云：學不離道，故稱詩學爲詩道、書法爲書道，而道之涵義也廣矣。說文曰：所行道也。廣韻曰：道者理也。眾妙皆道也。合三才萬物共由者也。易繫辭曰：

　本作品刊載於蔣達：《鹿港區書畫學會專集》（鹿港：鹿港區書畫學會專集，西元1997年7月）。

立天之道，陰與陽；立地之道，剛與柔；立人之道，仁與義。書大禹謨曰：道心惟微。又曰：順也。四子曰：道不可須臾離也。又曰：道也者為人之本歟。簡言之：道也者，人類所當遵行之道也。故書道非止藝術，人生哲學奧議含焉，故以身心品德之修養為重，古聖賢曰：先品而後學，誠哉斯言。

人類追求智識文明，莫不師諸大自然，求諸大自然。順諸於天，格諸於地，洽諸於人，以冀臻於至善至美境界，書道亦然。倉頡仰觀天象之行，俯察鳥獸蟲魚之跡，始制文字。其師法於大自然也明矣。從書道者，首法造物之妙，次取百家之長，融匯貫通，以謙卑、虛誠、堅毅、敬慎之心，苦心孤詣，發揮天賦，必有大成。

嘗言：藝術無國界，所以學者不應有畛域、流派之分，四海之納百川，以開闊曠達胸懷面對世界，方能登峰造極，創造不朽。

鹿港自昔重文風。士子志於道，游於藝，三餘多寄興於琴棋書畫，風之盛也久矣，相沿而成俗，為邑之特色。故諺有：「陋巷殘垣內多俊傑，販夫走卒亦解詩書。」之句。今也科技社會，資訊發達，風尚日新，惟固有文化，根深源遠，書香藝術，依舊興盛不替。書道之道好者頗眾，感於未有組織，何以整合而發揚光大，乃有設會之議，許夫子劍魂首而倡之，示曰：為興一邑文風，必須廣納群眾，不分年齒、職業，冀收雨化風揚之效，各界響應者熱烈，公元一九九四年歲次甲戌中秋，假龍山寺舉開成立大會，暫以鹿港區書畫會為名，選許夫子任首屆會長，蔣達繼之。歲辦聯展，以利觀摩切磋。今歲端節特借黃室宗親會第二屆第三次會員作品展，公議編印專輯，工拙不計，各選一件入輯，藉作紀念，並資研讀策勵。

願本輯問世，有助於斯文之鼓吹。惟學無止境，相期勤於躬修砥礪，為古鎮文風之延綿，共輸心力，是所樂見者也，是為序。

丁丑荔夏草於慶豐誠樓　施文炳

施鎮洋雕刻藝術簡介

台灣木雕技術承襲福建，不論家傳、師承，雖有傳統模式作遵循，卻未有固定法則，異於學院式有嚴格規範與約束，故其發展空間較為開闊，作者可憑己趣，懷舊或創新。大凡民間藝術皆師法於自然，嘗言：仰觀天象，俯察地理……近取諸身，遠取諸物。崇尚自然，觀察自然，亦取材於自然。雕刻藝術自不例外，作者多憑己志將人類週遭事物以最直接純真方式展現於作品之上，其特點在於具民族精神內涵，富鄉土文化色彩，故易為廣大民眾所喜好。既師自然，人人得而學之，久之便成生活不可或缺之裝飾點綴之物，大自建築物、家具、宗教器物，小至日常生活用品、袖珍型用具，隨處可見精巧絕倫之木雕藝品，範圍廣泛，包羅萬象，難以枚舉。論作者多屬終其生為職業者，歷代相承，依傳統法則傳授不輟，各人作品精拙雖異，而有其共同性，即不離傳統風格。

自歐風東漸，科學日新，舊文化漸被侵蝕，民間藝術亦然。所幸數千年傳統自有其優越性，故任憑時潮衝擊依然屹立不搖。唯近期經濟發展所及，木雕藝術有兩極化趨勢，一則市場需求量大增，手工固難應付，而以機械替之，且商家多礙於成本，只重其量而弗顧藝術，導致品質低落，成為粗陋之應時商品，良可惜也；另有人則執意追求完美之傳統藝術，以歷代相承模式為本，加以新藝術理念，寄望有高水準之藝術創作，不但維護民族風格於不墜，更使具數千年歷史之中國藝術重現異彩。

如鎮洋先生即今台灣堅持以傳統法則，將以往所謂匠人雕刻轉化為藝術創作之少數傑出雕刻家之一。先生吾族才俊，少承父業，早耽藝事，素好遊歷，屢涉名山大川，與藝文界友朋交往頻繁，增廣見聞，開拓襟抱，勤與砥礪，其藝益精。蓋因擇善而固執，秉持傳統理念，輔以現代藝術觀點，法古推新，故其作品深具傳統精神，而無俚俗粗陋之氣，雖未強調個性，而能將其善美以極自然手法展現，使其作品精華畢露。所刻山水人物花木鳥獸無不神采活現，儼若實物，妙

在刀法圓融，斧鑿自然，藏鋒不露，富內涵而具創意。其平素也，凡關藝事必鍥而弗懈。積學、稟賦俱優，故青壯之年有此大成，誠非偶然，假以時日，則百尺竿頭，蜚譽藝壇，信可待也。

辛未歲端陽前於鹿津無暇小築　施文炳識

《鹿江詩書畫學會會員作品展專集》序[1]　2000.1

鹿江詩書畫學會成立二載矣，為參與全國民俗才藝活動，而歲有三次定期書畫聯展，並於八十七年戊寅蒲節，出版全國名家書畫展專集，又蒙鎮圖書館大力襄助，先後舉辦五梯次詩學與書法專題講座，暨藝術觀摩之旅。外如捐書畫作品供慈善義賣以濟貧病，或端陽應節贈午時符，或現場揮毫作藝術交流等，致力於文化推廣，頗見成效，此皆全體會友齊心協力之功也。因本屆理監事任期已屆，即將改選，依例舉辦會員作品展，並編印專輯，鑑於歷次出版皆以書畫為主，為本會既已更名為詩書畫學會，則專集內容亦宜實符其名，故參展作品之外，特闢專欄登載會員詩作，並增列詩書畫專題文章，藉以充實內容，俾供同好瀏覽，並作本屆成果。惟學無止境，願同會諸君勤於切磋、砥礪共創佳績，尤望新理監事會能以嶄新、開闊視野，積極耕耘，以藝術美化社會，以文化重塑鄉譽，則本會聲名遠播，指日可待也。欣見付梓，爰述概略併諸卷端。

己卯小春草於夢蟾樓 施文炳

《劍魂詩集》序[2]　1992.10

鹿港自昔人才輩出，能詩者頗眾，唯有集傳世者寥寥。詩人著作，嘔心瀝血，任其湮泯，良可惜也。余師許志呈先生歷來頗多詩作，而少錄存，騷壇友好屢勸其存稿付梓，以廣流傳。先生則以隨興

---

1 本作品刊載於施文炳發行：《鹿港詩書畫學會會員作品展專集》（鹿港：鹿江詩書畫學會，西元2000年1月）。
2 本作品刊載於許志呈著：《劍魂詩集》（鹿港：左羊出版社，西元1993年元月初版）。

之作，不值一提，因循迄今。門下諸子深恐日久散佚，搜尋其稿，共得二百餘首，欣逢先生古稀晉六之慶，擬編印以爲壽，堅請者再三，方獲首肯。並示以其字劍魂名集。

先生鹿港名士也。早歲讀於文開書院，爲名儒蔡德萱先生高足。與同門莊銘薰南民、王業漢英、蔡茂林崇山爲莫逆，人稱鹿港四傑。南民能詩，善行書；漢英則詩、書、畫、樂四絕俱工，尤以狂草獨步藝林；崇山專詩與燈謎，其才思敏捷，興來則片刻成章，善言人之所不能言者，騷壇號爲鬼才。劍魂先生才高學博，久經社會歷練，舉凡政治、經濟、文學、藝術，以至於戲曲音樂、江湖術藝，均有所涉獵。生逢世亂，弱冠即從商，馳逐於風塵。光復後，世風丕變，感人心之不古，毅然回鄉，設塾傳經，培育後進，桃李遍於三島。壯歲從政，以一貧士而能蟬聯兩屆縣議員，人稱異數。議壇論政，出口成章，每有宏論，皆切中時弊，故聲名大噪於時。

花甲之年，闢綠莊於鹿溪南畔，作高士隱，日以詩酒自娛，唯盛名累人，海內外慕名求教者接踵，故座客常滿。先生倜儻風流，好客而善飲，朋友來則縱酒豪吟，自晨繼夕，席上語多詼諧，常使聞者絕倒。其素也，治學謹嚴，唯爲詩好自然，落筆成篇，甚少雕琢，嘗言：詩皆隨興，何必刻意求工。其抒懷詠物之句筆淺而意深，憤俗憂時，輒以詼諧平白手法托出，而易風正民之意至明。定山先生曰：劍魂詩愛隨園而得其性靈。誠哉斯言。集既成，同門諸兄囑，謹述梗概弁諸卷端。並題七律於下：

> 磅礴吟魂一卷中　含霜劍氣貫長虹
> 經綸宿著儒林望　桃李盡沾化雨功
> 繼代詩名光鹿渚　百篇詞藻譽瀛東
> 綠莊美酒楊橋月　付與千秋話雪鴻

一九九二年歲次壬申中秋夜　施文炳序於鹿溪夢蟾樓

《許劍魂志呈先生詩作書法紀念展專輯》序　2000.12

劍魂先生逝世二週年，彰化縣文化局特於民國八十九年九月九日至二十四日，假該中心舉辦「許劍魂志呈先生詩作書法紀念展」藉誌先生致力文化之功。

本次紀念展特委施鎮洋、李中山二君專責籌備，選先生遺作八十餘件列展。

開幕之日由文化局李局長　俊德親臨剪綵，文化界友好與先生故舊、門生齊集觀禮，熱烈而隆重。展出期間，參觀者絡繹，途為之塞，盛況空前。

先生生前曾應門生之請，集其詩作，名曰「劍魂詩集」於民國八十二年正月出版；嗣由縣文化中心編印「劍魂先生篆聯百對」於同年六月問世。而洛陽紙貴，早已被各界索取迨盡，藏為珍本，蓋先生盛名使然也。

先生畢生獻身文教，提攜後進，發揚桑梓文化，厥功至偉。今也賭物而思人，觀先生遺作，追懷先生風範；哲人已渺而遺澤長流。縣文化局以宏揚文化之旨，特將列展作品，編印專輯，藉傳久遠，即將付梓。謹綴數語，藉誌師恩於不忘也。

辛巳小春望日草於館前街陋室　施文炳

《義天宮志》跋[1]　2002.2

台灣對媽祖的崇奉很虔誠，昔日帆海技術未發達，視海峽為畏途，海上遇險，生死一線，只求神助而已，媽祖稱為水神，故先民渡台，對袍的信仰與依賴也較深。開台之初，移民渡過黑水溝之險，登陸台灣，便需與殺人獵頭的土著為伍，與風土瘴癘搏鬥，神的信仰便成為精神上最大的依賴。三百餘年來，朝代數易，人民歷經無數的辛酸與苦難，前仆後繼，便是依靠宗教信仰作支撐，始建立今日富庶繁

---

1 本作品刊載於施文炳編纂：《義天宮志》（台北縣義天宮管理委員會，西元2002年3月）頁318-319。

榮的台灣。

對媽祖的崇奉，廣義而言，不只是宗教性的，發自一種念源報本的情操，而含有對先民開拓台灣的感恩與懷念。係台灣人群社會發展過程中，所產生的共同感情，一種高尚、神聖、無私的感情。自從先民成群結隊，踏上台灣，便希望在此生根傳代，面對惡劣環境，大家必需團結，始能活下去，而結爲生命共同體；不分彼此，不別親疏，甘苦相共，克除萬難，開闢荒蠻，方有今日的台灣。從當時開始，慢慢累積形成的「社群感情」，一代又一代，血脈相承，深深隱藏在我們每一個人的內心深處，成爲一種「潛在意識」，即「社群意識」。

這種社群感情，會以共同信仰的大神爲象徵，藉著對神的信仰與崇奉，成爲社會團結、安定、進步的原動力。以媽祖進香或建廟爲例，很多人自動放下工作，全力投入，或自動捐獻鉅款。寺廟是公眾的，人人都在潛意識上認爲與自己有關，認爲是義務，這一種投入，往往是無所求的，不爲名，不爲利，只有一顆虔誠之心。此種現象，主因在於對神的崇仰，但其中所隱含的社會意義是很深遠的。係「社群感情意識」被引發時的自然反應，而這種反應多屬正面的。

台灣社會，至重倫常，念源報本，視爲要事。在艱難之時，祈求神的庇佑，一旦環境改變，可以安居樂業，便希望對神有所報答，最直接的方式，便是建廟。爲了對神表示虔誠，在建廟時，往往會盡最大的經濟力，來完成它，選擇最佳的建材，雇用技術最好的匠師，聘請當地有學問、有地位、有聲望的人士參與或主導，重修時也不例外。因此寺廟不只是宗教信仰中心，更是一地文化的表徵，也是文化傳承之所。因爲寺廟的存在，讓後世有實物做研究、學習、傳承的根據；包括土、木、磚、石建築工法，雕刻、防腐、彩繪、剪黏等技術，以及廟聯、碑碣、匾額、題字等等。一地之經濟力如何？文化水平如何？大致可從寺廟建築裡面看出其概略。

寺廟也是歷史研究最重要的資料來源；從人群移動，開發過程，甚至天災人禍，以至於後來的變遷，都可以從寺廟裡尋出其蛛絲馬

跡。寺廟建築本身以及廟中文物，往往可以取得有力的歷史證據。如果有了碑記，或其他文字記載，甚至可以當一篇地方歷史來解讀。鑑於台灣寺廟林立，卻因年代久遠，或其他原因，存有建廟碑記者少之又少，遑論有文字的記載，導致近代研究者，時常遭遇瓶頸，不少寺廟任憑猜測，或杜撰建廟年代與神像出處，嚴重扭曲史實。宗教信仰，尤以對神的崇奉，乃神聖嚴肅之事，不實廟史，對神而言，是一種冒瀆，對社會則是非常不負責任的作法，寺廟屬於公器，主管廟務者，應對社會負責，以開闊胸懷與無私態度處理問題。如何導正，則有待社會賢達共同努力了。

　　義天宮管理委員會，有鑑於廟史虛實爭議，皆因文獻不足所致，而將該宮自分靈迄今的重要事項，皆作紀錄建檔，竣工即著手籌備編修宮志；令人對其遠見與負責任作法甚為敬佩。編修宮志與立碑均屬大事，嘗言：「為山九仞，功虧一簣。」宮志猶如一簣之土，廟碑、宮志完成，建宮功德方算圓滿。多蒙陳副主委民風專誠枉過，囑為編纂，又勞趙主委慶福、張前主委永遠、徐前副主委阿郎、林監委燦堅，多次恭臨指導，深感委員會諸公美意，未便推辭，不避淺學，共襄盛舉。謹將交下資料分類、別序編排，必要之處，則附文說明。為顧及完整性，除重複之外，盡皆列入以存其真，惟參與建宮奉獻人士眾多，芳名未能盡列。且自分靈迄今，歷三十餘年，日時已久，紀錄未詳、錯漏。或其他缺失，皆屬不免。而時間匆促，無暇斟酌，不能盡一己之意，惟待未來補正，尚祈大雅君子察諒、賜教。

中華民國九十一年壬午上元佳節

施文炳　謹識於鹿溪

《彰化縣口述歷史第六輯溪湖蔗糖產業》序[1]　2002.2

　　歷史猶如一面明鏡，鑑古而知今，國之治亂，政之得失，風之儉

---

1 本作品刊載於施文炳總編輯：《彰化縣口述歷史第六輯溪湖蔗糖產業》（彰化縣文化局，西元2002年2月出版）。

奢，俗之文野，如果沒有歷史，便無從研究與判斷。

台灣開闢三百餘年來，朝代數易，歷經明鄭、滿清、日人，以至國民政府。明鄭時，荒蠻初闢，百事待舉，文獻不足，乃屬常理。清季，除了官方主修的府、縣志以外，甚少有地方、鄉土史料之彙集。

明治年間，日軍攻台，軍隊中有宗教與教育人員隨隊，分駐各地；教育人員則兼負采風之責，當時所建立的資料，讓後人研究清末的台灣，提供了極為寶貴的第一手資料。到了台灣光復後，國民黨政府，對日本人十分排斥，仇視，凡與日本有關事物之傳播，皆被嚴禁。禁用日文，禁講日語，不少重要資料被毀掉。明治以至大正、昭和年間，所留的地方史料，也不例外，非被焚毀，便是散佚，除了小部分，由有心人偷偷收藏者之外，幾乎無痕跡可尋。

鹿港有二件值得慶幸之事，有一位日本人在領台之初，於鹿港實地調查所作的紀錄，書名《風俗一斑》，在台大圖書館被發現。另有數本《鹿港風土志》，則是鹿港鎮公所民政課職員丁玉熙先生（名書法家），偷偷將其鎖藏於舊資料櫃。丁先生離職之時，還特別囑咐筆者，日後解禁時，請轉告公所人員，務必將其公諸於眾。上述史料，內容頗為廣泛，而且各有特色，如《風俗一斑》，其記錄之詳細，實屬少見，這些史料均已成為研究鹿港，不可或缺的重要文獻。

台灣光復後的文獻工作，原來省、縣皆有文獻會之設。後來竟廢縣文獻會，導致地方史之采集，沒有專責機構的困境。所幸近期本土意識抬頭，台灣文化漸受重視，很多有志之士，投入采風工作，而且有可觀的成果。只是鄉土史之建立，乃一大工程，範圍既廣，內容繁雜，需有更多人的參與，方有所濟。

鄉土史料之採集，異於一般研究，有其迫切性存在，嘗道「世事滄桑，轉瞬之間，便成歷史。」可見此類工作，由不得一拖再拖。等到需要之時，已找不到痕跡。有鑑於此，施金山文教基金會，乃將有限人力，投入地方史之調查與研究。冀為本土文獻之彙集，盡一份綿薄。

本計畫選擇溪湖爲調查對象，有下列諸因：

第一、至今未見有人做過溪湖鄉土史料之調查與研究。

第二、溪湖開發雖早，但一直保持著農村聚落型態，其市街之形成，以及將其舊地名【湖仔內】改稱【溪湖】係近百年內之事。因此各項資料之取得，可能較爲容易。

第三、溪湖糖廠（明治製糖株式會社）之創設時間，與溪湖市街之形成，係在同一時期。查明治製糖株式會社，成立於明治33年12月10（1990），至今剛滿一百年。按高雄縣橋仔頭庄，因台灣製糖株式會社建立，始形成市街（據台灣製糖株式會社史）。由此推想，溪湖糖廠之設立，與溪湖市街之形成，料必有所牽連。

第四、迨至目前，該糖廠退休員工及地方耆老，八、九十歲 健在者尚多，對昔日情形曾目睹，而有所記憶者，不乏其人，調查容易。

第五、日本領台後，自明治33年起至昭和2年止，共成立三十七家製糖株式會社。只算台灣製糖株式會社，便有11所、13座製糖工場，2座酒精工場，運蔗鐵路600哩（約1000公里），年產蔗糖550萬頓。如果將三十七家製糖株式會社全部合計，其數量之巨，可想而知。查當時製糖工場，遍佈於台灣各地，自南而北以至於東部，可見當時糖業對台灣的社經發展與變遷，有關鍵性影響。

故研究溪湖史，如對糖廠著手，因其所牽涉層面必然廣泛，更容易獲得多方面資料，因此決定執行本案。並獲得文建會及縣文化局的大力支持，二年多來，多蒙溪湖鎮公所、溪湖糖廠，以及地方耆老、有志們，多方襄助，以及本會工作人員長期的努力，終於完成溪湖鎮第一部風土文獻，實堪告慰。

出版之際，略述始末，對所有協助本計畫的各界人士，敬致由衷謝忱。本案之執行，旨在拋磚引玉，但願有更多社會賢達，投入此類工作，並請政府相關單位，繼續支持鄉土文獻之搜集方案，早日完成溪湖史，並廣及其他鄉鎮，則是大家所深切期待的。

財團法人施金山文教基金會前執行長　施文炳

《鹿港開港二百周年紀念郵展特刊》序[1] 1984.4

　　集郵之趣如玩古董，名貴郵票，非有機緣，實難一睹，況收藏乎。畏友張敏生先生，本鎮名醫也，素以德術並稱於世。先生爲宿儒禮宗先生哲嗣，家學淵源，閒就雅事，尤好搜羅希有文物，尤以郵票，選擇之精、收集之豐，海內外知名。今歲正值鹿港開港二百週年，特舉辦紀念郵展，以其所藏珍品，公諸同好，並編印專集。中有一百五十年前，自廣州寄往英國郵件，以至清末之紅花郵票、台灣舖程郵件、台灣最早發行郵票等，盡屬希世之寶。由其展品中，可窺見我國郵務發展過程，其意義至爲深遠。惟鹿港自有海運貿易迄今，將近四百年，而以正式開港二百年爲題者，取其整數也，深恐有人對此有所疑惑，囑余略述鹿港歷史以代序，感於先生重視文教與保存國家文物之誠，不避謭陋，爰綴短文於后。

　　鹿港原名鹿仔港，原爲平埔蕃巴布薩族居住之所，稱馬芝遴社，昔有天然良港，可泊巨艦。宋元時期，南海交通日盛，福建人民往海外發展者日增，時澎湖已有大量移民，鹿港與大陸航程最近，故早有漢人足跡。至嘉靖、萬曆年間，漢人來鹿與土住互市者日多。至天啓年間（約1600～1620），似已形成漢人聚落。崇禎初年（約1620），已有漢人市街，後人稱爲舊鹿港（現客仔厝、北橋頭一帶），舊鹿港因地勢卑濕，而於永曆十五年，即順治18年（1661）遷街於現址台灣正式入清版圖，清廷嚴禁大陸船舶與人民來台，時彰化平原大事開發，偷渡者頗多，官不能禁。適鹿耳門、安平因流沙淤塞，大船不能入，船舶改由鹿港出入載運米穀。同年台灣水師左營一分鹿港，並設水師汛於港邊駐防。雍正九年（1731），清廷正式開放鹿仔港外九港爲島內貿易之處，並置鹿仔港巡檢一員，駐箚鹿港汛防。乾隆48年（1783），福州將軍永福鑑於彰化爲產米之區，漳泉二府民食全賴鹿港接濟，未設口以前，有廈門白底船來往收購米穀，運回銷售於

1　本作品刊載於張敏生印贈：《鹿港開港二百週年紀念郵展特刊》（鹿港，西元1984年4月22日）。

商民，頗有利益，故私販多由泉之蚶江偷渡來鹿貿易，乃奏請開放正口，乾隆49年（1784），清廷准福建之蚶江與鹿港設口開渡，此鹿港正式開港由來也，迄今二百多年。溯自天啓年間，漢人船舶來鹿貿易，至乾隆49年正式開港，已歷180年，至今則380餘年，數自鹿港遷街迄今已達323年。鹿港最初建埠之確切年已不可徵，而鹿港遷街，不但傳自口碑，史亦有明載，七年後（即1991）爲鹿港遷街330年紀念，懷念先民篳路藍縷、創建艱難，屆時當有盛典爲慶，並彰開闢之功也。

甲子仲春　施文炳序於鹿溪

《鹿溪園地漫遊精選》序[1]　2006.8

台灣的媒體多元而富於選擇性，只惜地方性的報導未能深入。除了重大的事項，很少能見諸於媒體。其實鄉村與城市一樣，每天皆有各種不同的要事發生。嘗言「人民有知的權利」，雖然有各種管道提供資訊，但是，未能普及。

吾鄉才俊林文龍先生，平素致力於文教事業，關心地方發展，有感於地方事務知者不多，皆起因於資訊未能廣爲傳播，如果有了地區性媒體，專一報導地方新聞，讓群眾皆能獲得最新消息，了解當地的狀況，有其正面意義，因此創刊發行彰化縣第一份地方性報紙——《鹿港時報》。

媒體所對的是社會大眾，報導內容的正、偏，會直接影響人群思想，左右社會動向，因此威權政府皆會嚴格管制媒體，利用媒體作統御，抗制人民的工具。

民主國家有言論自由，媒體可暢所欲言，但有一種無成文的規矩，便是「必須接受社會的公評」，凡違反社會公義，或有違道德規範的言論或行爲，必會遭到輿論的批判與遣責，除了須公開向社會道歉之外，嚴重時，常見事主自動辭職，以示負責之例。甚至有人因此

---

1 本作品刊載於《鹿港時報》（鹿港，西元2006年8月20日）。

身敗名裂。蓋因媒體屬於公器，負有安定社會、導正世風、端正人心的義務與責任，如有所偏頗，犯錯而不知悔過，便會不見容於世人。

反觀台灣，近期以來社會價值觀錯亂，尚有不少人，口叫民主而不遵法治，甚至利用民主以反民主，為了政治目的，不擇手段，操縱國會，濫用媒體，毀掉公義，造成社會紛爭，因此媒體與國會同被扣上「社會亂源」惡名。正派媒體無端受累，蒙受不白之冤。

嘗道：「輿論如刃，可以救人、也可以殺人。可以興邦、也可以喪邦。」媒體如被惡用，其後果之可怕可想而知。《鹿港時報》創刊迄今，秉持公正無私原則。作最忠實、客觀的報導，自時事而政治、社會、經濟、工商漁農，以至於教育、文化藝術無所不包。凡對地方興革、或者重要事項的論述，內容翔實、持論公正，有所建言則擲地鏗鏘、發人深省。雖然廣採民情，而能注重正面取向，守住正派媒體應有的公義與道德規範。與當前不少媒體的顛倒是非，黑白不分比之，清濁立判。

《鹿港時報》因有「以中庸創造和諧」的堅持，方有今日，成為居民所公認本區不可或缺的重要報刊。為了發掘民意，冀有所助於地方發展，並讓群眾著述有發表，交流的機會，特別撥出寶貴篇幅，開闢〈鹿溪園地〉，以登載各界高論，歷年來廣獲讀者的重視，投稿者踴躍，佳作連篇，早已累積成為巨冊，而其內容多元、題材廣泛、洋洋大觀，實難以細述。特別從其中選取四十篇編印專集，名為《鹿溪園地漫遊精選》，旨在落實《鹿港時報》推動社區文化建設的宗旨，並為家鄉留存文獻。「但願故鄉人，皆知故鄉事」，出版後將分贈各界欣賞、收藏，備供未來采風、研究之需，實屬美事一樁。即將付梓，春玲女史雅囑撰序，因美意不便推辭，略述淺見，聊以塞責。欣逢創刊六週年社慶，謹向貴社全體同仁，表示由衷的祝福與感謝。由於您們的付出，鹿港方有這一份廣受社會肯定與歡迎的報紙。

四、傳記

周定山先生事略

　　周定山先生，乳名火樹，字克亞，號一吼，人稱半閑先生，台灣名儒也，清光緒戊戌年十月廿四日生於鹿港世家，少懷大志，富民族思想，與志士賴和論交，肝膽相照，而成莫逆，不甘日寇奴役，憤而離台，浪跡中原，乙丑至戊寅，先後內渡者四，泥爪遍大川南北，光復隨于賈二公入台灣詩譚，以宏揚詩教，鼓吹中興為職志，後歸梓，見老成凋謝，文風不振，乃創半閑吟社，重整騷壇旗鼓，並設塾傳經，培育後進，數十年如一日，桃李遍三台，而賦性淡泊，不慕名利，不求聞達，生逢亂世，輒遭顛沛，仍處之泰然。

　　晚年連遭喪子亡妻之痛，窮病交困，猶不忘激勵後進，抱病執教，至於不起，於乙卯農曆十二月初一日夜九時卅七分（國曆正月一日）卒於鹿港故居，享年七十有八。留有《大陸吟草》、《一吼劫前集》、《一吼劫後集》、《侘傺吟草》、《古今詩話探微》、《一吼居譚詩》、《諧詩新口碑集》、《隨筆敝帚集》、《台灣擊缽詩選》等。文餘酷愛書畫金石，書善隸體，筆力猶遒蒼古，畫專墨蟹，活潑生動，題蟹之句更是膾炙人口，而有四絕之譽。惟勤於著述，流傳無多，片紙隻字為世所珍。

　　先生治學嚴謹，有名士風，道德文章，海國推崇。嘗謂以弱者之身，居無用之地，非效醉生夢死，直等走肉行屍，胡乃執無用之文學而嗜弱者之悲鳴者，心未泯也。中歲而後治詩益勤，所作多慷慨豪邁之辭，而憂天憫人之意。故出諸芳潔本懷，高風亮節，斗山共仰。佳城乃遵遺囑，聘王詞長梓聖，擇吉穴於鹿水之東，面對夕陽佳景，一代詩人從此長眠，而名山一席，已足千古矣。余幸與先生忝為同社，實猶師生，情逾父子，筆硯追隨，凡念有五載，身教言教獲益殊深，惟痛木鐸聲沉，悲春風座冷，含淚謹述其生平以誌永慕。

丙辰上元於怡古齋　施文炳

施世綸傳[1]

施世綸，字文賢，號潯江，福建晉江南潯鄉人，靖海侯施琅次子，生於清順治十六年（1659），卒於康熙六十一年（1722），享年六十四歲。

世綸家系福建潯海施氏[2]，康熙二十四年乙丑，世綸二十六歲，以蔭生授江南泰州知州[3]，時淮安下河水患，清廷派兩重臣蒞州督堤工，有從官某，強迫民間已聘女爲妻，世綸秉公嚴持之，乃還諸於民，餘眾震懾世綸威嚴，咸尊約束無敢生事者。

康熙二十七年戊辰，湖廣兵變，援剿官軍，沿途侵掠，世綸具芻糧以應，令人列梃以待，有犯者力擒嚴懲之，兵皆斂手去。

康熙二十八年己巳正月，以承修京口沙船遲誤，部議降調，督臣傅臘塔以世綸清廉公正，題留，得旨留任，三月擢楊洲知府[4]，禁冶

---

1 資料來源：《欽定八旗通志》、《人物志》、《靖海紀事》、《閩賢事略》、《臨濮施氏族誌》、《歷代官制概述》、《台灣詩薈》。
　本作品刊載於陳大絡主編：《福建先賢傳第四集》（台北：台北市福建省同鄉會，西元1982年2月），頁65-72及施文炳編：《施氏世界》（鹿港：世界施氏宗親總會，西元1984年10月）頁26-32。

2 按福建施氏有「錢江」（或稱前港）、「潯江」（或稱潯海亦後港）兩大派，施姓總堂號「臨濮」，先祖原出周姬姓，至魯惠公生三子，長曰隱、仲曰威、季曰恒，恒爲門下丁公椽，流譽他方，四國歸仁，遂以他方二字合爲施氏，食采於鮑，封爲施國，號曰施父，至第六世祖愷生女曜英，適鄹大夫叔梁紇，孔子之母也。第八世祖端公之子施之常，爲孔門七十二賢，孔子內任也，贈乘氏伯，封臨濮侯，故施氏世代以臨濮爲總堂號，其後子孫蕃衍，或因官而散寓，或因鄉墟而移郡國，枝葉遙分遍於中國。而福建施氏，原自河南故始縣分兩支先後入閩，先是唐秘書丞典公於昭宗末年（公元八八〇──九〇三）南渡，擇居錢江，是爲錢江派始祖，其後，至宋，紹興進士大理寺評事炳公，又自光州固始入閩，先居福清縣高樓，其子遷居衙口（即晉江十七、八都，南潯鄉），是爲潯江始祖，至世綸十七世。世綸祖大宣字達一，生三子，仲曰琅，世綸父也，琅字尊侯，號琭公，漢軍鑲黃旗人，有將略，明末剿捕泉郡山寇有功，授游擊將軍，清兵入關，隨成功棲海上，成功重之，遭同筆忌，計陷之，有標弁得罪，恃鄭氏親眤，逃於鄭所，琅申軍法擒斬之，攖成功怒，欲殺琅，琅逃，部將蘇茂匿之，夜議舟以所親勸辛冀琅，揚帆北渡歸清，父達一，弟顯被成功殺。後琅屢立戰功，晉水師提督，授內大臣，封伯爵，後因平台之功，授靖海侯，世襲罔替。

3 知州爲知府之下屬，與七品知縣，職權略同，按清代官吏出身，須經各類考試：首推進士出身，而以翰林爲最優，次爲舉人未中進士者，一可候大挑，優者可得知縣（正七品），次可得教官；二可考官學教習，議敘選官，未中舉之秀才，則可考優貢、拔貢、經朝考後分別授職，此外即是蔭生。清代恩蔭，限高級文武官子弟。蔭生經考，最高可分部以員外郎任用（從五品），重臣死後，常有特封賞其子孫若干人以舉人或進士職官者。世綸以蔭出任，即授知州，爲蔭生最高官階。

4 清代知府爲從四品官，僅次道員，知府都爲京官外放，凡翰林院編修、檢討、都察院給事中，各道御史，各部實任郎中，員外郎，得京察一等記名者，皆能補授。知州生擢者極少，仍須保奏記名由朝廷簡命。

遊，俗尚一變。

康熙三十年辛未八月，海潮驟漲，泰州范公堤衝塌一千九百餘丈，民田窪地多被淹沒，世綸牒請捐修，以工代賑，全活者多。康熙皇帝南巡，召對良久，顧左右而言曰，此天下第一清官也，時謹三十二歲。

康熙三十二年癸酉，調江寧知府。

康熙三十五年丙子三月二十一日，琅薨，世綸丁父憂，督臣范承勳以世綸輿情愛戴，請在任守制，御史胡德邁特疏言應行離任，去時乞留者萬人，不得請，乃人投一文錢，建雙亭於府署前，名曰一文亭，以紀其德澤。歸鄉未幾，連丁母憂，歲餘，特旨授蘇州知府，仍以終制，辭不赴。

康熙三十八年己卯，服闋，授江南淮徐道[1]。

康熙四十年辛巳十月，湖南按察使[2]見缺，大學士伊桑阿等，以九卿[3]保舉世綸入奏，諭曰「施世綸，朕深知之，其操守果廉，但遇事偏執，百姓與生員訟，必護百姓，生員與縉紳訟，必護生員，夫處事惟求得中，豈可偏私，如施世綸者，委以錢穀之事，則相宜耳。」

十二月遷湖南布政使[4]，湖南自丈量後，里役雖免，而正供之外有經費，歲漕外有京費[5]，世綸盡革經費，並減京費四分之一，民感其德，立碑頌之。

---

1 江南淮徐道集江南淮州徐州守道也，凡布政司參政、參議所任道員稱守道，初制，參政道從三品，參議道從四品，乾隆十八年省去兼銜，俱改正四品。道員本由布、按兩司同僚分任，除知府員外補外，有京察一等之郎中御史、編修而得者。實缺道員多升鹽運使或遷升按察使。間亦有內調者。

2 按察使，正三品，簡稱臬司，通稱廉訪，代稱柏桓，掌一省刑名按劾之事。按察使名義雖以刑名及驛傳為主要職掌，實則全省政務仍與布政使共同負責。

3 九卿一般稱通政使，大理寺卿以下等官，向無明確規定，只是籠統之名稱，泛指部院以外，有獨立機構主管，每遇大事，旨諭發交六部九卿翰詹科道會議。或臨時召集以上各官全體晉見皇帝，稱御前會議。

4 清制布政使司為一省最高民政機構，而以布政使為主管，與管刑名之按察使並稱兩司，為從二品，僅次於巡撫一級，簡稱藩司，通稱藩司為方伯，代稱藩司為微桓。布、按兩司均由朝廷特簡，或由鹽運使，道員升任，或由京堂外放。

5 清代稅制，各府州縣皆定有錢糧貢賦，正供之外有經費，歲漕外有京費，部有部費，以及甚多正式或似正式而非正式，但必須繳交上司之各類規費及賄款，皆榨取自百姓。民不堪其苦，世綸此舉在杜絕貪污根源，減輕百姓負擔。

先是朝議遷五開衛署於平屯，俾平南府專城而治，康熙四十一年壬午，世綸立陳利弊，牒稱「五開衛界黔粵，控蠻夷，實為辰沅靖之藩離，明宣德年間，黔省黎平府數被苗患，爰就衛城建府署，國朝因之，自康熙二十七年府衛官弁不合，始有遷衛之議，平屯，僻處一隅，不惟建造無資，且孤立堪虞，若官、軍兩遷，一旦棄田園，壞廬舍，必致流離失所。若僅遷衛署，貢賦出納，遙轄最難，矧自明迄今，府衛同城，相安無事，請仍舊便」，議久不決，嗣總督喻成龍，巡撫趙申喬，會疏以聞，特旨俞允。

　　康熙四十二年癸未，以衛州府之安仁，嘉禾，臨武，永州之江華，寶慶府之城步，及柳州之桂楊，靖州之通道，天柱，向止訓導一員，請添設教諭。又永定，銅鼓二衛，止設教授，綏寧，會同二邑，止設教諭，俱請添設訓導，敕步議行。

　　康熙四十三年甲申，調安徽布政使。康熙四十四年乙酉，遷太僕寺卿[1]。

　　康熙四十五年二月，因湖南布政使任內，失察兵掠當舖事罷職。

　　三月，特旨授順天府尹[2]，疏通四款：一禁五城司坊擅理詞訟，一禁奸徒包攬捐納，一禁牙行要佔客貨，一禁逐流唱歌宴。令行，畿輔肅然。

　　康熙四十八年乙丑，授左副都御史，兼管府尹事[3]。

　　康熙四十九年丙寅，遷戶部右侍郎，督理錢法，尋調總督倉場[4]。

　　康熙五十四年乙未，奉命巡撫雲南[5]，會漕運總督缺員[6]，即以世

1　太僕寺卿，從三品，專掌兩翼牧馬場之政令，遇皇帝出行，則以卿，少卿一人隨行。
2　順天府尹，正三品。明初改元大都為北平布政使司，永樂遷都，改為順天府。清代因之。順天府尹制度與古代京兆尹略同，地位崇重，大都遷巡撫、布政使。
3　左副都御史，正三品，通稱副憲，如前代御使中丞。九卿之升侍郎多以左副都御史為階梯。
4　戶部右侍郎：戶部為財務行政監督機構，戶部右侍郎兼管錢法堂事務。
5　巡撫，正二品，清制巡撫與總督同為封疆大臣，例兼侍郎銜，故稱部院，其職掌名義上以民政為主，實則兼理軍政，其權力極大。
6　漕運總督，正二品，若兼尚書銜則為從一品，駐淮安府，掌督理漕務，凡糧船過淮，率所屬官兵調度，抵天津後，入京述職。

綸補授。世綸禁需索、革羨金、刻貪弁、除蠹役，人服其公明。

先是，漕運俱由瓜州閘行，其閘下花固港乃糧艘停泊處，至是江溜北趨花固港，衝塌百餘丈，世綸移咨河臣，恐糧艘遲滯，權將繞城合開壩行。

康熙五十九年庚子七月，上諭曰「總漕施世綸居官素優，歷年漕船俱摧趲全完，並無遲誤，本年漕船已經過淮，更無他事，漕運印務暫交與河漕總督肇事顯署理，施世綸速赴豫省，將河南府至西安黃河輓運路徑勘明具奏，陝西現存穀石數目，亦著查奏，今陝西正值軍興之際，施世綸暫居陝西，協同總督鄂海辦理」，世綸乃溯流上，尋求古跡。

九月，疏言「河南府孟津縣至陝州太陽渡，大小數十餘灘，牽路高低不等，或在河南，或在河北，惟乞把、窩魚、林漆等處牽路，年久，間有坍卸，其澠池以下水道，下水船可載糧三百餘石，上水載及其半，澠池以上，河高迅激，僅可輓數十石，由砥柱至三門，神門本無牽路，若小舟乘東南風猶可上，鬼門水勢洶湧，土人從未行舟，惟人門稍緩，石崖鑿有牽路，路旁鑿有方眼，又有石鼻，臣愚以為石鼻可穿鐵索，方眼可裝木限援手助力，觀此則從前輓運跡猶存，自陝西至西安府，河水平穩，俱有輓運路徑，臣謹繪圖呈覽」。

又奏「河南府至陝西三門，現在無船，請自河南府至陝西太陽渡三百餘里，用車運，計五日可到，每車可裝穀八百石，計穀二十萬石，需車價銀四萬三千七百五十兩，自太陽渡至西安府黨家馬頭，河平穩，水運為便，需運費銀二萬六千兩，自黨家馬頭至西安府倉二十里，又需車價銀四千兩，其貯穀口袋二十萬餘，需價銀三萬兩，共計銀十萬三千七百五十兩，總於豫省支銷，不令陝西接運。但穀石二十萬石，止得米十萬石，請令豫省以二穀易一米起運，則運價可省半，若慮米難久貯，請照例出陳易新」。奏入，上嘉其祥，悉從之。

十月，上諭曰「陝西地方現有軍務，又年歲歉收，總漕施世綸協同總督鄂海，動支倉穀散賑，但地方官員大半在軍前，辦事之人殊

少，發帑金五十萬，並陝甘平倉貯穀百三十餘石，酌量動用，派部院司關往賑，交施世綸總管」，世綸以倉穀虛空，參西安、鳳翔兩知府，下吏究治。時世綸有子知會寧，總督鄂海以是要之，世綸笑曰「吾自入官以來，身且不顧，何有於子」，其赤心從公，於此可見。

康熙六十年四月，疏言「陝西四月無雨，秋成可慮，豫省先運米十萬石，督臣已借支，駐防兵餉，所存無幾，請促豫省將後運米石運到平糶，再撥河南湖廣米各十萬石，運至陝西貯存備用」。部議如所請，世綸賑饑，民皆得實惠。

六月，命歸淮安理漕事，陝西百姓感其恩，歸時老幼相送數十里，建生祠祀之。

康熙六十一年四月，以病乞休，溫旨慰留，令其子廷祥馳驛省親，五月卒於任所。遺疏入請，隨父琅墓附葬閩省，上允之。諭曰「施世綸簡任總漕，清慎自持，勤勞素著，歷年催儹無誤，前病請解任，方冀調理痊癒，以副眷懷，忽聞溘逝，深為軫惻，應得恤典察例具奏」。尋賜祭葬如例。

世綸自入官以勞卒於任，凡三十七載，歷任認知州、知府、道員、按察使、布政使、太僕寺卿、順天府尹、左副督御史、遷戶部侍郎、奉命巡撫雲南、至漕運總督。始以從五品知州，擢陞二品大員，其間，兩次因案降調、罷職，未及月而調陞重用，蓋因世綸居官廉明，耿介正直，不畏權貴、忠勤為國，自司牧，歷大吏，能清白自持，始終一節而為朝廷賞識，其性警敏，聽斷如神，處事謹慎，奉公盡職，愛民如子，任事富幹略，陳奏多切實際，興利除弊，無不竭盡心力。時之官場，貪污嚴重，多陋規惡習，風氣敗壞，獨世綸，如出污泥白蓮，纖塵不染，一心只有蒼生百姓，故所到之處，人皆奉為青天。江寧、淮安、泰州、揚州皆建祠祀之。而其身後聲名，傳播於天下，歷數百年而不衰，誠非偶然。夫唯利社會，官昏庸而吏奸詐，道德淪喪，公理難伸，民陷水火，誰不冀企世有如施世綸者乎？是以民間樂道其事、院曲盲詞、粧點事實，成小說「施公案」一書，至今海

內外編爲劇本，或改寫白話文本，流傳益廣、通都僻壤、婦孺老幼、莫不知有施公其人者，以爲正義公理之偶像，與宋包拯、明海瑞比美，良有以也。

世綸遺著有數說：據「施氏族誌」施世綸傳曰：遺有南堂集八卷、奏疏若干卷；「閩賢事略」只說著有南堂詩抄；而連雅堂「台灣詩薈」則謂：著有潯江詩草、南堂集二十卷，並附世綸隨父平台，克澎湖詩乙首曰：「獨承恩遇出征東，仰藉天威遠建功。帶甲橫波催窟宅，懸兵渡海列艨艟。煙消烽火千帆月，浪捲旌旗萬里風。生奪湖山三十六，將軍仍是舊英雄」。南堂集筆者遍尋不獲，難窺其奧、奏疏唯見八旗通志人物志施世綸傳，引述數篇，靖海紀事跋成於康熙四十五年，時任京兆尹，四十九歲，自入官至卒三十八載，其著述必多，綜而觀之，當以雅堂之說較近實際，詳待後考。

許劍魂志呈先生事略[1]

許志呈字劍魂，鹿港名儒也，民國八年己未八月十七日生於橋頭村。父浮線公，母陳太夫人，上有兄曰廣成，先生居次。許家世代耕讀，先生天賦聰穎，幼承庭訓，過目不忘，鄰里奇之。八歲入文開書院，攻讀漢學，凡十載，爲名儒蔡德萱先生高足。與同門莊銘薰南民、王業漢英、蔡茂林崇山爲莫逆，人稱鹿港四傑。

先生才高學博，久經社會歷練，舉凡政治、經濟、文學、藝術，以至於戲曲、音樂、江湖術藝均有所涉獵。生逢亂世，弱冠即從商，馳逐於南北；光復後世風丕變，感人心之不古，毅然回鄉，設塾傳授漢學，培育後進。壯歲以一貧士而蟬聯彰化縣第三、四屆議員，人稱異數；議譚論政，出口成章，每有宏論，皆切中時弊，故聲名大噪於時。

其爲人也耿介，處事公正，不依權貴，爲政界所敬重；先生慷

---

1 本作品刊載於施鎮洋李榮聰施瓔玲編：《許劍魂至呈先生詩作書法紀念展專輯》（彰化：施鎮洋華泰文史工作室，西元2001年12月20日）。

慨豁達，倜儻風流，好客而善飲；朋友來則縱酒豪吟，自晨繼夕，席上喜作戲謔詞，常使聞者絕倒。其素也治學謹嚴，唯爲詩尚自然，落筆自成佳篇，甚少雕琢；其抒懷詠物，筆淺而意深，憤俗憂世，輒以詼諧平白手法托出，而易風正俗之意至明。歷來頗多詩作，而少錄存；騷壇友好屢勸其付梓以廣流傳，先生則以隨性之作，不值一提而婉拒。迨至晚年，因足疾，纏綿病榻，自以爲不起，乃將其所珍藏書籍，悉數分贈門下弟子。而詩人著作嘔心瀝血，諸子深恐先生詩作日久散佚，搜尋其稿，擬編印以慶先生七秩晉六之壽；堅請者再四，方獲首肯，而於八十二年癸酉正月出版，名曰劍魂詩集。

先生素好書道，善行書與小篆；世人愛其名，常以萬金求一字而不得，蓋其書作只贈人而不售也，品格高介士林重之。彰化縣文化中心特集先生篆百對，時之彰化縣長周清玉與先生至友前縣長陳時英爲之序；於同年六月問世，世人得以一睹先生詩書大作，領略其文墨之美，從中更可窺見先生心靈世界。

兩書出版後，先生足疾亦癒，正期從此福壽康寧，長命百歲；不意因宿疾，體漸衰弱，藥石罔效，於民國八十七年三月三十一日與世長辭，享壽八十。

先生二十歲成婚。夫人黃油女士係出本鎭望族，淑德謙恭，賢慧稱於鄰里；婚後生四男五女，相夫教子，備盡艱辛，不幸於民國五十年，積勞成疾，撒手西歸，年僅四十有二。先生時也，亦政亦商，忙碌異常，壯歲斷弦，子女乏人照料；乃再娶戴撬女士爲繼室，婚後生二子，戴夫人天性賢慈、篤敬，視黃夫人所生如己出；含辛茹苦，負起持家教子重責，四十餘年如一日。今也六子五女各已婚嫁，事業有成，一門俊秀皆成社會翹楚，父慈子孝，家庭美滿，此皆戴夫人調教之功也。

先生於花甲之年，闢綠莊於鹿溪南畔，作高士隱，日以詩酒自娛，蔗境回甘，安享清福。唯盛名累人，海內外求教者接踵，故座客常滿。猶不忘提倡文化，關懷政治。鑒於大冶，鹿江兩吟會老成凋

謝，詩風不振，乃集地方菁華，創文開詩社，以延詩教；創鹿港詩書學會，鼓吹書香社會。長期支持賢能參選各級民代，指導地方社團，推動社會公益。畢生致力文教，繼承文開書院薪火，培育後進，對鹿港文化之弘揚，影響深遠。

素也視門生如己子，呵護照拂，無微不至；其門子弟，學有大成者頗眾，乃先生常以為慰者。先生以杖期高齡，歸返道山，可謂福壽全歸。追懷先生風範，令人無限思慕；而文章德業，斗山同仰，名山千古，姓字長留。謹述先生事略，藉傳不朽。

施文炳謹識

故總幹事張吉田先生生平事略

張吉田先生民國二十九年九月十六日（農曆八月十五日）生於鹿港洋仔厝，父張郭祀先生，母吳太夫人，共有四子，先生居長，郭家世代耕讀，農漁雙兼，一家雍睦與世無爭。先生天資聰穎賦性溫和，幼承庭訓謙恭知禮，為鄰里所稱道。七歲就讀海埔國小，品學兼優屢獲表彰，畢業後擇近就讀鹿港中學，因父正推展養鰻事業，故初中畢業後續留母校，就讀於時初創之第一屆高級水產養殖科，奠定水產學基礎。在學中敦品勵學，推為表率，而為師長器重，同學敬重。自畢業迄今數十年來，師長同學間依然保持連繫，情誼深厚，誠屬可貴。

先生自少好整潔、重儀容，不論居家環境，書房臥室，以至於漁會辦公廳均經常保持整潔，平時衣著整齊西裝筆挺，常言；整潔是一種禮貌，過於隨便會被認為看不起對方。可知其生活細膩之面。

先生畢業前曾奉派至省水產試驗所台東分所實習半年，其間寄居於親戚家，獲時任貨運公司會計之吳彩鶴小姐青睞而交往，感情日增，畢業未久即奉召入伍，退役後祖父母愛孫心切，廿一歲即奉命與吳小姐締結連理，婚後夫唱婦隨家庭美滿幸福。

民國五十四年獲聘為鹿港鎮魚市場主任，時鹿港地區魚貨市場蕭條，先生就任後力圖突破，積極開源節流，尋求貨源鼓勵魚貨進場，

短短三年間市場財務轉虧為盈，業務日隆。同時善用公餘協助父親改良養鰻技術，拓展養鰻混合飼料供應事業，一面向日本開拓鰻魚外銷市場，成效卓著，奠定郭家今日養鰻事業基礎，直接、間接對鹿港地區養鰻事業之發展貢獻良多。民國六十五年漁會合併改選時，獲全省漁會會員代表擁戴，高票當選；台灣省漁會理事，為漁會會務興革，爭取漁民權益奉獻諸多心力。斯時亦分別獲聘中國國民黨鹿港鎮黨部常委、彰化縣黨部委員、鹿港鎮後備軍人輔導中心主任等多項職務，服務範圍廣及社會各層面。

　　民國七十年獲中國國民黨徵召參加彰化區漁會總幹事遴選，獲得全體理監事一致支持全票通過，受聘為總幹事。斯時漁會財務拮据，來源無著，漁會暫借彰化漁市場三樓辦公，為健全漁會組織，改善財務結構，乃擬定振興計劃，致力整頓、改革，拓展經濟事業，開拓財源，充實各項漁業建設，設立福興漁網具加工廠、信用部以及王功、芳苑、大城、草港分部，創設埔心魚市場、購置本會以及各地辦公處所土地、改建漁業大樓、新建、或改建各地辦公廳舍、設置全國首創漁業展示館、以及傲視亞洲第一套無線式電腦魚貨拍賣系統，並設立四健會員獎學金，海難漁民救助金，爭取福利照顧漁民……等等，不勝枚舉。漁會固定資產從合併時之五百一十八萬元躍升至民國九十一年之二億三仟餘萬元，全國各級漁會年度盈餘中，從合併時第十四名躍升至全國第一名，近十餘年來一直保持不變，並連續十餘載獲中央漁業署、彰化縣政府考列為績優漁會、年年保持全國冠軍榮銜、獲頒「漁會楷模」獎牌無數，民國八十九年榮獲財政部頒發「績優從業人員」獎，為全國各漁會中唯一獲獎者，為漁業界爭取最高榮譽。

　　綜言之，彰化區漁會從無到有，能有今日如此傲人績效與規模，除應歸功於歷屆選聘人員之努力、支持配合之外，完全是先生苦心耕耘的結果。先生以大公無私精神領導本會，堅持以和建會、以誠服眾，能以現代企業眼光管理經營，實事求是，實行北、中、南領導權平衡輪流法，有效建立穩健、圓融的人際架構，在今日派系紛爭的台

灣社會，彰化區漁會的和諧團結，普受社會各界肯定，絕非偶然。更值一提者乃是先生任總幹事初期，貪瀆之風正熾，公家機構採購物品，價格往往高於市價倍數甚至更高，唯本會採購時常見商家言：彰化區漁會不取回扣，價格應比市價算便宜，否則對不起良知。本地區當時與本會有過交易商戶皆知，可見先生潔身自愛，能以身作則，方能致此。

先生育有二女，並收胞弟泰山之子智欽爲養子，長女雅惠，畢業於鹿港高中，現任職鹿港農會，長女婿陳敏廷君現任彰化區漁會資訊課長，次女雅如嘉義農專畢業，七十九年全國護士普考及格，八十六年專門技術護理師高考及格，曾任彰化基督教醫院、嘉義聖馬爾醫院，省立鹿港高中、國立三重高中護士，現任屏東東港衛生所護士，次女婿陳永偉君屏東科技大學獸醫碩士，八十年專門技術獸醫高考及格，現任萬巒鄉公所獸醫，養子智欽現經營豐洲紡織公司，任總經理之職，爲青年企業家，堪稱一門俊秀，各具長才，前程以錦。

先生畢生奉獻漁會，際此蔗境回甘，公私事務皆臻佳境之時，不意積勞成疾，羅患肺癌末期，經預估生命期僅約三個月，所幸在現代科技醫療及家人細心照料之下，病情尚稱穩定，在一年四個月醫療期間，本應好好養病，而先生心繫漁會業務，仍然天天抱病上班，去年十二月一日，爲漁港用地取得，與專用漁業權補償問題，邀請相關單位在立法院召開協調會時，爲把握難得機會，仍抱病北上與會，其盡心盡職，於此可見，二月初日身體突感不適，始往台中榮總住院醫治，惜病入膏肓、藥石罔效，不幸於民國九十三年二月廿四日晚上十點四十五分與世長辭，享年六十有五歲，噩耗驚傳，各界親友莫不同聲哀悼。

二十三年來，先生以漁會爲家，爲漁會發展竭盡心力，鞠躬盡瘁，厥功至偉，惜英才天妒，痛樑棟之傾折，斯人已杳，而道範長存，追懷風範，難禁悲戚，謹略述其生平，藉誌無限哀思。

故總幹事張吉田先生治喪委員會敬識

蔡秋金先生生平事略

　　蔡秋金先生號醉佛，台灣名詩人也。一九三三年農曆九月十一日生於鹿港，蔡家係鹿港望族，祖籍福建晉江東石，據先生言：其先祖於清康熙年間渡台，落籍鹿港，曾祖父德裕公時開設船頭行，擁有帆船十九艘，作泉鹿之間貿易，推爲鹿港大戶，後因鹿仔港淤塞，航運不振，祖父世隆公改營布莊，號蔡永昌布行，先府君玉成公繼之，一本誠信，商譽至佳。玉成公弱冠之年與廖厝望族陳勉女士成婚，生五男一女，先生居三，上有二兄，長曰長榮，妻許謹，二曰長庚，妻許雪玉，下有一妹二弟，妹曰金鳳，適許栢年，四爲秋棠，妻施秀氣，五曰春生，妻丁玲棣。一門俊秀，或教或商，均有大成。

　　蔡家奕代書香，座上客多文人雅士，非談經說史，則評茗論詩，玉成公尤精於書道，鐵劃銀鉤，斯時同輩無出其右者，先生自幼受此薰陶，早有志於名山，奉親命入碩儒歐陽日新先生之門攻讀漢學，稍長其先祖父德裕公復課以經史古籍，間也更督以岐黃之術，奠定深厚學識基礎。二次大戰，玉成公受日政府徵召當軍伕，遠赴南洋，病逝於斯。靈祀靖國神社。先生對此事耿耿於懷，屢提「日本當局通報，人病死海外。詳情如何不得而知，爲人子心豈能安哉。」一九八三年余與先生應日本日華親善協會松浦八郎會長之邀訪日，曾專程赴靖國神社查閱，該社檔案對亡者籍貫、住所、家族資料，其死因、時日、地點記錄至爲詳細，証明所報皆實。並因屬緣故者，故蒙該社主持和尚引導入內殿參謁，主持僧念咒召請亡靈，先生一聞父親名諱便痛哭失聲伏拜於地，其情其景，令左右淚灑當場，不能自己。先生至情至孝，於此可見。

　　先生十三才時，其友黃金隆問：「到四十才始賺錢要如何？」秋金曰：「易過人生駒走程，風雲世態不平鳴；興衰天地循環理，何必愁眉顧此生。」由上可見秋金詩才天份之高。光復後先生承父志，學商、讀書之外，尤好戲曲，蓋因藝術天賦使然，其唱作俱佳，年未二十，便推爲鳳凰儀票房台柱，而蜚譽於鄉。廿三歲時見鹿港市況蕭

條，自忖不宜久困於此，毅然北上謀求發展。初假圓環設道攤，販售衣服與布料，克苦經營數載而有成，一九六零年，與士林望族林清河先生令千金孝枝小姐成親，婚後夫婦並肩努力，創裕昌布行，作布料批發，先生精於商，誠信而重然諾，事業蒸蒸日隆。至能源危機時，因經濟蕭條而結束營業。

先生素耽吟詠，百忙中仍與三台詩人往還不綴，凡各地召開聯吟會，不分遠近必撥冗參與，曾應邀入瀛社、高山文社、大觀詩社、天籟吟社、澹社、松社、天聲詩社、半閒吟社為社員。曾任中華民國傳統詩學會理事、台北市八大詩社聯吟會永久會長，台北市詩人聯吟會會長，中華學術院詩學研究所研究委員。並與東南亞、香港各地諸僑團、詩社往還密切，屢次組團互訪。與日本服部承風、松浦八郎、寺門吟狂、金子晃、天野岳秀，韓國李家源，琉球金城流風，以及東南亞鄭鴻善、莊無我仉儷，香港潘新安、李鴻烈諸詩人為至交。近歲則頻訪大陸各省，假福州、長沙召開詩人大會，與南京、西湖，黃河、長江沿岸，西至烏魯木齊，東北至遼寧，瀋陽各地詩人，詩酒唱酬。名聞於海內外。

嘗聞：「才學兼備方可言詩。」又云：「讀萬卷書，行萬里路。境界方能臻於至美。」先生家學淵源，況一生勤學不斷，論讀書何止萬卷，故其所學不謂不博。其平生也好遊歷，足跡所及豈止萬里，故其閱歷不謂不豐。數十載商場馳逐，交遊遍於海內外，閱人不謂不多。加以其才華橫溢，氣豪而筆健，藻思敏捷，片刻成詩，真不讓曹植專美，觀其作也格律嚴謹，字句烹煉，佈局堂皇，不論述事抒情，情切意真，義深而思遠，常見有氣象渾厚，韻度飄逸之作，久為同輩所稱羨。因早歲離家，雖云台北非遙，總是他鄉，迎年送節，花開花落，遊子之心，能無所感乎？先生常言：「戚戚鄉心，唯寄於詩而已。」其對故里之眷戀，豈只發為吟詠，客北迄今四十五載，鄉音不改，故里之舊街古巷，充滿兒時回憶，一磚一石猶如數家珍，嘗道「土親人親」，旅外鹿港鄉人之團結久為世所稱道，故鄉有事莫不爭

先以赴，輸財出力，常見先生帶頭而行。對滯鄉親友噓寒問暖，從不間斷。癸酉除夕書懷曰：「燭銷深夜朔風寒，羈歲他鄉強自歡，遊子既知流浪苦，今宵豈作等閒看，緬懷故國常縈夢，況復明朝是履端，未見買山賦歸棹，年年為客最心酸。」可見其思鄉，情之切也。

先生老於世故，久經江湖歷練，惟其性率真，立身處世唯憑一誠字，與朋友交，皆能推心置腹，故天涯到處有知音，而引以為慰。人皆言先生善飲，蓋因早歲從商，商場重交際，酒者應酬最佳媒介也，況先生海量，千杯不辭，人緣之佳，酒其有功歟！其對酒也，別有處世哲學觀，從其詩中可窺其概。〈寄許師志呈曰〉：「啖來有味詩初就，閒到無聊酒最親。」酒可以解悶。〈八方騷客會貓山〉：「吟邊風義千秋史，壺裡乾坤一片冰。」酒可以明心。〈與吳淵源伉儷遊民俗村訪文炳〉：「酒杯如海見深情，他年詩史共留名。」酒可以契友。〈南都雅集呈諸君子〉：「豪吟共寫詩千首，轟醉何辭酒百杯」酒可以助興。〈初冬書懷〉：「世事炎涼何足計，邀朋共覆掌中杯」酒可以怡情。〈讀抱璞樓詩集序〉：「秋墳鬼哭太淒清，酒酣江天恨豈平」謂酒難平大恨。〈高雄詩會後駐院口占〉：「一醉險成佛，長昏纏返魂」酒可以賭命。先生常語余曰：「此生唯愛詩酒，無詩無酒則枉費此生。」了徹人生之虛幻與無常，唯有寄情風月，有詩酒為樂，夫復何求？

先生出諸富家，素重生活品質，衣著整潔，飲食講求，恪守規律，而勤於自省。婚後育有三男，長曰崇文，次為崇弼，三曰崇立，皆為俊秀，大專畢業後完婚，長媳黃玉欣，次媳顏佳鈺，有三男孫，一孫女。其家教也寬嚴並濟，一門孝悌，各安其業，而有所成。先生於民國九十年榮新莊市模範父親，正喜蔗境回甘安享天倫之際，不幸因宿疾感染，痛於二零零四年六月二十九日上午八點十五分與世長辭，享年七十有二。

先生才高學博，執牛耳於騷壇，屢次召開全國詩人聯吟大會，鼓吹詩風，舉開國際詩人大會，促進國際文化交流，為宏揚吾台文

教，竭盡心力，厥功至偉，其一生也勤於吟詠，學詩四十餘年來，積稿已達三千首，近代少見，內以七言律、絕爲多，五言次之，而詩人嘔心瀝血，任令散軼未免可惜，故自揀選八百餘首，於公元二千年春付梓。以《醉佛詩稿》名之，讓世人可以一睹其鴻篇，而尙餘二千餘首，盡多佳構，唯未問世，良可惜也。嘗言：「花香不在多」，一卷精華，已足與名山長垂不朽矣。

唯嘆騷壇老成凋謝，人才寥落若晨星，忍見先生撒手西歸，悲夫斯文天喪，詩界痛失巨擘。半夜挑燈，拭淚細讀遺篇，頓憶昔日，因詩緣、鄉誼，許爲文章知己，青壯之年意氣風發，並肩爭戰，拔幟於騷壇，往事歷歷，四十年來肝膽相傾，情逾手足，今也斯人已渺，道範長存，追懷風儀，謹述其生平，藉誌無限哀思。

施文炳　謹誌　2004.7.14深夜於北頭

周希珍先生生平事略

周希珍先生名詩人也，公元一九三六年一月三十一日生於鹿港，父諱萬春，母施太夫人閨名同意。先生未滿一歲，萬春公棄養，端賴施太夫人身兼父職養育成人。七歲入鹿港第二公學校，其品學兼優，唯家貧無力繳納學費，而且三餐不繼，師長惜其才，而憐其境，免其學雜費，並常供紙筆文具，三餐亦帶往其宅，飽餐後始讓其回。

九歲，三年級時，迫於生計輟學，隨祖母楊太夫人，自鹿港步行赴二林，當日盟軍空襲鹿港，周家故居盡被炸毀，所幸先生祖孫，因離家而逃過一劫。先生常言「老天憐憫」因此發願爲善。唯家貧，寡母孤兒居於異鄉，單賴太夫人隻手，作衣服代工，收入有限，長年爲生計操勞，嚐盡艱辛。太夫人家教甚嚴，先生以十歲少年，天一亮即起床幫家事，然後上學，夏天則叫賣冰棒，冬則販售土豆，或替母親作雜務，無一刻清閑。

國小畢業後，二林國小級任老師，因其品學兼優，如未續讀未免可惜，特訪其家，請求太夫人讓其報考中學，太夫人因家貧婉拒，母

舅知之欲負擔學費，太夫人恐其承擔人情債，而未同意。事後太夫人特設醬菜擔，囑其沿街叫賣，先生聞之，自思此擔一接，終身難卸，首次反抗母命，拒不同意，並反問太夫人曰：「要兒當賣醬菜凡夫，或讓兒成為頂天立地，於世有用人才？」其太夫人聞其言，知子有大志乃罷。先生從此立志苦讀，先後入李增塋、洪能傳、蘇拴提諸儒之門修漢學，奠定良好國學基礎。有感於前賢所言，學無止境，而入僑泰工商肄業，因事忙半途而止。

光復初期，台灣經濟蕭條，政府制度尚未建立，物資缺乏，私煙生意應時而生，因本少利多，況無技術性，成為一種家庭副產，一段時日，周家便靠此維生。先生亦經人推介，先後入興產、德記兩米廠為童工，因工作勤奮、任事負責，誠實可靠，深得主人信賴，常委以重任。其間也用心學習經商之道，對其後來自營米廠助益不謂不多。

先生廿四歲時，與當地望族，洪允先生令千金，洪閃小姐結縭，婚後夫婦同心協力扶持家計，先租屋創泰榮碾米廠，因經營有成，數年後便自購屋建廠。先生賦性溫和，為人處世，謙恭和藹，至重誠信，常以儒者自居，故人緣、商譽均佳，生意日隆。先生善交際，住處常見賓朋滿座。因其學識、口才俱優 凡婚喪喜慶，各種公、私集會，爭相請託其致詞，而引以為榮。而有彰化縣名嘴之譽。

三十歲時，先生應聘任二林鎮公所秘書。蓋因夫人洪閃女士賢慧，商務有其擔當，讓先生可無後顧之憂，專心於公務。後又受聘為建國廣播電台副台長，兼作播音員。並為時之流行歌曲《懷念播音員》填詞。斯時泰榮米廠突遭回祿，廠房、機械、庫存、以及客戶寄存米粟，盡毀於火。因先生素重義氣，樂於助人，一旦有事，各界慰問蜂擁而至，本擬移居新營，因火災所受恩惠甚多，深恐一旦離開，人情難報，因而作罷。時多位寄存米粟者，知其災後困境，向其表明不必賠償，但先生堅持不肯，答道「尚有土地可售，豈可不還。」其耿介如此，令聞者動容。事後出任金順豐紙廠總經理。其素也喜與人為善，不與人為敵，常於政治壁壘分明，派系鬥爭中，扮和事佬，止

息不少紛爭，因此被各界共推，出任二林鎮調解委員會主席。其至
交，監察委員柯明謀先生愛其才，敦聘爲秘書。

先生閒好音樂，善樂器，尤精於吉他，歌喉亦佳。時與三五朋
輩對酒，常高歌以助興。元宵或中秋則作燈謎與眾同樂，凡有餘暇必
練書法以養性，其藝術天賦於此可見。素也耽於吟詠。凡有雅會，不
論遠近，必偕眷參與，常見其連連高中，滿載獎品而歸，長年樂此不
疲。先生弱冠之年入香草吟社，追隨蕭文樵、洪允廉二先生學詩，後
又師事名詩人許志呈、郭茂松二老，其詩益工。並與三台詩人，唱酬
切磋，往還頻繁，先後假二林、王功、漢寶、竹塘等地，主辦六次全
國詩人聯吟大會。並任中華民國傳統詩學會理事、彰化縣詩學研究會
理事長、二林香草吟社社長、二林社區大學漢語教師等職。長期致力
於文教，厥功至偉。

八年前因輕微中風，經休息療養，幸無大礙。年來健康狀況益
佳，各地吟賽無役不參，並專注於社區大學教學，八月初受翁縣長之
託，籌備全國詩人聯吟大會，十日夜正擬草案時，突感不適，隨即昏
迷不起，於八月十一日零時十五分與世長辭，享年六十有九。先生育
有二男三女，長男胤男，畢業於二林工商，次男敬堯，畢業於台灣大
學農推系，長女淑芬嘉南藥專，次女淑姿銘傳商專，三女淑菁台北師
專。長媳陳淑華，大女婿趙世琳，次女婿陳瑞禮，三女婿陳和傑。
皆爲社會翹楚，或商或教，各有所成。先生家承儒風，親慈子孝，一
門雍睦，其樂也融融。而今內外孫滿堂，正值天倫安享之際，遽然仙
逝，令人難信其眞。

細數前遊，文字之交遍於海國，余與先生翰墨有緣，加以同鄉之
親，氣概相投，如兄如弟。憶昔常偕群彥，縱酒、鬥韻於高樓，情如
昨日。惟悲朋輩凋零，盛事難再。前月醉佛方去，又見詩星殞落，知
音又少一人，撫今追昔，感痛至深。大雅云亡，典型長在，謹略述其
生平行誼，以誌哀悼與永懷。

施文炳　2004.8.18草於無瑕小築

五、其他

李臨秋三首作品

〈望春風〉是一首很有名的台灣民歌，自日據時代直到現在，流行不替，凡台灣人與很多外國人都知道〈望春風〉這首歌，但卻很少人知道這一首歌的作者是誰。

李臨秋，生於民前三年農曆三月初三，早歲在一家戲院當茶房，是一位苦學出身的音樂家，以十元的代價填了〈望春風〉的歌詞，諒他本人也不知道這一首歌詞會流行了七十幾年，也許會再流行幾百年，我想會的。

李臨秋的歌詞係以閩南語寫出，用通俗之俚語方言以最簡單而自然的方法表達了作者的情感內在。用北京語讀來也許會覺得生硬而不合文法、難解其意；如用閩南語讀之，則不但通俗流利，而且有我國傳統詩歌押韻的特色。古人論詩常云：村婦兒童聽之能解其意，才能算是好詩。詩經三百篇多係採自民間，可見方言歌詞自有其很重要的地位及價值。

〈相思海〉兩首是藉大海來表達對愛人思慕之深情，尋回失去的愛情如海底摸針，茫茫失東西表示了失去愛人後就如茫茫大海中的一葉孤舟，內心如波浪起伏不能平靜，失卻憑依而不知所措。雖然失望卻願海風、海鳥會把信息傳給愛人。淚如潮，淚如雨，作者能把握住海的特色藉以形容自己心情，有詩學上所謂「借物寫情」的技巧，而且運用形容恰當，不失溫柔敦厚之旨。

〈半暝行〉詞意與李後主寫小周后的一首詞〈菩薩蠻〉不謀而合。「花明月暗飛輕霧，今宵好向郎邊去，釵襪步香階，手提金縷鞋，畫堂南畔見，一向偎人顫，奴為出來難，叫君恣意憐。」小周后是大周后之妹，長得很美，後主偷偷的愛上她，這是寫他們幽會的一段艷史。李後主用月暗花明形容良宵霧夜給幽會的人們莫大的方便，

手掌著鞋,以釵襪步香階,刻畫出小周后怕人看見、怕人聽見的神情。畫堂南邊是他們幽會之處,見了面便偎依在愛人的身邊,驚得發抖,把少女嬌怯的心情寫得入木三分。最後兩句和六朝的情歌「感郎不羞澀,回身就郎抱」,同樣是大膽的描寫,但更真更活。

這一首詞,第一首半刻也要拼,寫出對時間的寶貴,空想不如實行,偷偷地開了後門,為了怕人聽見,忍輕著腳步,像毛蟹一樣而行。第二首起句月半影、春色沿路,形容月明良宵正是愛人幽會之時,偏偏有小黑狗吠不停,所以扒了鞋子想嚇走牠。第三首寫出涉水爬山費盡了力氣、足酸身累還忍認著,一定要找到愛人的情形寫得淋漓盡致。每首之結句皆以公開會愛人的情景作相反的寫照,益顯得偷會的艱難與感情的可貴,這是作者高人一等之處,一二首寫景,三首寫情,真是情景俱到,可稱白描聖手。

尋回失落的老台灣(介紹台灣民俗村)

其一:

一本吳濁流先生所撰寫名為「亞細亞的孤兒」一書鉤起了台灣人的悲哀。馬關條約的簽訂、清廷的腐敗無能,不止出賣台灣這一塊土地,也出賣了台灣人民。台灣人就在一夕之間變成了中國不要的棄兒。就此台灣人用血淚寫下五十年的抗日史篇。

終戰後,蔣氏王朝依然如異族般,把台灣人當作化外之民,以高壓手段統治台灣。

台灣人在近百年的時間裡,在統治者刻意壓制之下,台灣人不懂台語、台灣人不知道台灣歷史,是孤兒、棄兒,簡直成了無根之草,不知何去何從。所慶幸者,朝代更替、民主抬頭、人民敢挺身而出爭取自己應有的自由與尊嚴。不管是統、是獨,台灣人最迫切需要的是先找回自己的「根」。

台灣有自己的歷史、有自己的文化、有自己的語言……,這些

便是台灣人的根，台灣人有權擁有它，也有義務擁護它。台灣人的歷史、台灣人的文化、台灣人的語言、台灣人的信仰、台灣人失落的一切，這些便是台灣人的尊嚴。

想擁有我們的根，擁有我們的尊嚴，全靠我們自己去努力。

踏著先民的足跡，尋找這一塊美麗的鄉土，不論是一磚一石、一花一木，皆凝結著歷代先民們的血與汗，以及他們無限的愛。

願我們共同攜手，以感恩的心，尋回失落的老台灣，有了它方有台灣人的尊嚴。

其二：

時光流轉，就像一部永不停息的機器，不斷的製造「昨日」。也在人們不經意之間悄悄地從身邊溜過，帶著那股神秘的大力量，把人世的一切事、物無聲無息地推進了歷史堆裡；加上了時代潮流的推波助瀾，使這一個「以人為主」的世界日新又新，不斷地把現狀改變、消滅、再創新，成了人類社會的循環定律。

時代潮流一波又一波，比如突發的海嘯挾著萬鈞之勢，把阻擋其去路的障礙物悉數捲走，那管它是好是壞。人類追求進化，應該去蕪存菁，卻因為人類的愚昧無知，只知追新求新、汰舊換新，製造了一波又一波的時代潮流，老傳統、舊文化便成了阻擋其去路的障礙物，不但阻不住時光巨輪的流轉，更擋不住時代潮流的衝激而漸流失於無形。

時光巨輪誰也無法抵擋，而時代潮流則是人類自己所創造。人類便可以設法避之、抑之。

「老台灣」優越的傳統文化就是在我們不經意之間，經不起時代狂潮的無情沖擊而淹沒，逐漸流失而不自知。

為了想保護我們這一些經時代狂潮沖擊下僅存的、最寶貴的文化資產，我們應該盡所有的力量，把台灣民俗村作為「傳統文化避風港」，尋回我們已經失落的老台灣，保護僅存的老台灣。

浮生瑣記

　　七時起床，今天是廿五歲生日，傑一大早便準備了一碗麵線，加上一個雞蛋，依傳統爲我慶祝生日。今早原與橫街仔阿水有約往嘉義，因水有事改爲下午，陪傑到竹圍仔，用過午餐，岳母交帶下月六日.係慧芬出世四個月，早一二天回來。」傑在後房取了一只鈔票給我說「母親知道你缺車資，帶著吧。」自經商失敗一年多來因找不到工作，一切均靠岳父母接接濟，而今即將外出，傑又需依靠他們生沽，內心深覺慚愧。時運未濟奈何！而此次外出結果尙難預料，期望有所收獲。

　　記得少時家境小康，但母親以勤儉持家，常以「勤儉才有底，人生一世誰也難以保証明日會如何，學習克苦，一旦環境變化便不會手足無措。」誰也未料到二次大戰結束，人民歡天喜地迎接國軍入台，以爲從此天下太平，過有自尊而幸福日子，誰也預料不到，國民黨政府入台竟然是百姓受苦入地獄的開始。如土匪般的國民黨兵，硬奪強創、四處橫行，官員玩法貪瀆弄權，禍遍全台。二二八慘案，全台戒嚴，情治單位到處捉人，濫捕、濫殺知識分子，恐怖悽慘氣氛籠罩全台，繼之而來的是金融風暴，四萬台幣換一元新台幣，物價大波動一日三市，經濟崩潰造成惡果，使台灣元氣大傷，我家因父親不懂生意，現款皆存於彰化銀行，數目原可購買 一百餘甲（公頃）上等田地，因台幣貶值買不到二石米，家也由富變貪，以一貪如洗形容並不爲過。夜宿明傳宅。

（一九五五年二月十九日。農曆正月廿七日，廿五歲生日。）

　　廿日開始在明傳處工作，供三餐，明傳係舊曆邊，是老友<向我借支票未還即走，因此替他賠了二千多元，此行目的一是收賬，二是找工作，七天來在此作牛腿（木器配件）工資很少，住在朋友處總有很多不便，雖然其家人皆很客氣，但是難免會有寄人籬下的感慨，幾天來觀察，正如方坤兄所言，此人心地不佳，很現實，是夜到外面飲酒吃消夜，一化數百元，但對欠債卻賴著不還。這便是我太相信朋

友，　助朋友，得來的教訓，怪不了別人。這種人再住下去便沒有意思了，親君子遠小人，多住無益，尤以傑與孩子在家很放不下心，一面怕父親掛念，乃向明傳言明明天回鹿，並要求結賬。寄家書。

（一九五五年二月廿日至廿七日）

起床是六點，早餐後明傳拿三十元說是車資，我問他欠賬怎算，他說無錢，最後心不甘情不願再拿出廿五元，共五十五元，也罷，計較何用，取了錢便往紀榮處收殘賬，他交給我四十元，據方坤兄言，紀處境不佳，既然有困難，決定不再收其餘款，到車站乘八點四十分火車回彰，到家十二點，一見妻子甚為高興，在岳父家用過晚餐方回家。自婚後從未離開這麼久，今夜與妻談了很多事，自愧大丈夫不能讓家人有安定生活，上對不起父親，下對不起妻兒。內心惻然。

（一九五五年二月廿八日）

一直找不到工作，每因心情不佳，有時到興南看電影或與朋友撞球解悶，二日下午又到興南，意外傑陪著岳母同來，自她產後曾想看看電影，惜因環境不許，今天能來甚為難得，片名楊娥係清初一革命女子全家殉國故事。

看廣告多處應徵，所要皆高學歷，只惜自己所欠的便是文憑。現社會做事非財力便要學力，或某種實力，如某種特長，或工夫，而自己一無所長，空有寒窗苦讀，又能如何。令人有英雄無用武之嘆。

（一九五五年三月四日）

自嘉義回鹿只有讀書、學書法消磨時間。早上學才取來玻璃，圖案畫的不錯，唯色澤欠鮮艷，只好洗淨重繪，頗為吃力。中午到姊夫處吃了一碗湯麵，回來再工作數個小時，傑回娘家，獨自在家裡看報紙廣告，尋找工作，吃得苦中苦方為人上人，有點悲傷，但不能失志。老天有意考驗，對自己要有信心。

（一九五五年三月五日）

岳父叫聲一覺醒來已是九點半，今天廈街尾新屋上樑，傑回家喚我，唯早上不見父親到車站，傑說父親足部受傷，昨夜難以安眠，

怕再走動會惡化。洗好手面本想陪傑出去，在街尾巧遇蔡要繪玻璃，到了十二點多工作始完，到廈街尾已上好樑。岳父母在竹圍仔所住草厝係借用別人土地，今天總算有了自己土地與房屋，孩子亦皆長大成人，苦日子算是過去了。

今天接到中華詩苑寄贈第一期創　號，目前生活困境無心做學問，應該設法善用時間勤讀，無工作空著急也無濟於事。不如埋首苦讀以待時。

茂林久未來信，不知近況如何，實放心不下，自恨困境不能給他多一點協助，且願來日有成功的一天。

（一九五五年三月六日）

一九五五歲次乙未三月，岳父新建房屋落成，不久便與傑帶著慧芬暫居於斯。自此內心甚為不安，時運不濟竟連累了妻兒也拖累了岳家，覺得很慚愧。常道君子落薄，扁擔苦力。應該有百折不屈精神去克服困難，豈可一時挫折而失志哉。

瑞芳此次競選鎮民代表，應該盡力助選，惜現在自顧不暇，而道義上豈忍置之不理，總之盡力而為，希望他高票當選，正派之士應該出頭。

（一九五五年三月廿七日）

數年未寫日記今天看到此本觸起回憶，能無感慨，轉瞬四年，世事變遷社會形態日異，而自己依然如故，坐困愁城一籌莫展，可能自己努力不夠，有志必成再努力吧。

（一九五九歲次己亥十一月二日）

半閒吟社課題弄的連飯都忘吃，基礎不足應該再苦讀，不可虛度歲月，以免日後後悔。世態炎涼人心險惡，應注意言行，凡事三思而後行。

（一九五九歲次己亥十一月三日）

當職員不易，凡事須看人眼色，自主性不多，但是這是一種訓練，應該學習適應，人的一生遭遇難料，順逆不可預知，少年吃苦把

它當作寶貴經驗，該有其好處。。

茂林來信久未作答，昨日始回寄，今天身體稍感不適，而工作要緊只好忍耐。

（一九五九歲次己亥十月四日）

今天是父親六十三歲生日，傑備了豬腳麵線以及介壽酒為其祝賀，父親辛若一輩子，為人子不能讓其安亨清福，不孝罪深，不知何日能讓父親免於為兒女掛煩，安樂晚年，實有愧於心。

（一九五九歲次己亥十一月五日）

近期景氣不佳到處叫苦之聲不斷，自光復到現在窮人日多，政治腐敗，貪官污吏充斥，魚肉百姓，民不聊生，奈何！

今夜到千處畫圖至十一點多始完，雖然很累，但收入一百二十餘元，算是很多，只要肯吃苦必能奠立堅固基礎，目前最需要的是一棟房子，開闊清雅的樓房，因為父親素喜種植花果，故須有小庭園的好地方，讓父親可以安享晚年，讓妻兒有安居之所。

（一九五九歲次己亥十一月六日）

附近很多人正在建築新居，據云每棟需一、二萬元，如果以照計畫的規模可能需五萬元以上，看來還須要一段漫長的努力了。母親棄養，至今十五年，父親為生計奔馳，自己一個人在崎嶇世路上吃盡苦頭，風塵碌碌，困難雖是一種磨練，卻讓人身心具疲，生活重責方深深體會到，雙親扶養兒女的艱辛，父親年幾漸高，也該息肩了，好好努力 如不能克盡孝道，則罪孽深重了。父親平日嗜酒，深恐有傷身體，一旦想到他的寂寞，酒是唯一的慰藉，每次勸他少飲，內心總很痛苦，假若母親在世多好。

（一九五九歲次己亥十一月七日）

一連數日徹夜工作確很吃不消，因白天一樣太忙碌，精神消磨過多，今夜在山處工作開始便腰酸背痛，收入雖然很可觀，只是過忙，為了改善困境必須加倍努力而已，回到家傑很體貼，準備了熱水讓我洗澡，也溫熱了點心，在漫長的日子裡幸有她毫無怨言地，陪著我走

過來。她的賢慧端莊，勤儉忍耐，讓我可無後顧之憂。實在太難爲她。

（一九五九歲次己亥十一月九日）

今日標到會仔，與傑相量結果，還了四百元借款，餘額全部買了金子，是一種貯蓄，以備來日之需。數年努力至今始漸趨安定，希望父親能安心，不必再爲我操煩，而欲東山再起，則尙需加倍努力。生爲大丈夫不能爲群生謀福，卻爲一家生計操勞豈能無愧哉。

（一九五九歲次己亥十一月十日）

季節風很強，已有一點寒意，一年將盡矣，日月如梭令人驚心，月入八百元薪金，加上繪畫收入，可讓家人免於飢餓，而他人呢？看到很多窮人無以爲生，內心至爲難過，惟愧自顧不暇，無力助人，徒增嘆息而已，時局如此夫復何言。

（一九五九歲次己亥十一月十二日）

記得是十四歲那年，父親要我熟讀唐宋元明詩，並示如何造句，自此半被迫背誦，算來十幾年了，自與許夫子學習以來，詩便成爲開暇主要的課程，惜以現況看來似不太適合我，因工作太累，時間、精神皆不足，但絕不能放棄，否則會浪費以往苦心，今夜歡迎中華詩苑客人，假彰銀二樓開擊敎吟會，出題；停驂；因時間不許未交卷，課題；重建災區；期限將到，而工作太忙，看來又不及交件了。

（一九五九歲次己亥十一月十三日）

近期工作過多應付不來，有感於涉世未深，需再努力學習處世之道，人心不古，若不小心隨落社會陷井則悔之不及矣。

茂林久未來信，不知其近況如何，生活過得去否，實放心不下，明天記得寫信給他。遊子天涯，江湖落魄，舉目無親，既能相逢便是有緣，應該好好設法協助他。

（一九五九歲次己亥十一月十四日）

今天是舊曆十月十五日三界公聖誕，一大早爆竹聲振天，我家向無此例，故未舉行祭拜，下午邱東和自澎湖來信，內附照片，他依舊

笑容滿面，料他雙親看了必定高興，他誠懇樸實，信中提起前事，在家每夜相對讀書的情景，都是緣吧，素不識面，竟然成為知己，亦人生一大幸耳。

（一九五九歲次己亥十一月十五日）

憶少時雙親常言「人不可貌相，海不可斗量。」俗云：「一樣米，飼百樣人，」面善心惡、面惡心善、面惡心惡、面善心善，樣樣皆有，令人難以捉摸，不少人一旦遭遇到利害關係，便反面無常。今天的事證實了上述之言，一位看來古意老實而相識已久的人士，欲貪非分便宜，竟然不遵約定，而且不分臭白惡言相向，以橫蠻方式欲硬坳硬搶，令人太意外，其無理、反覆實令人氣結。此種人既不講理，爭之與事無濟，不如讓之，嘗道「貪字貧字殼」貪便宜不便宜，令人留個壞印象，得不償失。而吃虧不虧，算是一次寶貴經驗，了解世人，「人格的多元」，而知所警惕，未嘗不是好事。

（一九五九歲次己亥十一月十六）

「惻隱之心人皆有之，無惻隱之心非人也」此語指出「人性本善」的真諦。只惜心若太軟如遇到一些偽君子，反會被惡用，濫用同情心有時會助長犯罪，豈可不慎。自少生長於巨變的時代，看到的多是三餐難繼的窮苦人家，人溺己溺，一種出諸內心深處的悲憫，常使自己傾盡所有以助人，忘了自己的窮困，只惜人心不古，為了助人反讓自己吃盡了苦頭。明某是鄰居自少相識，雖稱不上知己，既是鄰居，需要協助當義不容辭，他要借現金，因手頭不便，說支票亦可，並再三保證到期前必會自動交款，因自己有所不便，深恐到期無力代支，而不敢答應，經其苦苦要求，並再三保證到期前會自動交款，不忍心看他如此急切，而開了二張支票給，到期前二天特到其家，目的是向其提醒，惜人已跑了，四處尋找不到，未幾持票人要求以現金換票，不只是為票据法，更重票者信用，人無信不立，不守信，今後如何立足社會，支票既然是自己的名義，只好替其兌現，因數目太多費了不少工夫始籌足款項，須要心裡準備，還此款必會吃盡苦頭。還款

吃苦不重要，難過的是朋友沒有誠信，踐踏了別人的善心。籌不出款，或者有任何困難，應該說明，一起想辦法解決，一走了之，豈是君子行徑，不但害了自己（人格破產）對方如果籌不出款賠償，會犯票據法，被關，信用一樣破產，害了協助你的人，對得起良心嗎？經一事長一智，算是一次很好的教訓，盲目的善意反而害人犯錯，豈可不慎哉。

（一九五九歲次己亥十一月十七日）

今天來了一大群囚犯，整修員大排水堤防，看了他們實替其難過，不知何故被關，失去自由，嘗言：：一失足成千古恨，再回頭已百年身。不慎犯了錯，欲回頭確實不易。自古以來數不盡的冤獄，害死了幾多人，相信其中有不少被冤屈之士，而社會本來就不公平，如有冤屈，時耶？運耶？命耶？只有認命而已。

（一九五九歲次己亥十一月十九日）

宗教信仰是人類精神寄託最好的依據，用之以善，則可化俗移風，導正人心。心中對鬼神有所敬畏則自然不敢做壞事，對社會是正面的，故宜信而不迷，方不致盲目將宗教神聖意義曲解，做出損己而不利人之事。社會有少數心術不正之人，利用人們對神的敬畏，以不正當手段騙了無知，單純的人，害人免拿刀，造成不少悲劇，實令人痛心，應有法律作嚴厲制裁，阻止惡風之延漫，而每個人更應該有警覺性，防止歹徒作姦犯科，利用宗教害人。

（一九五九歲次己亥十一月廿日）

春去夏來秋又盡矣，令人驚覺流水光陰，歲月不待人，自岡山回鹿將屆三年，大丈夫不能為社會，人群謀福利，忙碌終年只為一家生計，問心有愧，而時局如此徒嘆奈何，嘗言；吃得苦中苦，方為人上人。逆境是煆煉自己最好機會，絕不可失志，應加倍努力，力爭上游，相信必有所獲也。過年後忙於俗務，而疏於功課，近期開始溫習文心雕龍、昭明文選、文體明辨，兼讀宋詞、元曲與李杜諸作，略有心得。父親期望對史記、資治通鑑、戰國策等書多用一點心思，惜時

間不足，惟待明年能夠排入課程。讓甫先生所囑，勤練甲骨與金文。日約二小時，已連續半年多，惟覺筆力未臻勁鍊，應加強變化，方能突破，以便進入草書。

（一九五九歲次己亥十一月廿一日）

選舉期日已近，多位朋友參選，頻來拜票，人情難卻，惜一票難分三人，何況世亂時非，所謂民代不過爭個虛名而已，政治現況，當選對社會真的有用嗎？令人納悶。人各有志，自掃門前雪，莫管他人屋上霜。不言也罷。

（一九五九歲次己亥十二月十八日）

一年初始，希望今年有較如意的一年，回首前塵，數十年如一場夢，辛酸苦甜，嚐盡世味，昔日雄心早付流水，而今所望者，唯有子女的幸福與家中大小的平安。雖然我自有知之年便開始盡己力幫助別人，總覺得力不從心，今後應該朝這方面去努力，多為需要幫助的人出一點力。努力賺錢，才能廣大工作範圍，但願時能與我。

春聯兩對：

懷仁寶善厚修福基

耽樂且序天倫孝友一堂春能永駐

安居勿嫌陋巷詩書萬卷富亦堪稱

春風曲巷客尋根

歲序更新一角樓涵江渚曉

民風依舊萬家燈綴古城春

（一九八四年二月二日農曆元旦）

自年底忙到現在，心情總不能安定下來，年歲的增加，擔子亦加重，而身體上毛病亦隨著增加，數年來，一直期待找一項比較清爽的工作，卻難以如願，孩子都大了，可以自立，最為擔心的是慧芬的眼睛，將來我老了，她不知道該如何安排，應該積極設法，使其將來能夠安好，幸福地生活。

（一九八四年二月六日農曆一月初五）

中午姐夫出殯，他是一位誠實的人，婚後排了小攤子賣麵，勉強依持一家的溫飽，也把子女養育成人，只是一生辛苦，未有半點享受，噫！天命如此，又復何言，身後蕭條，幸有三位好女兒，另有一個訂婚待嫁，另一個則行爲思想接受到社會污染，良可歎也。

下午四時與瑤玉、教祈同往北部，連夜趕車到礁溪過夜。

（一九八四年二月二十二日農曆一月廿一）

早上七點半參觀五峰旗瀑布，即往羅東看木材，離此行（木材業）已久，往日的情景如在目前，雖然辛苦，而性喜山水的我，卻對當時的日子頗爲懷念。其實自懂事到現在，哪有一時的輕爽，過的都是壓力重而艱難的歲月。

由北海公路回台北，一路風光綺麗，只是旅途匆匆，未能多作逗留，來日有緣，能夠重遊，應好好寫幾首詩。回鹿已是夜11點。

（一九八四年二月二十三日農曆一月廿二）

有人說結婚是愛情的終站，也有人說結婚是枷鎖。亦耕先生今天在新生報登了〈燈火三昧〉，把愛情以遠、中、近程看的灯火比喻，卻也巧妙。他說爲交往前，對方像遠處閃爍不定的灯火，充滿自己心中的是無限的綺思和幻想；進而戀愛，雙方距離不斷拉近，逐漸輻射，令人目眩神搖的光芒，可以「照亮我的生命」來形容；最後雙雙步入家庭，距離消失了，於是對方便成了一盞只發光但不耀眼、不閃爍的定型灯具，看到了光，也看到了烏黑的灯蕊、朽舊的灯柱，既引不起遐思，也不再心存任何幻想了。有人抱獨身主義，其實結婚與不結婚皆有苦處，有人對愛情抱了悲觀，也有絕對樂觀者，其實要維繫圓滿婚姻，單是愛情是不夠的，必須有倫理來作爲韌帶，才能將雙方拉得緊緊，永不分離。我與妻一往情深，我們是以倫理與愛作爲基礎、建立家庭，也以倫理與愛來培養純眞的感情，也以倫理與愛作爲滋潤感情的養料，使感情歷久彌新、永恆不渝，所以我認爲婚姻不是枷鎖，而是天堂，只要你懂得如何去培養、維護、珍惜而已。

（一九八四年二月二十四日農曆一月廿三）

凡是正當的職業都是神聖的，不論士農工商、三百六十行，形形色色，難以細數。每一行業除了養活自己之外，直接、間接都對社會有所助益。可惜有不少勢利眼人，卻以職業的界線來衡量人的人格。

　　昨天有一位某地方小報紙的社長說了一句話：「那個賣糖蔥的。」（賣糖蔥是農業社會中所謂的「下九流」，排路攤賣糖蔥的。）意思是說「出身微賤」，話中帶了輕視侮辱之意。這一位社長出身於世家，其先祖做過官，其父在日踞時代當過日本人的鄉長，說實在的，在古鎮鹿港，他們一家算的是家門顯赫。其實到了這一代，已成為破落戶，但因為他有顯赫的家世，因此從小就有優越感，難怪看不起排路攤的小販，其實以現在來比較，賣糖蔥的因刻苦耐勞、立志奮發，不但有了好的事業基礎，生意很大，已成為萬貫家財的富翁，而這一位家世有祖蔭的是一位新聞乞丐（他自己說的）。利用報紙的方便，專門做罵人報導的社會害蟲，不但對社會無益，反成為寄生蟲般，為社會大眾所詬病。

　　勞力是神聖，很多很多的工人朋友與做生意朋友，他們何嘗不想做大事業，就是因為他（她）們的環境或某種原因，有志難伸，只靠勞力，以血汗來討生活，默默地為這個社會貢獻己力，比了那些做大官有地位的人、有資財的人，並不遜色。做大官而不知潔身自愛、貪污腐敗、有地位資財而不知足、視錢財如命、自私自利者，與廣大社會的勞動朋友比起來，應該覺得汗顏與自愧。

　　萬丈高樓從地起，英雄何論出身低，天賦大任予斯人也，必先勞其筋骨、苦其心志，從逆境中體驗人生，在困苦中磨練自己，世上很多有大成就之人物，是出身貧困家庭的，而那些豪門子弟，有多少是有所成就的？富家生浪子、貧家出英豪，老天很有公道，一分努力、一分收穫，此是定律，永恆不變。

（一九八四年二月二十六日農曆一月廿五）

　　十五歲母親逝後，即到處流浪，光復初期，社會劇變、經濟蕭條，而我們一家，一貧如洗，無隔餐之糧。父親為了家計，以苦力血

汗勉強依持生活，使一家大小不致餓死，那是一段漫長而悲哀的日子，我到一家葯布工廠當童工，不久升為會計，卻因工廠關門而再失業，就在路邊排攤賣香蕉、豆醬，當什工。記得十八歲那年，到岡山空軍官校福利社當店員、會計，將近三年，回到故鄉，落寞的家已添了幾個姪子，父親依然做工。我到木材行任職，二年多便出來自己學生意，木材與椅廠，結果因缺資本，被利息與倒帳而關門。結了婚不久便失業，後來搬到岳父母家，一住數年，租了一間老舊的房屋，勉強成一個家，就請父親來同住，我不願意父親輪流在兩位兄長處吃飯，好壞是家，生活雖然清苦，但父親已不必再東半月、西半月的不便。在一間木材行找到工作，夜間則教書，以補貼家計，偶而替朋友的工廠畫圖，生活勉強可過，但還是貧無立錐。很意外，屋主要收回房子，限我在數天內搬出，人情冷暖，令人痛心，而大丈夫志在四方，貧窮不足患，患無志而已。幸隔壁阿義，讓出一間房間及空地，解決住的問題，父親也勉強住在一起。妻生於貧家，從小就住在一間借來的茅屋，婚前岳母就常說：「將來傑要嫁人，千萬要選擇有房子的。」婚後，因我經商失敗，賣了兩間房子，磚造的大厝留給大哥，就搬出來寄人籬下，從賣房子之時，我就立志將來要建一棟舒適而高雅寬闊的家，以安父親的心，也給妻有個自己的家，以免在東搬西徙，31才東山再起，雖然無資本，妻賣掉金飾（是搬到街尾之後，妻將買菜錢省下來買的），勉強夠買一台木材，開始營業，資金短缺，二十年來，不停地支付利息，到了到北頭建築，總算留下來少許土地及二棟樓房，但住的依然是簡陋的舊厝，數十年來夢寐以求的理想住家還不能實現。

（一九八四年二月二十七日農曆一月廿六）

今年雙春雙雨水，節序較慢，故時屆正月底，一連來的暖和天氣，今天天氣忽然轉冷，實在有點不適應。

霽原於明日訂婚，總算有個媳婦了，三十年來，夫妻在艱難中捱過，望子成人，現在個個都是老實善良，雖然未來不可知，總是一

個一個長大，做父母的也稍可安慰。只是慧芬眼睛不好，將來我倆老了，不知她如何過日，只希望孩子們會好好照顧她，使她有幸福安靜的生活。

（一九八四年二月二十九日農曆一月廿八）

10月6日上午十時，金山叔來家接到桃園，已近中午，辦完手續，入候機室，1：35分準時起飛，馬航波音，座位很窄，對長途旅行的遊客言之，實有點吃不消，天氣陰，雲層頗密。下午抵吉隆坡，隨轉機往檳城，入檳城已是七時多鐘，到旅館稍作休息，放好行李，已近午夜，外出吃點心，找了幾家，皆是土著之店，衛生看來並不好，口味酸中帶辣，有點不習慣。入寢已近一時。

翌晨，即7日早，公司某先生驅車來載往工廠參觀，此地華人多，但言語複雜，有馬來、印度、英語、潮州、廣東、福建、北京話，令人擾亂，所謂「福建語」，即閩南語，但因旅外已久，多與馬來人接觸，故語音輕而快，有時聽不出所言何物，早上在檳城海濱吃有名的排骨茶，但味道不太適合台人習慣，中午在一家華人餐廳吃，口味依然有點馬化，下午連訪數家工廠，入夜在檳城露天餐廳吃海味，比不上台灣菜，所謂紅蟳乃茶蟳，而且加了濃味，很不適口。

8日早上，由檳城出發，乘馬來國內航線往關丹，乃馬來最近於中國的一個港口，華人多廣東人，廣東菜很不錯，料理精巧，頗為可口，此地近海，風景頗佳，有不少度假旅遊之所，黃昏海濱驅車其間，令人流連忘返，入夜乘機往吉隆坡，早有翁姓朋友在等，入市區，酒店設備中上，但服務頗差，無開水、缺浴巾、茶杯等，而且言語不通，頗為不便，隔日參觀工廠，遊市區，入夜，驅車往馳名的雲頂高原，炎熱的馬來，到此冷風習習，但景色並不如想像中那麼美，定了旅館到賭場，人潮洶湧，吃角子老虎轉動加上錯什人聲，看了撲克牌局，數千人雲集，但只見內場贏，卻不見外場贏，確很利害。

翌晨驅車回吉，一路只見林木蒼翠，但景觀不如傳名的美，夜轉往近機場一所旅館。隔晨五點起床，乘6：20飛機往東馬，此島即婆

無瑕小築文存・257・

羅州,一半屬印尼,一半屬馬來西亞,馬人到此亦須入境證,原因是此地治安良好,政治勢力平均,唯恐馬來人再來造成問題,故限制甚嚴。此地有砂羅越、巴山兩省,人口只有150多萬,地廣人稀,物產風饒,且無颱風地震,古晉爲砂省府所在地,公共設施頗爲完好。參觀工廠,中午應邀吃泰國餐,口味平平,下午因交易問題談判,黃昏由黃先生載往市區,但夜色朦朧,視線並不佳,到了機場,簡單吃了晚餐上飛機,飛往新加坡。

昨日由吉隆坡飛新途中,在機上看見一條河,蜿蜒九曲,忽見龍身飛騰,風雷水火形態盡現,知近大地,轉眼即見新加坡城市就在龍頭入海之處,(前日由吉隆坡驅車往麻六甲,車程往返5-6小時,參觀馬六甲古堡,返市街,登高遠望麻海峽,回憶西元一五○○年間,英國的航海家在此開闢情形,令人發無限思古之幽情。)觀馬來全國,棕樹橡膠林遍佈,土地肥沃,人口稀少,物產富饒,實天府之國,惜政治不穩,種族及黨派問題爭奪不休,如果有安定的政治環境,馬國實爲人間樂土。馬政府排華,但不如印尼嚴重,經濟大權仍在華人手中,只是華人派系紛爭,不團結,而妨害了華人的地位,實應檢討,聽說最近馬國爲了爭取台灣資金,故對華人的態度似有好的改變,但因馬國政治不穩,如果換了人主政,其政策也可能改變,這一點是須要注意的。

(一九八八年)

早上乘9:30長榮航空由桃園到馬尼拉,飛機遲半小時起飛,因此中午十二點始達,亨利親到機場內迎接,順利出關,性答、能忠皆到機場,隨即用專車再往餐廳用午餐,因在機上用過餐,本以爲吃不下,因口味極佳,大吃一頓,很多族長參加。

我重遊馬尼拉約隔十多年,舊地重遊,王賓街並未有多大變化,馬車、來往人潮、垃圾滿路依然如舊,只是十年前賓主皆年壯之時,而今,多已白髮蕭疏,時光流水,令人感慨,人生有幾個十年?噫!老人期將屆,今後應該注意妻的身體,設法予以補養,讓她有更好的

晚年，未來十年應該好好珍惜，伴妻過一點安閒生活，兒女已大，各自成家，唯慧芬未來亦應予以準備一點養老的打算。明日如何，誰復知哉？未來時光，準備不可疏忽，新年，願新年有個順安之一年。

今夜在性答族長府上夜宴，廣闊草地情調頗佳，只是高牆如獄，再加鐵網，馬之治安，實令人憂之，土著生活普遍低落，令人同情。

（一九九四年元月一日農曆癸酉十一月廿日）

燈火三昧談婚姻

有人說結婚是愛情的終站，也有人說結婚是枷鎖。亦耕先生在1984年2月24日的新生報登刊的〈燈火三昧〉，把愛情以遠、中、近程看的燈火作比喻，很巧妙。他說：「交往前，對方像遠處閃爍不定的燈火，心中充滿無限的綺思和幻想，進而戀愛，雙方距離不斷拉近，逐漸輻射令人目眩神搖的光芒，可以照亮我的生命來形容；最後雙雙步入家庭，距離消失了，於是對方便成了一盞只發光但不耀眼、不閃爍的定型燈具，看到了光，也看到了烏黑的燈蕊、朽舊的燈柱，既引不起遐思，也不再心存任何幻想了。」

以上所述確實反映了世人對婚姻的普遍感受，但應有補充的餘地。余以為婚姻應該把它比喻為美酒，越陳越香。或者視為一件「藝術珍品」，開始時被它的美麗悅目所吸引，而愛不釋手。日子久了，其光華漸失，成了古董。惜很多人不懂的「古董」的真正意義在於「年代越久，越有價值」，婚姻也是如此，如果把它視為「世上僅有，而只有你自己擁有它」，其價值勝過任何高貴的藝術品，而看重它，便會覺得的它，越老越需珍惜。

就算它已成了只會發光，但不耀眼的燈，也許因為看久了，讓你覺得厭惡，但是你可曾想到，這一盞討厭的燈光，有一天熄滅了，這個家會怎樣？必會因為「失去了這盞燈，而變成了黑暗」。燈光尚在之時不懂得珍惜，到了燈已熄滅，方察覺到它的重要，則為時已晚。

一般人皆視結婚為人生首要之事，也有抱獨身主義者，有人對愛

情很悲觀，也有絕對樂觀者，其實結婚與不結婚皆有苦樂，而苦樂則全操之於自我。

要維繫圓滿婚姻，單是愛情是不夠的，必須有倫理來作為韌帶，懂得體諒、包容，凡事往好處想，肯接受不同意見，才能將雙方拉得緊緊，永不分離。

我與妻一往情深，我們是以「倫理道德觀」作為基礎、建立家庭，以「善解、包容」，來培養 純真的感情，以「關懷、體貼」，作為滋潤感情的養料，使感情歷久彌新、永恆不渝，因為我把她視為「我生命的一部分」，因為有了她，才有個伴，有她！才有子女，有她！才有這個完整的家，有她！方可免於後顧之憂，有了她，一家人才有快樂與幸福。讓我深深體會到，這個家不能少了她，所以不斷警惕、提醒自己，為了這個家，便要好好地珍惜、保護她，不能讓她受到任何委屈、或絲毫傷害。力求自己，「做一個值得信賴、依靠而盡職的丈夫」，方有今日圓滿美好的家。

我了解夫妻緣分的可貴，芸芸眾生，千百萬人中偏偏選中她，能夠與她成為夫妻，不是平常之緣，而是很深的緣，常道：「一世修來共船渡，三世修來共枕眠。」「美好姻緣便是福，」但美好二字卻須靠自己營造，用心維護方能長久。感情要培養，更需不斷地修補、維護與珍惜，方能歷久彌新。前面說過「婚姻譬如美酒，越陳越淳。」

只要知足，懂得感恩，懂得惜福，懂得用心去營造，婚姻絕不是枷鎖，而是快樂與幸福的泉源。

《鹿港風物詩書畫專集》發行致詞[1]

此次《鹿港風物詩書畫專集》的發行，以及今天的特展，感謝政府相關單位，尤其是咱縣府翁縣長、文化局陳局長、鹿港公所黃鎮長的大力支持協助，方能如此順利完成。同時也要感謝本會同仁的辛勞，以及各界人士的協助，完成本縣第一本，也有可能是台灣第

---

1 地點彰化縣文化局。

一本，以詩書畫三絕藝術表達的鄉土風物專集。因為初次嘗試，或者尚有改進空間，但可以肯定的是，本書對藝術水平的提升，與多元運用，有其啓發性意義。本書問世旨在拋磚引玉，深望日後，各界有更好的作品出現。再次感謝大家，多謝。抱歉再向大家借一點時間，向翁縣長表示感謝。

我與翁縣長素不相識，更無任何瓜葛或牽連。本人在最近十餘年來因為忙於私事，與社會各方甚少互動，但是翁縣長不嫌本人寡陋，曾經數次，透過文化局陳局長表示，希望能造訪寒舍，因陳局長與我以前常參加審查政府委託學者專家所作的各種調查案而相識，本人深知縣長公事太忙，況自己久不涉世俗之事，而一再婉辭，但是局長一再表示：縣長希望能夠撥工一見。令人感覺到，翁縣長如此誠懇，如再拒絕則未免不近人情。

一見面令人如沐春風，一席清談，方發現這一位縣長，思想、政治理念、施政方法，皆與別的政治人士大不相同。她對民間疾苦，群眾需求瞭若指掌。尤其是肯耐心傾聽我對某公共用地撥用案的批評，與建議。事後獲悉，她從善如流，使本很複雜的案件圓滿解決。各位所知，一般的主政者大部分（不是全部），總是在辦公室聽報告，難以了解民間疾苦，但翁縣長則很不同，她上任以來，致力於本縣的發展，自農、漁、工、商，經濟，以至於觀光、環保。都是親入基層訪問群眾，聽取民意，了解各地所需，大力配合。短短的三年多已使各地建設面目一新，不分城市以至窮鄉僻壤，洋溢著一片興發蓬勃氣象。不但讓縣民看的到，也感受的到翁縣長的有心與用心。

彰化縣一向以文化大縣自居，這種名聲，老實講是得自咱祖先的餘蔭，過去的主政者，對文化而言，只是一種口號，並未看過有任何大動作，當然或者另有原因，不得而知。直到翁縣長就任，大力推動文化建設，例如配合觀光發展，對縣內各地文化古蹟作全面性的維護與修建，以及週邊環境的改善與美化。如王功的二座觀光、藝術大橋的建立，在各地舉辦的各種文化活動、文藝季活動，出版本縣古、今

學者的各項著作，定期文化性刊物等等，讓我們期待以久的，「全面性文化建設」美夢成真。

記得半月前，因全省美展，本縣有十餘位獲獎者，縣長特別在縣長室接見，頒發獎狀。直接對其表示肯定與鼓勵。物輕而意重，可以看出她對文化的用心，巨細未遺。她的事績甚多難以一一枚舉。咱應該慶幸，有這位好縣長，其實三年時間太短，有待翁縣長來完成的事項尚多，尤其是文化建設，彰化縣光明在望。很需要她繼續領導，做火車頭，帶動，創造名實相符的「文化大縣彰化」。年底選舉，希望文教界的大團結，支持翁縣長當選連任。多謝各位。

文開詩社成立大會致詞[1]

各位貴賓、各位長官、各位社友：大家早安！今天是文開詩社成立的佳日，各位犧牲假期，撥出寶貴的時間躬臨觀禮，其中有不少貴賓不遠本千里撥駕而來，使本社增加無上光彩，深深感謝大家。

各位所知鹿港自古重文風，不分貧富，皆視子女教育為要務，因此讀書風氣也比較盛。鹿港有一句俗諺說：「殘垣敗壁內多俊秀，販夫走卒亦解詩書。」可見昔日情形。讀書人多，自然需要消遣交誼場地，詩社便成為文人聚會切磋之所，因此詩社林立。由於詩社不離教學，因成員多為成人，因此詩社無形中成為學後再修的場地，故對學術的傳播很直接，因此造就不少人材，不但對鹿港文風發展有很大影響，直接對台灣文化維護與發揚有過極關鍵性貢獻。

唯時代變遷，老成凋謝，更因國際化所影響，舊文化漸被忽略，詩社活動幾近停頓。而社風會氣丕變、人心浮華、倫理道德淪喪，有志者憂之，咸稱：鹿港因有鼎盛文風，方有今日聲名，因此詩道不可廢。一九八零年借民俗館，集合本鎮有志青年作業餘研修，挑燈夜讀，歷一年而有成。有感於育才大計攸關百年，需有社團方能傳承久遠，因此於一九八一年成立詩社，卑利社教之推展，公議以「文開」

---

1 西元2005年11月26日於文開書院。

為社名。一則以紀沈公斯庵首開台灣文化之功；二則以示繼承文開書院薪火於不斷，並偶有弘文開宗大義。

自創社到現在已經二十五年，當時的成員各忙於事業，故社務停頓已久。文教界同仁見詩風不振，皆擔心鹿港傳統文化會在不經意之間消失，屢有重興文開詩社之議。去年假鹿港社區大學開漢學課，學員反應積極，而文開書院重修竣工在即，希望能設社於書院，一則善用古蹟；二則文教界聚會課讀有所。特向主管單位提借用之意，獲縣政府翁縣長、文化局陳局長的支持，以及本鎮黃正隆鎮長的鼓勵與配合，而決定向主管當局提出申請獲准，組識詩社、招募會員。

一般人都以為詩社只是學詩，其實詩社所學項目很廣。孔子主張文武合一，包括六藝在內，未來計劃假詩社開辦漢學、詩學、聯對、詩吟、樂曲、劍舞、花藝、書道以及其他與詩教、藝術文化有關的各項課程，並舉辦各種相關活動，並與國內外作文化交流等，讓有心與學問人士於業餘有一處學習、研究、切磋的園地。

自開始公告招募社員，原預期有三十名便可成社，令人意外的是報名者踴躍，已達八十五位之多。觀其中，人才濟濟，不但高學歷者多，且有不少各具專長的傑出人士，這是一項非常難得而令人鼓舞之事。好的開始便是成功的一半，期待來日本社社運蒸蒸，順利發展。

文開詩社此次正式立案成立，首先要感謝縣政府翁縣長、文化局陳局長平時對鹿港文化建設的支持，本社成立也是受到翁縣長很大的鼓勵，更要感謝是本鎮黃正隆鎮長 對本件的關心與大力協助，方能如此順利成立。黃鎮長對文開書院修復後維護管理問題以及如何有效利用至為關心，因此對本社欲借用書院為會所一事，認為書院很適合文化性社團進駐，不但答應所請，並表示公所將盡力配合，借這個機會先向黃鎮長表示感謝。

今天的雅會多蒙各界躬臨觀禮或惠贈隆重禮物，半矼、鹿江兩會以及各位書畫大師惠贈墨寶，供本社義賣，籌募本社教育基金，謹在此敬致由衷謝忱，感謝大家，同時要感謝認購義賣書畫，贊助本會的

各界賢達，同時對為本次成立詩社而全心投入籌備工作的同仁表示由衷謝意，感謝各位，懇請各界賢達今後多多對本會支持與鼓勵。多謝各位！

　　文開詩社是一群志同道合、有心於文教之士的結合，詩社等於是一個大家庭，每一位成員皆如一家人，希望大家把詩社塑造成為一個溫暖的家，互相關懷、互助、互愛之外，每一位成員都要學習互相尊重、包容、善意、善解、善忍。尊重不同意見，互相學習砥礪，大家見面都能歡歡喜喜、快快樂樂，以回到詩社為樂事，真正成為溫柔敦厚的詩人，以文開詩社社員為榮。

◎文開詩社宗旨

一、繼承文開書院遺緒，重振鹿港文風。

二、推展固有文化、振興漢學、宏揚詩教、提倡倫理道德。

三、推展漢學、詩吟、劍舞、書畫、音樂，花藝，暨各類與文化藝術相關事項。

四、舉辦各種講座、教學，與文化、藝術活動。

五、與政府、企業、社團合作，推廣文化事業。

六、促進國內外文化交流。

七、出版書籍與刊物。

八、其他文化性事項

鹿仔港夜譚

一、前言

　　鹿港為清代台灣經濟文化要津，史稱台灣文化第四期為鹿港期（自康熙二十三年，台灣正式入清版圖，至南京條約五口通商為止，共歷一五八年），這一段歲月，不但是鹿港最輝煌的時代，也是台灣開發過程中一段很重要的時期。當時的鹿港佔盡了天時與地利而崛起，成為台灣最大的輸出入港。其全盛時期之經濟文化皆稱台灣第一，惜因地理變遷，海港功能喪失，以及時代動亂、內憂外患、戰爭頻仍，使鹿港走上沒落之路。由台灣最大商港，淪為海隅小鎮，自建埠四百餘年來，由開闢期而初興期、全盛期、衰退期、至沒落期，歷盡了海桑之劫。其過程猶如一部曲折而充滿離合悲傷的傳奇故事，不但令人感動、讚嘆，也令人惋惜與懷念。

　　近年來傳統文化受到社會普遍的重視，留存於鹿港的豐富文化資產，便成為世人重視、珍惜的目標。遊客蜂湧而至，視鹿港為台灣文化尋根懷古的聖地。使鹿港成為國際知名的台灣文化觀光區。其實鹿港本身不但是一座露天博物館，也是一部活的歷史，鹿港擁有的不僅是歷史文化與古蹟，還有鼎盛的文風，淳厚樸實的民風，普受世人稱道。其他如宗教信仰、民間生活習俗、鄉土技藝、社會形態等等，融合構成了完整的傳統文化內涵，自有其欣賞、研究、維護、發展的價值，因此受到學者、專家的重視，不少人投入鹿港史事的研究。惜因年代久遠，世局維新，歷史遺跡遭到嚴重的破壞，而且文獻缺乏，事物稽考困難，至迄今尚未有見較為完整詳細的鹿港史書問世。

　　筆者窮二十餘年工餘時間，搜羅資料，或實地求證、尋訪，擬作有系統之整理，至今尚嫌膚淺不全，未敢公開。而在研究過程中，聽到不少流通傳於民間的故事，發生年代遠自開闢，近至終戰後，內容

很有可讀性，不但多屬真人事實，而且膾炙人口，故能流傳久遠而不輟。唯民間傳聞，難免有失實或偏差情形，如以主題而論，自有反映時代、重塑當時社會背景等等的價值存在，如將其蒐集成書，或可聊補史乘之不足。近因《鹿港風物》發刊，人豪教授美意，屢來索稿，苦於俗務繞纏，且久疏於寫作，手僵筆禿，自知難有佳構，唯感其盛情，勉為允諾，茲以「鹿仔港夜譚」為題，將所知所聞撰寫連載。

世俗瑣事，本不宜多佔寶貴篇幅，俗語說：「牡丹也須綠葉襯」，《鹿港風物》屬於較為嚴肅性的文化刊物，如果增加一點輕鬆的故事性、小說性文章，應該是無傷大雅。希望讀者能夠接納，作為飯後清談之資。凡例以一則故事為一單元，文法力求通俗，關鍵性詞彙擬用方言，以符鄉土化原則。凡故事中相關事物，例如風土人物、宗教信仰、歲時年節行事、物類品名、生活習慣等等之描述，皆以小說化方式處理，務求詳盡。冀將人與事物，皆能與當時的風尚、社會形態揉合，除了有關毀譽的人名、店號皆用假名以外，其他一概不避世俗忌諱，以存其真。撰寫範圍錯雜廣泛，涵蓋多面性社會事物，故難作有系統之整理，其中有雅有俗、有善有惡。聖人言：「見賢思齊，見不賢而內自省」，取捨在於讀者。個人力薄、才拙，倉促成文，綆短汲深，缺失必多，旨在拋磚引玉，尚望博雅有以教正。

丙寅清明後二日草於夢蟾樓燈下

二、鬻子

（一）池畔驚魂

北頭的黃昏，一彎新月掛在海邊，天上無雲，只有絲絲海風，傳來一點涼意。遠遠可以看到稞葉樹邊的幾戶人家，透出了微弱的番仔油燈光，看來今天又有個寧靜安祥的夜晚。阿忠挑著一擔剛晒乾的漁網，從網埔回來，網埔到東石，雖然只隔著一個大魚池，然而在狹長又崎嶇的漁池岸，肩上百來斤重的擔子，委實不好走。

　　四周漸漸昏暗，阿忠後悔不該這麼晚纔回來，只因為黃昏的海邊實在很美，狂濤拍岸，激起了白色的浪花，阿忠躺在翠綠的草地上看著晚霞，繁忙辛苦的討海生涯，難得有如此閒情，欣賞落日美景。待收好了漁網，同伴早已走光了，一個人實在有點害怕，阿忠想起了老一輩們常談的故事。

　　「網埔是昔日的甲場，犯了死罪的便押到這裡處決，雍正年間，曾經有個姓陳的搭了運米的平底船，從泉州來到鹿仔港。因為在故鄉晉江，無以為生，聽說有位遠房親戚到鹿仔港做生意發了財，想來投靠他，不料，上岸隔日便被誣指為強盜殺人，被官府枉判死刑，於一個風雨交加的日子，在此被砍頭，因此冤魂不散，時常在月黑風高或濛濛細雨的夜晚，在此哭泣……。」

　　想至此，阿忠不禁打了個冷顫，趕緊加快腳步。

　　「……」似乎有什麼聲音。

　　「不會吧！」阿忠覺得奇怪。

　　「嗚……嗚……」

　　好像有人在低咽，阿忠回頭一看，那裡有人，四周靜悄悄的，又走了幾步。

　　「嗚……嗚……」

　　是，低泣聲，聽得很清楚。阿忠故意頓一頓足，將扁擔換了肩，壯壯膽子，急向東石走去。

　　「嗚……嗚……」很近，「會不會是……」，阿忠覺得身上的毛孔直豎。就在此時，忽然一團黑影從身旁一幌。

　　「噗通！」

　　阿忠嚇了一大跳，本能地大叫一聲：「誰？」

　　無人應聲，昏暗的四周靜得出奇，阿忠感到一陣冷，由腳尖直透全身，雙手似乎發硬，兩足也不聽使喚。

　　「通！」肩上一擔魚網不知何故，掉入池塘裡，

　　「鬼啊！鬼啊！」阿忠大叫，拔足而奔，附近人家聽到驚叫聲，

有幾個人由門縫伸出頭來看個究竟。

阿忠拼命地往自家門前跑，看見有人，雙足一軟，倒了下去，鄰人聞聲圍集而來，合力將阿忠扶起。

「發生了什麼事？」

只見阿忠瞪著雙眼，喘著氣，卻一句話也說不出來。眾人忙把他抬進屋內，在昏暗的燈光下，只見他的臉孔白的可怕。「是看到什麼？」「大概是驚嚇過度！」「出門時還好端端的，為何變成這樣？」「一定是沖犯到什麼？」屋裡人越來越多，你一聲，我一句。

「不對啊！聽！大家聽！魚池邊，狗在吹螺！」

眾人全都靜下來，個個臉上露出驚惶的神色。

「快！快去請阿元仙來！」是清塗伯的聲音。

（二）問神作法

北頭靠海，是鹿仔港市街北端的防線。有一段時期這裡是後壁港的港口，與碼頭區，是有名的漁貨集散地。每年九月起的「九降風」，直到新年春天來臨，近四個月的時間，多半是凜冽的寒風天。為了克服惡劣的天候，北頭的住宅群建得很密，一列列整齊低矮的磚造房屋，盡皆坐北朝南。巷道縱橫交錯，狀如魚網，術家說，北頭乃漁夫撒網吉穴。外來人一到巷內，就像誤入迷魂陣，非經熟人指引，很難找到出口，因此盜賊不敢入。

阿忠家是半四合院式的紅磚老屋，大廳約有丈四、五深，丈二、三寬，鹿港寸土寸金，在北頭住宅有如此規模，也算是小康之家了。

夜已深，廳上擠滿了人，長案桌上除了原有供奉的媽祖婆以外，多了一尊李五爺的神像，久被香煙薰繞而顯得紅潤光亮的神容，有種不可侵犯的威武與莊嚴。桌上放了一把貼有靈符的七星劍，一碗清水，上面有枝綠色的榕樹枝，一只壽金，一小疊李五爺的靈符，桌邊排著文房四寶。阿元仙是北頭有名的法師。少年時跟一位唐山來的老師傅，學了很多的符咒與法術，也讀了不少書。不論山、醫、名、

卜、相，都有相當的研究，角頭的公事，大都少不了他。他在郭姓族內，輩份很高，年歲也大，尤以他為人誠實忠厚，很受到鄰里的敬重與信賴。討海人家都豪爽而善飲酒，而阿元仙雖然生長在北頭，卻是滴酒不沾，他唯一的嗜好是抽水煙，平時出入，水煙斗不離身。

阿元仙依習慣坐在八仙桌邊。抽了一口煙，把水煙斗放桌上，拿起硃筆，在一張長方形黃紙條上畫符，先點了三清點，並寫上敕令呂山法主押煞罡等字樣，用筆頭上、中、下點了三下，放在一旁備用。

廳上火燭通明，香煙縹緲。阿元仙站了起來，從椅子上的包裹裡取出一件褪了色的，黃底繡有龍虎的腰裙，縛在腰間；一條丈二長，用瓊麻編製的法索，環掛在兩肩，用香木雕刻的法索頭則插於腰間。

阿元仙用右手中三指夾了三支香，叉手齊頭向門外一拜，將香插於天公爐，再取了三支香，面向神位一拱，將桌上一張「清淨符」焚化在碗中清水裡，食、中兩指伸入水中，舉手向上一彈，算是清除了廳上的污穢，再向自己額上一點，胸前一劃，算是淨了身心。只是他口中唸唸有詞，開步在地上踏了「七星」，再向神明一稽首，將香插在香爐中。

「通……通通快！通……通通快！……」鑼鼓開始鳴了。兩個中年男子合抬了一座「手轎仔」，站到大廳中央。

「拜請啊啊咧恩主啊！李千咾歲兮，頭戴啊咧金盔兮，唎哆身啊穿啊袍啊……弟子啊咧一心啊，專拜老請啊，恩主啊咧王爺啊，唎哆親降啊臨啊，神兵啊咧火急啊，唎哆如律啊令啊……」

規律的鑼鼓聲中，一群呂山門下弟子齊聲唱著「請神咒」，一段完了，又換了另一段……。

時間過了很久，兩個抬手轎仔的終於有了反應。其中的一個全身開始顫抖。

「呼呼呼……」「砰砰砰……砰砰砰……」

動作越來越快，聲音越來越大……鑼鼓節奏也轉急了。

「天蒼蒼，地茫茫，本師為我發毫光，祖師為我發毫光，發起

毫光炎炎光，發起毫光照殿堂，恭請恩主來扶乩，恭請恩主來扶童，扶童身，扶童郎，扶起乩童來開口，開口指示報分明，神兵火急如律令！……」

乩童開始跳了，雙手緊握著手轎仔，在廳上跳躍、旋轉，「砰……砰……砰……」是乩童的拍桌聲。

神明降臨扶乩了。催神咒已停，鑼鼓也靜了下來。

乩童以極為忿怒的浩氣，大力拍桌曰：「本府李也……」

阿元仙忙著向乩童說：「恩主請息怒，小法無事不敢勞動神駕，只因信士郭大忠，戊戌年三月十七日吉時瑞生，現年二十一歲，今日外出歸來，突患急病，恐有差錯，敬請恩主降臨，查明因由，惠與排解，庇佑……」並將今夜發生之事，從頭到尾向神明稟告。

只見乩童大叫一聲：「敕令！」

阿元仙持令符呈上，乩童舉起右手用中指在符上劃押，口中唸唸有詞，叫聲「敕！」用手一拍，言曰：「小法，本令符門外化之！」

阿元仙令人持符在大門外火化。

乩童全身顫抖不停。頭部不斷地左右擺動，忽然大力拍桌，用手指在桌上寫了一個字「冤」！

阿元仙不慌不忙地答道：「恩主啊！信士阿忠為人老實古意，一向安分守己，從來未與人結怨，何來冤情呢？」

乩童又開口說話了，雖然口齒不太清，旁人聽來一知半解，阿元仙側耳傾聽，不斷地點頭說：「是！是！是！」

乩童說完了，阿元仙便向眾人翻譯道：「王爺說，有冤情，事態複雜而嚴重，阿忠運氣不佳，半途有所沖犯，祂要設法排解。」

乩童再拍桌大叫曰：「眾小法聽明，速準備草人一尊，更衣二只，白銀一只為患者替身，送出東北方而去，待本府再敕令符一道，在東北方投下「遊路婆者」，患者痊癒後，以小三牲一副，五味一筵，更衣、白銀各五只，在魚池邊祭拜叩謝，切記。吩咐境內眾善信，七日內夜間勿外出，如有急事則持本府靈符護身，不得有誤！」

眾人唯諾，阿元仙一邊教人準備替身用物，再向乩童曰：「信士阿忠病狀不輕，請問恩主，可否開君臣與之調服？」

　　乩童點頭同意，一邊拍桌，一邊思考，慢慢唸出藥名，阿元仙一一書於壽金上：「伏苓、鉤藤、山渣、蟬蛻、防風、枳殼、紫蘇、甘草、各二錢，清水二碗，煎八分，藥渣碗半，煎八分。」

　　書畢，眾人早將替身用物備妥。阿元仙取了一張壽金，寫上阿忠的姓名、生辰、包了阿忠的頭髮、指甲，合一束銀紙，用黑白色線，纏於草人身上，取起硃筆，口中唸唸有詞，替草人開了眼、鼻、耳、口，點了手、足，喚來一個人，持了草人，到房內，在阿忠胸前劃了三下，在背後劃了四下，口中唸曰：「前三，後四，好的替來，歹的替去。」唸罷，叫阿忠向草人呵了一口氣。

　　另一方面，阿元仙準備了一碗鹽水，並將先前畫好的押煞符焚化於內，捧起鹽米，叫道：「天清清，地靈靈，吾奉呂山法主親勒令，六丁六甲神將聽吾命，一把鹽米化作千萬兵，毫光萬道劍氣騰，驅逐妖邪魑魅遠離境，急急如律令，敕！」

　　唸罷，將鹽米撒於房、廳各角落。

　　此時乩童手持七星劍，迫到阿忠房門外，持草人者急自房內走出。奔向大門外而去，阿元仙追在後面，舉起法索，邊打邊唸道：「一聲鞭響天門開，二聲邊響地戶裂，三聲編響五雷鳴，兇神惡煞速離境，逆我者亡，順我者生，急急如律令，敕！走！」

　　急促的鑼鼓聲中，乩童在一群人簇擁之下，追到魚池邊，待持草人者走得很遠了，方轉身回來，進入大廳，拍桌言道：「小法，速將本府靈符，安貼於本家門窗，七星劍一支安鎮廳上，七日後，本府自會處理。」

　　「有事速報，無事退堂！」叫罷，全身向後倒下，背後早有人在等待，扶起了乩童。

　　神退了，只見乩童滿身是汗，有人忙著備水讓他洗濯，令有人端著茶水，分給眾人，廚房也早已煮好點心，請大家止飢。

阿忠的母親頻頻向眾人稱謝畢，急著問阿元仙道：「先生，我的孩子要不要緊？」

「阿忠只是驚嚇過度，並無大礙，一兩天自然會好，你不必擔心。」阿元仙剛答完了話，便有人向他說：「家裡有客人來，已等了很久。」阿元仙聽罷，便向眾人告辭，先行回家了。

阿忠的母親還是放心不下，知道清塗伯深諳醫理，便再請教他。

清塗伯答道：「驚嚇本身並非病，因為人體自然抗力，受到偶發的刺激，而導致神經系統協調差錯，因此容易誘發外感，或內傷之諸般症狀。一種是屬於感染性，即病毒性的；另一種是心理性的，即精神性的，就是一般人所說的神經衰弱，平時多疑慮，容易有錯覺，因而發生疑神疑鬼之事，而神明所開的藥方，大致是屬於無害性的，醫理上並無重大意義與治療效果，但藉宗教施為，卻能產生一種信仰安定作用，有助於患者的心理治療。本帖是鎮靜及預防外感之藥，可以放心服用。大家應該了解的是，宗教的目的在於導人向善，乩童作法，雖然近於迷信，如果懂得善用，也有它的好處。」

清塗伯藉機向眾人說明了宗教施為的真正意義。

大家吃完了點心，收拾好法事用具，便各自回家了。

夜已深，廳上蠟燭將燼，阿忠的母親關了門戶，到了阿忠的臥房，此時阿忠已經完全清醒，它向來孝順，深恐母親擔憂，便向她道：「阿母，你千萬別煩惱，大概是我胡思亂想，才會發生此事，現在已經沒事了，你回房休息罷！」

「王爺公會庇佑你平安無事的。待天明，就去買藥煎服，你也累了，好好睡罷。」

阿忠的母親說完了，便回房休息。

阿忠一個人躺在床上，想著今夜發生的事，不久便昏昏入睡。

忽然看見一個年紀在四十開外，衣衫襤褸的婦人在門外，企圖進入大廳，卻被二個武裝打扮的魁梧大漢擋住。一個上穿黃色馬掛，另一個則穿紅色的，三人在門外爭論：

「妾是奉准而來，你們不該阻攔。」

「冤有頭，債有主，豈可胡來！」

「黃家旺氣太重，妾不得入，故欲暫寄此宅等待。」

「恩怨是黃家之事，與此宅無關。」

「因本宅正逢衰運，劫數難免，方敢來。」

「本家氣運雖衰，因數代行善積德，足可抵消應有的災劫，切勿逞強，而干天怒。」

「妾含冤未雪，情實不甘，請二位格外施恩。」

「我們奉命保護此宅，誰也不准進入。」

此女看二人不許，便硬要闖入。阿忠看見穿紅馬掛的，從腰間抽出一把長劍，毫光閃閃；穿黃色的則抽出一支九節鞭，發出萬道金光，將大門罩住。

此女屢闖不得入，忽然變得蓬頭散髻，面目猙獰，慢慢伸出了十指，指甲很長微向內彎，指甲尖有一小點螢光，這些小點螢光竟然漸漸擴大，及於雙手，而臉部、頭部，終於全身透出了青色的磷光，突然向前一衝，舉起雙手，向二個大漢抓去。穿紅衣的忙趨前，舉起長劍擋住，瞬間，指甲尖碰到長劍，「轟！」一聲，如天崩地裂，火星四射，此女向後踉蹌了幾步，險些倒下。接著另一邊的九節鞭也順勢而下，女的想迴避已來不及，只聞一陣尖銳的哀叫聲，阿忠從睡夢中驚醒了。

（三）浣衣談怪

雞啼聲與鵝群呱噪聲，打破了清晨的寧靜，東方魚肚初白，冉冉炊煙與晨霧交織，清爽的曉風飄來陣陣飯香。也許，住在繁華、熱鬧的五福街的人們，還在酣睡美夢的時候，北頭的人家早已開始忙碌的一天。討海生涯都隨潮汐進退，工作時間很短，就是常說的「短流」，必須在天亮前趕到海灘，以便天一亮就開始工作，採蠔，或整理蠔園。因此，有的人在一大早便忙著整理漁具，準備出海。有的在

趕牛前往網埔放牧，婦女們也已準備好早餐，三五成群蹲在池塘邊洗濯衣服，搗衣聲此起彼落。

阿香，秀玉、春桃與素梅，是好鄰居，每天早晨，都會不約而同的在一起浣衣，今天早到的秀玉與春桃，阿香與素梅則姍姍來遲，只見兩人各端著一大面盆的衣服，邊談邊笑，走到池畔。

俗語說「三個查哺便火燻，三個查某紡車輪」，女人聚在一起就像「雀鳥仔噪林盤」喋個不休，今天也不例外。春桃平時最多話，一見阿桃便問：「阿香，昨夜你家隔壁，人聲吵雜，有什麼事嗎？」

「聽說阿忠在魚池邊見了鬼，驚嚇過度，所以連夜問神。」

「結果如何？」

「乩童說：有冤鬼要尋仇。」

「阿忠一家人都很忠厚，那有可能？」

「不是找他，是找別人，是阿忠身衰年運低，才碰到的。」

「噯呀！一定是找阿獻的。」素梅插嘴說：「你們還不知道啊？阿獻家裡最近發生了很多怪事，聽說常常鬧鬼。」

「不要亂講，那有那麼靈的！」秀玉有點不信。

「我家死鬼也說過，只是我不太相信。」阿香說。

「原來如此！前幾天我看到阿卻到王爺宮，去請了一尊李王爺神像，昨天又看到她請了一尊關帝爺，接著又請了郭聖王，聽說昨天又請來一尊蘇王爺，我猜一定有事，不然請那麼多神明做什麼。」春桃若有所悟地說。

「噯唷！人命關天，貪財而害了人命，一定會遭到報應的！」又是素梅的話，她最愛加油添醋。「請神明啥用，神是保護善良人的，做了虧心事，神會保佑嗎？」

秀玉急著問道：「素梅，你說鬧鬼，真有這種事？」

「關帝爺口大家都在議論紛紛……。」

素梅放下衣服，開始敘述她所聽到的傳言：

五、六天前，阿獻為了趕「靜流」，準備「放鉤釣」，「獵笨

鯊」，連夜出海，走到「林投公盤」竟找不到竹筏，別人的都在那裡，只有阿獻的不見了，問了很多人都說不知道，而且幫他找了半天，還是不見蹤影，大家等不及，便先出海去了，阿獻只好回家。到了門口，不知何故，一向關著的圍牆門竟開著，連大廳的門也未關。

「這麼晚了，為何未關門？」阿獻邊想邊入大廳，忽然來一陣冷風，桌上一盞昏暗的番仔油燈火險些熄滅，阿獻忙伸手把火圍住，卻看到長案桌上的祖先神主牌倒伏在桌上，但中間土地公像卻好好的。

「奇了，其他東西都原封不動，為何神主牌會倒下？」

阿獻將神主牌放回原位，忽又吹來一陣風，把燈火吹熄，阿獻忙把廳門先行關好，再由衣袋取出了火柴，點燃了燈火，想轉身入內，但目尾一掃，真是嚇壞了，剛排好的神主牌又倒伏在桌上。

「阿卻，阿卻！」阿獻大聲呼叫太太的名字，心裡毛毛的……。

「阿卻，阿卻！」無人應聲，屋裡靜悄悄的，阿獻心裡很氣憤，「七暗八暗的，人都跑到那裡去了？」

看不到老婆，阿獻習慣地走到房門外，把房門一推，想看見老婆在不在房裡，房門一開，阿獻這一驚非同小可。只見一位蓬頭散髮，穿白衣，身材瘦長的女人，在床上面壁而坐。

「你是誰？」阿獻大聲叫問，定神一看，那裡有人，只是一件白色的上衣。「怪了，分明看到有個女人……。莫非是眼花？」

一連串的怪事，阿獻開始慌了，三步作一步走，從家裡跑到關帝爺前，才看見他肥胖的太太阿卻，正由東石那邊走來。很巧的，阿卻也在找他。阿獻很生氣地問道：「你跑到那裡去，連門也沒有關？」「出來找你啊！」

「找我？我出海去，你到那裡找我？」

「剛才有個女人在我們家門口，說你掉了竹筏，在魚池邊等我，要我快去，好像很急，所以我到魚池邊去，卻見不到人，所以又回來了。」

「沒有啊，是誰說我在魚池邊的？誰會知道我掉了竹筏？」

「那個人說的啊，穿白色上衣、瘦瘦高高的。」

阿獻聽說是女人，穿白衣、瘦瘦的，就想起了剛才在房裡所看到的。

「女人……，穿白上衣，瘦瘦……女人穿白衣……瘦瘦的……」

阿獻反覆地說了幾遍，突然雙眼直瞪著阿卻，

「女人，女人，穿白衣，瘦瘦的，剛才在床上……」說罷，雙手舉在胸前，開始發抖，面色漸漸轉白，雙眉深鎖，表情很恐懼，以極為細微的聲音說：

「我……我……不是我……不是的，我不是有意的……我……不是……」說完，雙足一軟，在阿卻面前跪下：「饒了我罷！我再也不敢了，我……饒了……我……」

阿獻在地上，頻頻叩頭求饒，阿卻見狀大驚，叫道：

「你瘋了，我是阿卻啊！」

附近人家聞聲都跑出來，圍了一堆人，大家都手足無措，不知如何是好。阿元仙的住家不遠，聽了鄰人說，趕到廟口來，見了阿獻立即上前，大聲一叫，用手在阿獻的天靈蓋打了一下，阿獻才醒了過來，阿元仙忙幫著阿卻，把阿獻扶回家去。阿獻就這樣生病了，聽說很嚴重，不分日夜瘋言瘋語，雖然請了數位名醫，都不見起色，所以只有問神一途了。

素梅一五一十地說完了，大家都七嘴八舌又講了一大堆話。衣服洗完，便一個個地回家去了。

池邊又恢復了寧靜，池水澄澈如鏡，一群戲水的鵝鴨激起了陣陣漣漪。雲開，霧也散了，曉日高掛晴空，討漁的成群結隊，一大早就出海去了，只有幾個小孩在巷口作捉迷藏的遊戲。小春十月，是九降風過後一段絕好日子，就像春天一樣暖和可愛，只是，今天早晨的北頭，顯得很寧靜，靜得有點異常，一排排古樸明麗的紅磚老屋，在晨光照耀中散發著神秘而誘人的色彩。

「豆花啊！……」小巷中傳來一聲悠揚、清切的叫賣聲。

（四）夏日閒情

　　一陣西北雨沖淡了午候悶熱，儘管六月的驕陽炎威可畏，而徐來的南風，卻薰人欲睡。午後乘涼，的確是一種享受，趕市集的也早已賣完魚貨回來了，不分老少，吃過午飯便陸陸續續聚集於此，關帝爺前又開始熱鬧了。

　　拜亭的石階上，瑞芬與夢花並排兒坐，各拿著一卷論語，正聚精會神地背誦。兩人都是十一、二歲的樣子，清秀的雙眉，明亮的大眼睛，長得很英俊，加上被太陽晒黑的皮膚，愈顯得健康、活潑。在鹿港不分貧富貴賤，大都對子女的教育特別重視，北頭也不例外。孩子們一有空閒，便手不釋卷，也許這一點就是鹿港數百年來，文風不替的原因吧！

　　在邊門一角，大肥松上半身斜倚在磚造的廟牆上，鼾聲大作，睡聲正酣，大肥松只有廿來歲，身高五尺二、三，卻有一百五十餘斤體重。因過於肥胖，所以行動教為遲緩，但卻力大如牛，可擔上五百斤魚貨。他的食量頗為驚人，一餐需吃三「大海碗」的飯，菜肴還不算呢！此外，他還有一項特別的，就是坐到那裡，睡到那裡。俗語說「胖子貪睡」看來真有其道理。

　　拜亭前的兩張竹椅上，來旺叔與阿勇伯相對而坐。中間的矮桌上擺著一盤象棋，似正戰得難分難解。突然「呯」的一聲，阿勇伯出其不意「牽車」吃了來旺的黑炮。來旺叔嚇了一跳，急著說：「不算，不算，這一步下錯了，要換一步。」，阿勇伯聞言便板起臉來，大聲地說，「不行，舉手無回大丈夫，被吃了還要換步，豈有此理！」兩個開始爭個不休。他們已七十餘歲了，還在出海。而且工作效率不讓少年。討海生涯，有時須等候「流水」（即潮汐），有時遇到天氣不佳，就不能出海，在閒著無事做時，都以飲酒或賭博消磨時間。但因年歲大了，精神綜合此少年差，視力也減退了。已不適合賭博，酒量也大不如前。因此便以下棋為消遣，但下棋還是有「輸贏」的。一盤棋賭半升米酒錢，他們都說：「有輸贏才刺激」，雖然輸贏錢數不

多，一樣可以過過賭癮，老了，就這樣自得其樂。

鹿角司是造船的好手，以前在「虎頭澳」當師傅。虎頭澳在低厝仔。濱臨「港溝」，靠近「黑貓橋」，在鹿仔港出入的船隻就在這裡修護。鹿角司姓黃名煥章，人很誠實，但有一種怪癖，買東西時總要人家送一點免費的。不給，他會硬要，並說：「這個拔鹿角」，拔鹿角是一句口頭禪，即白要之意。由於他要求拔鹿角的，多是一些不值錢的東西，久而久之，大家便習以爲常，任他自己去拿。就因這樣，他被取了一個「鹿角司」的外號，而不叫其眞名，他也不以爲杵。

相傳鹿港昔日產鹿、鹿肉、鹿皮、尤其是鹿茸，價值都很昂貴，只有鹿角沒人要，凡獵到鹿，皆任人免費拔其角，因此「拔鹿角」便成爲白要的代名詞。鹿角司年紀大了，早把工作交給兒子，過著清閒的日子。只見他坐在太師交椅，左手托著水煙吹，右手的拇、食指夾了一根「紙燃旋」，是用粗紙捲成的，一邊燃轉，一邊用口吹燃了火，再點燃煙絲，舒舒地吸了一口氣，煙斗裡的水在「漠漠」作響，水聲一停，便見從他的鼻孔裡吐出了淡淡的紫煙，一付悠然自得的神態，眞令人羨慕。

在正殿的神案一旁，阿派哥坐在鼓椅上，閉著眼睛，手拉著二弦。「公六×工上，上公×上士……」是百家春的調子，百家春是喜慶時演奏的曲子，稱得上是家喻戶曉的名曲。說起阿派哥的大名，就像百家春的調子一樣，全鹿港的人都知道。他是名票「玉琴軒」的成員，當年玉琴軒經常在台灣各大街市公演，名氣很大，是一高水準的北管子弟團。成員大都是富家子弟，而且皆讀過書，進過學堂，論身分、學識皆高人一等，而且不惜重金從大陸聘來名票指導，因此聲名大噪於時。阿派哥是名票天賜仙最得意的入門弟子。他專攻小生，是玉琴軒的台柱，不但唱作俱佳，於金、石、絲、竹、匏、土、革、木，皆有很高造詣，嘗言「月笛、年簫、萬世絃」，學吹笛子只要一個月便可學會，學簫則須一年，但學絃必須有天份，否則學了一生也難有所成。而阿派哥「見傢私合手」，每樣樂器都很精，是天才型的

藝人。他長得很英俊、瀟灑，蛋形臉、蔥管鼻，膚色如施薄粉，唇紅如點胭脂。兩腮微泛桃紅，眼如丹鳳，眉如彎月，宛如潘安再世。只要他一上台，必會引起全場騷動，觀眾歡呼聲齊起。他的丰采，他的演技，不知迷倒了多少黑皮豬（凡觀眾迷上戲子，戲團到那裡表演便追隨到那裡，這一種戲迷便稱爲黑皮豬，意思是說像黑皮毛的豬一樣，只要聞到餿水味便跟著走）。昔日社會階級有嚴格的分類，譬如三教九流，九流中還分「上九流」與「下九流」，戲子屬於下九流。據說，封建時代，凡下九流出身的，不能當官，縱有才華，科舉及第，只要查出是下九流出身，即除其官籍。但子弟團卻例外，因子弟團並非職業性演藝團體，而是具有娛樂性與教育性的組織。

唐朝皇帝李隆基好音樂，宮廷設有梨園，成員都是官家子弟，相傳李隆基本人亦曾粉墨登場。往昔民間票房的成員大都是世家子弟，故稱爲子弟團，以別於一般戲子。阿派哥婚後便離開玉琴軒，回北頭家幫其父親管理業務，家裡有三艘漁船，收入頗豐。後來他曾在北頭組織「玉成軒票房」，教了不少學生。歲月不待人，而今阿派哥老了，一切業務全交由子侄掌管，閒著便吹吹簫，彈彈琴，或者唱幾段戲曲自娛，過著與世無爭，悠哉悠哉的歲月。

草猿添與狗屎六，站在拜亭外面，正在討論魚價。草猿添原名添勝，自小好動，喜歡爬樹，身手敏捷如猿，而且表情滑稽，舉止輕浮，所以有「草猿添」之名。狗屎六，本名應瑞，他共有七個兄弟，他排行第六，其幼時多病。相命先生說「此子貴氣太重，恐怕養不活。」建議其父母，另外取一個賤名，破他的貴氣。於是喚他爲「狗屎六」。草猿添拿了一支籜谷扇（即竹籜扇。註：籜谷即崑崙北谷，以產竹名）邊搖邊說：「價錢好，捕不到魚；等到大獲，偏偏遇到四敗六，同樣的魚貨，賣不到一半價錢，」（四敗六即敗市之稱）。大拜拜的隔日，家家戶戶食物尚多，生意必差。昨日是六月廿四日關帝爺誕辰，北頭協天大帝廟、埔頭南靖宮、板店街山西夫子壇、文祠的武廟，皆演酬神戲。相傳關公生前從事兵站，長於算數記帳，曾設簿

記法，發明日清簿。又因商人講求信用，因此皆奉祀關公，視祂爲職業性神祇，此說自有其社會教化意義存在。文祠屬於閤港廟宇。這一天不止是全鹿港的生意人，包括一般住民，大都會準備到廟裡參拜祈福，加上三座角頭廟宇同有慶典，其範圍相當大。閤港性的拜拜，市場消費量大增，對生意人而言，可以大發利市。但隔日的敗市，以收穫不定的漁民來說，未嘗不是一種損失，難怪兩人搖頭嘆息了。

有清一代，每逢關公誕辰，必由鹿港官階最高之武官任主祭官，在武廟舉行隆重的祭典，儀式與祭孔略同，以示朝廷重視修文偃武之義。日據時期，日本當局依然遵照中國「祭武聖」古禮，舉行儀式，由彰化郡警察課長任主祭官，行政主任與分室主任－即警察分局長任陪祭官，但儀式的場面已不如清代。光復後，武聖例祭未再舉行。孔子誕辰雖有儀式，但太過簡單，古意無復存在。鹿港既以傳統文化爲號召，不但祭孔宜遵古禮，也應恢復武聖例祭，以存古風，則對社會教化與鹿港聲名之發揚，應該是有所裨異的。

在牆邊，白賊王在地上鋪了一條舊草席，上面放著一堆土豆，一碗公米酒頭仔，正在酣然獨酌。他的真名叫王永元，因爲平時愛說謊戲人，招數很絕，所以有了白賊王的外號。

隔一條巷道的郭聖王廟內，田舍與照煌正與阿塗交頭接耳，竊竊私語，不知道又再計劃要用什麼花樣害人。田舍住在附近鄉下，家境富裕，但平素好賭，時常設局詐賭，手法極高。大家在背後罵他爲「魁佬田」，魁佬即老千之意。照煌也生於富家，父親是讀書人，可惜短壽，在照煌六歲即病死了。寡母視他爲命根子，過度溺愛，養成了遊手好閒的惡習，長大後嫖賭飲無所不能。不久便將祖先留下的十餘甲田地賣光，平常與一些不三不四的朋友浪蕩，作奸犯科，因此到處不受歡迎，他天生瞎了一眼，人皆呼爲目仔煌。阿塗力氣很大，能肩擔五、六百斤貨，走了五、六里路而面不改色。平時跟著鄰人討海。但生性憨直，不解善惡，只要別人三言兩語煽動，任何事他都敢做。一些壞人看他力大又可騙，便給他一點小便宜，利用他作犯罪工

具。八成今天又有壞事要他去做了。

從後寮仔那邊，一群年青人跟著玉明伯，向關帝廟走來，後面的人各拿著一條椅條（即長板椅）放於拜亭一側，讓大家坐下。玉明原籍晉江，廿歲中了秀才，廿八歲中了舉人，其才華受到泉州府台的賞識，延爲幕僚。玉明生性淡泊，不善應酬，對官僚的腐敗更是深惡痛絕。自謂既無力爲百姓盡本分，不如歸隱山林。乃藉詞養病，渡海來台，目的在遠離是非，於是在鹿港自家開設的船頭行掌管業務。因其個性與商場的市儈氣，及世俗的功利觀念，格格不入，乃將業務盡交其弟玉潤管理。平時除了與地方上的讀書人作詩唱酬之外，就是寫字、繪畫，而不大與俗人交往，奇怪的是他偏偏喜歡討海人的樸實、正直、豪爽。因此在北頭有很多朋友，讀書人的社會地位原就很受尊重，何況他是科舉出身，儘管彼此身分不同，卻相處的很好。在北頭，不管是公事或私事，只要是重要的事，都有他的參與。每日午後他總會到關帝廟來與大家聊天，時常講一些歷史上的忠臣、義士、仁人、孝子的故事。特別喜歡對年青人說一些處世爲人的道，所以大家不但尊敬他，也很喜歡他。

一群在廟邊吵鬧遊嬉的孩子們看他來了，便大聲嚷著：「玉明伯講古。」玉明哈哈笑道：「好，好，讓我想一想，今天該講什麼？」只見鹿角司站了起來，恭恭敬敬地讓出太師椅，請玉明坐下，鹿角司說：「玉明老，你與阿獻的祖父是舊識，大家正想請教你，阿獻一家到底爲了什麼原因，發生了這麼可怕的事情？」「是啊！太悽慘了，一念之差，落到如此下場，實在……」玉明欲語還休，話講了一半，竟接不下去，剛才的笑容也不見了，一副嚴肅而略帶憂傷的神情，使全場吵鬧聲也靜了下來。「好罷！我就講阿獻的身世與往事吧！」經他這麼一說，四周的人都圍了上來。阿派哥的二弦聲也停住了，來旺向阿勇說：「這一盤勝負未分，暫時按下，先聽玉明老講古」說罷，兩個人便收好了棋子，將竹椅移了過來，坐在玉明旁邊。關帝廟內外都擠滿了人，一位年青小伙子，特地從家裡端來一壺熱茶，放在

玉明身旁的木桌上，並倒了一杯，雙手奉上，玉明說「何必如此客氣呢？」「應該的，講古需要潤潤喉」，玉明啜了一口茶，慢慢講出阿獻的故事。

（五）坎坷童年

　　阿獻姓黃，祖籍泉州，祖父恆泰曾在泉州府當過官，玉明當年在泉州任職，與他是同一衙門，時玉明不及三十歲，恆泰已是古稀之年，因此玉明以父執輩待之。恆泰單生一子，名明熙，年輕時讀了一點書，但卻無意於功名。恆泰死後，聽說台灣景氣好，便與幾位朋友連袂搭船到了鹿港，在一家同鄉開設的行郊任職，目的在學做生意，不久在鹿港結婚成家，生了阿獻。

　　阿獻四歲時，明熙押了船貨欲往泉州，不幸在海中遇難身亡，消息傳到鹿港，阿獻的母親竟因悲傷過度而一病不起。可憐的阿獻，稚年便成孤兒，而且舉目無親，幸好隔鄰一位善心的寡婦李氏收養了他，李氏之夫姓王，原在碼頭當苦力，婚後生了一子，可惜夭折。王某也因積勞成疾，年未三十便死了。李氏甘心守節，平時替人洗衣，靠此微薄收入渡日，雖然窮苦，但對阿獻呵護有加，視如己出，阿獻七歲那年，李氏因患了風寒引重病，不久死亡。從此阿獻便開始了孤苦伶仃的悲慘童年。

　　七歲還是一個不懂世事的年紀，但他卻因養母的去逝而悲痛，日夜守著養母屍旁，哀傷不已，地方善心的人士，有的捐棺，有的出錢，有的出力，草草將李氏安葬了。但眾人對者這個孤兒卻束手無策，大家都有難處，無人可以收容他。好心的鄰人看他可憐，常給他一些殘羹剩飯充飢，但人家的接濟畢竟有限，時繼，時續，一個尚未懂事的七歲小孩，肚子餓了，最直接的反應是找吃的，有時餓的發慌，看到可吃的東西就拿。當然東西是別人的，然而在他的年紀，並不知道拿別人的東西是偷，他只知道肚子餓了，需要東西來填飽，因此阿獻成了人人討厭的會偷東西的孩子。阿獻就在別人的打罵、追趕

中，在街頭到處流浪，天黑了，便瑟縮在別人的屋簷下或破廟中過夜。

俗語說：「一支草，一點露，壁邊草遇著攤偏雨。」瞬眼過了二年，阿獻在無家可歸、三餐不繼、飢寒交迫之下，竟然沒有餓死，而且在流浪當中，學會不少東西，他不但了解不能偷人家的東西，也懂得該如何自力更生。他經常在飫鬼庭，自動替點心攤子洗碗，擦桌子，換來一些客人未吃完的殘菜止飢，或者得來一餐晚飯。有時到城隍廟，幫廟祝掃地，整理廟內環境，因此便允許他夜裡睡在廟裡。到廟參拜的善男信女，可憐他是一個孤兒，因此有時會給一些零錢，有人看他衣裳單薄破爛，也會給他一些舊衣褲。阿獻骨瘦如柴，天一亮便想辦法解決肚子的問題。因為年紀太小，沒有人願意雇用他，他只好到處碰運氣，掙一點食物，就這樣一天渡過一天。

一年將盡，朔風凜冽，寒意逼人。但五福街卻熱鬧異常，商店皆擠滿了人，大家正在忙採年貨，準備過年。十二月廿九日大年夜又來臨了，家家戶戶正在門上貼上紅聯，點燈結綵，在神桌上堆疊柑塔，供年糕、春飯，以牲醴祭拜祖先神祇，焚香焚金紙，辭舊歲，全家圍爐吃團圓飯，爆竹聲、鼓樂聲到處充滿了過年的歡樂氣氛。

在昏暗的城隍廟一角，地上鋪了幾束稻草。阿獻今夜依然餓著肚子，蹲在那裡，身上覆著一條從土糞堆（垃圾堆）撿回來的破被單。他第一次感到悲傷，這是他從未有的感覺，飢寒交迫的日子他習以為常，但今夜卻與往日不同。他看到人家團圓，吃著大魚大肉，在家人呵護下，小孩子穿著新衣服在街上嬉戲。而他，連點止飢的東西都沒有。自從中午，對面好心的阿婆給他一碗菜飯，到現在他未再吃過東西，肚子餓得很難受，他就在廟裡倒了幾杯冷開水止飢。大家正忙過年，又有誰會注意到這一個乞丐不如的孤兒，沒有家、沒有父母、沒有親人，一滴一滴的眼淚，漸地濕透了衣襟，他想起了生身的父母，但總覺得很模糊，父母死時他才四歲，因此已記不得他們的面貌。風很冷，阿獻覺得很疲，頭有點昏，似睡而非睡，精神有點恍惚，他彷

佛看見了養母李氏，以慈祥而關切的聲音在喚他：「可憐的孩子，肚子很餓吧！你要忍耐，堅強的活下去。」阿獻情不自禁，雙手抱住養母，便放聲大哭：「娘啊！」

（六）開春見喜

　　新年在國人的生活中，的確是最快樂、最有意義的日子。春天的來臨，表示漫長的寒冬已成過去。草木萌芽、花開、百鳥齊鳴，大地又恢復了蓬勃的生機。新年帶給人們新的希望，人人都在期待，新年會比舊年好。欠了債，只要躲過除夕，初一日子時起，再也無人敢開口要債，否則必會引起眾人的指責與批評。我們的老祖宗，爲了實現「大同世界」崇高、神聖的理想、訂下了這一條千古不易的「不成文法律」，自十二月廿四送神，廿五日天神下降，查察人間善惡。依古例，這一天不能罵人，不講壞話。在媽祖宮前自廿六日起，便有各種戲劇演出，如九甲、亂彈、布袋戲、戲仔（小孩扮演）、傀儡戲、新劇（俗稱改良戲）等的演出，稱「避債戲」，凡欠債怕人催討者，只要到廟前看戲，便無人敢討債，否則必犯眾怒。「非初五隔開，不能討債。」意在讓所有的人，都有一個祥和、快樂的新年。

　　初一日，天還未亮，城隍廟便開始熱鬧了。「夜子時」（夜十一時至十二時，十二時正起便算正子時）便有人陸續來此參香。到了「寅初」，廟中已擠滿了人，阿獻整夜在爆竹聲中，未曾睡好，雖然覺得很疲倦，但因人聲吵雜，知道時候不早了，便起身把破棉被收拾好，到井邊提了水，在走廊一邊的「烘爐」起火、燒開水，以便替廟祝阿塗伯泡一壺早茶，這是自從他住進城隍廟每日例行的工作。在外面阿塗伯正在忙得不可開交，買香燭的、求安平符的、添油香錢的……，看來以他的老邁，實在有點應付不了。好在附近二位好友，一大早便來幫他的忙。

　　天色微明，菜市頭的「富豪」瑞成家的大奶奶淑端，是霧峰林家的千金，她帶來了兩位Ｙ環春梅與香蘭，也來到城隍廟參香。瑞成

家的頭家（老闆）炎舍與阿獻的父親明熙原是舊識，因為船頭行的生意，雙方連繫密切，兩家時有往來，故淑端對阿獻的身世知之甚詳。她看到正在加炭燒水的阿獻，衣衫襤褸，骨瘦如柴，不禁起了惻隱之心，便吩咐春梅：「你回家去，叫廚房端一碗麵線來，從巷內的邊門進來，這個孩子無爹無娘的，實在可憐，快去快來。」春梅看來只有十四、五才，卻很懂事，聞言應一聲：「是。」便轉身回去了。

瑞成離城隍廟只有十來間店舖，不久廚房伙計隨著春梅，端來一大碗麵線，上有豬肝、香腸、肉丸、雞腿，還有兩個紅蛋。「富貴三代，方知飲食」如瑞成家的富裕，對「食」是很講究的。淑端接過麵線，叫道：「孩子，過來一下！」阿獻不知是何事，便跟著她到了後殿廂房，因為香客是不到這裡的。淑端說：「孩子！昨夜有沒有吃飯？」阿獻默不作聲，只是點點頭。因為昨天是除夕，阿塗伯很早就回家吃「團圓飯」去了，沒有人給他晚餐。「可憐的孩子！快！先把這一碗吃了再說。」說罷將麵線端給他。阿獻一看，實在太意外，只見他瞪著雙眼，「是真的給我吃？」好像有點猶豫，終於半信半疑，慢慢伸出了雙手，手指碰到碗，感覺是熱的，隨著一陣撲鼻的肉香，他一手接著碗，一手拿起「箸」（筷子）。雙手有點發抖，飢餓久了，忽然看到美食，一種求生的本能，使他忘了一切，旁若無人地狼吞虎嚥，一下子把一大碗東西，全部吃個精光。

淑端站在一旁觀看，料他一定很餓，才會有這一種吃相，不禁搖搖頭，一聲嘆息：「噫……可憐的孩子！」便再吩咐春梅，回去切了一塊甜粿（年糕）來，「孩子！這塊留著，餓時可止飢。」並從懷裡掏出一個紅包，「新正年頭，身上總要有一點錢，好好留著它，必要時可用，可不要亂花。」阿獻喜出望外，收了紅包，頻頻點頭鞠躬，表示內心的感謝。淑端燒好香，便帶兩個丫環走了。

阿獻把年糕收好，泡了茶端到前殿，便替阿塗伯作些零碎的工作。香客太多，阿獻雖然是個孩子，但手腳敏捷，而且天賦聰明，確實是一位好幫手，在廟裡忙了一天，中、晚餐皆是阿塗伯家裡送來

的，他跟著阿塗伯一起，吃得很飽。今天除了瑞成的大奶奶之外，
很多善男信女，有的將拜拜的糕餅、紅龜粿等可吃的東西，分一點給
他，也有的人給他錢。大家都知道，他是個孤兒，新正年頭，一點施
捨，也算是一件好事，何樂而不爲，何況阿獻身世可憐，所以給錢的
人特別多。

　　夜深了，香客已散，打掃已畢。今年廟裡收的油香錢很多，阿
塗伯從中拿了五文錢給他，算是今天的工資。阿獻很開心，因爲有了
大收穫。回到廂房的角落，把人家給他的粿與糕餅裝在一個棄置不用
的醬甕裡面，這些食物夠他吃上數天，他用破布將甕口封密。便從
「通櫃仔」（口袋）取出瑞成大奶奶給的紅包，拆開一看，內有二十
文錢，阿獻笑了：「嘻！這麼多錢，難怪覺得重重的……。」他再從
懷裡倒出大堆銅錢，在昏暗的屋裡，席地數一數，竟有四十餘文，取
了一塊方形破布將錢包好，偷偷地放在後殿觀音神像座後。「放在這
裡，神不知鬼不覺，有錢才不會飢餓，我必須好好保留著。」他想：
「過了年，已經十歲了，新正初一，竟有如此好彩頭，但願今年會有
好運道，我應該努力找工作，想辦法多賺錢。」躺在稻草上，蓋上破
被，夜很冷，但他心頭卻覺得暖暖的。瑞成的大奶奶，一碗熱騰騰的
麵線、一塊甜粿、一個大紅包、……一年又一年，孤苦伶仃的日子，
何曾見過如此好心腸的人！他很羨慕別人都有家、有親人、有錢。
「而我呢？」往事湧上心頭，「但願我也有個家。」他充滿了期待，
夜已深了，阿獻在連串的幻想中進入夢鄉。

（七）東郊迎春

　　快樂的時光，過得也快，初一過了。「初一早，初二早，初三
睏飽飽。」除夕夜一般的習俗，父母都會教孩子不要早睡，因爲晚睡
父母才會長壽。但大部分的家庭在初一元旦都會在一大早起床、點
香燭、開正，在子時（即夜半時分）便可以聽到爆竹聲此起彼落，
初一早大都會煮麵線摻以豬肝香腸、雞蛋及其他如豬雞鴨肉等，這含

有抽壽之意。用過早餐即出門拜年、遊春、或者到寺廟參香。俗語說：「初二請女婿。」初二是回娘家的日子，街上人來人往的，家家戶戶、大少老幼，顯得忙碌而熱鬧。因忙了好幾天，所以把初三這一天定作休息的日子。曾有俗語云：「初一場、初二場、初三老鼠娶新娘。」蓋因新年是一年中難得休閒的日子，很多人會以打四色牌（十胡）或打麻將、搖「豆九」（骰子）作消遣。賭字確實會讓人沉迷，因此有輸盡家產而落魄逃亡者不乏其人。自年終至今，已忙了好幾天，到了初三也該休息休息了。初四接神，燒香以清茶供奉，祭拜如儀。初五隔開，今天起便要恢復正常工作了。初六清肥，在今天要打掃清潔環境。初七是人日，即俗稱的七元。初八完全，無事做。轉眼便是初九日，初九「天公生」，常言：「敬天愛人。」是玉皇大帝聖誕、也是鹿港一地最受重視的大日子。家家戶戶皆以最虔誠之心備辦燈座（黃色）（七月普渡則用紅色。）、香花、五菓、清茶、菓盒、甜碗、菜碗、五牲、酒禮供奉天公。金紙則有天金、尺金、壽金、補運錢等，藉以答謝上蒼庇佑之恩。初十因昨日祭天供品很多，所以今天有了美食，故云：「初十有吃食。」過了天公生，接著便是十五日「上元佳節」，上元的花燈排到十八日夜，稱爲「落燈」。新年的節慶便算告一段落，所以上元的節目也特別多，猶如一場壓軸好戲。除了「看花燈」、「燈猜射虎」、「吃上元圓」，還有龍山寺的「鑽燈腳」、「求十八羅漢籤」，夜半的「聽香」，天后宮前的酬神演戲，各寺廟也有「南、北管演奏」，這天也是「天官大帝」的聖誕，各地善信黎明時，便到舊祖宮後殿「天公殿」參拜，祈求「天官賜福」。生意人最注重上元拜「土地公」，一般人都認爲土地公是掌管「財富之神」，所以正月十五日拜土地公，祈求新年生意興旺，大吉利市，平安發財。所以屬於閤港廟宇的北頭福德祠參拜的香客也特別多。更值一提的是「媽祖迎春」，在台灣，除了鹿港以外，別地方未曾聽過有此活動。「媽祖迎春」異於一般神明繞境，這是曩昔「勸農」儀式的延伸。

　　農業社會首重依時而種，古代民智不開，讀書是宦官人家的特權，一般百姓無福接受教育，所以對農業應知的氣節不太了解，只憑直覺判斷。有時過了「立春」，依然酷寒不斷，而致誤了春耕的時間。因此官府特在立春之日，舉行「勸農」，即「東郊迎春」的儀式。目的在通告人民：春耕下種的時間已到。這是每年一度的大事，始自秦漢或更早。

　　隋禮儀志載：立春前五日，造土牛，耕大犁具於東門外，是日黎明，有司為壇，以祭先農，官吏各具綵杖，擊牛者三，以示勸農。

　　夢華錄載：開封府進青牛入禁中鞭春。

　　又載：府僚打春牛前，百姓賣小春牛。

　　月令載：立春日，天子親帥三公、九卿、諸侯、大夫迎春於東郊。

　　後漢書載：立春日夜漏未盡，五刻百官皆衣青衣，立青旛，施土牛，耕人於門外。

　　後漢書祭祀志載：立春日迎春于東郊，歌青陽、八佾，舞雲翹之舞。

　　類似敘載，屢見於史書，不能盡錄。

　　有關媽祖迎春，在清代本有很嚴的規定與程序，惜因朝代數易，歲月推移，一切古時祭典儀式皆趨沒落，知者不多，謹將鄉先賢，朱啓南、周定山、施讓甫諸先生所言錄下，以存史實。

　　正月十五日，地方文武官員，八郊總理，地方士紳，皆在黎明前集於舊祖宮。以文武官員之中，最高階者任主祭官；次者為陪祭（主官外適未能參加，則以八郊大總理為主祭，按八郊大總理系以媽祖值年爐主擔任，皆以筊定）。敲鐘、擂鼓、焚香告祝，恭請聖母金身上鳳輦。整隊、鳴炮起駕出發。媽祖迎春行列順序如下：

一、路關告示牌：用紅紙書「天上聖母東郊迎春路關」大字，旁註經過街名與目的地。由一人舉牌作前導。出舊祖宮轉東從五福街直到土城口，並在現場排設香案,置宣爐、紅蠟燭、茶几、香花、

五菓、清茶、果盒、鞭炮、金紙於上，案前兩旁插二排青色旗幟。

二、「施」氏黃色大旗一面，施氏大燈一對，燈一面書「潯海」或「臨濮」，「施」字，另一面書「世襲靖海侯」或「十世簪纓」字樣。

　　爲什麼古昔媽祖出巡，必由施氏大燈爲前導，有二項緣由：

　　1、媽祖系由靖海侯施琅將軍上奏康熙皇帝，褒封爲「天后」。

　　2、施世榜獻地建天后宮。

　　　　故以施氏大燈爲前導，以示不忘施氏之功。據傳係始自康熙年間天后宮擴建峻工，入宮安座繞境起一直延續到日據時期。此一規定不知何人所創，但有二項很深的社會教化意義存在。

　　1、發揚我國飲水思源美德。

　　2、有功則存其功，意即有功德與世，世亦永懷其供德，故其立意至善。

　　另因施琅屬於清之八旗正黃旗，故旗用黃旗。

三、大鼓吹。

四、天上聖母大旗。

五、八郊大燈各一對，燈上書各郊之行號。例如「泉郊金長順」、「廈郊金振順」、「敢（應加上竹頭）郊金順鎰」、「油郊金洪福」、「糖郊金永興」、「布郊金振萬」、「染郊金合順」、「南郊金進益」等。

六、鹿港文武官員大燈，書其官銜、出身、姓氏等。如「北路理蕃同治兼鹿港海防、張」另一面書「癸丑科進士」或「鹿港水師遊擊」，另一面「某科武舉、軍功幾何品」等字樣。

七、肅靜迴避牌。

八、主祭官（文官坐轎，武官騎馬）。

九、天上聖母大燈十二對，代表一年十二月，潤月則十三對。

十、媽祖值年爐主大燈一對，上書「天后宮○○年值年爐主、楊」另

一面書其氏族堂號，如「四知堂」等字樣。

十一、爐主坐轎（即八郊大總理）。

十二、大八音吹。

十三、聖母駕前全幅儀仗。

十四、香花女卅六名擔花籃‥妝奩擔仔。皆著青衣（代表春，即東方）。

十五、五彩傘，五支分黃、紅、青、黑、白，代表五行、四季。青色傘為前導，表示青帝司權。

十六、御前清客全館。

十七、媽祖鳳輦。

十八、日月扇。

十九、香擔。

　　行列經過之街道兩旁的店舖、住家皆設香案迎接聖駕，到了土城口，設壇、排香案、供清茶、五果。主祭官、八郊士紳、天后宮值年爐主等排列舉行祭典，恭迎東皇、上香，面東而拜，讀祝、焚帛，即鳴炮起駕由原路回鑾天后宮，詣天公壇，祭神農，典禮如儀，表示緬懷先農教耕教稼之功。禮畢，最後在聖母正殿舉行春祭聖母大典，祈求風調雨順，八節有慶，五穀豐登，國泰民安，儀畢由街眾自由參拜，整個過程莊嚴而隆重，按迎春東郊乃天子之禮。故中研院民族所許嘉氏戲稱「鹿港人想當皇帝，方有此舉」。其實媽祖封天后，其位與帝王同尊。且迎春旨在勸農，故此舉自合禮制，否則滿清政府豈會容人有僭越之舉。

　　上元值得一提的是「燈猜」，鹿港讀書人多，所出題目很多元，雅俗皆有。自四書五經、天文地理、時令節序、人物、風俗、魚蝦、鳥獸、花木、蔬果等等，無所不包。例如：「天下可運於掌也。」謎底：地球儀。「一區園仔鬆鬆，三蕊花仔香香。」謎底：香爐。「目字加兩點，不作貝字猜。」謎底：賀。「貝字欠兩點，不作目字猜」。謎底：資。「呂公釣磯，闔口渭傍，九域有聖，無土不王。」

謎底：國。有關猜迷歷史很久，記得三國時，曹操與其主簿楊修路過曹娥碑，碑後有「黃絹、幼婦、外孫、薑臼」八字，操問楊修：「是否可解？」楊修答云：「黃絹乃色絲為『絕』字；幼婦乃少女，為『妙』字；外孫乃女之子，為『好』字；薑乃受辛為『辭』；解為『絕妙好辭』」。其他尚有很多絕妙謎題，不能一一枚舉。

二月初二是土地公生（誕辰），也是俗稱的頭牙，今天家家戶戶除了準備三牲酒禮到土地公廟向土地公祝壽，下午則備妥五味碗，即五味菜餚、白飯、燒酒、四方金、銀紙、更衣、白錢，祭拜好兄弟。頭牙是一般作生意、開工廠的，包括農家、行船、討海的人、凡是雇有工人或職員的，皆在今夜宴請員工。目的是一年之始，聊備酒宴，表示主人對員工的尊重與拜託：今年一年需要靠員工大家的幫忙與努力，務期生意以及諸事皆能順利，有更好的成果。俗語說：「頭牙無做尾牙空，尾牙無做不成人。」意謂頭牙未宴請員工，等於沒有開始，那裡還有尾牙。一般而言，民間對頭牙宴請員工非常重視，除非很落魄，否則宴請員工事，可大可小，正常的情形，員工大都不會計較宴席的好壞，重要的是看主人誠意與否，嘗道：「誠意食水甜。」經濟狀況不佳，員工都會體諒，而不會計較的。

農業社會，人民勤儉成俗，俗語說：「乞食也著留三日糧。」日常生活該省即省，青蔬淡飯，一般家庭都過得很清苦，難得神誕或者初一，十五犒將，（凡王爺廟每逢初一，十五日大都有犒賞神兵神將的儀式，家家戶戶都會備辦五味菜飯，在家祭拜，謂之犒將。）生意人則在初二、十六做牙，拜「好兄弟」，為了表示虔誠，都會盡其經濟力，用好酒好菜供奉，大家便借機會補給一下營養。俗語說：「忙忙碌碌，旁神福祿。」嘗道：「拜神明兼祭五臟廟。」言之不虛。

說到土地公，應該先了解土地公是何方神聖。顧名思義，土地公與土地有關，民間信仰大都認為土地公是管理土地，即管理地方的小神，卻不知祂本為后土，原來的身分，只有「天」才有資格與祂相比。中國人的信仰中，土地公屬於自然界之大神，或稱「地祇」、

「后土」，又有「社」、「福德正神」等稱呼，與皇天相配。

　　土地對人類、生靈太重要，土地扶載萬物，生養萬物，萬物若無土地何以爲活，自古人類便認爲土地是萬物之母。與天共同掌握萬物的生死，其地位僅次於天，是宇宙中至高無上之神。《易經》云：「至哉坤元，萬物滋生，乃順承天。」又云：「坤厚載物，德合無窮，含宏光大，品物咸亨。」又云：「坤，地也，故稱乎母。」《陸績注》曰：取含養也。《通典》云：「王者父天、母地，故庖犧氏俯而觀法焉。」《史記・司馬相如傳》云：「修禮地祇，謁款天神。」《漢書・郊祀志下》稱地祇爲后土。《後漢書・祭祀志》云：「建武三十三年正月辛未郊，別祀地祇。」《周禮》云：「祭天於圓丘，祀地於方澤。」諸如上述，可見土地神與其崇奉的由來。

　　中國遠自上古以來，歷代朝廷，皆將地祇列入祀典，享受最隆重的祭天地之禮，地位崇高無與倫比，在台灣竟淪爲「田頭田尾土地公」、以小廟奉祀的小神，令人替其叫屈。其實土地公從大神變成小神，是有原因的，按土地神又名「社」既如上述，據《五經異議・孝經緯》說：「社者土地之主也，土地廣博不可盡祭，故封五土以爲社，以報功也。」很可能這是五方土地的由來。《禮記・郊特牲》有如下記載：「社，所以神地之道也。」《白虎通・社稷》云：「王者所以有社稷何？爲天下求福報功，人非土不立，非穀不食，土地廣博不可偏敬也。五穀眾多不可一一而祭也。故封土、立社，示有土尊，稷、五穀之長，故封社稷而祭之也。」《禮記・祭法》云：「王爲群姓立社曰大社，王自爲立社曰王社，諸侯爲百姓立社曰國社，諸侯自爲立社曰侯社，大夫以下成群立社曰置社。」今時里社是也。按周朝制度，二十五家爲里。上述記載說明了在周朝各鄉里便各自立社，祭祀土地神，因爲人類對土地的依賴太深，如因移民或其他原因，在其所到之地，立祠奉祀的情形很普遍，不限於里社，難怪田頭田尾，到處皆有土地公廟了。而土地公的稱呼史乘未見記載，一般人都認爲神應該有個稱呼，《左傳》：「社稷之神爲上公。」祂既是土地之神，

便直接稱祂爲土地公。相沿成俗，人皆以此稱呼。鄭玄《駁五經異義》云：「社者五土之神，能生萬物者，以古之有大功者配之。」以上述言，可見社不只奉祀后土，也配祀其他有功於人群的神祇。「社」字亦作祭名解釋，即祭后土之稱。

　　台灣鄉村，田頭田尾便可看到土地廟，但城市則與鄉村有所不同，一般而言，城市有四方土地，只有帝都始有五方土地，應與上述封五土有關，按封五土是在上古之事，可能始自庖犧氏的時代或更早，庖犧氏係古帝王之號。《史記·三皇本記》云：「大皥庖犧氏，養犧牲以充庖廚，故曰庖犧。五土乃帝王所封，故只限帝都方可設五方土地，其他地方則少見。」封建時代對各種體制規定甚嚴，如孔子廟，只有縣治以上政府所在地始可設立，鄉鎮只許設文昌祠，五方土地乃帝王所封，故限於帝都可設，一般城市則限四方土地。此制可能始自周秦或更早，歷朝皆依慣例，據云至清季末改。

　　祭祀土地神的日子，古時有如下記載：「仲春祈穀是春祭，社之日也。仲秋穫禾是秋祭，社之日也。」《禮記·月令》云：「擇元日，命民社。」春事興，故祀「社稷」以祈農祥，「元日」謂近春分前後戊日元吉也。按上述元日，非指正月初一，而是指，春分前後戊日。元吉之日，元吉即大吉，所謂戊日即指戊子、戊寅、戊辰、戊午、戊申、戊戌六日，凡春分前後，逢此五日中任何一日，只要是大吉日便爲祭后土之日。蓋因五行干支中，戊屬土，用戊日取其義也。「社」后土也，使民祀焉，祀「社」日用甲。《禮記·郊特牲》云：「祀社日用甲，日之始也。」此處所言，用甲日，則與上述戊日不同，上述差異，可能出自不同年代，或不同地域，《疏》云：「后土即社神也」。《孝經緯援神契》則云：「仲春祈穀，仲秋穫禾報社。」意謂仲春是祈五穀豐收，仲秋則是秋收後報答后土。而所謂仲春是二月，仲秋則是八月，到底二、八月所指的又是那那一天呢？請看如下記載：《正字通》：「社，時令有社日，立春後五戊爲春社，祭后土也，立秋後逢五戊爲秋社。」可見此二日爲祭賽后土之日。

《潛確類書》亦有類似記載。立春後第五個戊日，立秋後第五戊日。此則與上述元吉之日，與甲日有所不同，而立春與春分相差約四十五天，立春大多在正月，春分則在二月下旬，今人用二月初二爲土地公生，取其中，符合仲春祈穀之例。

　　自上古，人類便對大自然特別敬畏，認爲天、地、日、月、星辰、風雨、雷電、山海、木石等等，自然界萬物皆有神，蓋因大自然對人類生死影響太大，如天災地變以及其他突發或難以預防的各種災害，皆認爲是神不悅，所以降災，如果風調雨順，則認爲是神的恩澤，因此有報功祈福的行爲，其目的是感謝天地間相關的神祇庇佑過去的平安，也祈求未來有神的保護、賜福與賜平安。數千年來這一種信仰一直存在，並未因文明進化、世態變遷而有所改變。祭祀、禳災、祈福，已成爲人類生活的一部分。

　　人類對土地的崇拜既如上述，後來不知何故掌管土地的土地公，竟然又轉變兼任財神爺，而成爲農工商賈爭相參拜求財之神。嘗道：「有土斯有人。」先有天地才有人，以此推之，土地神的年紀必然很老，世俗之人便將土地神人格化，塑造一位白髮蒼蒼的老者爲土地公。又言：「有土斯有財。」因此讓土地公一手掌拐杖，一手掌金元寶，成了現在的模樣。

　　人世間不可思議之事太多了，人爲了實現自己的某種願望，竟然異想天開，以爲神明是萬能，對神無所不求，任憑己意，付與神明法力。以王爺爲例，王爺原爲瘟神，現在已變成代天巡狩，不但要求祂保境安民，也要祂能治病解厄，成爲賜財賜福的萬能之神。土地公便如是，人類爲了無窮無盡的欲望，而賦與祂權能，成爲最有神力的神祇，即地方官兼財神爺。

　　話歸正傳，先談鹿港土地廟，鹿仔港街共有五座土地公廟，分東、西、南、北、中。東土地在許厝埔，建於嘉慶年間，後來不知何故，竟變成拱辰宮，主祀神是玄天上帝，土地公成了配祀神。西土地在車圍，同治九年八月建，後來也變爲聖神廟，主神是施王爺，土地

公則移祀於右側。南土地在下街尾，楊公橋邊，嘉慶初年建，光緒十五年左右暴風雨傾毀，土地公像寄祀於文德宮，即溫王爺廟。相傳後來有某信士為祈安把土地公像請到其家，久之被遺忘而不知去向，後來又在一民宅尋獲，移祀護安宮。並重建廟宇祀之。（另有一說：南土地在大將爺廟內。）北土地在船仔頭，稱北頭福德祠，在舊祖宮前，回潮時，整座廟浮在海中。相傳係鴨母穴，風水很好。中土地在牛頭，雍正初年建，嘉慶年間重修時請來蘇府三王爺共祀，誰知後來雀巢鳩占，竟然成為三王爺宮，土地公也成了配祀神。

　　古來有一種傳說，只有帝都始可設立五方土地。鹿港不但有五方土地，稱大眾爺廟為威靈廟，威靈公係都城隍封號。因此有人說鹿港人有爭天下、立國、稱帝的雄心。其實從歷史上不難看出，清廷統治台灣前後二百十一年，政治腐敗，數十次大小革命，目的是推翻滿清，其中如朱一貴、林爽文等，皆曾稱帝，雖然後來事敗，但可看出民心。想造反的人太多，鹿港當時是台灣第二大都市，萬商雲集，民力殷富，人文薈萃，八郊財力富堪敵國，有雄心欲圖天下者，必不乏其人。

　　閒話不談，且說五方土地之東土地廟在橋頭，即許厝埔。其起因在嘉慶十五年二月，楊桂森任彰化縣知縣，巡視鹿仔港，路過橋頭，被一群匪類圍殺，桂森跳轎窗脫身。桂森素擅堪輿之學，精於風水，一見許厝埔係豬母穴，知其俗強悍，必出匪類，正想設法破之，忽見西南方突起一陣狂風，飛沙走石，只見前面一群猛虎正在聳躍追逐，忽然其中一隻巨大的猛虎，對面衝來，桂森大驚，大喝一聲昏倒在地，隨行人員急將其救起，桂森定神觀之，只見一片樹林，那裡有猛虎蹤跡，再仔細觀察，原來是猛虎守林吉穴。桂森轉懼為喜，向隨從言：「只要在虎穴建廟，縱虎咬豬母，許厝埔必敗。」並告之鹿港士紳云：「虎穴建廟，地方必然人才輩出。」依桂森言：鹿仔港龍脈發源於大烏山，大烏山在貓霧束上保，東勢角內極東，於萬山之巔，獨見高大者，為本縣諸山之祖，辭樓下殿，跨越水沙連，見高峰聳拔，

峻秀雄奇，便是集集山，為本縣少祖山，紅塗崎山在彰化城南十里，上平而方，高出眾峰之上，為邑治父母山，（按赤塗崎山粘土適合製磚，故該地磚廠林立，山被挖為平地，而成今貌。）其脈直連邑治（即彰化），有山峰突起，南面觀之，如青龍抬頭，正面看來圓融秀麗，即望寮山，一名定軍山，又名八卦山，為邑治主山，係龍止處，前開大帳，結穴於此，其氣旺而形成彰化城。龍脈從此隱入地下，穿帳過峽，起起伏伏，忽大忽小，脈止鹿仔港，又結成大地，中分數支散開，狀如梅花，四處結穴，按鹿仔港街南有溪，係大武郡山發源西出馬芝遴，至鹿仔港出海。書云：「兩水交界必有眞穴。」故鹿仔港街周圍有多處大富大貴之風水地，待下回分別說明。

且說龍脈剛入鹿仔港，在街之南端，大武郡溪（即鹿港溪）北，不遠處，突起穴星，圓潤方正。秀氣越發，便是猛虎守林吉穴。《憾龍經》曰：「莫道高山方有龍，卻來平地失眞蹤，平地龍從高地發，高起星峰低落穴，高山須認星峰位，平地兩旁尋水勢，兩水夾起是眞龍，霜降水涸尋不見，春夏水高龍脊現。」「此是平洋看龍法，過去如絲或如線，高水一寸即是山，低土一寸水回環，水纏便是山纏象，纏得眞龍如仰掌，窩心掌裡或乳頭，端然有穴昭天象」。查此猛虎守林乃少見之大地，其地也異龍入首，巽水入局，如坐坤向艮，取背面大海為靠山，（按平地論龍，以低為高。）引臨官水入堂，（鹿港臨官位在巽方，即東南方。）對面大肚山為案，而大肚山，形如月眉，秀麗圓融 必出斯文，而虎穴當出武貴或極品之官。綜觀之，此乃大貴之地，宜建文、武廟，以應地靈，五百年間人材輩出，必生文武雙全，輔國安邦的英才。

翌年嘉慶十六年，陳士陶等鳩資建文祠於虎穴，十七年鹿港同治薛志亮捐俸倡建武廟。道光四年，地方士紳倡建文開書院，七年十二月告竣，合稱文祠。有鹿港文化象徵之譽。（同治八年己巳補用知府，鹿港同治孫壽銘分守鹿仔港，慶昌財產充公，購買二萬餘部、二十餘萬冊圖書，作書院藏書，然於日據時期散失。詳情另段分

述。）

　　俗語說：「人算不如天算。」楊桂森以為文祠建立敗許厝埔一切必如預料，誰知凡事皆有定數，當文武兩祠正在大興土木之時，唐山來了一位五十來歲、書生打扮的漢子，正好經過橋頭，六月天氣炎熱，此人遠從彰化一路走來，汗流浹背，看到道傍有棵大榕樹，樹下有人正在納涼，這位書生便在樹下稍作休息，舉目一看，從東南方有丘陵蜿蜒而來，到了大榕樹東邊，突起一高丘，其形酷似豬母，其身彎曲屈伏，卻有抬頭逞威之勢，有十二堆小丘倚偎在傍，有豬仔爭乳之狀，書生暗想，異方來龍結穴，異水入局停貯於前，富庶之地，只惜豬母逞威，雌逞雄威陰陽相悖，有違定律，此地必出強悍之徒。見附近有一口井，便蹲下來想喝一口水，出外人禮多人不怪，說：「這位兄台，本人路過貴地，因為口渴難忍，想分一碗井水止渴，可否方便一下？」只見樹下中年人答道：「先生免客氣，一口水小事耳，只是井水乃生水，台灣多瘴癘，不宜喝，請多走幾步，到寒舍喝一杯粗茶。」說罷便招來客到其家。詳情且待下回分解。

　　且說阿獻自從過年前便想辭了木匠工作，物色一項小本生意做，看飫鬼庭歪嘴坤本來也是做木匠的，俗語說：「工字無突頭，想娶一個某，儉三年也無夠。」因此棄工從商，在其住家前設一小攤賣切仔麵。因為他用大量黑豬骨頭煉湯，加上獨家秘密中藥配方，湯頭濃又香，尤其是其特製的沙蝦丸，口感與眾不同，因此生意特別好，每天半晡（下午二、三點）出攤，暗頭仔（入夜）便收攤，不過三五年光景，歪嘴坤已在三家春建置數甲水田。讓阿獻羨慕不已，躍躍欲試，只恨手頭拮据，多年來省吃儉用，一分、二分……，慢慢積了一點錢，算起來尚不足二兩銀，是小數目，連起碼的小攤頭都買不起，遑論買貨的本錢。一夜輾轉反側，不能成眠，忽然想起關帝廟邊郭源財，專門放利，如果向其借貸一、二兩銀，便可設立一個小攤位，做買賣。

　　記得月前店頭家調派阿獻及二位伙計，替泉郊鴻興號，運般傢

俍，忙了大半晡，滿身大汗，到了中午肚子餓了，正想休息，回家吃飯，裡面來了一位五十多歲的漢子，人很客氣，說：「咱頭家交代，中午請三位師傅在寒舍用餐，粗茶淡飯，請勿客氣。」阿憲三人喜出望外，便跟著他入內，未到飯廳便聞到一陣肉香，阿憲自出世以來未曾聞過如此誘人的香味，一般貧窮人家除了歲時年節，平時那來錢銀買肉，況他是個孤兒，雖然在家具店當學徒，每逢年節或拜拜，頭家請客時，曾經吃過，但今天的肉味確與眾不同，這是他有生以來吃的最滿意的一餐，不只是吃到豬肉，聞到肉味讓他想起了做生意，爌肉能夠煮到這樣香，何患無生意。他想請教陳欽舍的總舖司，如何料理如此好吃的爌肉。他便下定決心，準備賣爌肉飯。

　　二月初二，阿憲一大早便起床，洗好臉便往北頭福德祠，他很節儉，不敢花錢買金紙香燭，只在神桌上取了三支香，在油盞上點燃，便站在神前，把香高高舉在頭上，對著土地公說：「土地公、土地婆，今天是祢的千秋神誕，信士黃憲因為家貧末用牲禮敬奉，只以一片真誠，借三支香給祢祝禱，祝祢千秋萬壽。祈求土地公保佑，我想設攤賣爌肉飯，希望能夠順事平安，因為本錢不足，想向郭源財借貸，求土地公助我完成心願。」言罷磕一個頭，便把香插上香爐。回頭想走，卻看到一位中年婦人正在抽籤，阿憲常聞土地公籤很靈，自忖：「不如抽一支籤問問做生意之事順利與否？」他便在神桌上取了一副竹筊，合掌向土地公說：「土地公伯，我想設攤做生意之事，不知結果如何，想抽籤問吉凶，祢靈感，懇請指示。」言罷從籤筒抽出一支，放在神桌上，合手一拜，掌起竹筊，又念道：「土地公，我想做生意這事順利與否，這一支籤是或不是？」問罷將　擲下，低頭一看，一個陰，一個陽，是聖筊，便掌了籤問廟祝，廟祝一看是第十四首，順手從籤架上抽下該首籤詩，只見上面書道：「璧月掛雲間，游魚上急灘，搬捉魚與月，上下兩艱難。」阿憲急著問道：「請問老伯，這一支籤好壞如何？」廟祝答道：「你問何事？」阿憲答道：「問生意。」廟祝看罷，把頭一搖，說道：「明月高掛在天上，

看的到，卻掌不到；魚上灘，灘上無水，魚無水焉能活命？此籤上下兩難之象，看來不會順利。」阿獻聽罷，半信半疑，自忖：「事在人為。」仍然決定一試。

　　阿獻舉頭一看，日已三竿，便直往郭源財店舖，到了店口，有二位伙計正在埋頭整理帳目，一位年輕的是泉州街黃清靠的次子，名皆得，此人鬼頭鬼腦，善出歪主意，因此人人叫他「鬼仔得」，另一人則是船仔頭郭子興的長男源慶，因小時臭頭，大家叫他「臭頭慶」。阿獻入內問道：「請問二位兄台，頭家源財伯在店嗎？」伙計抬頭一看，原來是那個窮孤兒阿獻，便道：「頭家不在，找他何事？」「想向他借二兩銀，想做生理設攤之用。」伙計知道阿獻一個窮孩子，竟然想借錢，便道：「你要借錢可以，你可有抵押品，如不動產，或者金飾，玉器、古董等等，值錢東西便可？」阿獻聽罷覺得很意外，借錢竟要有價值的東西作抵押，有了價值之物，何必向人借錢。他太單純，對人世間的勢利與現實尚不了解，便說：「二兩不算多，能不能通融一下，我若賺了錢馬上連本帶利奉還，請向頭家商量一下好嗎？」二位伙計皆以不屑的眼光直視阿獻，冷笑一聲道：「免想，無押品也想借錢，出去！出去！」阿獻聞言很不解，借錢並非不還，怎會如此？他尚在猶豫不決時，忽聞鬼仔得大聲叫道：「走！走！不要站在那裡妨害營業，不走，要放狗咬了。」阿獻被趕，不但意外，也很生氣，不借就不借，兇什麼，他只好回頭走了。一路上越想越生氣，自己覺得很可憐，也很悲哀：「貧窮就這樣惹人嫌嗎？錢！錢！我要打拼賺錢，只要有錢就不怕人家看輕。」

　　黃欽舍在鹿仔港係響叮噹人物，其父伯奎係泉州府有名的富豪，是鴻興商號的大頭家，屬於泉郊系統的大戶，其家財百萬，有十三隻橫洋（大船），在福建各大城市皆有分舖，早自康熙中葉便到鹿港設行，賺了不少錢，並在赤塗崎以及彰化城西門外置有百餘甲上等田，最近在五福街買了一棟樓仔，擇吉入宅兼娶媳婦，向施榮泰家具店訂了一大批傢俬，包括全廳家具，所謂全廳是指廳堂上全套的椅桌而

言，正中共三座螭虎腳的神明桌，即長案、疊案、與八仙，兩隻公婆椅，廳兩旁各有二隻太師椅，配一塊茶几。欽舍屬於大戶，廳面當然要比一般人氣派，因此大廳兩旁各用四隻太師椅，二茶几。所有傢俬皆用千年楠木所製，油上干漆，色澤沉紅帶朱，穩重而耐看，廳正中懸掛關帝畫像。旁有兩對萬年紅帖金對聯，中對書：「功存炎漢三分鼎，志在春秋一部書。」另一對則書：「一勤天下無難事，百忍堂中有太和。」長案桌上正中奉祀關帝神像，高尺二，傍以關平、周倉配祀，前有錫製八卦形雙龍弄珠香爐，配以錫製縷花貼金薦盒。兩邊有一對壽字燭臺，一對紅柑燈。中有一副錫製貼金邊禮瓶酌。一對江西磁大花干，上繪牡丹圖，畫工細膩，系出名家之手，價值非凡。左壁掛眞、草、隸、篆，四體書法，內容是七絕唐詩，皆是當代名家所書。外配紀曉嵐書「能受天磨方鐵漢，不遭人忌是庸才。」對聯。右壁上則掛四幅鄭板橋墨竹，旁配「奚須溪照影，自有月傳神。」對聯。

書房則有書櫃，櫃內排滿經史、詩詞等書冊，前有書桌，桌上有文房四寶，一個明朝宣德淨爐，爐中檀香輕繞，學士椅傍有個青磁火鉢，茶几上有福州漆製茶盤，內繪步步高昇吉祥圖案，一個鯉魚化龍造形的宜興金砂茶壺，配五個波浪浮雕的茶甌，一小甕武夷山大紅炮，茶洗、茶匙、茶巾，等泡茶用具俱備。四隻鼓椅，壁上則掛唐伯虎所繪〈芙蓉挹露〉圖。配一對文徵明所書：「清占月中三峽水，麗偷雲外小洲春。」對聯。明窗、淨几，加上一盆素心蘭，清雅而富書香氣息。主人房則有紅眠床、桌櫃、衣櫃、化妝桌、筊椅、鼓椅、尿壺、育桶、屎、尿桶、面盆，面盆架等等。桌櫃上有一支朱漆小旗竿，一具高一寸、寬一寸長三寸的金棺材。富貴家庭嫁女，必有大批嫁妝，除了金銀財寶、尚有田園、厝宅、奴才、隨嫁嫺（即女婢），小旗竿乃取預祝生子功名及第之意。而金棺材則用黃金所製，新娘未來老了，萬一家庭經濟變窮，賣了金棺材，足以辦理後事。不但為了女兒幸福，設想周到，其實也是一 種體面。客廳或稱閑間，有仙

床、阿片床腳墊、六仙桌、笑椅、茶几、花瓶、古董廚等等。兩傍壁上則懸掛書畫，煞是清雅。

一般富戶都會把神明廳、客廳佈置得美輪美煥，畢竟廳堂是一家的門面。因此欽舍另外請了幾位木匠師傅以及雕刻師傅，到家重新裝璜大廳，阿獻的木工手路不錯，被朋友推薦參加製作金屏風，金屏風正面有〈群仙祝壽圖〉人物雕刻，旁刻七言楹聯，曰：「鶴算遐齡開壽域，鳳毛彩色麗人文。」背面中刻翁同龢書陋室銘。旁則配二對聯，書曰：「一勤天下無難事,百忍堂中有太和。」「碧桃歲結千年實，紫鳳朝衙五色雲。」鐵畫銀潋甚具功力。

阿獻與一群工人，化了三個月時間，始裝璜完畢，陳家有很多家奴與女婢，管家的、管帳的、管田園的、管生意的、管伙食的，各司其職，欽舍個性豪爽，難得建置宅第，尤以對臨時顧聘的木工、雕刻司傅都很禮遇，特別交代管家，三餐好好招待。這一段時間，讓阿獻見識了富豪家庭的生活眞貌。

（八）人事滄桑

「光陰如夢難追憶，花落花開已十春」，十年歲月說來是短暫的。但人生有幾個十年？世事滄桑，瞬息萬變，名利的枷鎖，使人沉淪於苦海而不能自拔，浮雲富貴，人世間本來就虛無飄渺，何必斤斤計較於眼前的得失成敗？而作繭自縛呢？嘗言：「十年成敗幾多人。」十年來的變化實在太大了，城隍廟香火依舊，而鹿仔港卻已人事全非。

久執八郊牛耳的罔舍船頭行，其所屬的船隊在一次駛往蚶江途中，經過黑水溝時，忽起「颶頭」，船隻全沉，只有幾個人拉到折斷的帆檣，隨水飄流，幸遇廈門的船隻被救起。罔舍爲了賠貨款，償人命，弄得傾家蕩產。

素以慳吝著稱的矮六舍，因爲掌櫃與姨太有染，兩人趁其往泉州之際，捲巨款潛逃無蹤。矮六舍憂憤成疾，終至不起。

源和行的伙計註得仔，某日清晨到烏魚寮，正逢漲潮，竟發現海上漂來一大木箱，裡頭有泉州寶泰銀莊的銀票五萬兩，以及眞珠、翠玉、金、銀飾類、人參、碎銀等物，查無失主，相傳是沉船漂來的，眞是天賜財寶，一夕之間頓成爲巨富。

　　以粗工爲生的蔡澄明在船上卸貨時，救了一位失足落海的王姓老伯，王某泉州人氏，富而無子，年近古稀尚勤於事業，感澄明救命之恩，收爲義子，見澄明誠實忠厚，乃將泉、台兩地之事業盡委於他。王某死後，淵明便繼承了他的財產。一個貧窮的碼頭苦力，一變而成擁有五隻二千石大船的富豪。

　　在城隍廟，阿塗伯已是八十高齡了。孝順的兒媳們，怕他勞累，故將廟務交與宮後的木旺管理，讓他在家安享餘年。

　　隔壁香燭店的元恩頭，因爲兒子好賭，負了不少賭債，不得已關店，遷往府城去了。

　　石舖的興司，顧工爲人豎立石柱，竟發生意外，被倒下的石柱壓死。

　　城隍廟對面簸割，王能義的長子元溥，只有十八歲，便考中秀才。同科赴考的漢學先生錦興舍年逾不惑，反而落第。所謂「有狀元學生，無狀元先生。」其言不虛。

　　瑞成行的大奶奶淑端，隨夫婿赴唐山，遨遊大江南北，一去經年，尚未歸來。

　　寄宿於城隍廟的孤兒阿獻，自阿塗伯退休，也離開城隍廟，經人介紹，跟一位唐山師父學習木匠。當學徒依例須經三年四個月，沒有薪水，只供三餐。較有度量的老闆，每逢年節，會給點零用錢，其他如平常所穿衣服，或病痛醫療，只有靠自己設法，老闆概不負責。當學徒必須從最微賤的工作開始，掃地、燒茶，供人使喚。遇到刻薄的頭家娘，連倒尿壺也要學徒去做。入門拜師，要行跪拜禮，並呈上紅包，稱「見師禮」。一般慣例，師父很少收取紅包，除非窮得無米可炊。當學徒大多在十多歲，尚無能力賺錢，所以只撕下紅紙，表示接

納，而將錢退回。對阿獻而言，流浪生涯實不好過，當學徒雖苦，但穩吃穩住，何況將來學會了一技之長，不愁衣食。因此阿獻總比別人認眞，肯努力，懂禮貌，頗得人緣。師父見其可教，刻意要栽培他，故傾盡工夫相授，並帶他到王秀才處啓蒙，鼓勵他暇時讀書識字。三年四個月轉眼已到，阿獻已學會了完整的技術，一出師門，便在一家頗具規模的工廠就職。

木匠雖然屬於技術性職業，日子久了難免覺得乏味，少時飢寒交迫的日子，已在其內心深處烙下難泯的傷痕。他一直想錢，只要有錢，才能免於飢餓。俗語說：「工字不突頭。」他日夜不停地工作，也不過是多賺幾文工錢，如要成家，談何容易？也許年輕人較好動，心裡頭總有一絲求變、進取的意念，想找機會作新的嘗試。「窮則變，變則通，通則達。」師父的話時常縈迴於腦際。阿獻今年二十三歲了，一般有父母的人家，早已結婚生子，他下了決心，棄工從商，自想只有做生意，方能賺大錢。但是出外做生意要有本錢，以前曾經聽鄰人說賣搖鼓本少利多。所謂賣搖鼓乃是用一攤小攤子專賣女人用品，如胭脂、水粉、針線、頭巾、耳環、簪花、錢包等等，從此開始賣搖鼓生涯。自鹿港北至大甲、通霄，南至西螺、虎尾，日子過得很自在。只因少時貧窮的日子過怕了，一心想多賺幾個錢。當時台灣盛行鬻子之風，「鬻」者買賣之謂，即不能生育者都會化錢買子以傳香火。鹿港有一位女人，人人呼她爲「甘吉嫂」，專門買賣孩子，故有「甘吉嫂賣人」的俗語。

有一天阿獻擔了搖鼓擔，沿途叫賣，走到西螺，聽說有人因家貧欲賣孩子，他想到鄰家郭某無子，一直想尋找一個健康的小孩，便向主人詢問：「要賣多少錢？」當時買賣孩子有二種方式，即「買斷」與「不斷」，買斷者即是永遠不相往來；不斷者則其家人可以隨時來探望。但是兩者價錢相差很多。「買斷者二十兩銀，不斷者只要十二兩銀。」阿獻回到鹿港便向郭家言明孩子要賣斷的。但是他向賣方說是要買不斷的。阿獻從中賺取不當利益八兩銀，以爲神不知鬼不覺

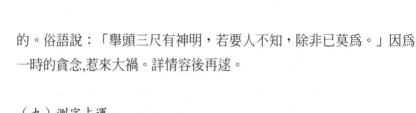

的。俗語說：「舉頭三尺有神明，若要人不知，除非己莫爲。」因爲一時的貪念，惹來大禍。詳情容後再述。

（九）測字占運

　　三月的天氣，暖和宜人，一陣微雨過後，豔陽高照。六路頭依然熱鬧如常，打拳賣膏藥的、變奇術的、賣糖蔥、賣點心的排滿了路邊。阿獻吃過午飯，想往車庭的打鐵仔店補購工具，看路邊群眾圍集，好奇心的驅使，擠入人群中看個究竟。只見中間排了一個小方桌，上蒙以漆布，桌上一疊紅紙字捲，並有筆硯、水盂、白漆小木板，及一捲白宣紙。一位書生模樣的中年人，正在念拋風語（即走江湖吸引行人聚集之語言）。他說道：「測字要測機，斷事憑字義，君子問災不問福，直言論斷分直曲，大事可解卅六樁，小術能知七二變。兄弟不是活神仙，個中玄妙盡師傅。今日相逢總是緣，願爲往來君子英雄豪傑決疑難。出外錢銀三不便，三錢二錢非寒酸，任君誠意助盤餐。靈不靈，當場可試，準不準過後便知。誰人有福開頭市，猶勝結拜親兄弟。來來來！誰人有福氣，做一個開頭市！」只見旁邊有一位老伯舉手道：「先生！老朽先請教了。」說罷從桌上拿起毛筆，書一「委」字於紙上。測字先生曰：「老伯欲問何事？」答曰：「爲子問婚姻。」先生曰：「此大吉大兆也，委字係『禾、女』湊合而成，禾加口則成『和』，女加子則成『好』，婚姻必成，夫婦和合，且有得子之喜。」老者大喜，付了五文錢，歡頭喜面地走了。另有一人書「前」字，欲問病，先生曰：「前字乃箭無頭。煎無火，箭無頭則不能傷人，煎無火則有勿藥之喜。病必痊癒。」問者道：「先生實在高明。」言罷付三文錢而去。又有一人書：「亥」字，因其幼兒病，欲占其凶。先生曰：「亥字乃孩字不見子之象，上爲六不全，中則久不成，下爲人不長，況亥乃時之盡，此兆多吉少。」問者聽其言，忽然雙眉深鎖。便道：「再改一字如何？」先生答曰：「可以。」問者再書「一」字，請再占。先生曰：「一乃生字

之終，死字之始。況是『十』全缺半，祿命應止於五，公子貴庚？」答道：「五歲。」先生曰：「噫！如此湊巧！」問者曰：「再添一字如何以？」並書「水」字。先生曰：「水字欠點難成永，不能永久，安有活命？」問者曰：「天命也。」言罷，付了錢垂頭喪氣地走了。此時在人群中，有一位一著華麗，身材奇偉，面色紅潤的中年紳士，忽然開口曰：「不才請教婚事。」並提起筆書「茆」字於紙上。先生曰：「婚易成，但非名門閨秀，必是妓女。茆字乃花字剩草頭，柳字欠木，乃殘花敗柳之象。至於結果則甚佳，因茆字末筆從節，必能相偕白首。兄台必是貴人，爲何選此？」紳士笑曰：「確是妓女，但有從良意，故欲娶之，但先生何以稱我爲貴人？」先生曰：「諺云『筆法圓淨，清貴無比』先生筆法圓淨，筆力清奇，必有官祿，落筆如行雲流水，知有世外之心，先生必爲官宦子弟，雖無意功名，但世襲官爵，數本前定。而閒雲野鶴，樂似神仙，人間少有，況先生有貴相，富貴清高，自可論斷。」紳士曰：「先生神術，令人折服！」言罷向左右示意，便有隨從人員取了五兩紋銀放在桌上，說一聲：「謝了！」便擠開人群，向五福街而去。街著一位六十開外商人模樣的矮胖老者書一「羔」字，欲問訟事。先生斷曰：「羔字乃義字缺底，恩字缺頭，有恩義斷絕之象。但字形又有惡字不見亞。善字不見口，善在上，惡在下，分明有隱惡揚善之象。當事者如有忍讓之心，定可化干爲玉帛也。」老者不斷頓首說：「高明！高明！」並置銀一錠而去。先生曰：「今日到此爲止，如有意賜教，可在今夜到聚英客棧。兄弟備茶恭候。」說罷便開使收拾攤子，四周圍觀的人群也散了。

　　華燈初上，五福街行人如織，阿獻在城隍廟前糕餅店買了一盒鳳眼糕。便到客棧去拜訪測字先生。測字先生看他年紀輕，卻懂禮貌，便說：「小兄弟欲問何事？」阿獻道：「問前途。」並書一「加」字，先生曰：「諸事只靠努力，勤於工作。晨夕不懈。可望成功。因加字係『力、口』組成。『力』字添『工』便成『功』，『口』字加『夕』便成『名』，故晨夕勤奮努力，必然功成名就」。阿獻再書

『鍾』字，問外出好或在家好。先生答曰：「有千里得金之象。求財謀事如赴遠方，必有所成，餘事亦吉。蓋『重』字為千與里組成，金在千里，故外出必獲利。」

且說阿獻在北頭有一郭姓朋友，兩人意氣相投，而成莫逆，時有往來。郭某有一妹，年正十八，貌美性淑。阿獻頗為傾慕，只是自慚微賤，不敢表示。因郭家以討海為生，乃書一「漁」字，占問婚事。先生曰：「如魚得水之象，婚姻必成，而且一拍即合，有幸福圓滿之兆。」阿獻大喜，付了酬金，正欲離開，忽有三名旅客入內，請為論相。先生曰：「論相亦可，但不知那位先來？」只見其中一位彪形大漢，滿面鬍鬚，大聲叫曰：「俺先看！」先生曰：「客官請坐。吉凶禍福未非前定，恕兄弟鐵口直斷，如有得罪之處，兄台當世豪傑，必能海涵見諒也。」說罷啜了一口茶，便道：「兄台濃眉大目，聲如洪鐘，若非非統御千軍，便在沙場稱雄。肉實骨壯，背厚項長，力能舉鼎，技可擒龍。天庭低壓，少年孤苦運未通。印堂紅潤，年登廿八建偉功。山根高起，財帛盈豐。準頭豐滿，富貴之象。水星方潤，食祿萬鐘。只惜露喉見腮，恐是出身低微。露眼露神，血光難避，地庫有傷，晚運未知。鬍鬚鎖喉，子息難期，運關乎數，天命難移，唯有善德，勤積廣施，或者潛修方外，化厄解危。君子達觀，好自為之！」言罷閉目而坐。鬍鬚漢聞言大笑曰：「生死有命，富貴在天，何懼之有！」隨即起立，讓坐於同行的文弱書生。測字先生定定神，再啜了一口茶，又開始論相了。

（十）清和時節

「四月清和雨乍晴」，此詩是南齊名詩人謝朓所作，蓋初夏氣候，唯有「清和」兩字足以概之，因此俗以四月為「清和月」。《說詩晬語》：張平子《歸田賦》有：「仲春令月，時和氣清，原隰鬱茂，百草滋榮」之語，明指二月為清和。謝詩有「首夏猶清和」意即謂「時序四月，猶有二月景象」下句是「芳草亦未歇」，可見清和確

指二月，台灣俗諺有「二八亂穿衣」之語，即二月與八月冷暖不定，故衣服亦受其影響。而二月至四月，氣候相差未幾，氣清時和，故將這一段時日皆稱為「清和」應無不當。天氣不冷不熱，雨量充沛，宜於耕種，是春耕重要時候，春雨季節，在亞熱帶台灣更為明顯。

「清和雨乍晴」五字，以形容此時之天候頗為恰當。鹿港古諺有：「雷打蟄，百日陰。」之句，意即驚蟄之日聞雷，必有百日陰雨，又有「春天後母面」之言，蓋春季陰晴變化莫測，譬如繼母般之善變，令人難以捉摸。古詩亦有「清明時節雨紛紛」之句。可見驚蟄接清明，皆是多雨之時。在鹿港四月廿六日李王爺生日，常有大雨或洪水，東石地區因地勢卑濕，時常積水。李王爺生日，酬神演戲，常有戲籠被水流失的傳聞，因此稱東石李王爺為浸水王爺。五月齊天大聖孫悟空生日，又有「七十二雲頭」之諺，西遊記有「孫悟空七十二變」之語。因五月，常於大晴天忽然有驟雨，見雲即雨，雨過即晴，此乃有名的西北雨，陰晴變化莫測故有是言。其他如「芒種雨無乾土」「五月節水」等古諺，可見仲春至夏初雨季的概況。此時雖然「東邊日出西邊雨」，因溯風季節已過，颱季期尚未來臨，大海波平如鏡，最適航海行船。故鹿仔港，每年在此一時節，出入船舶比經常為多，頂自船仔頭，下至楊公橋，皆泊滿了船舶，裝卸貨物，千檣林立，蔚成大觀。整條港溝至港口，中間只留一水道，以便船之出入。三舨、竹筏來往穿梭其間，擁擠而忙碌，自乾隆至道光年間，大多如此。這一段時期便是鹿港全盛期。

彰化縣志藝文志，彰化八景有省會魁黃驤雲鹿港飛帆

詩曰：

太平人唱太平歌　　滿港春聲欸乃多
楊僕功成沙有骨　　孫恩死後海無波
官軍錦鑑飛如鳥　　估客錦帆織似梭
寄語邊防諸將吏　　時雖清晏莫投戈

從腹聯可看出港口全盛時之景象。今人施一愚詩曰：

控扼天開古渡存　飽風片片映朝暾
波搖曙色千檣立　影掛斜陽萬幅奔
艦艇時追新歲月　江山長擁舊乾坤
屏藩卦嶺樞南北　永兆中興壯海門

　　此詩將傳說中的昔日海港，形容得淋漓盡致，並指出其地位之重要性。

　　「清明時節雨紛紛，路上行人欲斷魂；借問酒家何處有，牧童遙指杏花村。」這一首是杜牧所作的詩。冬至百六是清明這一天，對台灣人而言是很重要的日子。台灣古諺有：「清明不回家無祖，過年不回家無某（無妻之意）」。清明掃墓祭祖先是儒家所言「慎終追遠」，遵守孝道重要之事。每一家在這一天中午都會以「春餅」又稱爲「潤餅」祭拜祖先。並往先人墳墓掃墓，掛墓紙。在鹿港墓紙分爲二種，即白色與黃色，起因於前清時期，漳州人與泉州人械鬥，死傷嚴重，經過雙方協調，漳州人掃墓定於三月初三日，墓錢爲黃色。泉州人則在清明日，墓紙爲白色。現代掃墓日已不再依規定，大都在假日或自己方便之時。但墓紙顏色依然照舊。

　　清明前一日則稱爲「寒食節」，中國歷史上記載著一段感人的故事。左氏傳有如下記載：晉文公逃亡，介之推隨之，飢無以爲食，文公言：「久未聞肉味。」介之推竟然偷偷割下自己的股肉烹與其食。文公食後問之：「久未有食物，此肉何來？」見推手傷，方知是割其肉與食，乃誓曰：「如有復國之日，誓以甘苦相共。」後來復國，開大宴會，封有功諸臣。獨漏介之推，是夜推回家。其母問曰：「主公今日大封功臣，你得到什麼官職？」推無以對。母曰：「你已盡人臣之職責，足矣！從此莫管世事，隱姓埋名，以遠是非。」推背其母向棉山而去。隔日文公用餐時吃到肉，始想到介之推，因漏封介之推

而後悔不已。乃派人往請，方知推已往棉山，但遍尋不獲，文公曰：「推性至孝，用火焚山，推必出。」而從四周放火焚山，結果，推母子未出，兩人抱著梧桐樹，焚死在棉山。文公哀痛不已，如未放火，推不會死，乃頒令天下：「清明前一日禁火。」定爲「寒食節」，藉以紀念介之推，並將梧桐樹製造木屐，因每日下床便穿，見木屐使想到介之推。現代人寫信，常稱對方爲「足下」便是此意。現代台灣在清明日食「春捲」又稱「潤餅」，便是禁火故事的延伸。爲了紀念這一位忠義之士，方有此俗。

（十一）港廣招徠

　　船仔頭係鹿港西北端之船貨集散地，因碼頭瀕臨深水，宜於千石大船停靠，而且舊祖宮前廣場可作緩衝區，不分晝夜，商船出入頻繁。唐山來的商人，台灣南北兩路的貨主，商業搭客，各行郊的伙計們，皆以此處爲大宗貨物交易的重要據點。貨物堆積如山，靠碼頭維生的苦力日夜忙著運搬裝卸。往來行客如過江之鯽，人多自然招徠一些江湖賣藝。如變奇術、賣草藥、丹膏丸散、賣雜貨、相命、卜卦、測字，各種江湖術士，賣點心的，各行各業，擠滿了舊祖宮前。還有一大群由外地蜂擁而來的乞丐，成群蹲在路旁，伸手向路人求乞，四處閒蕩的無業遊民「羅漢腳」，也想在這裡插一腳，尋找發跡機會。構成一幅嘈雜、熱鬧的海港市集圖。

　　因海港地利之賜，鹿港也以寺廟多香火盛而名傳遐邇。往來商賈，求財賜福，祈求旅途平安，因此各寺廟香客常滿，祈神如有了靈應，則來還願。或者乞香火保身，或取回家保平安，進而集體來鹿港乞火分靈，到其居住地設壇或建廟奉祀。鹿港四十餘廟宇，除了少數以外，大多有分靈的廟宇，其中以舊祖宮最多，據傳全台灣由此分香的廟宇多達四百餘座。其次當算北頭蘇大王爺，蘇大王爺與金門浯德宮的主神相同，爲清代水師官兵與漁民所崇拜之神。鹿港共有七座蘇王爺廟，其中金門館係金門水師官兵恭請護軍來台者；埔頭王宮則爲

廈郊商人，於乾隆年間集資所建，頗具規模。明治二九年，日人強佔
王宮，充爲郵便局事務所及宿舍，昭和七年拆除建公會堂，蘇王爺神
像移於鳳山寺。查金門館，尙保留昔日往金門浯德宮進香謁祖的進香
龕。

（十二）秘密幫會

　　北頭蘇大王爺（現奉天宮）在台灣的寺廟中，是一座相當特別
富有神秘色彩的廟宇。蘇大王爺在鹿港的歷史甚早，雖然缺乏文獻可
證明其確切年代，據故老遺聞，應在乾隆年間或更早，蘇大王爺原屬
人家佛，即供奉於私人宅第的神祇，因屢頻靈異，乃採用爐主制，成
爲角頭性神祇，卻發展成爲地位重要的全省性崇拜的廟宇。台灣各角
落，由此分靈出祖的神壇或廟宇不下百座，遠自中國大陸泉州地區也
有分香廟宇，故其信徒之眾，實難以估算。近期每歲來鹿的進香客，
據說有數十萬人之眾，昔日交通不便，不分遠近，步行來此進香者，
每年至少亦有數十單位。故油香錢收入可觀，欲建立一座規模堂皇的
廟宇，足足有餘，何以不如是之圖。二、三百年來，一直居無定所，
按北頭蘇大王爺自始至今採用爐主制，每年以筊選新爐主。每年以香
火錢另建新廟，擇吉落成，過爐安座，搬入新廟。舊廟則無條件歸舊
爐主私人所有，此制一直沿用至民國五十七年，建立奉天宮方止。

　　不可思議的是自古以來，爐主一直由施姓擔任，雖然是以神筊之
多少作決定，但從未聽說有別的姓氏擔任過爐主。巧合乎？人爲乎？

　　昔日交通不便，無分遠近，皆用徒步，少有舟車，其分靈廟宇竟
遍佈全省，遠自北部以至於垣春、花蓮、台東等地。

　　相傳蘇大王爺每三年就有一次出巡，分中、南、北部。出巡時其
排場更勝於福建巡撫。每到一地，必由分靈的廟宇，負責接待；當地
如無分靈廟宇，則由較有規模的大廟宇負責接待。包括隨駕人員的食
宿，謂之派公館；並舉行大規模恭迎祭典，謂之宴王；並以盛筵款待
隨駕人員，離開時尙需送壓轎禮（即紅包），供作路費。每次出巡，

短則一、二個月，長則三、四個月不定，端視路程之遠近。動員人少則有六十名或一百二十名，某一年出巡隨駕者共有三百六十名之眾，其中有不少是身懷絕技的武士，與才高學博的文士，觀其所動用的人力、物力與金錢，在清代社會實非小可，而每到一地方所受到的大規模歡迎場面，實非一般神祇所能及，何來如此勢力與財力？

一般寺廟的神像，雖然大小不一，如以鎮殿主神高度論之，小則數尺，大則數丈，唯獨北頭蘇大王爺神像，連神座不及一尺，可以藏於衣袖之中。

傳說中的蘇大王爺移寶斗溪、火燒員林三國王廟、如巡瑯嶠（恆春）時，將蘇大王爺神像置於烈火中焚燒，竟然絲毫無損等等，其無邊法力，實在有濃厚的神化意味。如將上述各項，異於尋常的事物加以分析，再將蘇大王法師鄭振嘉的故事仔細推敲，不難發現北頭蘇大王爺，並非一般單純的宗教神祇，而是與清代秘密幫會有關的政治神祇，是否傳說中的反清復明神秘天地會台灣總舵，因其內容複雜，牽涉甚廣，容後以專題論述。

（十三）奇人奇遇

當時蘇府大王爺的法師名鄭振嘉，其父係科舉出身，曾當過官，因此人們呼他為振嘉舍，按「舍」字係對社會地位較高人士的尊稱。因其家世顯赫，相當富有，他的住宅在街尾新興街，近土城口，公館內，在地方很有名氣。在某一個冬天清早，他欲往土城口購買杏仁茶、油條當早餐，在半途看到一位老者在飲水溝污水，他一見大驚，向前阻止，並請老者到其家，囑家人備熱食與其止飢。聽其口音為晉江腔，聞之竟然是同鄉，說是來台尋親不遇，欲在鹿港等待船期回福建。時因冬季風強，不宜航行，船皆停駛，須等到來春，因此請他住下來。老者姓陳本係富家人，且飽讀詩書，但無意功名，閒雲野鶴，遊山玩水，悠哉優哉，聞台灣四季如春、風光如畫，尤以鹿港繁華，況有親戚在此，特來一遊。常言：人生有四方大喜，即「苦旱逢甘

雨，他鄉遇故知，洞房花燭夜，金榜題名時。」他鄉舉目無親，忽然遇到同鄉，其喜可知。兩人常作徹夜談，且樂此不疲。

　　在一個颱風的夜晚，二人又談到深夜，當時富家都有抽食鴉片的習慣，半夜想吸食，方知盒子是空的，而外面風雨交加，根本不能出門，正在苦思無計之時，老者說：「我想辦法。」便取來一張白紙，用剪刀剪出人形，取墨筆畫上耳眼口鼻，並將鴉片盒及一盒鴉片的價錢，置於桌上，點燃三支沉香，向天禱祝，囑振嘉舍緊閉雙目，叫一聲「勅」罷。開眼一看，桌上的盒子與金錢已不見。約有半刻鐘，聽到開門的聲音，老者又叫振嘉舍閉上眼睛，只在片刻之間，盒子已在桌上，並裝滿著鴉片，振嘉舍一看驚訝不已，知老者非常人。振嘉舍整夜未睡，隔天一早便偷偷開後門、到板店街鴉片店，店主一見振嘉舍便說，你昨夜半暝差一個小孩來買了鴉片了，還來做什麼？」振嘉問道：「你那裡知道是我差人來買？」店主答：「你的鴉片盒子，當然認得出來。」回了家，便在老者面前隨即雙足跪下，要求老者收他爲徒，教他法術。老者不許，但他苦苦要求，跪地不起，老者無奈，便道：「你如果有堅決學習之心，必需對天立下毒誓，法術只用於救人絕不害人，須先考慮清楚，給你三天時間，考慮後再決定。」三天到了，振嘉堅決要學習，因此排了香案，桌上放著三大碗白米飯，老者說：「這三碗飯，每碗皆有一個字，即『孤、貧、夭』三個字。由你自己去選擇，取一碗，倒於糞坑。自己決定命運，好壞只看你的造化了。」振嘉舍便依照老者所言，雙手舉香，雙足跪下，向天禱祝後，將一碗飯倒入糞坑。一看碗底，寫著「孤」字。從此老者便開始教授他符咒、法術。流水光陰，冬去春來，轉眼經過三年，所學已到至高境界。振嘉舍也已廿餘歲，憑媒娶了五福街開銀樓的富豪黃瑞珍舍的第三千金爲妻，生了一個可愛的男孩子。不久老者也因思鄉心切，搭船回晉江去了。

移寶斗溪

上段暫且按下不提，先說寶斗，街附近有一條溪，因近寶斗，故稱寶斗溪，係濁水分流，經二八水、寶斗、三林港出海，常因內山大雨，形成洪流，而致河道變遷不定，洪水往往會沖毀溪堤，農作物、人蓄與建物時常遭受嚴重災害。有一年的五月節大洪水，寶斗市街被沖走一大段，其餘則危危可及。眾人無計可施，久聞鹿仔港北頭蘇府大王爺興振嘉舍法術高強，經過公眾討論，決定敦聘他設法。振嘉舍先到現場視察，然後答應選擇吉日前往處理，並交代每人需帶稻草二把、砂土一擔到溪邊。到了約定日子，振嘉舍出門前，特別交代其妻：「明日午時正，你將三張令符，一張貼在廳門門眉上，一張貼於房門，另一張則貼於搖籃，左手拿茉刀，右手拿掃帚，左足跨出戶定（門檻），右足在屋內，面向門外，不管有任何聲音，絕不可回頭。緊記在心，切記！切！」言罷出門赴寶斗去了。

施法移溪的時刻到了，在寶斗溪現場，排好香案，振嘉舍排好蘇大王神像與香案桌上，備好「犁頭符」，街眾三五成群趕到現場，拜祭，各擔來砂土稻草，振嘉舍腰縛龍虎圍裙，頭縛畫有八卦太極與卦爻的頭巾，左手持劍、右手拿起法索，口中念念有詞。忽然大聲叫曰：「天清清、地靈靈，我奉呂山法主親敕令，一把鹽米化作千萬兵，移山倒海拯蒼生，夭邪魅魃速離境，逆我者亡，順我者生。六丁六甲，神兵神將聽吾令，劍到水退急莫停，急急如律令，……敕！」叫罷，即將犁頭符釘入地，只見溪水隨符釘處節節而退，群眾急將稻草、砂土填入，只留溪中央水道，以阻流水再度泛濫。群眾親眼目睹，無不萬分敬佩，皆視振嘉舍為神人。

另一方振嘉舍家裡，就在此時，其妻依照他的吩咐，把孩子放在搖籃睡覺，午時一到，左手拿茉刀，右手拿掃帚，站在大門中央，心裡非常緊張。午時正到了，忽然一聲孩子的尖叫，其妻忍不住回頭一看，只見子孩子的臉由粉紅變黑，隨即斷了氣，一命嗚呼哀哉。其妻大哭，驚動了鄰人，趕過來協助處理後事。其妻早知會有此意外，凡

事皆命中註定，也應了當時的讖語即犯「孤」字，無子之命。只好等待丈夫回家收拾了。

（十三）黎明衝突

媽祖朝山在三月二十三日達到高潮，接著是蘇大王爺進香期，外來的香客絡繹於途。四月十二日是蘇大王爺生日，鹿港稱此日為小年到，即小過年，意即謂其熱鬧與重要性，不遜過年。鹿港七座蘇王爺廟，皆有祭典，到處拜拜，演酬神戲，宴會請客。外來進香團皆在十一日子夜以前交香，回駕歸鄉去了。

不巧，在前幾天，泉州方面傳來消息，說將有要人乘船抵達鹿港。十一日夜，外來進香團乞完火走後，官府便實施宵禁。自東石至船仔頭、泉州街邊，佈滿了哨兵。附近停泊的船隻，皆在水師船指揮下，移泊於虎頭澳及烏魚寮一帶。水師官兵在港邊臨時搭起蓬帳，帳內椅桌齊全，一條紅色地毯，自蓬帳前直鋪到碼頭起水處，舊祖宮前則有數十名士兵分佈站崗。

天色未明，在一隊兵士護衛之下，十餘頂官轎在蓬帳前停下，北路理蕃同治王蘭，彰化縣知縣呂志恆，北路中營都司黃清泰，鹿港各文武衙門的高級幕僚，還有八郊大總理黃春富，南靖籍郊商陳碧梧，以及地方上頗具聲望的士紳們，陸續下轎進入帳篷，帳中方長桌上燃燒了十二支大紅燭，一盆蘭花，八仙桌上則準備有香茗、茶點。知縣王蘭問：「春富舍，你對泉州水路較熟，不知何時，船可抵達鹿港？」春富答：「昨日初起碇，順風則黎明可達，但今早風勢不強，時間可能延後。」一望而知，必在等候要人，否則不會如此勞師動眾。蓬帳外一對燈籠，在曉霧中透出了迷濛的光環，港口顯得很冷清，只有四艘正在佈哨的戰艦。

在北頭，今天是大日子。百姓被禁止通行，家家戶戶需要購物買菜準備拜拜，卻被官兵在後寮仔巷口擋住去路，雖然百姓苦苦要求准許入街購物，但官兵不但不理，而且惡言相向。黎明時候，人群越來

越多，有人開始吵鬧，大聲抗議道路被封鎖。眾人見官兵硬擋不放，便開始用力推動，欲衝破防線，一位軍官見狀便下令捕人。一隊士兵執武器上前，將幾名在人群前面呼叫推撞的百姓逮住，拳打腳踢。並將其中一名反抗的年青人毆打，直到頭破血流，倒地方止。

人群中，怕事的開始逃避，但有很多年青氣盛的小伙子，就地取材，用扁擔、竹篙叉作武器，衝前與官兵發生激烈衝突。只見夾在人群中的阿獻，與他的結拜好友郭源長，兩人見官兵如此霸道，不禁怒火上升，赤手空拳，衝前參加抵抗。人群喊吶聲，受傷者哀叫聲，驚動了蓬帳內的官員們。隨即有一名侍衛入內稟報，後寮仔發生衝突，在帳外待命的四快，隨即下命捕快協助官兵逮捕人犯，衝突越來越大，水師營守營官兵聞報，速派一隊兵士到船仔頭，保護帳篷內的官員，並另遣二隊人馬馳援。

衝突越來越大，從郭厝東石方面，來了一大批討海的弟兄。有的手執鋤頭，有的拿木棍，拿菜刀，衝向媽祖宮前加入戰場，場面混亂。忽然從粟倉邊（舊祖宮在側）跑出了十餘名，頭上縛黑巾的壯漢，手執利刃，殺入官兵隊伍中，見人便砍。一時官兵陣容大亂，群眾乘勢衝破防線，向前打殺，靠近碼頭的水師見狀況危急，一聲令下，數十名兵士急速上岸助戰。

帳篷內，眾官員皆嚇破了膽，正苦無計可施，急得如熱鍋上的螞蟻。八郊總理黃春富，自告奮勇走出帳篷，上前大聲喊道：「大家冷靜！大家冷靜！」言未畢，只見已有人從北頭，請來名舉人郭光義。郭光義見狀大驚，便大聲呼叫眾人：「放下武器，不可傷人，有事郭某負全責。」幾經疏導，官兵才停止對抗。中營都司黃清泰，隨即命令官兵退集營盤（在泉州街附近）。眾百姓便照光義指示，退向舊祖宮前，十餘名大漢在一聲暗號之下，奔向城隍廟方面而去，瞬息之間，不見蹤影。後來經郭光義、黃春富的要求，官兵乃將通往城隍廟的一條巷道開放，供百姓上街購物，官兵雙方各將傷者抬回治療。

官兵另從營盤調兵佈崗不提，在郭光義的堅持下，彰化縣知縣

同意所有人犯概不追究。北路理蕃同治王蘭在眾位官員當中，品階最高，對今日的突發事件，非常不悅。嚴責水師營處理不當，特令嚴加佈防，以防不測，並令通緝十餘名不知來歷的武裝大漢。一年一度的蘇大王爺生日，卻在劍拔弩張，充滿血腥中開啓了序幕。使這一重要的節日，蒙上了不安的陰影。滿清政府治台，官吏貪瀆，腐敗無能，彰化一地,歷任知縣，只有朱山一人視民如親，之外，也只有楊桂森有政績可言。（見彰化縣志，官秩志）其他多如俗語所言：「三年官，二年滿。」派駐台灣官員滿三年便可回調大陸，但只要一、二年便有萬貫家財，並不管百姓死活。加上滿人屬於異族，是侵略者，人心思明，因此在台灣常有反清革命運動。故有「三年一小反，五年一大反」的台諺。

在此之前，先有荷蘭占據時期的郭懷一抗荷事件，到了鄭成功驅荷復台。永曆三十七年（西元一六八三）六月，施琅平台，鄭克爽降清，清廷占踞台灣，起自康熙廿二年至甲午光緒二十年（西元一九八四）中日戰爭，中國兵敗，馬關條約割台灣成爲日本領土，直到二次大戰，日本戰敗無條件投降，共歷五十年。後由中國國民黨接管，直到人民反抗國黨威權統治，經大選，民進黨勝，政黨輪替止。茲將清廷統治二百一十一年之間，自康熙二十三年林盛、蔡機功之役至光緒十八年（西元一八九二）恆春不力社事件，兩百一十一年之間共發生一百三十九次反清革命。茲將規模較大的事件分述於後。

規模較大的反清事件共有五件：

一、朱一貴之役。康熙六十年（1721）
二、林爽文之役。乾隆五十一年（1786）
三、陳周全之役。乾隆六十年（1795）
四、戴潮春之役。同治元年（1862）
五、施九段之役。光緒十四年（1888）

（資料來源：台灣省通志革命志抗清篇）

群盜強貢

強貢一辭係指「成群結隊,強制搶奪的盜賊」。昔日鹿港係台灣中部經濟、文化要津,萬商雲集,民力殷富,不論從事何種職業,在鹿港都可以獲得很好的發展機會。因此成為人群想掏金、發財的重要踞點。

很多外來士,都以此處為打天下的最佳立足地。當時有很多無業遊民,或俗稱的「羅漢腳」、以及作奸犯科之輩群集於此,等待機會大撈一票。但機會並非如所想的容易。俗語說:「人貧起盜心。」餓極了,誰顧得了一切。

午後未時時分,有一個中年人士,肩上背著一包石灰粉,在福興街富商,益泰行店前,拋下地上,休息片刻,再拿起走了,地面印上一大片白石灰痕跡。

祭大哥

日落時分,在城隍廟前的夭鬼埕集了一大群人,圍繞著一個香案桌,桌上一支令箭,並排著三牲酒禮。眾人排列焚香祭拜,讀祝文、焚帛、燒金紙。這便是強貢出發前重要的「祭大哥」儀式。祭後便就地大飲大食,美酒佳餚排滿地面,憑任路人取食,大家心照不宣,今夜要做什麼,只是有一項不成文規矩,就是用餐時絕不能講話,如果有人講話,便取消今夜行動。食飽後,有一位大漢手中拿著一支大火把,這一支火把是用瓊麻所作,用火油(即花生油,昔日點燈火用油)浸一夜,隔天拿出來晒太陽,如此循環處理七七四十九天方可取用。眾人摸黑走到石灰白痕之處便停下來,點燃火把插在門前,並弄開大門,入內搬取財物。因為不見天街每一段皆有隘門(自泉州街至下街尾,共有五十九座隘門),入夜便關閉。家家戶戶,皆關門閉戶,伸手不見五指,因此後面跟著一人,手拿一把粗長的香,稱為信香,作為撤退路標,從大門口一直到大路,待插於門前的火把爆發,火熄便撤退,到了屋外,伸手不見五指,便沿信香路線走到街外安全

地點上。然後開始分贓,有人有分。因為賊群人多勢眾,被刼者只有自認倒楣,又能如何?清代地方官只知魚肉百姓,辦事只打馬後炮,重大案件破案者不多。

另一則馳名的強貢故事發生在永靖鄉一個村落。員林、永靖一帶因八堡圳引入濁水灌溉,因此土地肥沃,收成很好。是鹿港人常說的「水頭」,鹿港人常嘆住在「風頭、水尾。」蓋因九月起的季風 俗稱「九降風」,風一到,鹿港濱海先受其害。耕田灌溉用水,則須等待水頭濁水濫仔至員林等地,即水頭之地,灌溉完畢,所剩者始能流到鹿港一帶。可見永靖地區,收成好,經濟自然會較佳。因此富裕家庭很多。每組強貢出盜前必會先派偵察人員調查實況,並查察地勢,出入途徑等,有時須花很多時間與心力,才能判斷那一家條件較為適當。因此顧用一位王姓年輕人扮做失業者,無以為生,願意做長工,換三餐衣食溫飽為由,知富家收冬時會欠缺工人而往應徵臨時工。因為工作認真,早作晚休,甚得主人欣賞,自想家業大,平時便需要有人負責。經王姓青年同意而長期顧用他。王家單生一女,正當二八青春,尚未婚約,見王某一表人才,早生愛慕之心,平時對他特別殷勤。兩人相見恨晚,花晨月夕偷偷約會談情說愛,山盟海誓,早已私訂終身。經過一段時日,強貢組織屢次派人來摧,要其將調查結果,速速回報。

待續

附錄：施文炳先生年表及作品繫年

公元	民國	歲時	年齡	社會背景重要記事及詩作繫年
1931	20	辛未	01歲	・農曆正月二十七日未時生於龍山寺南故居。
1936	25	丙子	06歲	・父親洪流在啓蒙讀《三字經》、《幼學瓊林》等書。 ・過繼給舅父為養子而改從母姓，姓施。
1937	26	丁丑	07歲	・入鹿港第一公學校（現鹿港國小），一年級老師吳福基，善楷書。時值中日戰爭。
1941	30	辛巳	11歲	・珍珠港事變。日本向美國宣戰，二次世界大戰。
1943	32	癸未	13歲	・四月五日鹿港第一國民學校附設青年學校，使部分學生能接受八年教育。
1944	33	甲申	14歲	・三月國小畢業，入青年學校，約一年因空襲輟學。
1945	34	乙酉	15歲	・農曆五月母親逝世。 ・日本投降，台灣及澎湖被國民黨統治。 ・入許志呈門讀漢學、學詩。 ・辜宅（今鹿港民俗文物館）舉行全台書畫展。
1947	36	丁亥	17歲	・台灣經濟崩潰、經濟大蕭條、民不聊生，很多人以野菜度日。貨幣大貶。 ・家中由富變貧，到藥布廠當童工，21天後升任會計。 ・入張禮宗宅（張敏生父）讀漢文。 ・寫下第一首詩〈夜讀自勵〉。
1948	37	戊子	18歲	・到岡山空軍官校福利社任職，學北京話，任翻譯。
1949	38	己丑	19歲	・二哥洪清結婚，回來一夜，隔日又到岡山。 ・在岡山寫下〈中秋夜感懷〉。 ・從李松喬澤清先生，始學政治、經濟、文學、教育等多種專門科系。 ・國軍進駐鹿港書院。
1950	39	庚寅	20歲	・奉父命回鹿，任職木材行學習木材，記帳兼賣貨。 ・拜識施讓甫先生，求治學之道，先生鼓勵學詩，學書法。始與鹿港文化界諸前輩接觸，並參與詩會。 ・參加由鹿港各詩社合併之「鹿港聯吟會」。 ・詩作〈溪頭紀勝〉、〈書懷〉、〈觀海〉

1952	41	壬辰	22歲	·與堂叔洪進來合營木材兼木工廠。 ·初識洪寶昆、王友芬、林荊南等。後因洪推薦，初會于右任、梁寒操、張大千、何志浩、賈景德、莫德惠諸元老。 ·任民眾日報記者，後任特派員。 ·10月瀛海吟草出刊。
1953	42	癸巳	23歲	·11月奉父命與陳傑女士結婚。 ·參加周定山所創「半閒吟社」。 ·以何紹基體受書壇同好稱異，謂其直逼施梅樵。 ·4月瀛海吟草雙月刊改爲詩文之友月刊。 ·詩作〈遊牡丹園〉、〈詩文之友社夜宴，席上呈王友芬洪寶昆諸詞長〉。
1954	43	甲午	24歲	·木材業虧本停業。 ·長女慧芬出世。 ·租屋街尾，潛沉讀書繪畫。在城隍廟、員林車站、街尾等地開館授課，前後約四年。 ·與施福來、許文奎、黃信、蔡茂林、許志呈、王天賜、王成源、施貽謀、許遂園、王漢英、王世祥、粘漱雲等前輩約十五人組「淇園吟社」。因街尾住宅四周皆竹林，又近鹿港溪，施福來先生（施啓楊伯父）見之曰：「如淇水。」乃以「淇園」名社。 ·拜識黃得時、張作梅、李建興、陳皆興、李漁叔、莊幼岳、曾文新、黃湘屛等人。 ·第一次評選全國徵詩賽-律詩。 ·詩作〈燈花〉。
1955	44	乙未	25歲	·詩作〈撲蝶〉、〈烈士魂〉。
1956	45	丙申	26歲	·詩作〈睡鶴〉、〈傷時〉。
1958	47	戊戌	28歲	·長子霽原生。 ·詩作〈冬日漫興〉、〈銘硯〉及第一首題畫詩〈羅漢圖〉。 ·任職木材行了解市場。
1959	48	己亥	29歲	·鹿港天后宮舉辦「媽祖聖誕千年之祭」。 ·葛樂禮颶風侵襲本島，造成「八七水災」，街尾住宅水淹到長案桌。藏書大半毀於洪水。

1960	49	庚子	30歲	・辭木材行職。 ・八一水災，是夜人在鹿谷。 ・詩作〈題仕女圖〉、〈樵徑〉、〈寒夜吳醉蓮邀飲南投〉、〈書聲〉、〈蟬琴〉、〈竹葉青〉、〈鹿江泛月〉、〈九曲巷訪古〉、〈九曲巷聞琵琶有作〉、〈仲夏宵遊〉、〈漁娃〉、〈眉原曉起〉、〈優勝盃〉。
1961	50	辛丑	31歲	・木材業東山再起。 ・六月登玉山。有〈玉山紀遊〉一系列詩作三十首。 ・與全台詩會交流頻繁。 ・詩作有〈電燈泡〉、〈電視〉、〈定塞望洋〉、〈卦山春曉〉、〈唱片〉、〈霞社春晚〉、〈埔里初會王梓聖詞長〉、〈夜宿溪頭〉、〈鹿港懷古〉、〈雙龍道中〉、〈辛丑詩人節鹿江雅集〉、〈姑姑山即景〉、〈秋夜客懷〉、〈便餐〉。
1962	51	壬寅	32歲	・詩文之友社十週年慶。有詩〈詩文之友社十週年慶〉。 ・其他詩作〈賞菊〉、〈端陽書懷〉、〈儒林修楔〉、〈戀春〉、〈稻孕〉、〈太空艙〉、〈觀海〉。
1963	52	癸卯	33歲	・次子惟中生。 ・初會歐子亮于彰化。 ・周定山編《台灣擊缽詩選》第一集。有詩〈題台灣擊缽詩選〉。 ・〈三樂酒家席上次蔡崇山詞長惠贈原玉〉、〈菊笑〉、〈鬧洞房〉、〈腹劍〉。
1964	53	甲辰	34歲	・購屋移居（仍在街尾）。 ・父病危，商務在外，有詩〈甲辰小春客巒大山旬日，望夜獨對明月遙念高堂病重不能歸侍，終宵輾轉，愴然賦此〉記之。 ・父親洪流在先生過世。 ・其他詩作〈椰雨〉、〈柳下聽鶯〉、〈海鳴〉、〈保溫杯〉、〈耕耘機〉、〈儒將〉、〈學海〉。
1965	54	乙巳	35歲	・詩作〈醒世鼓〉、〈石髮〉、〈鹿港迴潮〉、〈醉菊〉、〈丹大即事〉、〈丹大曉趣〉、〈春遊鹿港〉、〈題五月風景圖〉、〈夜讀聞雞〉、〈新蟬〉、〈雨後晴〉、〈巒大山即事〉、〈次歐子亮津山惠寄原玉〉、〈次子亮蕉園感詠原韻〉、〈登霞社介壽亭〉、〈望鄉山遠眺〉。

1966	55	丙午	36歲	・次女懿芳生。 ・詩作〈尊孔詠秦〉、〈台中吳園雅集〉、〈題歐子亮詞長德配黃玉燕女史塋域碑亭〉、〈夜登鞍馬山〉、〈睡鶴〉、〈鶴心〉、〈感懷〉、〈次王寶書先生七十述懷元玉〉、〈春宵夜話〉、〈醉春〉、〈劫外〉、〈重九登高〉。
1967	56	丁未	37歲	・詩文之友社十五週年慶，出版《現代詩選第一集》。 ・施讓甫過世。 ・詩作〈問雨〉、〈詩脾〉、〈示任〉、〈贈別〉、〈魚信〉、〈讀報〉、〈冬夜聞柝〉、〈春遊百果山〉、〈柳橋晚眺〉、〈彰城邂逅玲雪〉、〈探驪手〉、〈詩報〉。
1968	57	戊申	38歲	・發起募款活動，重修武廟。 ・詩作〈登八卦山，弔乙未抗日吳彭年烈士〉、〈折桂〉、〈壽桃〉、〈墨蛙〉、〈凱旋筆〉、〈文廟謁聖〉、〈閏七夕〉。
1969	58	己酉	39歲	・58.8──61.3以「鹿港八景」向全國徵詩並寫八景介紹文及鹿港簡介，粘錫麟、李錦浩、許圳江三人協助膳稿、印發，費時一年餘。 ・洪寶昆高泰山編《台灣擊缽詩選》第二集。 ・詩作〈秋日定軍山雅集〉、〈中秋月蝕〉、〈觴詠南山〉、〈尋梅〉、〈春遊泮池〉、〈小春文化城展望〉、〈曲巷冬晴〉、〈蠔圃泅潮〉。
1970	59	庚戌	40歲	・詩作〈祝台東高心正詞長令郎崇欽君中醫特考及格〉、〈花月念日埔里三樂亭賦呈梓盛詞長〉、〈詩雨〉、〈春江夜泊〉、〈客埔里久雨阻歸，似元亨春遊鹿港元韻〉、〈次馬亦飛折足吟〉、〈賀李建興詞長榮獲國際桂冠詩人〉、〈孔誕慈惠堂雅集〉、〈許榮聯令高堂黃太夫人千古〉、〈感詠〉、〈市儈〉、〈蟬琴〉、〈喜雨〉、〈偶成〉、〈題菊〉、〈題竹〉、〈次倪登玉先生令堂八秩晉五華誕〉、〈中華藝苑七週年社慶賦呈張作梅莊幼岳二詞長〉、〈書聲〉、〈謁天后宮玉皇殿〉、〈鹿江集讀後感〉、〈消除黷亂〉、〈青年節諸羅山雅集〉、〈雲峰〉、〈無題〉、〈鹿江憶龍舟〉、〈題畫〉、〈歷劫（寄台大黃得時）〉、〈臨江（次黃得時惠贈元玉）〉、〈端陽冒雨弔靈均〉、〈楊橋踏月〉、〈龍山聽唄〉、〈寶殿篆煙〉。

1971	60	辛亥	41歲	·詩文之友社出版《現代詩選第二集》。 ·農曆9月9日應邀參加旅菲臨濮堂60週年堂慶，赴菲（第一次出國）。周定山及鹿港詩友有詩相贈〈文炳同社考察東南亞詩壯行色〉。 ·中共進入聯合國。台灣退出聯合國。 ·10月赴菲，有詩作〈赴菲機上有作〉、〈馬尼拉王賓街即事〉、〈馬尼拉王城弔古〉、〈馬尼拉舞廳觀舞〉、〈宿霧機場惜別〉。 ·其他詩作〈海滋春嬉〉、〈西院書聲〉、〈笨港懷古〉、〈無題〉、〈折桂〉、〈蟋蟀吟秋〉。 ·應教育廳之聘擔任學甲、鹽水、水上三鄉鎮藝鎮比賽評審。
1972	61	壬子	42歲	·李建興與莊幼岳、黃得時諸吟長發起組織中華民國詩社聯合社，被推選出任委員。 ·詩作〈古渡尋碑〉、〈螺溪硯〉、〈中國民國詩社聯合社成立大會紀盛〉、〈重九鹿港文武廟弔古〉、〈福岡大學森田明博士莅台過訪索句賦此郢政〉。 ·應教育廳之聘擔任學甲、鹽水、水上三鄉鎮藝鎮比賽評審。
1973	62	癸丑	43歲	·詩文之友社出版《台灣擊缽詩選第三集》。 ·農曆三月（62年4月29日）主辦中華民國癸丑全國詩人聯吟大會於天后宮，任總幹事。節錄〈鹿港簡介〉及〈鹿港八景〉刊於大會手冊。當日施文炳親作導遊，率500餘位詩人參觀鹿港名勝古蹟。 ·冬11月，參加第二屆世界詩人大會（中華詩人聯吟），以〈宏揚詩教〉獲第一名，聲名大噪。監察院院長張維翰親撰聯對〈文章千古事，炳耀一時英〉以贈。有詩作〈第二屆世界詩人大會誌盛〉。 ·鹿港民俗文物館成立。 ·文開書院回祿之災。 ·因恐有損龍山寺古蹟地位，力阻龍山寺增建鐘鼓樓，後蒙漢寶德主動表示願意為龍山寺之復古工程作規劃設計。 ·其他詩作〈花蓮陳竹峰過訪有句見贈依韻奉答〉、〈鹿港天后宮題壁〉、〈癸丑仲冬道教張天師源先與台北蕭獻三暨南北諸吟侶莅鹿同謁龍山寺〉。 ·應教育廳之聘擔任學甲、鹽水、水上三鄉鎮藝鎮比賽評審。

1974	63	甲寅	44歲	·時常與元老聚會，結識成惕軒、劉孝堆、羅尚、李 猷、吳萬谷、易大德、許君武諸老。 ·詩文之友社創辦人洪寶昆過世。 ·當選鹿港盆栽學會首屆會長。 ·鹿港第一屆盆栽學會特展。 ·龍山寺重建南北兩廂，由東海大學建築系設計。由孫 全文助教主持。 ·詩作〈甲寅端午前一日夜宴李園，拈得鄰字〉、〈甲 寅端午北投雅集〉、〈火車上口占〉、〈端午節鹿 港民俗館雅集〉、〈甲寅七夕蓮社諸吟侶邀飲於花 蓮〉、〈墾丁觀海〉、〈盆柏〉、〈重修先嚴洪公塋 域〉、〈綠莊垂釣，賦呈許劍魂夫子〉。
1975	64	乙卯	45歲	·應世界桂冠詩人會之邀，撰〈詩盟世界〉，編入桂冠 詩人會《世界大同詩選》。 ·舉辦中區盆栽邀請展。 ·初會李漢卿。 ·赴韓國、日本。 ·周定山去世。有詩〈題定山先生墓碣〉。 ·其他詩作〈教師節虎溪即事〉、〈冬日善修宮謁 聖〉、〈敬悼世界桂冠詩人會會長余松博士〉、 〈悼議萬宗先生〉、〈步歐子亮關山卻寄元玉〉、 〈詩城〉、〈折桂〉、〈筆陣〉、〈春日謁漢寶天 寶宮〉、〈贈日本棚橋徹澄〉、〈王功福海宮龍泉 井〉、〈王金生文教基金會成立金榜宴誌盛〉、〈無 題〉、〈成惕軒，許君武，曾文新諸老邀宴台北，席 上呈正〉、〈鹿港民俗文物觀感〉、〈夜宴七里香酒 家戲贈曾老文新〉、〈無題〉、〈培櫻〉、〈贈梓聖 詞長〉、〈蕭獻三老，偕稻江諸吟朋邀飲北投〉、 〈重登望鄉山〉、〈夏日即事〉、〈龍山寺即事〉、 〈並蒂牡丹〉、〈茗談〉。

1976	65	丙辰	46歲	・11月12日赴日，應邀參加日本神風五十周年慶典。有〈東京機上口占〉、〈神風流慶席上憶神風特攻隊〉、〈勝田台謁吟魂碑〉、〈宿日光金谷屋〉、〈宿雲仙〉、〈上富士山風雪受阻〉、〈下關過春帆樓〉、〈箱根途上〉一系列詩作。 ・自組永東建築公司北頭一期建築開工。 ・與學甲盆栽學會締結姊妹會。 ・與陳皆興、何志浩、蔡秋金……等人發起組織中華民國傳統詩學會。 ・撰文〈周定山先生事略〉、〈重建拱辰宮碑記〉。 ・其他詩作〈林鐘靈令慈當選模範母親〉、〈拱辰宮壁題〉、〈田中觀稼〉、〈浴沂〉、〈樹石藝趣〉、〈東京機上口占無題〉、〈秋晚入霧社〉、〈寒夜茗談〉、〈東旅菲深諜族長〉、〈次陳香見贈原韻〉、〈即句〉、〈答花蓮蘇成章〉、〈盆柏〉、〈二林酒家宴別吳淵源並呈諸君子〉、〈艾人〉、〈贈日本山崎準平〉。
1977	66	丁巳	47歲	・蟬連鹿港盆栽學會第二屆會長。 ・任天后宮爐主，諸事順利。 ・在龍山寺舉辦施文炳書畫收藏展。 ・鹿港青商會成立，積極參與推動鹿港民俗才藝活動。 ・籌組台灣臨濮施姓大宗祠籌建委員會，任常務委員。 ・撰文〈古城鹿港〉、〈鹿港盆栽學會會徽說明〉。 ・詩作〈丁巳元旦寫懷〉、〈次子亮丁巳年中秋客台東關山感賦原韻〉、〈謁鹿港龍山寺〉、〈玉山翠柏〉。
1978	67	戊午	48歲	・龍山寺復古工程由漢寶德規劃。 ・鹿港舉辦古都鹿港觀光週全國民俗才藝競賽大會，任大會常務委員、籌備會副總幹事、書畫邀請展主任委員、盆栽展覽顧問、燈謎顧問。 ・鹿港盆栽學會第三屆名譽會長。 ・被聘為中華學術院詩學研究所研究委員。 ・舉辦第三屆名家書畫展，義賣所得捐民俗才藝活動經費。 ・新生報《傳統詩壇》刊出〈文炳唱酬專欄〉 ・撰文〈蠔圍迴潮〉、〈龍山聽唄〉、〈福海宮重修碑記〉、〈金湖春秋序〉。 ・詩作〈贈學甲松鶴會〉、〈秋金疊句見贈依韻奉和〉。

1979	68	己未	49歲	·任中華民國傳統詩學會第二屆常務理事。 ·重陽赴菲。有詩〈旅菲臨濮堂秋祭大典〉。 ·任第二屆全國民俗才藝活動慶祝大會大會常務委員、詩書畫展主任委員、盆栽邀請展顧問、並於傳統詩朗吟大會吟詩。 ·詩作〈鹿港攬勝〉於全國詩人大會掄雙元。 ·其他詩作〈北頭秋夜有寄（寄懷菲律賓施振民並示中研院許嘉明）〉、〈喜陪曾文新暨台北諸文朋訪南投賢思莊呈蕭再火〉、〈畫梅〉、〈機上賦別楊伯西蘇成章暨蓮社諸詩盟〉、〈題瀛社集〉、〈台北瀛社七十周年慶典翌晨南北諸吟侶邀飲早茶席上吳萬谷姚昌敏賢伉儷有句見贈依韻奉答〉、〈1979年3月12日晨陳家詞長暨南北諸吟侶邀飲早茶席上諸子皆有句，獨予交白，賦以解嘲〉、〈南北諸吟侶枉顧有句見贈賦此代謝〉、〈畫竹（畫竹詠七律以題並示黃得時）〉、〈題龍山寺九龍池〉、〈台灣光灣三十五周年感賦〉、〈題粘瑞芳墓碣〉、〈68年喜遊學甲，李漢卿、李賜端邀飲酒家〉、〈三仙台〉、〈題李漢卿對奕圖〉。
1980	69	庚申	50歲	·民俗館文開詩社開課。 ·赴菲遊歷。 ·任第三屆全國民俗節慶祝大會盆栽展覽顧問、參展全國名家書畫展。 ·撰文〈南投孔子廟藍田書院濟化堂二十週年堂慶全國施人大會特刊序〉 ·詩作〈青年節登受降城〉、〈英棠賢同學吉席〉、〈興達港觀海〉、〈東京吳淵源過訪喜作〉、〈哭歐子亮〉、〈午日鐵砧山懷古〉、〈青年節觴集〉、〈二林酒家戲贈秋金〉、〈與許君武、李猷、曾又新、蔡秋金暨台北諸文友飲於二林酒家〉、〈龍吟〉、〈天籟吟社六十周年慶〉、〈教師節和美天佑宮雅集〉、〈秋日八卦山攬勝〉、〈康乃馨〉。

1981	70	辛酉	51歲	·與許志呈共創「文開詩社」，出任社長。 ·《文開詩社集》出版。撰文〈文開詩社集序〉。 ·任第四屆全國民俗節慶祝大會籌備會常務委員、鹿港詩作書法、大中小學師生書法、文開詩社師生作品聯展主任委員、盆栽展覽顧問、參加「文藝歸鄉」活動——鹿港學者作家歸鄉座談會、鹿港詩作書法展及漢詩朗吟。 ·王漢英過世。有詩〈哭王漢英〉。 ·撰文〈官林宮創建緣起〉。 ·詩作〈促進台中市興建孔廟〉、〈五日雨〉、〈延平郡王祠見梅花〉、〈題李漢卿賞花圖〉、〈鶴颺老先生仗朝〉、〈馬尼拉華僑義山謁性攀族長靈寢〉、〈新加坡中國藝術陶瓷館落成誌慶〉、〈聯禎紀念館落成誌慶〉、〈崙背天衡宮安座誌盛〉、〈題菊〉、〈龔維朗將軍邀宴新店官邸席上賦呈〉、〈題李漢卿牡丹圖〉、〈重訪吳園〉、〈題畫〉。
1982	71	壬戌	52歲	·參加鹿港國際扶輪社，爲創社社員。 ·松浦八郎會長招待遊日。 ·國際詩人大會在鹿中舉開，爲鹿港有史以來第一次國際性文化盛會。 ·洛溪春開業。 ·任中華民國傳統詩學會第三屆理事。 ·任第五屆中華民國民俗才藝活動國際詩人聯吟大會籌備會總幹事、執行長。 ·任第五屆全國民俗才藝活動籌備會籌備委員、全國名家書畫邀請展主任委員、鹿港古風貌之旅委員。 ·其他詩作〈埔里邂逅故友蔡友煌〉、〈贈大三島松浦範夫〉、〈詩風〉。 ·撰文〈施世綸傳〉
1983	72	癸亥	53歲	·任中華民國第二癸亥年全國詩人聯吟大會執行長。 ·赴泰港考察。 ·鹿港古風貌觀光週大會委員。 ·第六屆全國民俗節慶祝大會詩歌童謠發表會。 ·詩作〈日本富士釣具會社大村隆一社長蒞台過訪索詩，謹以尊名綴句奉贈〉、〈過眉溪〉、〈桂花香〉、〈待月〉。

1984	73	甲子	54歲	・任第七屆全國民俗節慶祝大會籌備會委員、台灣古民俗歌謠大會主任委員、猜謎康樂晚會文書祖。 ・撰文〈鹿港學甲盆栽學會結盟紀要〉、〈鹿港形勝〉 ・詩作〈基隆弔孤拔墓〉、〈海門天險〉、〈泉州前港謁始祖典公墓〉、〈甲子仲秋即事〉、〈甲子冬蔎月念五日重遊花蓮蘇成章楊伯西邀宴後與成章小酌有句〉、〈二林雅集〉、〈金香葡萄〉
1985	74	乙丑	55歲	・洛溪春結束。有詩〈感懷（洛溪春述事）〉 ・任中華民國乙丑年全國詩人聯吟大會執行長。 ・任第八屆全國民俗節慶祝大會籌備會委員、古代婚禮迎娶顧問、全國書法名家楹聯大展顧問。 ・鹿港文開書院修復完成。 ・詩作〈王宮觀海〉、〈會張淵量於綠莊〉、〈喜新居〉、〈遷居偶作〉、〈秋日謁義天宮〉、〈淵源詞長回台小聚綠莊席上賦呈並示諸君子〉、〈題君子多壽圖〉、〈旗亭戲贈秋金〉、〈夜讀〉、〈冬日即事〉、〈李松林老先生八秩壽慶兼獲第一屆薪傳獎暨國家藝師〉。
1986	75	丙寅	56歲	・任第九屆全國民俗節慶祝大會籌備會常務委員及企劃協調組、古代婚禮迎親顧問、台灣民謠歌唱比賽顧問、香包製作表演顧問、盆栽展覽顧問。 ・《鹿港風物》雜誌創刊，撰連載小說〈鹿仔港夜譚〉。 ・反杜邦運動。撰文〈在歷史與現實之間〉。 ・擔任彰化縣公害防治協會秘書長。 ・政府資助整修鹿港傳統街道。 ・詩作〈題王昌淳牡丹〉、〈初會廖俊穆於鹿港〉、〈廖俊穆台中畫展喜贈〉、〈神風〉、〈哭振民宗彥〉、〈畫蘭〉、〈中秋賞月〉、〈丙寅中秋愛心月光晚會〉、〈畫牡丹〉、〈中興頌〉。
1987	76	丁卯	57歲	・第三期建築開工。 ・12月赴大陸。 ・杜邦公司放棄在鹿港設廠計畫。撰文〈反杜邦運動——還願謝恩疏〉 ・任第十屆全國民俗節慶祝大會台灣民謠歌唱比賽顧問、古婚禮器具展顧問、盆栽展覽顧問。 ・台灣宣布解除戒嚴。 ・詩作〈孫中山先生誕辰雅集〉。

1988	77	戊辰	58歲	・中華民國文化資產維護學會創會，任監事、常務監事兼召集人。 ・為「台灣民俗村」創村作整體規劃。 ・赴日、馬、新。12月赴大陸。 ・任第十一屆全國民俗才藝活動籌備委員會委員及企劃協調組、全國盆栽展覽籌備會公關組、台灣民謠歌唱比賽顧問、古董展覽會接待組、彰化縣頂番國小詩詞吟唱會顧問、中日詩樂欣賞會大會執行長、維護古蹟大家一起來總幹事。 ・頂番國小吟詩團赴日演出。 ・蔣經國去世，有詩〈恭悼蔣故總統經國先生〉十首。 ・其他詩作〈東京夜訪吳淵源〉、〈畫梅花雪月圖綴句題之〉。
1989	78	己巳	59歲	・赴琉球、大陸、日韓。 ・《鹿港風物》雜誌停刊。 ・任第十二屆全國民俗節慶活動籌備委員及企劃協調組、盆栽展覽會顧問、古代婚禮——迎親顧問、書畫現場揮毫。 ・詩作〈鹿谷過陳芳徽故宅〉、〈福建前港尊道學校八十年慶〉、〈哭李勝彥〉。
1990	79	庚午	60歲	・4月赴大陸參加媽祖國際學術會議，發表論文〈媽祖信仰在台灣〉，編入《海內外學人論媽祖專集》。 ・8月、10月再赴大陸。 ・任第十三屆全國民俗才藝活動大會委員、盆栽展覽會顧問、古代婚禮——迎親顧問。 ・《鹿港風物》創辦人施人豪過世。有詩〈敬悼人豪宗彥〉七首。 ・撰文〈重建湄洲朝天閣碑記〉。 ・詩作〈春宵試茗〉、〈至誠慈善會〉、〈彰化觀王漢英遺作展〉、〈戎庵賢伉儷邀遊文山，席上秋金有句，謹次其韻〉、〈答秋金春日卻寄原韻〉、〈哭李玉水詞隸〉、〈春興〉、〈蝶夢園得句〉。
1991	80	辛未	61歲	・台灣臨濮施姓大宗祠落成，任籌備委員會秘書長。 ・任第十四屆全國民俗才藝活動大會委員及籌備委員會委員、彰化縣盆栽聯展委員及籌備會顧問、民俗手藝展顧問。 ・詩作〈夏日謁王功福海宮〉、〈詠鳳凰花〉、〈詩吟〉、〈慶豐城樓遠眺〉、〈長江奉節縣懷古〉、〈還曆書懷〉、〈醉畫梅花〉、〈濱海即事〉、〈題歐子亮伉儷墓碣〉、〈過人豪教授故宅〉、〈關仔嶺竹居訪畏友李漢卿〉。

1992	81	壬申	62歲	・任第十五屆全國民俗才藝活動大會評鑑委員、及籌備委員會委員。 ・12月台灣民俗村開幕。 ・鹿港龍山寺國家一級古蹟修護工程竣工。 ・爲許志呈《劍魂詩集》作序。有詩〈敬題劍魂詩集〉。 ・撰文〈媽祖信仰在台灣〉。 ・其他詩作〈卦山懷古〉、、〈觀陳石年親子雕塑展〉、〈昆明道中〉、〈雲南邊疆即事〉、〈彩繪牡丹並綴七絕以題〉。
1993	82	癸酉	63歲	・協助成立施金山文教基金會。 ・許志呈《劍魂詩集》出版。撰文〈劍魂詩集序〉 ・任第十六屆全國民俗才藝活動民俗手工藝展財務長、第二屆彰化縣長杯盆栽展會章顧問。 ・鹿港高中成立「鹿港古蹟解說團」。 ・詩作〈出洋〉、〈愛女懿芳出閣歸寧詩以勉之〉、〈題尋梅圖〉、〈台灣民俗村〉、〈埔里虎山曉趣〉、〈悼蔡元亨詞長〉、〈宗聖宮題壁〉。
1994	83	甲戌	64歲	・許志呈積極推動成立「鹿港區書畫會」。施文炳任委員。 ・任第十七屆全國民俗才藝活動推展委員會委員、執行小組企劃組及評鑑組、詩人聯吟大會漢詩徵選及吟誦會長、童詩比賽頒獎暨兒童詩詞吟唱表演大會主任委員、民俗手工藝展財務長。 ・4月參加民間信仰與中國文化國際會議。 ・《鹿港鄉情》報紙形月刊創刊。爲《鹿港鄉情》題字。 ・《鹿港鎮志》纂修工作開始。 ・詩作〈楊橋即景〉、〈沖西晚眺〉、〈甲戌年端陽前一日鹿港雅集〉、〈甲戌荔夏偕秋金訪文山，戎庵老有詩見贈，依韻奉答〉、〈東郊觀稼〉、〈鹿港護安宮重建落成綴句題壁〉、〈護安宮題壁〉、〈南京藝院劉菊清教授有畫見贈賦以奉答〉、〈跪勒先慈墓碣（先慈洪媽施太夫人棄養五十周年紀念）〉。

1995	84	乙亥	65歲	·擔任「鹿港區書畫會」常務理事。 ·任全國民俗才藝84年度元宵節活動推展委員會委員、彰化縣民俗才藝活動推展委員會企劃組及評鑑組。 ·任第十八屆全國民俗才藝活動彰化縣民俗才藝活動推展委員會執行小組企劃組、手工藝展財務長、童詩徵選及頒獎和傳統詩詞吟誦主任委員。 ·參加中國神話與傳說學術研討會（4/21-23於國立中央圖書館）。 ·八十四年度傳統民俗采風假日文化廣場在文武廟舉行。 ·撰文〈淺談台語文字化〉 ·詩作〈北頭口占〉、〈賀新婚〉、〈月夜過漢英故居〉、〈賀新婚〉、〈新婚賀詞〉、〈寧波旅次〉六言詩、〈讀月圓集〉、〈讀月圓集其二〉。
1996	85	丙子	66歲	·「朝陽鹿港協會」成立，任委員兼藝文組召集人。 ·任第十九屆全國民俗才藝活動推展委員會委員、彰化縣民俗才藝活動推展委員會執行小組企劃組及評鑑組、童詩徵選暨詩詞吟誦觀摩大會主任委員、鹿港區書畫學會會友聯展理事。 ·為《王梓聖詩集》作序。有詩〈敬題王梓聖先生詩集〉。 ·撰文〈宗盛宮碑記〉。 ·其他詩作〈賀某友新居〉、〈題太魯原石山水〉、〈有幸〉、〈題李漢卿畫竹〉、〈題李漢卿山水圖〉、〈題墨荷〉。
1997	86	丁丑	67歲	·任「鹿港區書畫會」第三屆會長。 ·為〈鹿港區書畫學會專集〉寫序。 ·任第二十屆全國民俗才藝活動推展委員會委員、彰化縣民俗才藝活動推展委員會執行小組企劃組及評鑑組、詩詞吟誦暨鹿港傳統歌謠演唱大會主任委員。 ·策劃主辦老古蹟新用途座談會暨出版專輯。 ·王梓聖過世，有詩〈敬悼王梓聖詞長〉 ·撰文〈鹿港港區書畫學會會員作品展專輯序〉、〈從鹿港文化淵源看反杜邦運動〉。 ·其他詩作〈端陽鹿港采風〉、〈約月〉、〈東郊即事〉、〈題李漢卿墨蓮〉、〈寄友〉、〈過麻豆古厝〉。

1998	87	戊寅	68歲	・策劃主辦鹿港古蹟修護研討會。 ・任第二十一屆全國民俗才藝活動推展委員會委員、彰化縣民俗才藝活動推展委員會執行小組企劃組及評鑑組。 ・舉辦全國名家書畫邀請展。出版《全國名家書畫展專集》，並作序。 ・有感於詩書畫三者之息息相關，將「鹿港區書畫學會」更名為「鹿江詩書畫學會」並申請正式立案。任「鹿江詩書畫學會」第一屆會長。 ・許志呈過世。有詩〈哭許夫子劍魂〉、〈題許夫子劍魂墓謁〉。 ・撰文〈創建台灣臨濮施姓大宗祠碑記〉。 ・其他詩作〈畫蘭〉、〈慈母線〉、〈賀新居〉、〈戊寅端午〉、〈戊寅除夕〉。
1999	88	己卯	69歲	・主編《深度探索溪湖鎮的過去、現在與未來》 ・撰文〈施鎮洋雕刻藝術簡介〉 ・詩作〈鹿港鎮公所廣場題壁〉。
2000	89	庚辰	70歲	・任「鹿江詩書畫學會」第二屆名譽會長 ・撰文〈鹿江詩書畫學會會員作品展專集 序〉、〈概談漢詩〉 ・詩作〈意樓春夢〉、〈金門館題壁〉、〈靜園題壁〉。
2001	90	辛巳	71歲	・撰文〈許劍魂志呈先生生平事略〉、〈許劍魂志呈先生詩作書法紀念展輯序〉。 ・詩作〈貞滿雅築得句〉、〈李漢卿療病彰化詩以慰之〉、〈師門憶舊〉十一首、〈鎮洋宗彥新居綴句為賀〉。
2002	91	壬午	72歲	・受台北縣義天宮管理委員會所託，編纂《義天宮志》。 ・主編《彰化縣口述歷史第六輯溪湖蔗糖產業》。 ・學習電腦。 ・撰文〈創建三重義天宮碑記〉、〈義天宮志跋〉、〈義天宮建築簡介〉、〈彰化縣口述歷史第六輯溪湖蔗糖產業序〉。 ・詩作〈谷關紀遊〉。

2003	92	癸未	73歲	・潛心整理個人作品。 ・考取汽車駕照。 ・繼續撰寫〈鹿仔港夜譚〉、〈龍山寺傳奇〉、〈清代鹿港防禦體系研究〉、〈日據時代至光復初期私塾教育初探〉、〈古鹿港之謎〉、〈鹿港紅毛城之謎〉、〈鹿港清眞寺之謎〉等等。 ・詩作〈賀涂醒哲先生眞除衛生署署長〉、〈李漢卿彩色世界特展〉 ・姪女洪惠燕完成《鹿港文化人施文炳先生研究》論文集。
2004	93	甲申	74歲	・於鹿港社區大學開「漢學管窺」課程。 ・詩作〈敬悼曾母呂太夫人〉、〈鹿港地藏王廟題壁〉、〈苗栗採風〉、〈意樓〉、〈弔周希珍詞隷〉、〈哭蔡秋金詞隷〉、〈張敏生先生輓詞〉、〈釜淵乃滝口占〉、〈鹿谷訪劉春雄醫師〉
2005	94	乙酉	75歲	・以「鹿港懷古」奪得第十六屆金曲獎傳統暨藝術音樂最佳作詞人獎。 ・重組「文開詩社」,提借文開書院,爲地方開了許多學習課程。 ・詩作〈故族長錦川老先生弔詞〉、〈文開書院題壁〉、〈日本俳句〉
2006	95	丙辛	76歲	・繼續於鹿港社區大學開「漢學管窺」課程。 ・繼續主持「文開詩社」會務 ・詩作〈參察訪許嘉明〉
2007	96	丁亥	77歲	・繼續主持「文開詩社」會務。 ・大病一場。 ・詩作〈偶感〉
2008	97	戊子	78歲	・「文開詩社」會務交棒,被聘爲榮譽社長。 ・潛心撰寫未完成著作。 ・詩作〈丁亥歲暮書懷〉、〈戊子元旦即事〉、〈文開雅集〉、〈台灣竹枝詞53首〉、〈戊子七十八歲生日〉

資料來源:

1、施文炳手記、口述。

2、鹿港鎮志纂修委員會主編:《鹿港鎮志・沿革篇》(鹿港:鹿港鎮公所,2000年6月)。

3、歷屆全國民俗才藝活動大會手冊。

國家圖書館出版品預行編目資料

台灣末代傳統文人——施文炳詩文集 / 施文炳著；洪
　惠燕編；林明德審訂.－－初版.－－臺中市：晨星，
　2008.09
　面；　公分.－－（彰化學；8）

　ISBN 978-986-177-213-4 （平裝）

　1. 施文炳 2. 臺灣傳記 3. 漢詩文 4. 作品集

863.4　　　　　　　　　　　　　　　　97008196

彰化學叢書 008

台灣末代傳統文人──施文炳詩文集

作者	施文炳
編者	洪惠燕
審訂	林明德
主編	徐惠雅
排版	王廷芬
總策畫	林明德、康原
總策畫單位	彰化學叢書編輯委員會

發行人　陳銘民
發行所　晨星出版有限公司
　　　　台中市407工業區30路1號
　　　　TEL：04-23595820　FAX：04-23597123
　　　　E-mail：morning@morningstar.com.tw
　　　　http://www.morningstar.com.tw
　　　　行政院新聞局局版台業字第2500號
法律顧問　甘龍強律師
承製　知己圖書股份有限公司　TEL：（04）23581803
初版　西元2008年10月10日

總經銷　知己圖書股份有限公司
　　　　郵政劃撥：15060393
　　　　（台北公司）台北市106羅斯福路二段95號4F之9
　　　　　　　　　　TEL：02 23672044　FAX：02 23635741
　　　　（台中公司）台中市407工業區30路1號
　　　　　　　　　　TEL：04 23595819　FAX：04 23597123

請填妥後對折裝訂，直接投郵即可，免貼郵票。

407
台中市工業區30路1號

晨星出版有限公司

------- 請沿虛線摺下裝訂，謝謝！ -------

更方便的購書方式：

1　網站：http://www.morningstar.com.tw
2　郵政劃撥　帳號：15060393
　　　　　戶名：知己圖書股份有限公司
　　請於通信欄中註明欲購買之書名及數量
3　電話訂：如為大量團 可直接撥客服專線洽詢

◎ 如需詳細書目可上網查詢或來電索取。
◎ 客服專線：04-23595819#230　傳眞：04-23597123
◎ 客戶信箱：service@morningstar.com.tw